WERDE MITGLIED IN JULIAS ROMANCE CLUB

Die Mitglieder von Julias Romance Club bekommen kostenlose Bücher, exklusive Infos, was hinter den Kulissen passiert und andere schöne Sachen, die mit Julias Büchern zu tun haben.

Als Mitglied erfährst Du immer als Erste, wenn es neue Bücher oder andere Veröffentlichungen von Julia gibt.

Am Ende des Buches erfährst Du, wie Du Mitglied in Julias Romance Club werden kannst.

1

Als Jenna in die einspurige Straße einbog, die angeblich zu Caitrins Haus führen sollte, behauptete das Navi des Mietwagens, dass es diese Straße nicht gab. Jenna fluchte. Sie war hier wirklich mitten im Nirgendwo gelandet. Natürlich gab es diese Straße, denn sie fuhr ja auf ihr, und auch der Mann im Dorf Larachbeg hatte gesagt, dass dies die Straße war, die zu Caitrins Haus führte und zur Burg Dundarg, die direkt neben ihrem Haus lag. Kein Wunder, dass sie am Flughafen schon ihre Adresse nicht hatte eingeben können. Warum musste ihre Freundin nur hier in der schottischen Einöde leben?

Jenna schaltete das Navigationsgerät aus und schaute auf ihr Handy. Doch auch das konnte ihr nicht helfen, denn natürlich gab es hier keinen Empfang.

Sie sah sich um, ob sie irgendwo ein Haus entdecken konnte oder zumindest diese Burg, aber da war nichts als schottische Landschaft. Die Vegetation war üppig, zwischen den Bäumen und moosbewachsenen Felsen wuchsen riesige Farne und wenn Jenna mystischer veranlagt gewesen wäre, hätte sie hier Feen und Fabelwesen vermutet. Doch dafür hatte sie im Verlauf ihres Arbeitslebens den Sinn verloren.

Jenna seufzte und fuhr wieder an. Sie hoffte, dass es nicht

mehr allzu weit wäre. Der Mann im Dorf hatte gesagt, dass es ein ganz schönes Stück sei, und sie hatte keine Ahnung, was das heißen mochte. Es würde bald dunkel werden und nach den Wolken zu urteilen, konnte es auch noch Regen geben. Sie hoffte, dass ihr zumindest der erspart bliebe. Denn sie hatte nach der langen Reise Kopfschmerzen und wusste genau, dass Dunkelheit, Regen, eine einspurige Straße, auf der die Einheimischen viel zu schnell fuhren, wenig Fahrpraxis und Kopfschmerzen eine toxische Mischung für einen Unfall waren. Deswegen würde sie besonders vorsichtig sein müssen. Sie hoffte sehr, dass Caitrins Haus bald in Sichtweite kommen würde.

Jenna konnte es kaum abwarten, endlich wieder mit ihren Freundinnen zusammen zu sein. Sie hatten sich so lange nicht gesehen, und alles, was sie wollte, war, sich mit ihnen aufs Sofa zu setzen, eine Flasche Wein zu öffnen und über all die wichtigen und unwichtigen Dinge zu sprechen, die in ihrem Leben passiert waren. Doch dafür musste sie erst einmal diese Straße bezwingen.

Jenna holte tief Luft und beschleunigte. Die Straße war kurvenreich, es gab vereinzelt Haltebuchten, um ein entgegenkommendes Auto vorbeizulassen. Zum Teil war die Straße von riesigen Bäumen gesäumt und dann wieder von Weideflächen, auf denen Schafe grasten. Einmal kam sie an einer verfallenen Hütte vorbei, doch ein Haus, in dem man wohnen konnte, sah sie nicht. Sie hoffte inständig, dass dies der richtige Weg war. Benzin hatte sie zwar noch genug, denn so weit war die Fahrt vom Flughafen Glasgow nicht gewesen und der Mietwagen war vollgetankt, aber sie hatte das Gefühl, dass dies das einzig Gute war.

Ihr Handy, das auf dem Beifahrersitz lag, brummte und leuchtete auf. Es schien zumindest für einen Moment Empfang zu haben. Jenna wollte nicht hinüberblicken, denn es war ihr Diensthandy, das dort lag. Ihr privates Handy hatte sie irgendwo tief in ihrer Tasche und sie hatte sich nicht die Zeit genommen, es herauszuholen, als sie in Glasgow in den Mietwagen gestiegen war. In Hongkong, wo sie noch heute Morgen gewesen war, hatte sie ihr privates Handy nicht gebraucht, da sie rund um die Uhr gearbeitet hatte. Doch der lange Flug, den sie hinter sich hatte, oder besser gesagt die zwei Flüge, denn sie war in London in den Flieger nach Glasgow umgestiegen, und die Autofahrt von vier Stunden hatten ihren Tribut gefordert. Nicht nur, dass sie völlig übermüdet war, sondern es waren auch einige E-Mails aufgelaufen.

Jenna warf einen schnellen Blick auf das Display und eine der Nachrichten sprang ihr entgegen. Sie war von James, ihrem Chef. Er hatte die Betreffzeile in Großbuchstaben geschrieben und sie wusste, dass es dann wirklich dringend war.

Vorsichtig nahm sie das Handy vom Beifahrersitz und warf einen Blick darauf. Tatsächlich war hier kein Funkloch, sondern sie hatte Empfang, was sie schon seit einiger Zeit nicht mehr gehabt hatte. Und jetzt kamen reihenweise E-Mails rein. Jenna sah, dass James und ein anderer Abteilungsleiter abwechselnd Nachrichten geschickt hatten und sich dann noch die Kommunikationsabteilung eingemischt hatte. Sie las immer nur die Betreffzeile und den ersten Satz, wenn die Nachrichten auf dem Handy aufleuchteten. Und was sie las, sorgte dafür, dass sich ihr Magen zusammenzog. Es war wichtig und sie musste arbeiten. Eigentlich konnte sie es sich nicht leisten, ein Wochenende in Schottland zu verbringen, während so große Projekte und dann auch noch ihr Wechsel in das Hongkonger Office anstanden.

Bei dem Gedanken an Hongkong zog sich ihr Magen zusammen. Ihre Freundinnen wussten noch nichts davon und sie hatte keine Ahnung, wie sie es ihnen sagen sollte. Aber sie würde es ihnen heute erzählen. Das nahm Jenna sich fest vor. Und sie hoffte, dass sie danach immer noch ein schönes Wochenende verbringen konnten und dass Caitrin, Allison und Lauren es ihr nicht allzu übel nahmen.

Sie fuhr auf eine Kurve zu und hob den Blick vom Handy, als sie auf einmal eine Gestalt direkt neben der Straße stehen sah. Es war ein Mann, und er war wie aus dem Nichts aufgetaucht. Was sie noch mehr erstaunte, war aber die Tatsache, dass er die Tracht eines Highlanders trug. Mit Kilt, weißem Leinenhemd und Lederschuhen. Er hatte sogar einen Dolch am Gürtel. Das alles erfassten Jennas Augen in wenigen Sekunden und sie fragte sich kurz, ob sie eine Halluzination hatte, als das Handy in ihrer Hand wieder brummte und sie es erschrocken fallen ließ. Sie hörte, wie es auf der Handbremse aufschlug und dann in den Fußraum schlitterte, und zwar direkt unter die Pedale. Jenna fluchte und beugte sich nach unten, um nach dem Handy zu angeln. In diesem Moment kam die nächste Kurve so unerwartet und sie war so viel schärfer als gedacht, dass Jenna das Steuer herumriss und ins Schlingern geriet. Sie bremste und als sie auf den Abhang zurutschte, schrie sie auf. Doch dann kam der Wagen zum Stehen.

Es war unglaublich still, nur ihr Handy brummte immer noch mit neuen E-Mails. Jenna hörte ihren eigenen keuchenden Atem und wusste nicht, ob sie sich verletzt hatte, denn sie konnte ihre Beine nicht mehr fühlen. Aber vielleicht war es auch nur das Adrenalin, das durch ihren Körper rauschte.

Plötzlich erschien jemand neben ihrem Fenster und Jenna zuckte zusammen. Der Mann, der eben noch am Straßenrand gestanden hatte, beugte sich nach unten und blinzelte in den Wagen. Jenna hob die Hand, um anzuzeigen, dass ihr nichts passiert war.

Er öffnete die Tür und die würzige schottische Luft strömte ins Auto. Mit zitternden Fingern versuchte Jenna, ihren Gurt zu lösen, doch er ging nicht auf.

Der Mann kniete nun neben der offenen Tür. »Ist alles in Ordnung?« Er hatte eine angenehme Stimme.

Atemlos nickte Jenna. »Ich bekomme den Gurt nicht auf.«

»Warten Sie.« Er beugte sich über sie und so war ihr Gesicht nur wenige Zentimeter von seinem Hemd entfernt. Sie wusste nicht, was sie erwartet hatte, aber dass er gut roch, irgendwie nicht. Und auf eine gewisse Art und Weise beruhigte es sie.

Mit wenigen Handgriffen hatte er den Gurt gelöst. Er zog sich zurück und bot ihr eine Hand an, um ihr aus dem Auto zu helfen. Jenna ergriff sie, obwohl sie sich ein wenig lächerlich fühlte. Und dann stand sie auf wackeligen Beinen vor ihm.

Der Fremde lächelte sie an. »Was war denn das?«

Jenna spürte, wie sie errötete. »Ich habe auf mein Handy geschaut.«

Er zog eine Augenbraue hoch und erst jetzt bemerkte sie, wie gut er aussah. Er war groß, hatte dunkelbraune Haare, die nicht zu kurz oder zu lang waren. Aus seinem glatt rasierten Gesicht strahlten sie braune Augen an. Er wirkte selbstbewusst und männlich in der Kleidung der Hochlandschotten. So als wäre es selbstverständlich, sie zu tragen, und als wäre sie diejenige, die unpassend gekleidet war. Er wirkte wie ein Krieger. Auf einmal konnte Jenna nichts mehr sagen.

»Sie wissen schon, dass das gefährlich ist, oder?«

Und da war er, unverkennbar, der amerikanische Akzent. Die Blase zerplatzte. Natürlich war er ein amerikanischer Tourist, der auf der Suche nach seinen Vorfahren im Kilt durchs schottische Hochland lief. Davon hatte sie in ihrem Leben schon zu viele getroffen. Wie schade, das machte ihn gleich ein wenig unattraktiver, wenn auch nicht körperlich, dann doch zumindest als Mann.

Sie rieb sich über die Stirn. Es war ihr fast ein wenig peinlich, dass sie beinahe einen Unfall gebaut hätte, weil sie auf ihr Handy geschaut hatte. Sie schloss die Augen und atmete tief durch.

»Ist wirklich alles in Ordnung?«

Jenna straffte die Schultern und nickte. »Ich denke schon.«

»Darf ich Sie kurz untersuchen?«

»Mich untersuchen? Warum?«

»Weil Sie einen Unfall hatten«, erklärte er. »Ich möchte nur sichergehen, dass Ihnen nichts passiert ist.«

Jenna winkte ab. »Fühlt sich alles ganz gut an. Außerdem, warum sollten gerade Sie mich untersuchen?«

»Weil ich Arzt bin.«

Sie schüttelte den Kopf, beugte sich ins Auto und suchte nach ihrem Handy. Vielleicht hatte sie immer noch Empfang und konnte Caitrin anrufen, damit sie ihr den Weg beschrieb. Es dauerte einen Moment, bis ihr einfiel, dass das Handy in den Fußraum gerutscht war, und sie beugte sich fluchend runter und tastete danach. Das Licht wurde nun immer schwächer. Sie konnte fast nichts mehr sehen.

»Sie suchen doch nicht etwa wieder Ihr Handy?«, fragte der Mann und sie konnte das Lächeln in seiner Stimme fast hören. Obwohl er einen amerikanischen Akzent hatte, kam Jenna nicht umhin, seine Stimme zu bewundern. Sie war wohlklingend und fast wie Musik in ihren Ohren. Es klang beinahe so, als ob er sie mit den Worten streichelte, und das, obwohl er sie nur fragte, wonach sie suchte. Jenna hat in ihrem Leben schon mit vielen Männern gesprochen, schließlich arbeitete sie in einem großen Konzern, der mehr oder weniger nur aus Männern bestand, aber solch eine Stimme hatte sie noch nie gehört, dessen war sie sich sicher. Ihr lief ein Schauer über den Rücken. Fast wünschte sie, er würde noch etwas sagen. Doch dann schalt sie sich eine Närrin. Sie hatte einen Unfall gehabt, war mit einem Fremden allein in der schottischen Einsamkeit und es wurde dunkel. Da war keine Zeit für solche Gedanken.

Endlich fanden ihre Hände das Telefon und sie richtete sich wieder auf. »Ich hab's«, sagte sie triumphierend und schaute aufs Display. Schon wieder hatte sie keinen Empfang. Trotzdem sah sie all die Nachrichten aufleuchten. Sie widerstand dem Drang, nachzuschauen, ob etwas Wichtiges dabei war.

Jenna hielt ihr Handy in die Höhe und versuchte, ein Signal zu bekommen, doch da war nichts. Stattdessen fuhr ein Schmerz in ihren Arm und sie stieß einen gequälten Laut aus.

Der Mann trat ein Stück näher. »Ihr Arm tut weh.«

Es war mehr eine Feststellung als eine Frage.

»Das geht Sie gar nichts an«, sagte Jenna.

»Nun ja, wenn Sie behaupten, dass ich für Ihren Unfall verantwortlich bin, geht es mich sehr wohl etwas an. Und auch wenn ich nicht den Eindruck mache, bin ich tatsächlich Arzt.« Er zog die Augenbrauen hoch und sah fast ein wenig schelmisch aus. »Darf ich Sie jetzt bitte untersuchen?«, fragte er.

Jenna verschränkte die Arme und dachte darüber nach, ob sie wollte, dass er sie anfasste. Es erschien ihr merkwürdig, auf einer einsamen schottischen Landstraße zu stehen und von einem Fremden untersucht zu werden. »Ich weiß noch nicht einmal Ihren Namen«, sagte sie.

Er lächelte und es nahm ihr fast den Atem. Er war ein wahrlich attraktiver Mann, aber jetzt machte sein Lächeln sein Gesicht noch schöner. Jenna spürte, wie sich etwas in ihr regte – etwas, was sie schon lange vergessen hatte, doch was unmissverständlich die Reaktion einer Frau auf einen Mann war. Sie versuchte, das Gefühl beiseitezuschieben, doch es gelang ihr nicht. Eine wohlige Wärme breitete sich in ihr aus. Das irritierte sie nur noch mehr.

»Mein Name ist Evan Mackenzie«, sagte er und verbeugte sich leicht. Den amerikanischen Akzent hatte er vollständig verloren und er klang fast ein wenig schottisch, als er sprach. Die galante Haltung und die Highlandertracht, kombiniert mit diesem Lächeln, führten dazu, dass Jenna wieder dieses Kribbeln fühlte. Das interessante war, dass er sich vermutlich in der Burg geirrt haben musste, wenn er tatsächlich auf der Suche nach seinen Vorfahren war, denn der Clan, der hier gelebt hatte, hieß Maclean und die hatten mit den Mackenzies sicherlich nicht viel am Hut gehabt.

»Ich bin Jenna Campbell«, sagte sie.

Er hob belustigt eine Augenbraue. »Wie schön, Sie kennenzulernen, Jenna Campbell«, erwiderte er.

Jenna gefiel es, wie ihr Name von seiner Zunge rollte, und am liebsten hätte sie es gleich noch einmal gehört. Doch dann schalt sie sich eine Närrin. Sie musste wirklich langsam zusehen, dass sie zu Caitrin kam. Sie war müde und kehrte gerade von einer Geschäftsreise zurück. Wie kam sie auf die Idee, jetzt zu flirten?

»Also, darf ich?«

»Was denn?«, fragte Jenna zurück.

»Sie untersuchen«, erklärte er geduldig.

Jenna biss sich auf die Lippe. Natürlich hatten sie die ganze Zeit darüber gesprochen, doch sie hatte es über sein Lächeln und ihre Gedanken dazu vollkommen vergessen. Sie hatte das Gefühl, dass sie sowieso nicht aus der Nummer herauskommen würde, deswegen sagte sie: »Also schön, wenn es unbedingt sein muss.«

»Ja, das muss sein«, sagte er.

Und dann trat er näher an sie heran. Wieder konnte sie ihn riechen, so wie eben schon im Auto. Und sie spürte seine Präsenz, als er auf sie zutrat. Er hatte eine unglaubliche Ausstrahlung und sein Geruch machte sie geradezu schwach. Doch sie war ärgerlich über sich selbst, dass sie das überhaupt wahrnahm. Es war nicht die richtige Zeit dafür.

»Vorsicht, es könnte sein, dass meine Hände ein wenig kalt sind«, sagte er und dann berührte er sie erst an den Schultern, bevor seine Hände ihre Arme entlang zu ihren Händen fuhren. Jenna war es, als ob sie einen elektrischen Schlag bekommen hätte. Seine Berührung war sanft, aber fest und löste etwas in ihr aus, das sie weder einordnen konnte noch wollte. Sie zuckte beinahe zurück.

Er lächelte. »Ich sagte doch, meine Hände sind kalt«, erklärte er, aber mit einer so weichen Stimme, dass Jenna fast dahingeschmolzen wäre.

Er hielt ihre Hände und musterte ihr Gesicht. Es kostete Jenna alle Anstrengung, nicht wegzuschauen, sondern seinem Blick standzuhalten. Dann fuhr er mit den Händen nach oben und drückte ein wenig auf ihre Schultern. Jenna sog scharf die Luft ein, als der Schmerz durch ihren Arm zischte.

»Ich werde jetzt den Nacken untersuchen«, sagte Evan und kam noch näher. Jenna war dankbar dafür, dass er sie vorgewarnt hatte, denn als seine Finger ihren Hals hinauf zu ihrem Nacken fuhren, war es, als ob alle ihre Sinne elektrifiziert worden wären. Eine Gänsehaut lief über ihren gesamten Körper und sie schnappte nach Luft.

»Tut es weh?«, fragte er und klang beinahe etwas überrascht.

Jenna schüttelte den Kopf. »Ich bin es nur nicht gewohnt, von jemandem, den ich überhaupt nicht kenne, am Hals berührt zu werden.«

Er lachte leise und sie konnte es in seinen Händen spüren, die in ihrem Nacken lagen. Er drückte nicht fest zu, seine Finger waren federleicht, aber sie fühlten sich so gut an. Vor allem, wenn er lachte.

»Das stimmt, der Nacken ist eine sehr sensible Stelle. Man öffnet sich so und muss vollkommen vertrauen«, bemerkte er. »Deswegen habe ich gesagt, dass ich den Nacken untersuche. Vielen ist das unangenehm.«

Jenna schwieg und fragte sich, ob sie es unangenehm fand oder ein wenig zu schön. Sie hatte keine Antwort darauf. Aber ja, vertrauen musste sie ihm, denn jetzt hätte er leicht ihren Hals packen können. Sie wäre ihm schutzlos ausgeliefert. Und irgendwie hatte sie das Gefühl, als ob sie ihm sowieso schutzlos ausgeliefert war, wenn auch auf einer ganz anderen Ebene.

Vorsichtig tastend fuhr Evan mit seinen Fingern über ihren Hals, dann wanderten sie nach oben in ihre Haare und schoben sich hinein. Seine Fingerspitzen tasteten den Schädelknochen ab und Jenna hatte auf einmal Bilder vor dem inneren Auge, die überhaupt nicht angemessen waren. Es fühlte sich so unglaublich gut an, dass ein Mann sie an dieser Stelle berührte. Auch wenn es nichts Sexuelles hatte, sondern er sie nur untersuchte. Aber in den Haaren und im Nacken von einem so attraktiven Mann berührt zu werden, förderte allerlei ungebetene Bilder zutage. Jenna schämte sich fast dafür, aber da sie wusste, dass er ihr nicht in ihre Gedanken schauen konnte, erlaubte sie es sich, einen ganz kleinen Moment darin zu schwelgen. Kurz kam der Gedanke auf, wann sie es das letzte Mal erlebt hatte, dass ein Mann in ihre Haare gefasst hatte und ihr so nah gewesen war. Sie konnte sich nicht daran erinnern. Dieser Gedanke erschreckte sie mehr als alles andere. Vielleicht war es deswegen doch keine Sünde, diesen Augenblick ein wenig zu genießen.

»Tut es weh?«, fragte er wieder und seine Stimme war so sanft und leise, weil er so dicht bei ihr stand und deswegen nicht laut sprechen musste, dass ihr erneut ein Schauer über den ganzen Körper rann.

Sie schüttelte den Kopf.

»Könnten Sie vielleicht den Zopf lösen, damit ich Sie noch besser am oberen Kopf untersuchen kann?«

Ein wenig atemlos löste Jenna ihren Zopf und ihre Locken fielen über ihre Schultern. Sie sah, wie Evan schluckte, und für einen kurzen Moment begegneten sich ihre Blicke. Ob auch er das Gefühl hatte, dass etwas zwischen ihnen war?

Wieder schob sich seine Hand in ihre Haare, die voll herunterhingen, und sie hatte alle Mühe, sich nicht vorzustellen, den Kopf in den Nacken zu legen und sich von ihm küssen zu lassen.

Noch kurz drückten seine Fingerspitzen auf ihren Kopf, dann fuhren sie nach vorn. Er legte beide Hände an ihren Kiefer und umfasste ihr Gesicht. Wieder überlegte Jenna, ob er sie doch küssen wollte. Er war ein kleines Stück größer als sie und sie schaute zu ihm auf. Und auf einmal wusste sie, dass sie vermutlich nichts dagegen gehabt hätte, wenn er sie auf einmal geküsst hätte.

Dann bewegte er vorsichtig ihren Kopf hin und her und schloss die Augen, vermutlich um zu fühlen, wie sich ihre Knochen bewegten.

»Sitzen Sie viel am Schreibtisch?«, fragte er.

Jenna schreckte aus ihrer Fantasie auf und nickte. »Viel zu viel«, sagte sie und merkte, wie heiser ihre Stimme klang. Dafür schämte sie sich beinahe. Sie war sich sicher, dass er es auch gehört hatte, und räusperte sich. »Ich weiß, dass ich mehr

Übungen für meinen Rücken machen müsste, aber ich komme einfach nicht dazu.«

Er nickte. »Ich glaube, außer den normalen Verspannungen von Ihrem Schreibtischjob ist da nichts. Aber ich würde gern prüfen, ob Sie eine Gehirnerschütterung haben. Ist Ihnen übel?«

Jenna spürte in sich hinein und merkte, dass sie sich ein wenig merkwürdig fühlte, aber sie war sich relativ sicher, dass das eher von ihrer Kussfantasie herrührte als von einer Gehirnerschütterung. »Nein.«

»Haben Sie eine Taschenlampe dabei?«, fragte er.

Jenna schüttelte den Kopf. »Das ist ein Mietwagen und ich komme gerade von einer Geschäftsreise aus Hongkong, daher habe ich leider keine Taschenlampe dabei.«

Er lächelte. »Die lange Flugreise merkt man in Ihrem Nacken«, sagte er. »Versuchen Sie, sich in den nächsten Tagen ein bisschen zu entspannen. Aber geben Sie mir doch mal Ihr Handy«, sagte er.

Jenna gab es ihm.

»Können Sie bitte das Passwort eingeben?«, fragte er.

»Warum?« Jenna beäugte ihn ein wenig misstrauisch. Das musste er in ihrer Stimme gehört haben, denn er lächelte.

»Keine Sorge, Ihre Geschäfts-E-Mails interessieren mich nicht. Ich will nur die Taschenlampenfunktion nutzen.«

Jenna war sich nicht sicher, ob ihr Handy eine Taschenlampenfunktion besaß, doch als sie danach suchte, fand sie sie sofort. So etwas hatte sie noch nie gebraucht. Sie benutzte das Handy nur, um die Hunderte von E-Mails abzuarbeiten, die immer wieder in ihren Posteingang spülten.

»Legen Sie bitte den Kopf ein wenig zurück und schauen Sie mir direkt ins Gesicht«, sagte Evan. »Machen Sie die Augen bitte weit auf.«

Jenna tat, was er sagte, obwohl sie sich dabei ein wenig merkwürdig fühlte. Wieder hatte sie den Kopf in den Nacken gelegt, so als würde sie ihn gleich küssen wollen. Doch da schaltete er die Taschenlampe ein und leuchtete ihr in die

Augen, erst in das eine, dann in das andere. Jenna zuckte zurück, denn das helle Licht tat in der Dämmerung fast weh, doch er hielt sie an der Schulter fest und legte ihr eine Hand auf den oberen Rücken.

»Ich weiß, dass es unangenehm ist«, sagte er entschuldigend. »Aber ich musste prüfen, ob Sie eine Gehirnerschütterung haben.«

»Und?«, fragte Jenna, als er endlich von ihr abließ und sie blinzelnd versuchte, wieder etwas zu sehen.

»Gute Nachrichten, alles okay. Vor allem eine gute Nachricht für mich, denn so muss ich Sie nicht ins Krankenhaus bringen«, sagte er. Sie hörte das Lächeln in seiner Stimme.

»Ich kann nichts mehr sehen«, beschwerte sie sich.

»Das wird gleich wieder.«

Jenna hörte, wie er eine Autotür aufmachte. Sie blinzelte. Er stand auf der Beifahrerseite und hielt die Tür. »Kommen Sie, steigen Sie ein.«

»Warum?«

»Weil ich Sie jetzt dahin fahre, wo Sie hinwollten.«

»Das brauchen Sie nicht.«

»Da Sie der Meinung sind, dass ich für Ihren Unfall verantwortlich bin, werde ich Sie zum nächsten Haus bringen. Da können Sie jemanden anrufen, der Sie abholt.«

Jenna konnte jetzt wieder besser sehen. »Das nächste Haus ist vermutlich das meiner Freundin«, sagte sie. Selbst wenn sie nichts hätte sehen können, hätte sie gespürt, wie Evan sich ein wenig versteifte.

»Ihre Freundin wohnt in der Nähe?«

»Ja, ich war gerade auf dem Weg zu ihr, als Sie mir im Weg standen und ich von der Fahrbahn abgekommen bin.«

Er lächelte nicht. »Wie heißt Ihre Freundin?«

Jenna kniff die Augen zusammen. Kannte Caitrin diesen Mann etwa? Sie versuchte, sich zu erinnern, ob sie schon einmal etwas von einem Amerikaner erzählt hätte, aber sie wusste es nicht. Stalkte er Caitrin vielleicht? Auf einmal war sie sehr vorsichtig.

Evan musste ihre Zurückhaltung gespürt haben, denn er hob beide Hände und sagte: »Das hört sich vermutlich total merkwürdig an. Entschuldigung. Ich weiß, dass die Straße zu genau zwei Häusern führt. Eins davon ist das von Caitrin und das andere ist ein kleines Cottage auf dem Burggelände. Sonst führt diese Straße nirgendwo hin. Daher wollen Sie entweder zum Cottage oder zu Caitrin.«

Jenna nickte langsam. »Und woher wissen Sie das so genau?«

»Weil ich in dem Cottage wohne«, sagte er.

»Aber Caitrin sagte mir, dass dort schon seit Jahren niemand mehr wohnt. Das kann nicht sein.«

»Ich habe es gemietet«, erklärte er schlicht.

»Warum?«, platzte Jenna heraus. »Hier ist doch nichts.« Doch dann fiel es ihr wieder ein. »Ach, natürlich, die Burg gehörte einem Ihrer Vorfahren.«

Sie hatte es sehr sarkastisch gesagt und Evan starrte sie einen Moment lang an, dann nickte er knapp. »Genau so ist es.« Mehr hatte er dazu nicht zu sagen.

Die Stimmung zwischen ihnen hatte sich verändert und Jenna fühlte sich auf einmal lächerlich, dass sie noch Momente vorher darüber nachgedacht hatte, wie es wohl wäre, wenn er sie küssen würde, statt sie zu untersuchen.

»Sie brauchen mich nicht zu Caitrin zu bringen. Ich kann selbst fahren.«

»Genau das werde ich nicht zulassen«, erwiderte er.

Jenna verdrehte die Augen. »Ich kriege das schon hin. Ich bin widerstandsfähiger, als ich aussehe. Und vermutlich ist es nicht mehr weit, oder?«

Sie hatte keine Ahnung, warum sie sich so feindselig verhielt, vermutlich wollte er wirklich nur helfen. Aber etwas irritierte sie jetzt an diesem Mann.

Ernst schaute er sie an. »Ich würde es mir nicht verzeihen, wenn Sie einen Unfall haben, nur weil ich Sie nicht gebracht habe. Und meine neue Nachbarin würde es mir vermutlich auch nicht verzeihen. Oder wie ist Caitrin so?«

Jenna verdrehte die Augen. Er hatte ja recht. Aber die Karte mit Caitrin zu spielen, war nicht fair. Allerdings konnte sie sich gut vorstellen, was ihre Freundin zu sagen hatte, wenn sie tatsächlich gegen einen Baum oder, schlimmer noch, einen Abhang hinunter fahren würde. Mit Caitrin war nicht zu spaßen und sie nahm ihre Aufgabe, auf ihre drei Freundinnen aufzupassen, sehr ernst. Sie war die Älteste und hatte sich von jeher für alle verantwortlich gefühlt.

»Also gut«, sagte sie daher, rutschte auf den Beifahrersitz und nahm ihre Handtasche auf den Schoß.

Evan stieg ein und fuhr los. Ein paar Hundert Meter sprachen sie kein Wort. So hatte Jenna ein wenig Zeit, sich darüber Gedanken zu machen, was sie bei ihren Freundinnen erwarten würde. Wie sie ihnen erklären sollte, wer Evan war.

»Ist es noch weit?«, fragte sie schließlich.

»Nein. Gleich da vorn ist die Abzweigung zu Caitrins Haus«, erklärte er.

»Also gut«, sagte Jenna. »Sie haben das Cottage auf dem Burggelände gemietet?«

»Kennen Sie es?«

Jenna schüttelte den Kopf. »Ich war noch nie hier.«

Er schwieg, aber sie fand es angenehmer, sich mit ihm zu unterhalten.

»Machen Sie Urlaub?«

»Nicht direkt«, sagte er. Es schien ihr, als wollte er etwas hinzufügen, doch dann atmete er tief durch und fragte stattdessen: »Und Sie?«

Jenna nickte. »Wir verbringen ein Freundinnenwochenende hier. Eigentlich hätten wir alle zu der Hochzeit einer gemeinsamen Bekannten fahren sollen, mit Junggesellinnenabschied und allem Drum und Dran. Feierlichkeiten über mehrere Tage. Doch die Hochzeit wurde kurzfristig abgesagt und wir haben uns entschieden, die Zeit zu nutzen, um uns mal wieder zu treffen. Wir sehen uns so selten, meistens, weil ich immer viel zu tun habe, und jetzt ist endlich zufällig Zeit dafür.«

Sie brach ab. Warum plapperte sie so viel?

»Dafür sind Sie extra aus Hongkong angereist?«

Jenna schwieg für einen Moment. »Nein, noch nicht. Im Moment lebe ich in London und in Hongkong war ich erst einmal nur auf Geschäftsreise.«

»Dann ziehen Sie also dorthin?«

Jenna war erstaunt, wie schnell er herausgehört hatte, was sie beschäftigte. »Ja, leider«, sagte sie.

»Warum leider?«

Seine Stimme klang freundlich. Er schien ihr ihre Zickigkeit nicht mehr nachzutragen.

»Es ist nicht unbedingt meine Traumstadt und wenn es nach mir ginge, hätte ich mir den Job nicht ausgesucht.«

»Warum haben Sie ihn dann angenommen?«

»Weil es manchmal nicht geht, Nein zu sagen«, seufzte Jenna. »Manchmal muss man die Zähne zusammenbeißen und die Jobs annehmen, die man angeboten bekommt. Außerdem ist es eine großartige Möglichkeit, mich weiterzuentwickeln.«

»Schöne Standardantwort«, sagte Evan mit einem Lächeln. »Haben Sie die auswendig gelernt?«

Jenna schnappte nach Luft, denn das war fast ein wenig frech. Aber sie musste sich eingestehen, dass er recht hatte. Ja, diese Antwort hatte sie auswendig gelernt. Sie musste sich selbst davon überzeugen, dass der Job in Hongkong eine gute Idee war. Und vor allem musste sie es schaffen, sich zu überzeugen, bevor sie ihren Freundinnen davon erzählte. Und das wäre vermutlich heute Abend. Ihr wurde schlecht bei dem Gedanken.

»Eigentlich haben Sie gar keine Lust, dort hinzugehen, oder?«

Am liebsten hätte Jenna gesagt, dass ihn das gar nichts anging. Aber sie nickte nur und hoffte, dass er es im Dunkeln nicht bemerkte. Doch anscheinend hatte er es gesehen.

»Wissen Ihre Freundinnen schon davon?«

»Nein, und deswegen bin ich hier.«

»Gehen Sie allein oder haben Sie einen Mann und Kinder im Schlepptau?«

Er sagte es so dahin und fast wäre Jenna die leichte Unsicherheit in der Frage entgangen. Prüfte er gerade, ob sie schon vergeben war? Sie warf ihm einen Blick zu, doch im Dunkeln konnte sie sein Gesicht nicht sehen.

Gerade wollte sie erwidern, dass sie niemanden hatte, der sie begleiten würde, als er sagte: »Da vorn ist das Haus.« Jenna war enttäuscht, dass er einen Rückzieher gemacht hatte.

Auch sie konnte das Licht zwischen den Bäumen erkennen und atmete erleichtert auf. »Endlich!«

Er warf ihr einen Blick zu. »So schlimm war es hoffentlich nicht mit mir.«

Jenna spürte, wie sie errötete, und war froh, dass er es nicht sehen konnte. »Ich muss dringend auf die Toilette«, gestand sie.

Er antwortete mit einem leisen Lachen.

Das Licht wurde immer heller und schließlich kamen sie zu einer Kiesauffahrt, die zu einem wunderschönen grauen Steinhaus führte, das deutlich größer war, als Jenna erwartet hatte. Es war hell erleuchtet und hatte sogar Außenlampen, die das Haus anstrahlten. Es schien so gar nicht an diese einsame Straße zu passen, aber es passte sehr in die schottische Landschaft.

Hinter einem der erleuchteten Fenster nahm Jenna eine Bewegung wahr. Sie lächelte erleichtert. Als Evan geparkt hatte, stieg sie aus und wandte sich zur Tür.

»Jenna?«, sagte Evan, der ebenfalls ausgestiegen war.

Sie drehte sich um. »Kommen Sie schon«, sagte sie. »Meine Freundinnen beißen nicht.«

»Ich glaube, es ist besser, wenn wir uns hier verabschieden«, erwiderte er.

»Warum?«, fragte Jenna.

Doch Evan ging nicht darauf ein. »Sie werden noch ein paar Tage hier sein, oder?«

Sie nickte. »Aber ich glaube, wir haben viel vor. Wir müssen einiges besprechen und Freundinnensachen machen.«

Jenna konnte ihn jetzt wieder besser sehen, weil das Licht vom Haus auf ihn fiel. Erneut nahm es ihr fast den Atem, ihn anzuschauen. Er sah so männlich aus, so verwegen. Sie dachte an seine Finger auf ihrer Haut und in ihren Haaren.

»Wenn es Ihnen mit den Damen doch einmal zu viel wird«, sagte Evan, »und Sie mal was anderes sehen wollen, finden Sie mich vermutlich oben auf der Burg. Also, wenn Sie Lust haben.«

Jenna runzelte die Stirn. »Ist das eine Einladung?«

Er zuckte mit den Schultern und sagte ernst: »Ich muss doch sichergehen, dass über Nacht keine Folgeschäden aufgetreten sind.«

Sein Mundwinkel zuckte und Jenna fragte sich, ob er mit ihr flirtete oder ob er als Arzt mit ihr sprach. Hatte er etwa ihre Gedanken gelesen?

Sie nickte und konnte ein Lächeln nicht unterdrücken. »Ich glaube nicht, dass wir viel herauskommen, aber falls ich mal etwas Abwechslung brauche, komme ich zur Burg hoch. Versprochen.«

Er warf ihr einen langen Blick zu, der Jenna so sehr unter die Haut ging, dass sie spürte, wie ihre Knie weich wurden. Dann war er auf einmal verschwunden.

Ein wenig ratlos drehte Jenna sich zur Tür, dann wandte sie sich noch mal um und warf einen Blick in die Dunkelheit. Für einen Moment hatte sie das Gefühl, als ob auch er sie aus der Finsternis heraus anschaute. Wieder vergaß sie, zu atmen, und ihre Haut erinnerte sich an seine Berührung. Doch dann wandte sie sich ab. Das Letzte, was sie gebrauchen konnte, war ein Urlaubsflirt. Ihren Freundinnen die Sache mit Hongkong zu beichten, war schon Programm genug für ein Wochenende. Außerdem, sagte sie sich wieder, war er ein amerikanischer Tourist und würde bald abreisen.

Sie schüttelte den Kopf, um Evan aus ihren Gedanken zu vertreiben. Dann nahm sie ihren Koffer und ging zur Tür.

2

Zu gern hätte Jenna länger vor dem Haus gestanden und es sich angeschaut. Sie war noch nie hier gewesen, obwohl Caitrin eine ihrer ältesten Freundinnen war und sie schon seit ihrer Kindheit hier lebte. Sie hatte oft von diesem Ort erzählt, von diesem Haus mit seinem wunderschönen Garten. Jenna war immer ein wenig neidisch gewesen, denn sie hatte kein Zuhause ihrer Kindheit, in das sie zurückkehren konnte. Ihre Eltern waren stets im Ausland gewesen und zum Teil hatte sie sie begleitet. Sie waren von Land zu Land, von Haus zu Haus gezogen und Jenna hatte sich nirgends zu Hause gefühlt, außer im Internat, wo sie mit dreizehn Jahren hingekommen war. Auf ihren eigenen Wunsch hin. Doch als sie vor Kurzem die alte Schule besucht hatte, war ihr klar geworden, dass es nicht das Gebäude war oder die Lehrer oder die Tatsache, dass es ein Internat war, sondern es waren ihre Freundinnen gewesen, die diese Schule zu einem Zuhause gemacht hatten. Und jetzt waren ihre drei Freundinnen in ganz England und Schottland verteilt und das Internat gab ihr nichts mehr.

Aber dieses Haus war in so vielen Geschichten aufgetaucht. Caitrin hatte so oft davon erzählt und sie hatte unzählige Fotos davon gesehen. Nicht allzu selten hatte ihre

Freundin ihnen eine besonders schöne Blume im Garten oder die neue Farbe in einem der Gästezimmer über das Online-Videosystem gezeigt, wenn sie miteinander sprachen. Deswegen hatte Jenna das Gefühl, als ob sie das Haus in- und auswendig kannte. Sie hatte immer eine Sehnsucht nach diesem Ort in sich gespürt. Trotzdem hatte sie sich nie getraut, hierherzukommen. Zum einen, weil Caitrin sie nie eingeladen hatte, und irgendwie hatte sie auch Angst gehabt, dass der magische Zauber verloren gehen würde. Doch nun war sie hier. Weil Caitrin sie alle eingeladen hatte. Kurzfristig war die Einladung gekommen und dringlich hatte sie geklungen. Aber Jenna war es recht, denn so musste sie den Freundinnen von ihrem neuen Job am anderen Ende der Welt nicht über Skype erzählen, sondern konnte es tun, während sie gemeinsam an einem Tisch saßen. Sie konnte sich nicht erinnern, wann das das letzte Mal der Fall gewesen war.

Jenna atmete tief durch, dann klopfte sie an die dunkelgrüne Tür und überlegte kurz, ob sie einfach reingehen sollte. Doch da wurde die Tür schon aufgerissen und Allison stand vor ihr. Ihre blauen Augen strahlten, während sie die Arme in die Höhe riss. »Jenna«, rief sie. »Du bist da.« Sie fiel Jenna um den Hals, und zwar so stürmisch, dass diese fast ihren Koffer und ihre Tasche fallen ließ.

»Du erdrückst mich ja«, brachte sie hervor.

»Weil ich mich so freue, dich zu sehen! Lauren«, rief sie über die Schulter, »Jenna ist da!«

Ihre Freundin kam aus der Küche und trocknete sich die Hände an einem Geschirrtuch ab. Wie immer war Jenna überrascht, wie schön Lauren war, obwohl sie sich schon so lange kannten. Manchmal war es fast wie ein Schock, wenn sie ihre Freundin sah. Lauren war groß gewachsen und schlank und hatte fantastische rote Haare, die ihr beinahe bis zur Hüfte reichten. Ihre Augen hatten eine ganz besondere Farbe, die man kaum benennen konnte. Eine Mischung aus Grün, Grau und Blau. Sie war tatsächlich etwas Besonderes. Früher hatte sie als Model gearbeitet. Jenna hatte einmal ein Bild von ihr gesehen, bei dem ein Fotograf das perfekte Licht für ihre Augenfarbe gefunden hatte, und ihre Augen waren der Mittelpunkt des Fotos gewesen.

Lauren war nicht so stürmisch wie Allison, doch sie umarmte Jenna nicht weniger fest. »Wir haben schon auf dich gewartet«, sagte sie. »Komm rein.«

Allison nahm Jenna den Koffer und die Tasche ab und ging voran ins Haus. Lauren hielt ihr die Tür auf und hieß ihr mit einer Geste, einzutreten, doch Jenna drehte sich kurz um und schaute in die Dunkelheit, dorthin, wo Evan verschwunden war. Ob er noch immer dort stand? Dann schüttelte sie leicht den Kopf. Warum sollte er? Sie bildete sich zu viel auf sich selbst ein.

Sie trat ins Haus und schaute sich um, während sie versuchte, alles in sich aufzunehmen. Es war genau so, wie sie es sich vorgestellt hatte. Das große Wohnzimmer mit der Küche daneben, die rustikal ländlich, aber trotzdem elegant eingerichtet war. Daran grenzte der Wintergarten, in dem der Esstisch stand, an dem Caitrin oft saß, wenn sie übers Internet miteinander sprachen. Rechts ging es den Flur hinunter zu den Gästezimmern und an der Seite führte eine Treppe hinauf ins Obergeschoss. Alles war wunderbar eingerichtet, eine Mischung aus altbacken und schottisch sowie modern und klassisch. Schon im Internat hatte Caitrin ein Händchen für solche Dinge gehabt. Jenna erkannte Details wieder, die sie ihnen manchmal zeigte oder die im Hintergrund auf den Videos zu sehen waren. Sie freute sich beinahe darüber, dass sie diese wiedererkannte. Sie konnte es kaum fassen, dass sie noch nie hier gewesen war.

Lauren nahm ihr die Jacke ab und führte sie in die Küche. »Ich habe etwas zu essen gemacht. Du bist bestimmt total müde von der Reise. Sollen wir uns gleich hinsetzen?«

Auch sie wirkte ein wenig müde, stellte Jenna fest. »Alles in Ordnung mit dir?«, fragte sie leise.

Lauren zögerte, dann nickte sie. »Lass uns essen.«

Sie wies auf den Tisch, auf dem drei Teller eingedeckt

waren. Jenna wunderte sich darüber. Sie waren doch vier Freundinnen.

Allison kam den Gang entlang und verkündete: »Ich habe dir das grüne Zimmer gegeben, ich dachte, das wäre in deinem Sinne. Ich habe das rote und Lauren das gelbe.«

»Du teilst hier die Zimmer ein?«, fragte Jenna mit einem Lächeln und zog ihre Schuhe aus, was nach der langen Reise eine Erleichterung war. Sie wollte gar nicht erst nachrechnen, wie lange sie schon in ihnen steckte.

Die Sache mit der Zimmerverteilung war ein Witz zwischen ihnen, denn im Internat war es immer ein großes Thema gewesen, wer mit wem in welches Zimmer kam.

Allison grinste. »Einer muss es ja machen.«

»Willst du das nicht lieber Caitrin überlassen?«, fragte Jenna und schaute sich suchend um. »Wo ist sie überhaupt?«

Lauren und Allison wechselten einen Blick, nur kurz, doch Jenna hatte es genau gesehen. »Was ist los?«, wollte sie wissen.

Allison seufzte. »Sie ist nicht da.«

Jenna hob eine Augenbraue. »Sie ist nicht da? Wo ist sie denn?«

Lauren zuckte mit den Schultern und nahm die drei Suppenteller vom Tisch. »Ich weiß es nicht.«

»Aber ich würde es gern wissen«, erklärte Allison. »Ich finde es nämlich auch ziemlich merkwürdig.«

»Seit wann ist sie denn weg?«, fragte Jenna.

Wieder zuckte Lauren mit den Schultern. »Als ich gestern ankam, lag ein Zettel auf dem Tisch, auf dem stand, dass sie kurz wegmusste. Und falls sie noch nicht da wäre, sollte ich es mir gemütlich machen. Bisher ist sie nicht aufgetaucht.«

»Das war gestern?«, fragte Jenna. »Seitdem bist du allein hier?«

»Sehr merkwürdig, oder?«, meinte Allison. »Das sieht Caitrin so gar nicht ähnlich.«

Mittlerweile hatte Lauren die drei Suppenteller gefüllt und es duftete herrlich. Sie stellte sie auf den Tisch und lud die anderen beiden mit einer Geste ein, sich zu setzen. »Da Caitrin schon länger als vierundzwanzig Stunden weg ist, stelle ich für sie keinen Teller hin, denn ich gehe nicht davon aus, dass sie jetzt kommt.«

Allison lachte und sagte zu Jenna: »Beim Mittagessen und Frühstück hat sie für Caitrin mit eingedeckt. Aber mittlerweile hat sie aufgegeben. Hoffen wir, dass Caitrin auftaucht, bevor wir am Sonntag wieder abreisen.«

»Ist das dein Ernst?«, wollte Jenna wissen und tauchte den Löffel in die cremige Suppe.

»Natürlich wird Caitrin bis Sonntag auftauchen«, meinte Lauren. »Die Suppe ist noch sehr heiß. Vorsicht«, sagte sie.

Das war zu spät. Jenna hatte sich bereits die Zunge verbrannt. Schnell nahm sie einen Schluck Wasser. »Ein bisschen heiß«, sagte sie, »aber gut.«

»Hast du bei Lauren etwas anderes erwartet?«, fragte Allison. »Ich bin immer froh, wenn du dabei bist, dann verhungern wir wenigstens nicht.«

»Das ist schön, dass ich wenigstens einen Zweck erfülle«, sagte Lauren säuerlich.

»Jeder von uns erfüllt einen Zweck«, betonte Allison. »Jenna organisiert alles und macht die Pläne, Caitrin übernimmt die Führung und hält uns zusammen, du kochst und ich bin für den Spaß verantwortlich.«

Jenna hob eine Augenbraue. »Und wo ist Caitrin, wenn sie immer die Führung übernimmt? Schließlich sind wir in ihrem Haus, und das zum ersten Mal. Und sie ist nicht da. Sehr merkwürdig. Müssen wir die Polizei rufen?«

Lauren und Allison schüttelten gleichzeitig den Kopf.

»Sie hat sogar auf den Zettel geschrieben, dass wir nicht die Polizei holen sollen. Es sei alles in Ordnung«, sagte Allison.

Lauren seufzte. »Sie kennt mich eben doch gut. Ich hätte sonst heute Morgen bei der Polizei angerufen.«

Vorsichtig nahm Jenna noch einen Löffel Suppe. »Das verstehe ich nicht«, sagte sie. »Jahrelang tut Caitrin alles, damit wir nicht hierherkommen, und dann lädt sie uns hierher ein und ist nicht da. Meint ihr, dass ihr etwas passiert ist?«

»Caitrin passiert so leicht nichts«, erwiderte Allison. Lauren hingegen senkte den Kopf. Sie hatte aufgehört, zu essen.

Allison tauchte ein Stück Brot in die Suppe und biss genussvoll ab. »Das Gute ist, wenn Lauren sich langweilt oder traurig ist, beginnt sie, zu kochen und zu backen. Du kannst dir nicht vorstellen, was wir schon alles Gutes gegessen haben, Jenna, dabei sind wir erst seit gestern Nachmittag hier.«

Doch Jenna war in Gedanken woanders. »Ich finde es mehr als merkwürdig, wie Caitrin sich verhält. Irgendetwas stimmt da nicht.«

Allison schnaubte. »Ich glaube, es wäre am besten, wenn sie eine gute Erklärung parat hat, wenn sie wiederkommt. Gäste einladen und dann einfach so abhauen, das geht doch nicht. Wenn ich das gewusst hätte, wäre ich nicht hergekommen.«

Jenna wusste, dass Allison es nicht so meinte. Sie war immer ein wenig forscher als die anderen gewesen.

Lauren legte das Gesicht in die Hände und stöhnte auf. Jenna strich ihr über den Rücken. »Alles in Ordnung?«

Ihre Freundin schüttelte den Kopf. »Es ist nicht Caitrins Schuld«, sagte sie.

»Was ist nicht ihre Schuld?«, hakte Allison nach. »Dass sie nicht hier ist? Wie ich Caitrin kenne, glaube ich sehr wohl, dass es ihre Entscheidung war.«

Lauren seufzte und schaute auf. »Es war nicht Caitrin, die euch hierher eingeladen hat. Zumindest nicht direkt.«

»Und wer dann?«, fragte Jenna.

Allison hatte den Kopf schief gelegt und schaute Lauren an. »Du hast uns hierher eingeladen?«

Lauren nickte. »Und ich habe gelogen«, gestand sie. Blut schoss in ihre Wangen.

»Lauren Clark«, sagte Allison langsam, »du hast gelogen? Ich glaube, das ist das erste Mal, dass ich so etwas höre.«

Jenna wusste genau, was ihre Freundin meinte, denn Lauren war immer die Brave von ihnen gewesen. Tatsächlich standen ihr jetzt Tränen in den Augen, als sie von Jenna zu Allison und wieder zurück blickte. Sie nickte. »Sogar zweimal.«

Jenna musste fast lächeln. »Willst du nicht in Ruhe erzählen, was passiert ist?«

Lauren seufzte. »Eigentlich wollte ich erst davon erzählen, wenn Caitrin hier ist, aber da wir keine Ahnung haben, wann sie kommt, muss ich es ihr später erzählen. Ich kann das nicht länger zurückhalten.«

Jenna starrte ihre Freundin erwartungsvoll an, doch Allison verschränkte die Arme vor der Brust. »Was hast du ausgefressen, meine Liebe?«

»Ach Allison«, sagte Jenna. »Jetzt lass sie doch. Wie du Lauren kennst, hat sie gar nichts ausgefressen.«

»Doch, das habe ich. Ich habe euch angelogen. Die Hochzeit von Megan findet nämlich doch dieses Wochenende statt.«

»Was?«, fragte Jenna. »Hat sie uns ausgeladen?«

Lauren schüttelte den Kopf. »Nein, ich habe nur gesagt, dass wir alle keine Zeit haben.«

»Moment mal«, sagte Allison. »Du hast Megan erzählt, dass wir keine Zeit haben, zu ihrer Hochzeit zu kommen, und hast uns allen erzählt, dass die Hochzeit nicht stattfindet? Und dann hast du uns hierher gelockt? Weiß Caitrin darüber Bescheid?«

Auch Jenna war auf diese Antwort gespannt. Sie konnte nicht fassen, was Lauren gerade beichtete.

»Ich wusste keinen anderen Ausweg«, erklärte ihre Freundin. »Ich musste euch alle sehen, aber ich konnte auf keinen Fall zu dieser Hochzeit fahren. Und da ihr die Tage sowieso freigenommen hattet und wir uns dort treffen wollten, habe ich gedacht, dass wir hierherkommen könnten. Dann haben wir in Ruhe Zeit, zu reden. Und ich habe Caitrin so lange bearbeitet, bis sie Ja gesagt hat. Außerdem hatte ich das Gefühl, dass es ihr ganz gelegen kam.«

»Und worüber sollen wir reden?«, wollte Allison wissen. »Nicht, dass ich Lust gehabt hätte, auf diese dämliche Hochzeit zu gehen, denn wir haben schon letztes Mal festgestellt, dass wir entschieden zu oft auf Hochzeiten von anderen Leuten unterwegs sind. Aber hättest du uns nicht fragen können, ob wir hierherkommen wollen, statt zur Hochzeit zu gehen?«

Lauren senkte den Blick. »Ich hatte Angst, dass du wieder eine Ausrede findest, weil du einer Story hinterherjagst, wenn du merkst, dass du auf einmal Zeit hast. Das Gleiche gilt für dich, Jenna. Du arbeitest ebenso gern und so viel. Du bist quasi mit deiner Firma verheiratet.«

Jenna schluckte, denn ihre Freundin hatte recht. Wenn Caitrin nicht diese Einladung ausgesprochen hätte und sie das Gefühl gehabt hätte, die Hochzeit würde ausfallen, hätte sie sicher eine Ausrede gefunden. Vermutlich hätte sie vorgeschlagen, dass jeder bei sich zu Hause bleiben und sie eine Telefonkonferenz machen würden. Doch nun, da sie bei ihren beiden Freundinnen war, merkte sie, dass es sich von Angesicht zu Angesicht manchmal besser sprach. Und irgendetwas stimmte mit Lauren nicht. So ein Verhalten passte nicht zu ihr. Das würde sie nur tun, wenn es nicht anders ging.

Sie schwiegen einen Moment, dann sagte Jenna: »Also, was ist los?«

Lauren traten Tränen in die Augen. Zitternd legte sie ihren Suppenlöffel ab. Jenna wechselte einen Blick mit Allison, die sich ebenso besorgt nach vorn beugte. So kannte sie Lauren nicht. Normalerweise war sie die Ruhe selbst und strahlte eine unglaubliche Energie aus, die alle mit einbezog.

»Was ist denn passiert?«, drängte Allison, die die Stille noch nie lange hatte aushalten können.

Lauren wischte sich eine Träne von der Wange. »Mit Craig und mir ist es vorbei«, sagte sie.

»Warum?«, fragte Jenna. »Du warst doch so glücklich mit ihm.«

»Wusste ich's doch, dass der Typ es verbockt«, schnaubte Allison. »Ich konnte ihn noch nie leiden.«

»Du weißt doch gar nicht, was passiert ist. Jetzt nimm nicht gleich an, dass er etwas falsch gemacht hat«, sagte Jenna zu Allison.

Aber die setzte nur ein trotziges Gesicht auf. »Ich konnte ihn trotzdem nicht leiden.«

Lauren hob den Blick und versuchte sich an einem Lächeln, das ihr jedoch misslang. Sie sah so gequält aus, dass Jenna über den Tisch nach ihrer Hand griff.

»Allison hat recht«, gestand sie. »Er hat wirklich Mist gebaut. Mittlerweile bin ich an einem Punkt, an dem ich das auch sehen kann. Es hat ein paar Wochen gedauert, aber jetzt ist mir klar geworden, was für ein blöder Arsch er ist.«

Jenna musste fast lachen. Diese Worte hatte sie noch nie aus Laurens Mund gehört. Doch dann fiel ihr etwas anderes auf. »Ein paar Wochen?«, fragte sie. »Ist es schon so lange her?«

Lauren nickte. »Aber jetzt ist es noch viel schlimmer geworden.«

Allison fiel ihr ins Wort: »Warum hast du uns denn nichts gesagt? Wir hätten doch darüber reden können.«

Ihre Freundin hob die Schultern. »Ihr hattet alle keine Zeit«, sagte sie. »Jenna war in Hongkong. Du warst nicht erreichbar, weil du für irgendeine Geschichte recherchiert hast. Und jedes Mal, wenn ich Caitrin angerufen habe, war sie nur mit ihren Problemen beschäftigt.«

Schuldbewusst senkte Jenna den Kopf. Sie wusste, dass Lauren recht hatte. Sie war tatsächlich nicht erreichbar gewesen. Was war sie nur für eine Freundin, dass sie nicht gemerkt hatte, dass es Lauren so schlecht ging und sie gerade eine Trennung verarbeitete? Aber zurückschauen half jetzt nichts mehr. Sie drückte Laurens Hand. »Erzähl doch mal von vorn, was passiert ist.«

Ihre Freundin seufzte. »Es lief eine ganze Zeit nicht mehr richtig gut. Er war irgendwie komisch und mir war es irgendwie egal. Ich habe nicht nachgefragt, weil es leichter war. Wir haben uns immer seltener gesehen und als er irgendwann zu mir sagte, dass wir reden müssten, war mir klar, was kommt. Der einzige Gedanke, den ich hatte, war, dass ich nicht mehr in der Agentur arbeiten kann, wenn wir uns trennen. Oder dass es zumindest ziemlich merkwürdig werden würde.«

Sie holte tief Luft und Allison nutzte die Gelegenheit. »Der hat dich einfach rausgeschmissen? Das kann er nicht machen, Senior Partner hin oder her. Der hat doch auch eine Verantwortung seinen Mitarbeitern gegenüber.«

Lauren schluckte. »Er hat mich nicht rausgeschmissen, sondern er war der Meinung, dass wir das alles hinkriegen, weil wir doch Erwachsene sind und so ein blödes Gewäsch. Und es war auch erst alles okay. Ich hatte das Gefühl, dass ich mich schon lange innerlich verabschiedet hatte. Wir hatten uns auseinandergelebt und deswegen fiel mir fast nicht auf, dass wir nicht mehr zusammen waren. Ich hatte zumindest keinen Liebeskummer und vielleicht habe ich es euch deswegen nicht erzählt.«

Jenna griff nach ihrer Hand. »So etwas ist immer wichtig und du kannst es uns immer erzählen. Wirklich.«

Lauren nickte. »Das weiß ich jetzt auch.«

»Ich habe das Gefühl«, warf Allison ein, »dass da noch mehr kommt. Habe ich recht?«

Ihre Freundin lächelte dünn. »Noch viel mehr«, seufzte sie. »Er hat mir gesagt, dass wir uns auseinandergelebt hätten und dass es nicht mehr funktionieren würde. Wie gesagt, das hatte ich auch schon so empfunden. Doch dann fand ich heraus, dass er verheiratet war und es auch die ganze Zeit gewesen war, während wir zusammen waren. Deswegen wollte er nicht, dass jemand in der Agentur etwas von unserer Beziehung mitbekommt. Er war immer so vorsichtig, dass wir nirgendwo zusammen gesehen werden, weil er meinte, dass es ein schlechtes Licht auf ihn werfen würde, weil ich schließlich seine Angestellte war. Ich habe das immer geglaubt. Ich war so blöd.«

Sie entzog Jenna ihre Hand und vergrub das Gesicht in den Händen.

»Du bist überhaupt nicht blöd«, beeilte sie sich, zu sagen. Sie konnte nicht fassen, was sie da hörte. Ihre sanfte, liebe Lauren, die alles für diesen Typen getan hätte, war so fies hintergangen worden. Als Laurens Schultern zuckten, sagte sie: »Jetzt hör mir mal zu. Er ist schuld daran. Er hat alles getan, damit du glaubst, was er dir gesagt hat. Das macht dich nicht blöd, sondern ihn. So etwas macht man nicht. Ich kann mir gut vorstellen, wie überzeugend er war.«

Allison schnaubte. »So ein Vollidiot! Was glaubt er eigentlich, wer er ist? Verheiratet! Wieder einer von denen, die alles haben wollen – die heile Familie und die tolle Geliebte. Hat er auch Kinder?«

Ihre Freundin nickte unglücklich.

»Megaarsch«, sagte Allison. »Oh, wie gern würde ich hinfahren und ihm die Meinung sagen. Wenn ich den noch einmal treffe, kann er was erleben.«

Lauren nahm die Hände vom Gesicht und seufzte. »Das ist der Grund, warum ich nicht zur Hochzeit wollte. Er ist nämlich mit Megans Verlobtem befreundet und wird auch da sein.«

Allison stand auf. »Lass uns hinfahren. Noch ist es nicht zu spät.«

Jenna zog sie auf ihren Stuhl zurück. »Das hilft ihr nicht.« Sie wandte sich wieder Lauren zu. »Was ist dann passiert?«

Ihre Freundin biss sich auf die Lippe und ein kleines Lächeln zeigte sich. »Leider habe ich mich dazu hinreißen lassen, ihm vor dem gesamten Büro eine Szene zu machen. Das fand er natürlich überhaupt nicht lustig und von da an bekam ich Probleme.«

»Moment mal«, sagte Allison. »Er ist verheiratet, hat mit dir eine Affäre und verschweigt dir, dass er zu Hause eine Frau hat, und als du es herausfindest und ihm eine Szene machst, fängt er an, dich zu mobben? Wusste ich's doch, dass der Typ ein Arsch ist.« Sie ballte die Hände zu Fäusten.

»Und wie ist es jetzt?«, fragte Jenna.

Lauren hob den Blick, doch statt Trauer oder Angst stand Trotz in ihren Augen. Das war etwas, was Jenna von ihr nicht kannte. Aber es gefiel ihr.

»Vor ein paar Tagen hat mich mein anderer Chef zur Seite genommen. Ihm gehört die Agentur und er ist natürlich mit Craig befreundet. Er hat mir gesagt, dass er mein Verhalten nicht tolerieren kann und dass es besser wäre, wenn ich mir einen neuen Job suche.«

»Ernsthaft? Was sind das für Typen?«, warf Allison ein.

Lauren hob das Kinn und Jenna erwartete fast, dass sie Craig verteidigen würde, doch stattdessen sagte sie: »Dann habe ich herausgefunden, dass er vorhatte, Craigs Frau in der Agentur einzustellen, und dass ich deswegen gehen sollte.«

Fassungslos starrte Jenna ihre Freundin an. »Das ist nicht dein Ernst.«

»Doch.« Noch immer klang sie trotzig.

»Du kannst sie verklagen«, sagte Jenna.

Lauren seufzte. »Das könnte ich in der Tat, aber er hat mir eine Abfindung angeboten, als ich ihn darauf angesprochen habe. Ich glaube, ich werde sie annehmen.«

»Du willst nachgeben?«, fragte Allison. »Du musst kämpfen. Die können sich doch nicht alles erlauben!«

Sie stand auf und stellte sich wie eine kampfbereite Amazone vor Lauren.

»Setz dich wieder«, sagte Jenna.

Gehorsam ließ Allison sich auf den Stuhl sinken. »Ich meine es ernst, Lauren, das kannst du denen nicht durchgehen lassen.«

Lauren war erstaunlich klar, stellte Jenna fest. Hätte jemand sie heute Nachmittag gefragt, wie ihre Freundin auf so eine Situation reagieren würde, hätte Jenna geschworen, dass sie in eine tiefe Traurigkeit versinken würde. Doch hier saß Lauren, sie war wütend und sehr klar.

»Wenn ich ihn verklage, ist das Beste, was passiert, dass ich meinen Job behalten kann. Aber wie soll ich weiterhin in einer Agentur arbeiten, die jemandem gehört, den ich verklagt habe und der mich hassen würde? Ich nehme lieber das Geld und fange damit neu an.«

»Verlang das Doppelte«, sagte Jenna.

Lauren fuhr zu ihr herum. »Wie bitte? Das kann ich nicht machen.«

Allison hingegen klatschte in die Hände. »Gute Idee! Mach das.«

Jenna beugte sich vor. »Natürlich kannst du das. Die haben dich so richtig hinters Licht geführt und jetzt sollst du deine Stelle loswerden, nur weil er schon verheiratet ist und vergessen hat, es dir zu sagen, aber trotzdem eine Affäre mit dir wollte? Nein, dafür dürfen sie ruhig ein bisschen mehr bezahlen.«

Mit weit aufgerissenen Augen starrte Lauren sie an. »Aber der Agentur geht es im Moment nicht so gut. Ich weiß nicht, ob sie sich das leisten können.«

»Selbst schuld«, sagte Allison. »Du verlierst schließlich gerade deinen Job. Das darf die ruhig was kosten. Und glaube mir, die Abfindung darf er aus eigener Tasche bezahlen. Zumindest würde ich das so machen, wenn ich sein Chef wäre.«

»Und wenn er mich rausschmeißt, ohne mir etwas zu bezahlen?«

»Dann hast du einen noch besseren Grund, um zu klagen«, erklärte Jenna. »Und das weiß er auch. Vermutlich hat er das Abfindungsangebot relativ niedrig angesetzt und kann sich noch eine ganze Menge mehr leisten. Männer kalkulieren so etwas ein. Weil sie es genauso machen würden. Die nehmen nie das erste Angebot an.«

Lauren schaute Jenna nachdenklich an, dann breitete sich langsam ein leichtes Lächeln auf ihrem Gesicht aus. »Ich glaube, du hast recht«, sagte sie.

»Natürlich hat sie recht«, erklärte Allison. »Und manchmal ist es zu etwas nutze, dass Jenna in diesem Männerclub arbeitet und sich da durchkämpft. Dann weiß man so etwas.«

Das Lächeln auf Laurens Gesicht wurde breiter. Jenna drückte ihre Hand. »Jetzt aber mal was anderes«, sagte sie. »Wie geht es dir denn damit?«

Lauren biss die Zähne zusammen. »Ehrlich gesagt bin ich einfach nur wütend. Das wird er auch noch merken.«

Allison hielt die Hand hoch, doch Lauren merkte nicht, dass sie einschlagen sollte. »Ich hätte gedacht«, erklärte sie und hielt die Hand weiterhin hoch, »dass du in Traurigkeit versinken und den ganzen Tag nur noch heulen würdest. Aber so gefällst du mir viel besser. Und jetzt schlag endlich ein, bevor mir die Hand abfällt.«

Mit einem breiten Lächeln und Tränen in den Augen schlug Lauren klatschend ein. Sie seufzte. »Versteht ihr jetzt, warum ich in Ruhe mit euch reden wollte? Und ich hatte das Gefühl, hier bin ich sicher.«

Jenna musste lächeln. »Das kann ich in der Tat verstehen. Wenn ich ehrlich bin, bin ich sehr dankbar, dass du die Hochzeit für uns abgesagt hast. Ich hatte überhaupt keine Lust, dort hinzugehen. Und dafür sind wir zum ersten Mal hier bei Caitrin. Es ist unglaublich, dass du das für uns geschafft hast.«

»Wozu Krisen doch manchmal gut sind«, sagte Allison. »Sollen wir einen Wein aufmachen?«

Alle stimmten zu und kurze Zeit später hatte jede einen Chardonnay vor sich stehen. Jenna ertappte sich dabei, wie sie immer wieder auf die Uhr und zur Tür schaute. Sie konnte nicht glauben, dass Caitrin nicht hier war.

Allison wandte sich an Lauren. »Was willst du denn machen, wenn du nicht mehr in der Agentur bist?«

Ihre Freundin zuckte mit den Schultern. »Vermutlich werde ich mir einen neuen Job suchen, aber im Moment will ich mit der Agenturbranche nichts zu tun haben. Ich würde viel lieber was ganz anderes machen.«

»Dann genieß die Zeit hier und vielleicht hast du ja bald ein paar Ideen«, sagte Jenna. Sie dachte kurz darüber nach, ob jetzt der richtige Zeitpunkt wäre, ihren Freundinnen von Hongkong zu erzählen, doch Caitrin war noch nicht da. Und nach Laurens Neuigkeiten wollte sie nicht mit einer anderen Geschichte hinterherkommen. Dieser Abend gehörte Lauren. Sie hatte Zeit.

Allison atmete tief durch. »Nachdem wir das geklärt haben, eine andere Frage: Können wir jetzt noch was essen?«

Lauren musste lachen. »Klar. Mittlerweile habe ich auch wieder Appetit. Und was machen wir dann?«

»Dann«, erklärte Allison und wies auf einen Schrank in der Küche, »werden wir schauen, was Caitrin außer Weißwein noch so dahat, und es uns auf dem Sofa bequem machen. Und dann werden wir so lange wie möglich über Craig lästern und über all die anderen Männer da draußen, die einen immer im Regen stehen lassen.«

Jenna dachte an Evan und daran, dass er sie nicht im Regen hatte stehen lassen. Sie biss sich auf die Lippe, doch Allison hatte es bemerkt. Sie sah immer alles.

»Und an wen denkst du gerade?«

Jenna lächelte. »Ich habe euch noch gar nicht von meiner Fahrt hierher berichtet.«

»Erzähl«, sagte Allison, während Lauren den Topf mit der Suppe an den Tisch holte. Sie schien froh darüber, dass sich das Thema anderen Dingen zugewandt hatte.

Jenna berichtete, was passiert war. Lauren war erschrocken und Allison interessiert.

»Du wurdest also von einem Ritter gerettet. Deswegen habe ich zwei Autotüren gehört.«

Jenna musste lachen. »Er ist doch nicht mein Ritter.«

»Also, ich finde schon, dass es sich sehr ritterlich anhört«, sagte Lauren.

»Ich fand ihn ehrlich gesagt ein kleines bisschen albern in seinem Kilt«, gab Jenna zu. Doch sie musste sich eingestehen, dass er sich darin so elegant bewegt hatte, als ob er für ihn gemacht wäre.

Allison hatte aufgegessen und lehnte sich auf ihrem Stuhl zurück. »Wie spannend. Lauren wird auf einmal wütend und kämpft wie eine Löwin und Jenna lässt sich zum ersten Mal in ihrem Leben von jemandem retten. Und Caitrin verschwindet einfach. Wir haben uns wirklich lange nicht gesehen. Was ist denn mit euch passiert?«

»Ich habe mich nicht retten lassen«, widersprach Jenna. »Ich hätte auch allein hierher gefunden. Er hat darauf bestanden, mich zu fahren.«

Allisons Augen blitzten. »Ich finde, das geht als Rettung durch. Und im Übrigen, du musst nicht immer alles allein machen und es ist gut, wenn dir mal jemand zeigt, wie das geht.«

Jenna unterdrückte ein Gähnen. Der Tag und die Reise waren lang gewesen.

Allison beugte sich vor und schaute sie mit hochgezogenen Augenbrauen an. »Sah er denn wenigstens gut aus?«

Jenna wollte bereits mit Ja antworten, als sie daran dachte, dass Evan vermutlich Allisons Typ war. Und Allison war nicht schüchtern. Im Gegenteil. Und irgendetwas daran störte Jenna. Sie wollte nicht, dass Allison neugierig auf ihn wurde und loszog, um ihn sich anzuschauen. Sie hatte ihn gefunden. Sie merkte selbst, wie albern sie klang, fast wie ein Teenager, deswegen zuckte sie nur mit den Schultern und sagte: »Es war schon fast dunkel, ich konnte es nicht gut sehen.«

Doch Allison hatte genau gemerkt, was los war. Sie grinste. »Also ja«, sagte sie. »Wer hätte das gedacht? Endlich kommt unserer lieben Jenna auch mal etwas anderes in den Kopf als ihre Arbeit.«

Jenna wollte protestieren, doch als sie den Mund aufmachte, legte Lauren ihr eine Hand auf den Arm. »Sie meint es nicht so.«

Allison lachte laut. »Natürlich meine ich es so. Es ist gut, wenn Jenna mal etwas lockerer wird und sich anschaut, welche Männer um sie herum sind.«

»Er ist ein amerikanischer Tourist«, erklärte sie.

Ihre Freundin zuckte mit den Schultern. »Na und? Du sollst ja keine Verbindung auf alle Zeit mit ihm eingehen. Ein paar Tage Spaß reichen doch schon. Aber«, sagte sie lauernd, »wenn du nicht willst, schau ich ihn mir gern mal an.«

»Auf keinen Fall«, platzte Jenna heraus und Allison lachte noch lauter, beugte sich vor und schaute sie ernst an.

»Du magst ihn wirklich. Was können wir denn da machen?«

»Können wir das Thema bitte beenden?«, fragte Jenna und löffelte ihre Suppe weiter. Allison hatte schon immer ein Gespür für Geschichten gehabt. Und wenn sie erst einmal Blut geleckt hatte, gab sie nicht auf, bis sie die Geschichte aufgedeckt hatte.

Sie wollte gerade etwas erwidern, als Lauren die Hand hob und sagte: »Schluss jetzt, Allison. Schau dir Jenna mal an, sie ist total müde. Sie kippt gleich vom Stuhl. Lass uns morgen weiterreden. Vielleicht ist Caitrin dann auch da. Und Jenna geht jetzt schlafen.«

»Ich bin mir nicht sicher, ob ich die neue, souveräne Lauren so viel lieber mag«, maulte Allison im Spaß. »Ich finde das Thema Retter in der Dunkelheit ziemlich spannend.«

»Morgen können wir reden«, sagte Lauren. »Komm, ab ins Bett mit dir.«

Allisons Handy vibrierte und nahm ihre Aufmerksamkeit in Anspruch, doch dann verdrehte sie die Augen.

Jenna zog ihr eigenes Handy aus der Tasche. Sie hatte hier keinen Empfang. Auf dem Display zeigte ihr Postfach noch immer siebenundzwanzig ungelesene E-Mails an. Sie zögerte kurz, dann fragte sie: »Habt ihr den Zugang zum WLAN?«

Beide Freundinnen schüttelten den Kopf. Lauren grinste. »Ehrlich gesagt bin ich gar nicht so böse darüber, denn so könnt ihr beide nicht die ganze Zeit arbeiten.«

Allison hingegen zog eine Grimasse. »Ich weiß nicht, ob meine Chefs das auch so sehen. Aber wenn du willst, mache ich mich nachher auf die Suche«, bot sie Jenna an.

Lauren schüttelte den Kopf. »Du hast gestern schon danach gesucht und es nicht gefunden. Nimm es einfach hin.«

Jenna warf wieder einen Blick auf ihr Handy. Sie hatte

keine Lust, zu arbeiten, und fand den Gedanken, es nicht tun zu können, nicht unangenehm.

Lauren nahm sie an den Schultern. »Du kannst morgen deine E-Mails lesen, wenn Caitrin wieder da ist. Jetzt schlaf erst einmal. Wir brauchen dich in den nächsten Tagen ausgeruht.«

Sie schob Jenna aus der Küche.

In ihrem grünen Zimmer, das Allison ihr zugewiesen hatte, zog sie sich aus, nahm eine schnelle Dusche und schlüpfte dann ins Bett. Sie war schon fast eingeschlafen, als sie noch einmal an Evan dachte, wie er am Straßenrand gestanden hatte, so männlich, so attraktiv und irgendwie so machtvoll. Und wie sanft er gewesen war, als er sie untersucht hatte. Diese Mischung hatte sie bei einem Mann noch nie erlebt. Sie fragte sich, was sie daran so verwirrte, doch sie fand keine Antwort auf die Frage, denn im nächsten Moment war sie bereits eingeschlafen.

3

Es war die Stille, die Jenna am Morgen weckte. Die Sonne kroch gerade durch die Vorhänge und draußen zwitscherten Vögel. Ansonsten war es still.

In ihrer Wohnung in London war es nie so leise. Immer hörte man Straßenlärm oder die Menschen in den Wohnungen über oder unter ihr. Am Anfang hatte Jenna es ein wenig gestört, doch mittlerweile gehörte es so sehr zu ihrem Leben dazu, dass sie die Stille schlecht ertragen konnte. Auch damals im Internat, als sie zu viert ein Zimmer geteilt hatten, hatte sie immer Geräusche um sich herum gehabt. Und sei es nur der Atem einer ihrer Freundinnen, meist der von Lauren, die sich leicht erkältete und deswegen immer mal wieder geschnarcht hatte – auch wenn sie behauptete, dass das nicht der Fall gewesen war.

Jenna versuchte, noch einmal einzuschlafen, doch dann dachte sie an Caitrin und fragte sich, ob sie wieder da war.

Barfuß und im Nachthemd trat Jenna in die Küche. Es war tatsächlich alles aufgeräumt. Das war vermutlich Lauren gewesen. Doch kein Zeichen davon, dass Caitrin wieder da war.

Jenna ging zurück in den Flur und warf einen Blick in Laurens Zimmer, dessen Tür offen stand. Die Freundin schlief tief und fest, schnarchte jedoch nicht. Neben ihrem Bett lagen einige zerknüllte Taschentücher. Jenna hoffte sehr, dass sie sich nicht in den Schlaf geweint hatte. Doch dann bemerkte sie den Liebesroman auf dem Boden und musste lächeln. Lauren hatte schon immer gern diese Schnulzen gelesen und brauchte dafür ein Paket Taschentücher. Früher hatten sie sie damit aufgezogen.

Leise zog Jenna sich zurück, um die Freundin schlafen zu lassen. Dann lauschte sie an Allisons Tür, doch auch von dort war kein Laut zu vernehmen. Jenna war sich sicher, dass sie Allison zumindest auf ihrem Laptop tippen hören würde, wenn sie schon wach wäre.

Sie schaute sich um. Caitrins Zimmer musste oben sein, denn hier unten gab es nur noch ein Badezimmer. Vorsichtig ging Jenna die Treppe hinauf. Die Stufen knarrten ein wenig, aber es blieb still im Haus.

Oben gab es vier Zimmer, die alle genauso hübsch eingerichtet waren wie die unten. In allen stand ein Bett. Jenna fragte sich, warum Caitrin so viele Schlafzimmer brauchte. Alle Betten waren jedoch leer. Ihre Freundin war also immer noch nicht da. Jenna dachte darüber nach, ob sie sich Sorgen machen mussten. Ein wenig merkwürdig war es schon. Doch Caitrin hatte stets ungewöhnliche Dinge getan und sie hatte hinterher meistens eine logische Erklärung dafür. Zumindest für sie selbst war sie nachvollziehbar. Daran war Jenna mittlerweile gewohnt. Also entschied sie sich, das mit den Sorgen erst einmal sein zu lassen.

Ein Zimmer war ganz offensichtlich Caitrins. Kleider lagen unordentlich verstreut auf einem Stuhl und dem Boden. Ein kleiner Schreibtisch mit einem Laptop stand am Fenster und Jenna entdeckte zwei Fotos auf dem Tisch.

Auf Zehenspitzen schlich sie sich ins Zimmer. Sie wusste, dass sie nicht schleichen brauchte, und sie tat ja nichts Verbotenes, denn sie und Caitrin hatten nicht nur im Internat, sondern auch während des Studiums zusammengewohnt und

Jenna kannte ihre Freundin in- und auswendig. Trotzdem fühlte sie sich ein wenig wie ein Eindringling.

Auf einem der Fotos war eine ältere Dame zu sehen, auffallend gut aussehend, selbst für ihr Alter. Sie schien eine ältere Version von Caitrin zu sein. Sie war Caitrins Großmutter. Jenna hatte sie nur drei oder vier Mal getroffen, als es im Internat Veranstaltungen gab, aber die ältere Dame war nicht oft aus dem Haus herausgekommen. Sie hatte sehr zurückgezogen gelebt und sich mit Hingabe um den Garten gekümmert. So wie Caitrin jetzt. Vor einigen Jahren, direkt nachdem sie und Jenna das Studium beendet hatten, war die alte Dame gestorben und Caitrin hatte das Haus übernommen. Seitdem lebte sie hier.

Auf dem anderen Foto entdeckte Jenna Allison, Lauren, Caitrin und sich selbst. Es war bei einer der unzähligen Hochzeiten aufgenommen worden, die sie in den vergangenen Jahren besucht hatten. Sie sahen glücklich aus. Jenna erinnerte sich daran, dass es eine der ersten Hochzeiten gewesen war. Damals hatten sie noch nicht gewusst, wie sehr ihnen das Prozedere bald zum Hals heraushängen würde. Sie hatten sich einfach nur gefreut, einander wiederzusehen.

Jenna lächelte ihren Freundinnen auf dem Foto zu. Dann sah sie auf und ihr stockte der Atem. Von diesem Platz aus hatte man einen direkten Blick auf die Burg Dundarg. Sie thronte auf einem Hügel und schien so nah und doch so fern. Es war schwer zu sagen, wie groß sie war. Caitrin hatte immer von der Burg erzählt und dass sie als Kind oft durch den Garten dorthin gelaufen war und dort oben gespielt hatte. Aber Jenna war nicht bewusst gewesen, wie nah sie war. Und soweit sie wusste, war sie nicht für die Öffentlichkeit zugänglich. Das machte sie jedoch nur interessanter.

Jenna trat ans Fenster und blickte in den Garten und dann wieder zur Burg, hinter der die Sonne gerade in den Himmel zu steigen begann. Jenna liebte alte Gemäuer.

Es dauerte nur den Bruchteil einer Sekunde, bis sie die Entscheidung getroffen hatte. Die anderen schliefen sowieso noch, sie konnte hier nicht arbeiten, da sie keinen Empfang hatte, und Bewegung an der frischen Luft würde ihr guttun. In den vergangenen Tagen hatte sie viel zu viel in Meetingräumen und im Flugzeug gesessen.

Sie lief in ihr Zimmer, zog ein Sommerkleid an und verließ das Haus durch die Tür, die direkt von ihrem Zimmer in den Garten führte. Wie dekadent, dachte Jenna. Ein Gästezimmer mit eigener Tür zum Garten. Und dann noch so ein Paradies.

Mit einem Anflug von Schuldbewusstsein nahm sie ihr Handy mit. Vielleicht hatte sie oben auf der Burg Empfang und konnte kurz nachschauen, ob sie wichtige E-Mails verpasst hatte.

Tief sog sie die Luft ein und schaute sich um. Schon oft hatte sie den Garten auf Bildern gesehen, und im Hintergrund, wenn Caitrin auf der Terrasse die Videokonferenz machte. Sie wusste, dass ihre Freundin den Garten liebte, denn ihre Großmutter hatte ihn angelegt.

Jenna erinnerte sich daran, dass sie sich gefragt hatte, wie Caitrin in diese Einsamkeit ziehen konnte. Auf der anderen Seite hatte sie viel Verständnis dafür gehabt, denn dies war der Ort von Caitrins Kindheit und sie hatte sich hier immer wohlgefühlt. Das Haus zu verkaufen, wäre für sie nie infrage gekommen. Doch während Caitrin sich hierher zurückzog, hatten die anderen drei die Welt erkundet, erste Jobs gefunden und mehr oder weniger aufregende Leben gelebt, während Caitrin sich an der Westküste Schottlands um den Garten ihrer Großmutter kümmerte. Kein Wunder, dass ihre Freundin noch keinen Mann gefunden hatte, denn wie sollte sie hier jemanden kennenlernen? Obwohl sie und Allison nicht besser waren. Wie Lauren gesagt hatte, waren sie mit ihren Jobs verheiratet und hatten kaum eine Gelegenheit, einen Mann in ihr Leben zu lassen. Obwohl Jenna vermutete, dass in Allisons Bett viel häufiger ein Mann lag als in ihrem. Doch diesen Gedanken schob sie beiseite, als sie sich den Garten anschaute. Er wirkte verwunschen, aber nicht verwildert. Eine gezähmte Schroffheit lag darin, eindeutig die Handschrift von Caitrin. Und soweit sie vom Fenster aus gesehen hatte, erstreckte er sich relativ weit. Ob er wohl bis zur Burg reichte?

Jenna kannte sich mit Gärten nicht gut aus, aber sie mochte Pflanzen und die Natur. Vor allem liebte sie die Wildnis, wenn sie sich in ihr bewegen konnte. Und dieser Garten kam einer Wildnis fast näher als der typische gepflegte englische Garten. Jetzt, mitten im Sommer, war er wunderschön, denn viele Blumen blühten und verschlungene Wege führten an lauschigen Ecken vorbei. Die übervollen Beete und Rosenhecken wurden nur selten von Rasenflächen durchbrochen. Dafür gab es Teppiche voller Wildblumen und trotz der Kühle am Morgen flogen bereits einige Insekten umher.

Jenna bahnte sich einen Weg durch den Garten und versuchte, auf die Burg zuzuhalten. Das war nicht leicht und einmal landete sie wieder am Haus, bevor sie den richtigen Weg fand. Sie war gerade am Fuße des Hügels angekommen, als sie einen kleinen Bach überquerte. Eine schlichte Holzbrücke führte hinüber. Direkt dahinter bog ein Weg nach rechts ab, der von Holunderbüschen gesäumt war. Neugierig folgte Jenna ihm und fragte sich, ob er hinauf zur Burg führte. Doch der Weg erwies sich als Sackgasse und nachdem er sich eine Weile dahingeschlängelt hatte, endete er an einem kleinen Platz, wo ebenfalls viele Holunderbüsche wuchsen. In der Mitte auf dem Gras lag ein größerer Felsbrocken sehr prominent und einsam, umgeben von einer Wiese, die von den Büschen und Bäumen eingefasst wurde.

Jenna fragte sich, ob dies eine heilige Stätte gewesen war, doch kein Schild deutete darauf hin, das ihr eine Erklärung geben konnte. Sie kehrte um, nahm die andere Abzweigung und hoffte, dass der Pfad zur Burg hinauf führte.

Der Weg war steinig, steil und so zugewachsen, dass Jenna sich fragte, ob in letzter Zeit jemand hergekommen war. Vermutlich wäre Caitrin die Einzige, die diesen Weg benutzen konnte, da er in ihrem Garten begann. Für sie hatte die Burg sicher ihren Reiz verloren, weil sie sie seit ihrer Kindheit kannte.

Oben angekommen, blieb Jenna im Schatten der mächtigen Mauern stehen. Dundarg war zwar eine Ruine, aber sie war noch so intakt, dass sie hoch aufragte. Auch hier waren keine Schilder und keine befestigten Wege, keine Parkplätze oder Absperrungen. Tatsächlich war diese Burg nicht für die Öffentlichkeit bestimmt. Sie fragte sich, ob sie wieder umkehren sollte, doch da sie nun einmal hier war, würde sie sich umschauen.

Jenna trat durch das Burgtor und kam in einen Innenhof, in dem das Gras schon lange nicht mehr gemäht worden war. Die Burg war viel größer, als sie gedacht hatte, und die meisten Mauern standen noch. Zum Teil waren sogar ganze Gebäudeteile erhalten. Jenna fragte sich, wann Dundarg aufgegeben worden war, doch auch hier gab es nirgendwo Schilder, die etwas erklärten.

Sie blieb stehen und lauschte. Der Wind strich durch das Gras und sie hörte Möwen kreischen. Jenna legte den Kopf in den Nacken und sah rund zwanzig der großen Vögel über ihr kreisen. Möwen gab es fast überall in Schottland, doch es waren so viele, dass Jenna sich fragte, wie weit das Meer weg war. Mit einem Mal hatte sie Lust, auf einen der Türme zu steigen und sich die Gegend anzuschauen. Ob sie Caitrins Haus unten sehen konnte? Und womöglich das Meer?

Vor ihr im Gras meinte sie, Fußspuren zu sehen. So als wäre erst kürzlich jemand durch den Burghof gegangen. Aber konnte das sein? Sie hatte keinen anderen Weg gesehen, der hoch zur Burg führte. Ein Schauder fuhr ihr über den Rücken und sie fragte sich, ob irgendjemand merken würde, wenn ihr hier etwas passierte. Sie nahm ihr Handy aus der Tasche und sah erleichtert, dass sie Empfang hatte. Sie tippte eine Nachricht an Allison, denn die hatte auch unten in Caitrins Haus Netz. Sie erklärte ihr, dass sie auf der Burg war und in spätestens einer Stunde zurück sein würde. Nur zur Sicherheit.

»So, das hätten wir«, sagte sie, steckte ihr Handy weg und bemerkte, dass sie mit sich selbst sprach. Sie wusste, dass sie es immer tat, wenn sie nervös war. Wieder überlegte sie, ob sie umkehren sollte, doch dann atmete sie tief durch und sagte sich: »Das schaffst du schon. Hier ist niemand.«

Gerade wollte sie weitergehen, um einen Weg auf den Turm zu finden, als sie eine Stimme hörte. Für einen Moment war sie sich nicht sicher, ob es eine Möwe gewesen war, und sie schalt sich eine Närrin. Wer sollte hier schon sein?

Dann hörte sie das Rufen wieder. Dieses Mal war es offensichtlich. Es kam nicht von einer Möwe. Das war ein Mensch.

»Hallo?«, rief sie. »Ist da jemand?«

Der Wind schien ihre Stimme davonzutragen. Jenna lauschte. Dann hörte sie es wieder. Es war ein Rufen und es klang beinahe ein wenig hohl. Es kam aus der hinteren Ecke, von dem Turm, den Jenna gerade hatte erklimmen wollen.

Sie zögerte nur einen kurzen Moment, dann ging sie hinüber zum Turm. »Hallo?«, rief sie wieder. »Wer ist da?«

Jetzt konnte sie die Worte deutlicher verstehen. »Ich bin hier«, antwortete eine Stimme und sie hallte wider. »Hier unten im Turm.«

Es war eine Männerstimme.

Für einen kurzen Moment überlegte Jenna, ob sie an Geister glaubte, denn die Stimme klang fast ein wenig gespenstisch. Doch dann fragte sie sich, welcher Geist in Schottland einen amerikanischen Akzent hatte. Vermutlich keiner. Und dann fiel es ihr wieder ein. Evan. Er hatte gesagt, dass er auf der Burg wäre. Aber so früh am Morgen?

»Wo sind Sie?«, rief sie und lauschte auf eine Antwort, um orten zu können, wo die Person war.

»Hier unten.«

Jenna trat näher an den dunklen Eingang zu einem der Türme. Sie roch den Modergeruch, den alte Gemäuer, die nicht bewohnt waren, immer hatten. Durch die helle Sonne draußen und die Dunkelheit drinnen konnte sie nichts erkennen. »Sind Sie hier unten?«, rief sie. Und nun hallten auch ihre Worte wider.

»Gehen Sie nicht weiter«, rief die Stimme. »Sonst stürzen Sie auch noch runter. Das hilft uns nicht.«

Abrupt blieb Jenna stehen. Es war definitiv Evan. Seine Stimme konnte sie so schnell nicht vergessen.

»Evan? Sind Sie das?«

»Jenna?« Er klang erleichtert.

»Was machen Sie da unten?«

So langsam gewöhnten sich ihre Augen an das Dunkel. Sie konnte Stufen sehen, eine, dann eine zweite, doch dahinter war nichts. Da war geborstenes und vermodertes Holz und sonst war es einfach nur schwarz.

»Ich bin froh, dass Sie da sind«, rief Evan. »Ich dachte schon, ich werde hier meine letzten Stunden verbringen.«

»Wie lange sind Sie da schon drin?«

»Können wir das später besprechen? Und könnten Sie mich rausholen?«

»Was ist denn passiert?«, rief Jenna in die Dunkelheit. »Ich kann Sie nicht einmal sehen.«

»Ich war ein wenig unvorsichtig, wenn man es so sagen will. Die Steintreppe war nicht so stabil, wie ich dachte. Und dann ging es ein wenig abwärts.«

»Sind Sie verletzt?«

»Nein, ich denke, ich hatte Glück. Aber können wir auch das später besprechen? Ich bin mir nicht sicher, was hier unten noch alles ist. Und ich würde gern wieder hier raus.«

Er hörte sich leicht angeekelt an und Jenna musste lächeln. »Und wie soll ich Sie hinausbekommen? Ich habe leider keine Rettungsausrüstung dabei.«

»Es könnte sein, dass ich mich selbst befreien kann, wenn ich ein wenig Licht hier unten hätte. Ich glaube, einige der Steine und Balken sind noch so in der Wand verankert, dass ich an denen hochklettern könnte. Aber ich kann sie leider nicht sehen. Haben Sie zufälligerweise eine Taschenlampe dabei?«

Sie konnte das Lächeln in seiner Stimme hören. Jenna musste ebenfalls lächeln, denn es erinnerte sie an ihre Unterhaltung gestern Abend. »Leider nein. Ich habe selten eine Taschenlampe dabei, wenn ich spazieren gehe.«

»Aber wie ich Sie kenne«, bei diesen Worten lief Jenna ein kleiner Schauder über den Rücken, »haben Sie bestimmt Ihr Handy dabei.«

Jenna musste lächeln. »Ja, habe ich.«

»Und das hat ja eine Taschenlampenfunktion, wie wir wissen.«

Wieder hörte sie das Lächeln in seiner Stimme.

»Und Sie meinen, das reicht bis da unten? Wie tief sind Sie eigentlich?«

»Das reicht bestimmt nicht bis hier unten. Aber vielleicht könnten Sie es mir runterwerfen.«

Er klang, als wüsste er, was er von ihr verlangte.

Jenna debattierte mit sich. Dann rief sie: »Gibt es noch eine andere Möglichkeit?«

»Wenn Sie keine Leuchtfackeln oder so etwas dabeihaben, sieht es schlecht aus.«

Jenna fluchte leise.

Evan rief: »Ich kann ziemlich gut fangen. Und selbst wenn ich es nicht fange, der Boden hier unten ist ziemlich weich, fast sogar schleimig. Selbst wenn das Handy auf dem Boden aufschlägt, wird es nicht kaputt gehen. Glaube ich.«

»Und wenn doch?«

»Dann kaufe ich Ihnen ein neues.«

Jenna dachte daran, dass sie dann dieses Wochenende nicht oder nur schlecht arbeiten konnte.

»Können Sie mich bitte noch einmal fragen, wie lange ich schon hier unten bin?«

Jenna runzelte die Stirn. »Wie lange sind Sie schon dort unten?«

»Seit gestern Abend. Daher wäre es nett, wenn Sie mir das Handy jetzt runterwerfen, damit ich rauskommen kann.«

»Sie sind da seit gestern Abend? Warum haben Sie das nicht gleich gesagt?«

Entsetzt starrte sie in die Dunkelheit, aber sie konnte ihn nicht sehen.

»Überzeugt Sie das?«

Jenna nickte, auch wenn er es nicht sehen konnte. »Also gut. Ich werfe es jetzt.«

»Moment noch! Lassen Sie das Licht vom Handy angeschaltet, damit ich sehe, wohin es fliegt. Ich stehe übrigens genau in der Mitte und kann Ihre Umrisse sehen. Zielen Sie einfach in die Mitte, okay?«

Jenna schaltete die Taschenlampe ihres Handys an und rief: »Bereit?«

»Bereit.«

Vorsichtig warf sie das Handy in die Tiefe.

»Ups«, hörte sie ihn sagen.

»Was meinen Sie mit *Ups*?«, rief Jenna zurück.

Doch dann lachte er. »Das war nur ein Scherz. Zugegeben, ein schlechter. Ich habe es und Ihrem Handy geht es gut.«

Nun konnte Jenna sehen, wie tief unten er war. Wenn er so weit hinabgestürzt war, war er bestimmt verletzt. Er trug noch immer seine Highlandertracht, doch das Hemd schien recht dreckig zu sein.

Sie beobachtete, wie er die Wände ableuchtete. Und dann machte er sich schon an den Aufstieg. Sie sah, wie er geschickt einen Fuß auf einen Vorsprung setzte, sich hochzog und immer weiter kletterte. Ihr Handy hatte er anscheinend in den Mund geklemmt.

Mit angehaltenem Atem beobachtete sie ihn und hoffte, dass die Balkenvorsprünge halten würden. Rund zwei Meter unter ihr jedoch kam er nicht weiter. Er schaute sich um und tastete die Wand ab, doch da war nichts mehr, woran er sich hochziehen konnte.

Jenna beugte sich vor. Evan bemerkte es und bedeutete ihr mit einer Handbewegung, sich zurückzuziehen. Sprechen konnte er nicht, weil ihr Handy zwischen seinen Zähnen klemmte.

Wieder und wieder schaute er sich um und versuchte, einen hervorstehenden Stein zu greifen. Dann erwischte er ihn und wollte sich gerade hochziehen, als der Stein aus der Wand rutschte und in die Tiefe polterte.

Jenna stieß ein Stöhnen aus. »Alles in Ordnung?«

Evan nickte, aber auf seiner Stirn standen Schweißperlen. Vermutlich würde er sich nicht mehr lange halten können. Aber was dann? Wenn er noch einmal runterfiel, würde er sich bestimmt verletzen. Und es würde eine Ewigkeit dauern, bis sie eine Rettungstruppe hier oben hatte. Schließlich würde ihr Handy mit in die Tiefe fallen und sie konnte so keine Hilfe holen.

Sie musste etwas tun. Entschlossen beugte sie sich nach vorn und hielt ihm die Hand hin. Doch sie reichte nicht bis zu ihm. Er schüttelte den Kopf, aber Jenna ignorierte ihn. Sie legte sich auf den Bauch und streckte ihre Hand in die Dunkelheit. Jetzt kam sie schon weiter.

»Strecken Sie Ihre Hand aus«, rief sie.

Er atmete tief durch und sie konnte sehen, wie er nachdachte, ob es einen anderen Weg gab.

»Jetzt kommen Sie schon. Ich bin stärker, als ich aussehe.«

Evan kniff die Augen zusammen und sie konnte ein Lächeln auf seinem Gesicht sehen, das von dem Handy in seinem Mund etwas verzerrt war. Dann streckte er seine Hand nach der ihren aus. Es reichte immer noch nicht. Jenna meinte, dass es vielleicht zwanzig Zentimeter waren, die fehlten.

Er ließ die Hand sinken und schüttelte den Kopf. Dann schaute er nach unten in die Dunkelheit und sie konnte sehen, dass er den Sprung kalkulierte. »Nicht«, rief sie. Er hielt inne und schaute zu ihr auf.

Sie brauchte eine Verlängerung. Irgendetwas, das lang war. Ihr Blick fiel auf sein Plaid. »Können Sie mir Ihr Plaid hochwerfen?«

Sie erkannte an seinem Blick, dass er sofort verstand, was sie vorhatte. Er zögerte kurz, löste dann eine Hand und versuchte, die Schnalle an seinem Gürtel zu lösen, doch das brachte ihn aus dem Gleichgewicht und er rutschte fast ab. Er wollte es gleich noch einmal probieren, doch Jenna hielt ihn zurück. »Sie stürzen ab, wenn Sie das machen.«

Er schüttelte den Kopf und fasste wieder nach seinem Plaid. Jenna hob warnend den Zeigefinger. »Lassen Sie das. Ich habe eine andere Idee.«

Sie schaute an sich herunter. Das Baumwollkleid, das sie trug, war lang genug. Darunter trug sie allerdings nur Unterwäsche. Doch es ging nicht anders.

»Bleiben Sie, wo sie sind«, sagte sie zu ihm.

Evan zog die Augenbrauen zusammen und Jenna musste beinahe lächeln. Er konnte auch mit ihr diskutieren, wenn er nicht sprechen konnte.

Sie trat ein paar Schritte zurück und schaute sich um. Natürlich war da niemand, aber irgendwie kam sie sich blöd vor, sich das Kleid mitten auf der Burg auszuziehen. Bevor sie es sich anders überlegen konnte, streifte sie es schnell über den Kopf. Es war noch kühl und der Wind strich über ihre Haut und hinterließ eine Gänsehaut.

Sie trat wieder in den dunklen Turm und als sich ihre Augen an die Dunkelheit angepasst hatten, sah sie, dass Evan erst zu ihr aufschaute, dann aber den Blick abwandte. Jenna versuchte, nicht daran zu denken, dass sie nur in Unterwäsche vor ihm stand. Sie kniete sich auf den Boden und drehte das Kleid in ihren Händen, sodass es sich wie ein Seil aufdrehte. Es war ein dünner Stoff, aber aus Baumwolle, und sie hoffte, dass er gut halten würde.

Sie ließ das Kleid zu ihm herab, und ohne zu zögern, griff er danach. Jenna setzte sich auf und stemmte ihre Füße gegen einen schweren Findling. »Halten Sie sich fest. Ich ziehe Sie jetzt so weit hoch, dass Sie an den nächsten Absatz kommen.«

Er konnte ihr nicht antworten, aber sie hörte ein zustimmendes Geräusch. »Eins, zwei, drei«, rief sie und zog an. Natürlich war er schwerer, als sie gedacht hatte, aber sie hatte einen guten Hebel. Mit den Beinen drückte sie sich nach hinten und sie spürte, wie sich ihr Po über den rauen Stein schob. Langsam zog sie ihn hoch, dann ließ das Gewicht auf einmal ein wenig nach. Er musste auf dem nächsten Absatz angekommen sein.

»Es geht weiter«, rief sie, rutschte mit dem Po wieder nach vorn und stemmte sich erneut in das improvisierte Seil.

Jenna hörte ein Geräusch und so etwas wie Zustimmung. Sie lehnte sich mit aller Kraft hinein. Ihre Arme schmerzten und ihr Atem ging stoßweise. Wieder hörte sie ihn. Sollte sie nachlassen? Sie zögerte. Wenn sie jetzt nachschaute, was war, konnte er womöglich abstürzen. Also zog sie weiter. Er musste gleich oben sein.

»Stopp«, rief er auf einmal. »Jenna! Halt!«

Sie hörte sofort auf, zu ziehen. »Was ist?«

»Mein Fuß klemmt fest. Wenn Sie weiterziehen, bleibt er hier unten.«

»Kann ich etwas tun?«

»Nur aufhören, zu ziehen. Ich bin gleich so weit. Ich sage Ihnen Bescheid.«

Dann war es still. Schließlich sagte er: »Es kann weitergehen.« Er ruckte am Seil.

»Evan?«

»Ja?«

»Warum können Sie mit mir sprechen?« Jenna dachte an ihr Handy und fragte sich, wo er es hatte.

»Das erzähle ich Ihnen gleich.«

Schuldbewusst, weil sie eher an ihr Handy als an seine Sicherheit gedacht hatte, lehnte sie sich erneut in das Seil. »Eins, zwei, drei.« Sie zog wieder und dieses Mal ging es leichter. Es gab einen Ruck, dann erschien sein Kopf und Augenblicke später krabbelte er aus dem Abgrund.

Schweiß stand auf seiner Stirn. Sein weißes Hemd war von grünen und braunen Flecken übersät und er blutete an der Hand. Er ließ sich neben sie auf den Boden sinken und schloss die Augen.

Jenna war es, als würden ihre Arme brennen. Ihre Schultern schmerzten und sie fragte sich, ob sie schon einmal solch eine Anstrengung vollbracht hatte. Sie schloss ebenfalls die Augen.

»Danke«, sagte er leise.

Sie öffnete die Augen und sah, dass er zur Decke hinaufschaute. In diesem Moment wurde ihr bewusst, dass sie nur ihre Unterwäsche trug. Hastig griff sie nach dem Kleid und streifte es sich über. Es hatte eine andere Form und war vollkommen zerknittert, doch zumindest war sie nicht mehr halb nackt.

Endlich schaute er sie an. »Vielen Dank. Das mit dem Kleid war eine gute Idee.«

Jenna zuckte mit den Schultern. »Für etwas muss so ein Ingenieurstudium ja gut sein.«

Interessiert betrachtete er sie, dann setzte er sich auf. »Das mit deinem Handy tut mir leid.«

Irgendwie waren sie auf einmal ganz natürlich zum Du übergegangen.

»Ich nehme an, es ist dort unten?«

Er nickte. »Ich konnte es nicht mehr halten, als du mir fast den Fuß abgerissen hast.«

»Ich habe dir nicht den Fuß abgerissen«, widersprach sie empört. Doch dann sah sie das Grinsen auf seinem Gesicht.

»Wie ich sagte, ich kaufe dir ein neues.«

Jenna winkte ab. »Es gehört der Firma. Ich werde es einfach als verloren melden.«

»Auch wenn das nicht weiterhilft: Du bist relativ beliebt.«

Jenna runzelte die Stirn. »Was meinst du damit?«

»Ich glaube, dass ungefähr alle zwanzig Sekunden eine E-Mail reinkam.«

»Woher weißt du das?«

»Dein Handy vibriert, wenn eine Mail ankommt«, bemerkte er.

Jenna starrte ihn an, dann begann sie zu lachen. Auch Evan musste lächeln. Als ihr klar wurde, dass sie ihn anstarrte und er es merkte, wandte sie schnell den Blick ab.

Sie erhob sich. »Kannst du laufen?«

Er rappelte sich ebenfalls auf. »So schlimm ist es nicht.«

Evan stand vor ihr und nahm fast den gesamten Türrahmen des Turms ein. In seiner verdreckten Highlandertracht sah er aus wie ein Krieger. Sie starrte ihn schon wieder an.

Schnell trat sie in den Burghof. Dort wandte sie sich um und verschränkte die Arme. »Ich nehme an, wir sind damit quitt.«

Er trat hinter ihr ins Sonnenlicht und kniff die Augen zusammen. »Könnte man so sagen. Obwohl ich glaube, dass ich dir mehr schuldig bin als du mir. Wenn ich mich also irgendwie noch mal erkenntlich zeigen kann …«

Er lächelte sie so verwegen an, dass ihr beinahe der Atem wegblieb.

Evan trat auf sie zu und sie bemerkte, wie er sich verstohlen die Handgelenke rieb. Er schien sogar ein klein wenig zu humpeln. »Bist du sicher, dass du nicht verletzt bist?«

Er schüttelte den Kopf. »Das ist gleich wieder vorbei. Aber was ich dich fragen wollte …«, sagte er. »Was machst du hier oben? Ist alles in Ordnung mit dir? Oder brauchst du doch noch eine Untersuchung?«

Jenna musste lachen. »Nein, brauche ich nicht. Ich konnte wegen des Jetlags nicht mehr schlafen und wollte hier hinauf und schauen, ob ich Empfang habe.«

Er grinste. »Und ich eitle Seele dachte schon, du wärst meinetwegen hier hochgekommen.« Sein Lächeln verschwand. »Nein, im Ernst, ich bin sehr dankbar, dass du hier bist. Da die Burg nicht für die Öffentlichkeit zugänglich ist, hatte ich mir schon ausgerechnet, dass mich vermutlich niemand finden würde. Daher stehe ich wirklich in deiner Schuld. Danke.«

Er schaute sie so intensiv an, dass Jenna das Blut in die Wangen stieg. »Gern geschehen«, murmelte sie.

»Und die Idee mit dem Kleid war auch gut«, fügte er hinzu.

Jennas Wangen wurden noch ein wenig heißer. »Normalerweise ziehe ich mich nicht gleich beim ersten Treffen aus.«

Er schmunzelte. »Na, dann hatte ich ja Glück, dass es schon unser zweites war.«

Jetzt musste Jenna ebenfalls lächeln. Es war so leicht, sich mit ihm zu unterhalten.

In diesem Moment hörte sie ihr Telefon klingeln. Reflexartig griff sie zu ihrer Tasche, doch da war es natürlich nicht. Das Klingeln kam aus dem Turm.

»Verdammt«, murmelte sie. »Hoffentlich nichts Wichtiges.«

»Hongkong?«, fragte er.

Jenna zuckte die Schultern. »Vielleicht. Aber vielleicht auch meine Freundinnen, die sich wundern, wo ich bin.«

Evan atmete tief durch. »Hast du Caitrin schon davon erzählt, dass wir uns kennengelernt haben?«

Überrascht schaute Jenna ihn an. Warum fragte er das? Sie schüttelte den Kopf. »Noch nicht.« Er brauchte nicht zu wissen, dass sie nicht da war.

»Würde es dir etwas ausmachen, wenn du ihr nichts von meinem Unfall erzählst? Ich weiß, dass es blöd für dich ist, aber es wäre mir lieber.«

Jenna biss sich auf die Lippe. Es gefiel ihr nicht, dass sie Geheimnisse vor ihren Freundinnen haben sollte. »Warum soll ich ihr nichts erzählen?«

»Weil es mir unangenehm wäre. Sie hat mir quasi prophezeit, dass mir etwas Schlimmes passiert, wenn ich mich zu lange hier aufhalte. Sie meinte, dass Dundarg verflucht sei.«

Ungläubig starrte Jenna ihn an. »Das hat Caitrin gesagt?«

Er nickte.

»Und du hast es ihr geglaubt?«

»Eigentlich nicht. Aber nun, da ich fast da unten verreckt wäre, wenn ich nicht meine persönliche Lebensretterin gehabt hätte, weiß ich nicht, ob ich es vielleicht doch glauben soll.«

Jenna schnaubte belustigt. »Erstens war das ein Unfall und kein Fluch. Zweitens wärst du nicht verreckt, weil dich irgendwann sicher jemand gefunden hätte. Und drittens ist Caitrin die Letzte, die sich über so etwas lustig machen würde. Glaub mir, ich kenne sie gut. Sie ist nicht gehässig. Sie würde sich eher Sorgen machen.«

Evan biss die Zähne zusammen und schaute für einen Moment den Möwen nach. Dann zuckte er mit den Schultern.

»Es wäre mir trotzdem lieb, wenn sie nichts davon erfahren würde.«

Jenna nickte. »Wenn es dir so wichtig ist.«

Sie hätte ihren Freundinnen liebend gern diese Geschichte erzählt, aber wenn er es so wollte … Trotzdem war sie sich nicht sicher, ob sie über dieselbe Caitrin sprachen.

Wieder schwiegen sie, bis Evans Magen vernehmlich grummelte. »Entschuldige«, sagte er. »Ich habe seit gestern Mittag nichts gegessen.« Er zögerte kurz. »Ich nehme nicht an, dass ich dich auf ein Frühstück in das Cottage einladen kann?«

Aus irgendeinem Grund hätte Jenna am liebsten Ja gesagt. Sie wollte noch nicht gehen. Aber sie musste langsam los, also schüttelte sie den Kopf. »Ich glaube, ich muss zurück, sonst machen sich meine Freundinnen Sorgen«, sagte sie und wandte sich zum Gehen.

Evan hielt sie am Arm zurück. »Hast du Lust, morgen wieder herzukommen?«

Jenna starrte auf die Hand auf ihrem nackten Arm und auf einmal fiel es ihr schwer, zu atmen. Doch dann ließ er sie los. Die Stelle, an der er sie berührt hatte, brannte fast ein wenig. Schließlich hob sie den Kopf. »Warum?«, fragte sie.

Er zögerte. »Wir könnten die Burg gemeinsam erkunden. Das wäre sicherer, als wenn ich es allein mache«, sagte er schließlich.

»Ich weiß nicht«, erwiderte Jenna, obwohl sie wieder am liebsten sofort Ja gesagt hätte.

»Ich würde dir außerdem gern etwas zeigen. Etwas, das ich gestern entdeckt habe. Es ist das Mindeste, was ich tun kann, nachdem du mich gerettet hast.«

Mit einem Kribbeln im Bauch sagte Jenna: »Also gut.«

Und sie hoffte im Stillen, dass ihre Freundinnen nichts dagegen hatten, dass sie ihre gemeinsame Zeit so verplante. Doch sie konnte nicht anders.

Sie wandte sich zum Gehen.

»Jenna?«

»Ja?«

»Kannst du klettern?«

Sie nickte überrascht. Sie liebte es, zu klettern. Es war eines der wenigen aufregenden Dinge, die man auch in einer Halle in London machen konnte.

Sein Gesicht hellte sich auf. »Hervorragend. Und ich nehme an, das Meer magst du auch?«

Sie zögerte. »Ich liebe das Meer«, gestand sie schließlich.

Er verneigte sich ein wenig. »Dann bis morgen. Und vielleicht ziehst du besser kein Kleid an.«

4

Die Sonne stand bereits hoch am Himmel, als Jenna sich den Weg zurück durch den Garten bahnte. Sie hatte ein schlechtes Gewissen, weil sie so lange fort gewesen war. Allerdings war sie sich sicher, dass Allison sie angerufen hätte, wäre Caitrin schon zu Hause gewesen. Doch dann erinnerte sie sich daran, dass ihr Handy in diesem dunklen Abgrund lag. Vielleicht war es doch Allison gewesen, die versucht hatte, sie zu erreichen.

Sie überquerte gerade die Holzbrücke, die über den Bach führte, als sie mitten auf der Rasenfläche einen Findling liegen sah. Jenna runzelte die Stirn. Sie war sich sehr sicher, dass der vorhin noch nicht dort gelegen hatte. Aber wie war er da hingekommen?

Langsam ging sie auf den Stein zu, als der sich auf einmal bewegte. Zuerst dachte Jenna, dass es ein Tier wäre, ein Hirsch vielleicht, der dort lag. Es dauerte einen Moment, bis ihr klar wurde, dass das weder ein Stein noch ein Hirsch war, sondern ein Mensch. Und irgendetwas stimmte nicht.

Jenna rannte los. Dann erkannte sie den blonden Lockenkopf. Es war Caitrin. Jenna lief schneller und kam atemlos bei der Freundin an. Sie ging neben ihr auf die Knie. »Caitrin?« Sie legte ihr eine Hand auf die Schulter. Verwirrt stellte sie fest, dass Caitrin ein unförmiges braunes Wollkleid trug. Deswegen hatte Jenna sie erst mit einem Stein und dann mit einem Tier verwechselt. Aber was noch viel merkwürdiger war: Das Kleid war nass. War Caitrin in den Bach gefallen?

»Caitrin?«, fragte sie wieder und sie hörte die Panik in ihrer Stimme, als die Freundin nicht reagierte. Dann hob sie langsam den Kopf und Jenna sah die geröteten Augen. Ihre Schultern bebten. Auch Caitrins Haare waren nass und klebten ihr an der Stirn.

»Was ist denn mit dir passiert?«

Caitrin antwortete nicht sofort, sondern strich sich die Haare aus der Stirn. Jenna bemerkte verwundert, dass auf ihrem Kinn ein blauer Fleck prangte. Ein ungutes Gefühl machte sich in ihrem Bauch breit. Irgendetwas stimmte hier nicht. Ganz und gar nicht.

»Caitrin, sag bitte etwas«, drängte sie die Freundin. »Geht es dir gut?«

Das war eine ziemlich dumme Frage, denn es war offensichtlich, dass es ihr nicht gut ging, doch Jenna wusste sich nicht anders zu helfen.

Caitrin stieß zitternd einen Seufzer aus. »Es geht schon wieder«, sagte sie und ihre Stimme klang rau. So als hätte sie sie lange nicht benutzt.

»Warum bist du so nass?«

Ihre Freundin schaute an sich herunter und zupfte an ihrem Kleid. Dann seufzte sie erneut. »Erkläre ich später.« Mühsam rappelte sie sich auf. »Ich würde gern reingehen.«

Auf einmal sackten ihre Beine unter ihr weg und bevor Jenna sie auffangen konnte, sank Caitrin wieder auf den Rasen. »Mist«, murmelte Jenna. Sie brauchte Hilfe. Sie tastete nach ihrem Handy, um Lauren und Allison zu holen, doch dann fiel ihr wieder ein, dass das Telefon auf der Burg war. »Mist, verdammter«, fluchte sie.

Caitrin schaute sie mit einem Stirnrunzeln an. »Seit wann fluchst du so viel?«

»Entschuldigung«, murmelte sie.

Sie konnte Caitrin nicht ohne Hilfe zum Haus tragen und sie allein zu lassen, ging auch nicht. Da blieb nur eins.

Jenna holte tief Luft und brüllte, so laut sie konnte: »Allison! Lauren!«

Sie rief mehrmals hintereinander. Ihre Stimme hallte von irgendwo wider.

Jenna rief so lange, bis ihr der Hals wehtat. Sie hoffte darauf, dass Allison sie hörte, denn die hatte ein gutes Gehör und war als Journalistin, die in Kriegsgebiete reiste, darauf trainiert, in Alarmbereitschaft zu sein.

Sie hockte sich wieder zu ihrer Freundin. »Was ist denn passiert?«

Doch Caitrin winkte ab. »Später. Kannst du mir helfen, aufzustehen?«

Jenna packte die Freundin unter dem Arm und zog sie hoch. In diesem Moment hörte sie, wie jemand ihren Namen rief. »Hier bin ich«, antwortete sie. »Im Garten.«

Sie starrte auf die Bäume, die zwischen ihnen und dem Haus lagen, als auf einmal ein blaues T-Shirt sichtbar wurde. Allison trat auf die Rasenfläche und Lauren war direkt hinter ihr. Als sie Jenna und Caitrin erblickten, rannten sie los. Gerade wollte Jenna ihnen winken, als sie hinter sich eine Stimme hörte.

»Alles in Ordnung?«

Jenna wirbelte herum. Es war Evan. Er stand an der Brücke und schaute sie an.

»Kann ich dir helfen?«

Jenna hätte vor Erleichterung fast aufgeschluchzt. »Bitte! Wir müssen Caitrin ins Haus bringen.«

Doch in diesem Moment wandte ihre Freundin sich ebenfalls um. Sie versteifte sich. »Verschwinden Sie«, rief sie. »Wir brauchen Ihre Hilfe nicht.«

Sie klang, als wäre sie schon wieder bei Kräften. Verwirrt starrte Jenna sie an.

Evan wollte einen Schritt auf die Brücke machen, aber

Caitrin richtete sich auf und brüllte: »Das ist mein Land. Verschwinden Sie. Sie haben hier nichts zu suchen.«

Die beiden starrten sich an. Entsetzt schaute Jenna zwischen Evan und Caitrin hin und her. »Aber er will doch nur helfen.«

»Er soll verschwinden«, zischte sie.

Allison und Lauren kamen bei ihnen an. »Was ist denn hier los?«, fragte Allison und fasste Caitrin unter dem Arm.

»Jetzt hauen Sie endlich ab. Und wehe, Sie setzen noch einmal einen Fuß auf meinen Grund und Boden«, rief Caitrin wieder.

Evan zögerte, dann wandte er sich wortlos um und ging davon.

Allison starrte ihm hinterher. »Wer war das denn?«

»Mein neuer Nachbar«, sagte Caitrin. »Das ist ein Spinner.«

»Läuft der immer so rum?«

Jenna hatte Mühe, zu atmen. Sie sah, wie Evan zwischen den Büschen verschwand.

»Der hat nicht mehr alle Tassen im Schrank. Es wird Zeit, dass er verschwindet«, sagte Caitrin. Auf einmal sog sie scharf die Luft ein.

»Was ist denn passiert?«, fragte Lauren besorgt. »Bist du verletzt?«

Caitrin schüttelte den Kopf. »Nein. Lasst uns reingehen.«

Jenna tauschte einen Blick mit Allison, die ihre Freundin ebenso besorgt musterte. Irgendetwas stimmte hier nicht.

Langsam führten sie Caitrin über den Rasen und durch den Garten ins Haus. Als sie in der Küche angekommen waren, schaute ihre Freundin sich um und lächelte. »Wie ich sehe, habt ihr euch eingerichtet.«

»Allison hat die Zimmer verteilt«, sagte Lauren schnell.

Caitrin hob eine Augenbraue. »Eigentlich wollte ich das tun. Entschuldigt, dass ich zu spät bin.«

Sie sagte es, als hätte sie sich zu einem Mittagessen um eine halbe Stunde verspätet. Wieder tauschten Jenna und Allison einen Blick.

»Ich glaube, es ist am besten, wenn ich mich ein wenig frisch mache«, erklärte Caitrin. »Ich bin gleich wieder da.« Sie klang erschöpft.

»Was ist denn passiert?«, platzte Allison heraus. »Und wo warst du? Warum hast du dieses Ding da an?«

»Allison«, sagte Lauren, »jetzt lass sie doch erst einmal ankommen.«

»Ich will es aber wissen, sonst platze ich gleich«, erwiderte Allison.

Jenna hätte niemals gefragt, aber ihr ging es ähnlich.

Caitrin wischte sich übers Gesicht. »Ich bin gleich wieder da. Versprochen. Und dann darfst du mich alles fragen.«

Offensichtlich unwillig ließ Allison Caitrin gehen. Als ihre Freundin auf der Treppe nach oben verschwunden war, sagte sie: »Was hatte sie denn für ein Kleid an?«

»So schlimm war es auch nicht«, erwiderte Lauren.

Allison hob die Augenbrauen. »Ist das dein Ernst? Sie sah aus wie eine Obdachlose.«

»Ich fand, es sah eher wie ein Kostüm aus«, warf Jenna ein. »Wie von einem Mittelaltermarkt.«

»Macht sie jetzt etwa Rollenspiele? Das passt doch gar nicht zu Caitrin.« Allison schüttelte den Kopf. »Und was ist mit dem blauen Fleck in ihrem Gesicht? Ist das womöglich ein Rollenspiel der etwas anderen Art?«

Es dauerte einen Moment, bis Jenna begriff, was Allison andeutete. »Du meinst, etwas mit Sex?«

Dieser Gedanke entsetzte sie. Caitrin war immer eher zurückhaltend gewesen und nie durch Männergeschichten aufgefallen. Jenna konnte sich nicht einmal daran erinnern, dass Caitrin etwas von einem Mann erzählt hatte, den es in ihrem Leben gab. Sie stand auf Männer, denn sie hatten gemeinsam von Jungs geschwärmt, als sie im Internat gewesen waren, und auch Caitrin hatte Poster von Boy Bands an der Wand gehabt. Doch Jenna hatte immer geglaubt, ihre

Freundin so gut zu kennen, um zu wissen, dass diese nicht auf Gewalt oder Sexspiele stand, die ausarteten. Aber hatte sie sich vielleicht geirrt?

Jennas Gedanken spiegelten sich auf Laurens Gesicht wider. Sie sah allerdings entrüstet aus. »Was du immer gleich denkst, Allison«, wies sie die Freundin zurecht. »Nur weil du ein Lotterleben führst, muss es bei anderen nicht auch so sein.«

Doch Allison fühlte sich nicht angegriffen. Sie verschränkte die Arme und sagte: »Und wie erklärst du dir ihre Verletzungen und die Tatsache, dass sie zwei Nächte lang weg war? Und dann war sie auch noch klatschnass, obwohl draußen keine Wolke am Himmel zu sehen ist.«

Lauren öffnete den Mund, aber schloss ihn wieder, ohne etwas zu sagen.

»Ich glaube trotzdem nicht, dass sie irgendwelche Rollenspiele mit Sex macht. Vor allem nicht, wenn wir hier sind und sie besuchen.«

Allison hob die Hände. »Sie war anscheinend nicht diejenige, die uns eingeladen hat, und vielleicht ist das mit einem ihrer Treffen kollidiert.«

Jenna schüttelte den Kopf. »Du hast zu viel Fantasie, Allison. Vermutlich gibt es dafür eine einfache Erklärung.«

Ihre Freundin seufzte. »Auf die bin ich gespannt. Und glaub mir, ich habe eine Nase für gute Geschichten. Mal schauen, wie nah ich an der Wahrheit dran bin.«

Jenna hoffte, dass sie nicht allzu nah dran war. Allerdings hatte sie auch keine Erklärung für Caitrins Zustand. Und sie machte sich Sorgen.

»Da wir gerade darüber sprechen«, sagte Allison. »Warum sind deine Knie aufgeschürft und dein Kleid so merkwürdig zerknittert? Bist du gefallen?«

Wie immer war Jenna beeindruckt von Allisons guter Beobachtungsgabe. Als Journalistin hatte sie diese jahrelang geschult. Ihr entging nichts.

»Ich war auf der Burg«, sagte sie. »Und der Weg war ziemlich zugewachsen.«

Irgendwie war ihr gerade nicht danach, den anderen von ihrer erneuten Begegnung mit Evan zu erzählen, vor allem nicht, nachdem Caitrin ihn als Spinner bezeichnet hatte.

Allison beobachtete sie genau und da sie wusste, dass ihre Freundin den Spürsinn eines Bluthundes hatte, sagte Jenna schnell: »Sollen wir mal nach Caitrin schauen?«

»Nicht nötig«, sagte deren Stimme von der Tür her. Ihre Freundin hatte Jeans und ein T-Shirt angezogen und anscheinend geduscht, denn ihre Haare waren nass und ihr Gesicht und ihre Arme wieder sauber. So sah sie viel mehr wie ihre Caitrin aus.

Auf dem Gesicht der Freundin erschien ein Lächeln. »Ich freue mich so, dass ihr alle da seid.«

Aber irgendetwas an diesem Lächeln stimmte nicht. Es war vorsichtig und sie wirkte fast ein wenig betrübt. Vermutlich war sie einfach nur müde, sagte Jenna sich.

Nacheinander umarmte Caitrin die Freundinnen. »Ich kann es gar nicht glauben, dass ihr hier seid.«

»Möchtest du etwas essen?«, bot Lauren an und begab sich in die Küche.

Auf einmal standen Tränen in Caitrins Augen.

»Ist alles in Ordnung?«, fragte Jenna, die es als Erste gesehen hatte.

Caitrin atmete tief durch und nickte. »Ich hätte nie gedacht, dass es sich so gut anfühlen könnte, euch hier zu haben. Und dann gibt es auch noch etwas zu essen von Lauren.« Sie schluckte. »Ich glaube, das kann ich jetzt gut gebrauchen.«

Gemeinsam gingen sie in die Küche. Jenna spürte, dass Allison beinahe vor Neugierde platzte, aber so tat, als wäre nichts. Doch auch sie selbst wollte wissen, was geschehen war.

»Möchtest du auch etwas?«, fragte Lauren Jenna. »Vermutlich hast du auch noch nicht gefrühstückt, oder?«

»Gern«, sagte sie. Erst jetzt merkte sie, dass sie großen Hunger hatte. Kein Wunder, nachdem sie heute Morgen schon einen Mann aus einem Turm gerettet hatte. Irgendwie erschien es ihr surreal, hier mit ihren Freundinnen am Tisch zu sitzen und nichts davon zu erzählen. Sie spürte in sich hinein und merkte, dass es nicht der richtige Zeitpunkt war. Sie konnte immer noch davon berichten. Jetzt ging es erst einmal um Caitrin.

Kaum hatte Lauren die Teller mit Rührei mit Tomaten und Zwiebeln sowie zwei Schalen mit Müsli und geschnittenem Obst vor sie gestellt und sich gesetzt, platzte es aus Allison heraus. »So, meine Liebe, jetzt erzählst du uns bitte, wo du warst. Und keine Ausreden! Ich rieche eine Lüge oder Ausrede gegen den Wind, vor allem wenn sie von einer von euch kommt.«

Sie warf Jenna einen Blick zu und sie fragte sich, ob Allison ihr etwas sagen wollte. Doch dann konzentrierte sich die Freundin wieder auf Caitrin.

Die legte den Löffel nieder und starrte auf den Tisch. Es schien, als debattierte sie innerlich mit sich. Dann schaute sie erst Allison lange an, danach Lauren und schließlich Jenna. »Wir sind doch Freundinnen, oder?«

Alle nickten. Was war das nur für eine Frage?

Caitrin atmete tief durch. »Wenn ich euch etwas erzählen würde, was unglaublich wäre, würdet ihr es mir trotzdem glauben?«

»Natürlich«, sagte Lauren.

Allison zog die Nase kraus. »Das kommt auf deine Beweise und Argumente an.« Sie schaute sich um und hob die Hände. »Was denn? Es ist mein Beruf, Dinge nicht einfach so zu glauben, sondern sie zu überprüfen.«

Alle wandten sich Jenna zu. Sie zögerte. Sie war Ingenieurin, es fiel ihr schwer, an unglaubliche Dinge zu glauben, und das, obwohl sie Schottin war und ihre Eltern und Großeltern vielen Arten von Aberglauben nachgehangen hatten. Doch dann schaute sie Caitrin, Allison und Lauren nacheinander an. Diese drei waren ihre Familie. Es waren die Menschen, die sie am besten kannte und die am meisten über sie selbst wussten.

Wenn jemand einen Vertrauensvorschuss verdient hatte, dann eine von ihnen. Also nickte sie. »Ich werde es versuchen.«

Caitrin fuhr sich über das Gesicht. »Und ihr seid mir auch nicht böse, egal, was ich erzähle?«

»Auch wenn wir vielleicht nicht alles gleich glauben, böse sein können wir dir nie«, sagte Allison.

Caitrin starrte in den Garten hinaus, dann schüttelte sie den Kopf. »Oh Gott, als ich mir überlegt habe, wie ich es euch erzähle, hörte sich alles so logisch an, und jetzt habe ich das Gefühl, dass ich mich zum Narren mache.«

Sie zog eine so komische Grimasse, dass Jenna lächeln musste. Auch Allison grinste, nur Lauren starrte Caitrin mit großen Augen an. »So langsam machst du mir Angst.«

Ihre Freundin lächelte und fasste nach Laurens Hand. »Keine Sorge, meine Süße, ich habe nichts Unrechtes getan.«

»Und woher hast du dann das blaue Auge?«, platzte Lauren heraus.

Caitrin seufzte. »Das war nicht geplant.«

»Himmel, Caitrin, kannst du jetzt bitte sagen, was los ist? Ich platze gleich«, verlangte Allison.

Die Spannung im Raum war spürbar gestiegen und Jenna schob den Teller von sich, da sie keinen Bissen herunterbekam.

Wieder schwieg Caitrin.

»Steckst du in Schwierigkeiten?«, fragte Jenna. Auch sie hielt es nicht mehr aus.

Erstaunt beobachtete sie, wie Caitrin unschlüssig den Kopf hin und her bewegte.

»Jetzt sag schon«, drängte Allison. »So langsam fange ich an, mir Sorgen zu machen.«

Jenna ging es genauso. Mit angehaltenem Atem beobachtete sie Caitrin. Es musste etwas wirklich Ernstes sein.

»Bist du krank?«, platzte es aus Lauren raus. »Also, ich meine, ernsthaft krank? Krebs oder so?«

Caitrin schüttelte den Kopf. »Mir geht es gut und ich habe nichts verbrochen«, sagte sie. »Und ehrlich gesagt bin ich gerade so aufgeregt, dass es nett wäre, wenn ihr nicht solche Mutmaßungen anstellen würdet.«

Mit einem zittrigen Lächeln sah sie eine nach der anderen an.

Alle wandten sich wieder Caitrin zu, die tief durchatmete und anfing, zu sprechen, ohne eine der Freundin anzuschauen. »Bevor ich euch erzähle, warum ihr hier seid und wobei ich eure Hilfe brauche, müsst ihr mir eins versprechen.«

»Alles«, versicherte Lauren schnell.

Caitrin lächelte und sagte: »Jetzt warte doch erst einmal ab. Also, ihr müsst versprechen, dass ihr mir in Ruhe zuhört, bis ich zu Ende gesprochen habe.«

Jenna erwartete, dass Allison einen komischen Kommentar machen würde, doch sie schwieg. Anscheinend war auch sie sich bewusst, dass das hier etwas anderes war als normal.

»Und dann«, fuhr Caitrin fort, »möchte ich, dass ihr immer daran denkt, dass ich eure Freundin bin und dass ich nicht verrückt bin.«

Sie machte eine Pause, doch niemand sagte etwas.

Caitrin fuhr fort. »Ich möchte, dass ihr einen offenen Geist bewahrt und ernsthaft in Erwägung zieht, mir zu glauben. Nehmt zumindest für eine Zeit lang an, dass ich recht haben könnte. Mehr will ich gar nicht. Ich weiß, dass es unglaublich klingt, was ich euch erzählen werde, und ich kann gut verstehen, wenn ihr es mir nicht glaubt. Wenn ich es als Kind nicht erlebt hätte und nicht damit aufgewachsen wäre, würde ich vermutlich auch jeden für verrückt erklären.« Sie hielt inne und schaute eine nach der anderen an. »Ihr seid meine allerbesten Freundinnen und ich würde mich freuen, wenn ihr mir zuhört, mir vertraut und zumindest versucht, mir zu glauben. Und wenn ihr das tut, kann ich euch erklären, wobei ich eure Hilfe brauche. Also«, sie versuchte sich an einem zittrigen Lächeln, »könnt ihr mir das versprechen?«

Alle drei nickten. »Versprochen«, sagten sie wie aus einem Munde.

Caitrin atmete tief durch. »Also gut, dann kommt hier mein Geheimnis.«

»Na, jetzt bin ich gespannt«, sagte Allison.

Wäre Jenna nicht so aufgeregt gewesen, hätte sie Allison vermutlich unter dem Tisch getreten, doch ihr Herz klopfte aus unerfindlichen Gründen so heftig, dass sie sich konzentrieren musste, um zu hören, was ihre Freundin sagte. Und vermutlich ging es Allison ähnlich, sie ging nur anders damit um.

Caitrin setzte sich etwas auf und räusperte sich. »Erinnert ihr euch an die Geschichten, die ich euch immer erzählt habe, wenn wir nachts nicht schlafen konnten?«

Jenna erinnerte sich sehr gut daran. Sie hatten nachts wach gelegen und Caitrins Stimme gelauscht. Alle waren gebannt gewesen von den Details, die sie in die Geschichten einflocht. Sie hatten davon gehandelt, dass Frauen durch die Zeit reisten. Diese Frauen reisten in ein anderes Jahrhundert zurück, trafen dort Menschen, verliebten sich und erlebten Abenteuer. Es entstanden Freundschaften und all diese Frauen waren eine verschworene Gemeinschaft, die sich gegenseitig unterstützte. Jenna konnte sich gut daran erinnern, dass sie sich oft gewünscht hatte, eine dieser Frauen zu sein.

Manchmal waren die Geschichten traurig gewesen. Manchmal hatten sie ein Happy End. Doch die meisten Geschichten hatten noch kein Ende. Wie bei den Märchen aus 1001 Nacht, versprach Caitrin, weiterzuerzählen. Jenna erinnerte sich gut daran, wie sie im dunklen Zimmer gelegen hatte, der Regen an die Fensterscheiben geklopft hatte und es wohlig warm unter der Decke gewesen war, während sie Caitrins rauchiger Stimme zuhörte. Sie hatte sich immer gefragt, wie ihre Freundin so viel Fantasie haben konnte, und sie darum beneidet.

Auch Allison und Lauren nickten. Jenna konnte ihren Gesichtern ansehen, dass sie sich mit ähnlichen Gefühlen wie sie an diese Geschichten erinnerten.

Caitrin lächelte wehmütig. Sie schüttelte den Kopf und

schaute ihre Freundinnen an. »Wisst ihr, das waren keine erfundenen Geschichten. Sondern die Wahrheit.«

Es herrschte absolute Stille im Raum. Jenna war sich nicht sicher, ob sie Caitrin richtig verstanden hatte. Unsicher tauschte sie einen Blick mit den beiden anderen. Es war Allison, die als Erste sprach.

»Aber Caitrin, das kann nicht die Wahrheit sein«, sagte sie und beugte sich ein wenig vor. »Niemand kann durch die Zeit reisen.«

Es klang, als würde sie es einem Kind erklären.

Caitrin schaute Allison ruhig an. »Ich weiß«, sagte sie. »Und trotzdem geht es.«

»Und wie genau?«

»Ich habe keine Ahnung«, erwiderte sie.

Als Allison erneut mit einem Aber ansetzte, schüttelte Lauren den Kopf. »Wir haben Caitrin versprochen, dass wir ihr zuzuhören und ihr erst einmal Glauben schenken. Du auch, Allison.«

Deren Augen verengten sich, dann schnaufte sie und lehnte sich in ihrem Stuhl zurück. »Also gut, dann reden wir weiter und du erklärst mir, was du damit meinst.«

Sie klang skeptisch, doch Jenna nahm es ihr nicht übel. Sie überlegte selbst, ob Caitrin die Einsamkeit hier vielleicht zu Kopf gestiegen war. Aber dann erinnerte sie sich daran, dass sie ihrer Freundin das Versprechen gegeben hatte, sie erst einmal nicht für verrückt zu erklären.

Jenna schloss die Augen und atmete tief durch. Dann konzentrierte sie sich darauf, was Caitrin sagte.

»Ich kann nicht erklären, wie es funktioniert oder wer es herausgefunden hat. Ich weiß nur, dass es in meiner Familie schon seit vielen Generationen passiert.« Sie zögerte. »Und ich bin eine von ihnen.«

»Eine von was?«, fragte Allison. »Was willst du damit sagen?«

Caitrin richtete sich auf und schaute ihre Freundin direkt an. »Ich bin schon durch die Zeit gereist.«

Zum ersten Mal erlebte Jenna, dass Allison sprachlos war. Ihr selbst hatte es auch die Sprache verschlagen und ihre Gedanken rasten. Hatte sie Caitrin vielleicht falsch verstanden?

Ihre Freundin atmete tief durch. »Ich weiß, dass du es nicht glauben kannst, doch lass mich bitte erst einmal reden. Es ist nicht so leicht zu erklären, aber ich will es versuchen.«

Jennas Gedanken wirbelten in ihrem Kopf herum und es fiel ihr schwer, Caitrin zuzuhören. Alles in ihr sträubte sich gegen ihre Worte, denn es war so unglaublich. Und vor allem machte es ihr Angst. Angst davor, dass Caitrin verrückt geworden war.

Ihre Freundin schaute eine nach der anderen an. »Meine Mutter wollte nie, dass ich davon erfahre oder womöglich auch durch die Zeit reise.«

Jenna fand, dass der Text einstudiert klang oder wie lange vorbereitet, und das war er vermutlich auch.

»Deswegen hat sie verfügt, dass ich ins Internat muss. Sie wollte nicht, dass ich hier bin. Nach ihrem Tod ging es nicht anders, als dass ich in den Ferien hierherkommen konnte. Meine Großmutter hat sich an das Versprechen gehalten und mir nichts von den Reisen erzählt. Doch ich habe es zufällig herausgefunden, als ich ungefähr zehn war.« Sie hielt inne und schaute eine nach der anderen unsicher an. »Zunächst hielt ich es für ein Spiel und war mir nicht sicher, ob es nicht einfach nur in meinem Kopf existiert. Aber dann merkte ich bald, dass ich tatsächlich durch die Zeit reisen kann. Und plötzlich ergaben auch so viele andere Dinge einen Sinn.« Sie lächelte wehmütig. »Es gab so viele Frauen, die plötzlich bei uns auftauchten, und manchmal waren sie dann einfach verschwunden. Erst waren sie ein paar Tage hier und dann waren sie auf einmal fort. Manchmal kamen sie wieder – da war zum Beispiel diese Cousine meiner Mutter, manchmal kam sie und dann ging sie wieder. Ich hielt sie immer für eine etwas merkwürdig angezogene Fremde. Als Kind hält man all das, was zu Hause passiert, für normal. Bis man feststellt, dass das Leben der anderen Kinder zum Teil ganz anders aussieht.«

Jenna nickte. Sie hatte früher immer gedacht, dass alle Kinder mit ihren Eltern in verschiedenen Ländern lebten. Dass es Kinder gab, die nie aus der Stadt oder dem Dorf herausgekommen waren, in dem sie geboren waren, hatte sie nie in Erwägung gezogen. Diese Erkenntnis hatte mit ungefähr elf Jahren ihre Welt erschüttert.

Caitrin sprach weiter: »Irgendwann habe ich mit meiner Großmutter darüber gesprochen und als sie feststellte, dass ich häufig meine Nachmittage in einer anderen Zeit verbrachte, hat sie mich in alles eingeweiht, weil sie der Meinung war, dass es sicherer wäre, wenn ich wüsste, was los ist und wie das Zeitreisen funktioniert.«

Sie schwieg einen Augenblick und war anscheinend tief in Gedanken und Erinnerungen versunken. Jenna hörte ihr atemlos zu und versuchte, sich einen Reim auf die Dinge zu machen, die sie erzählte. Aber vor allem versuchte sie, einen offenen Geist zu bewahren. Und das war gar nicht so einfach. Sie konnte sehen, dass es Allison und Lauren ähnlich ging. Doch sie schwiegen alle, bis Caitrin weitersprach.

»Meine Großmutter war die Hüterin des Tores. Es war ihre Aufgabe, den Frauen, die aus der Vergangenheit kamen, einen Platz zu bieten, an dem sie durchatmen konnten. Einen Platz, an dem sie in Sicherheit waren oder an dem sie sich erholen konnten. Ich lernte, dass sie mit einigen ausgemacht hatte, sich in regelmäßigen Abständen bei ihr zu melden. Deswegen hatte sie immer eine große Auswahl an Kleidern und Schuhen aus den verschiedenen Zeiten parat. Sie hatte Medikamente vorrätig, denn nicht selten war eine Frau krank oder verletzt und wir mussten uns um sie kümmern. Und von diesem Tag an habe ich ihr geholfen, wann immer ich konnte. Für meinen Geschmack kamen viel zu wenig Frauen durch das Tor. Ich hätte mich viel lieber um noch viel mehr von ihnen gekümmert, denn ich war so neugierig, woher sie kamen und was sie erlebt hatten. Und jedes Mal, wenn eine hier war, habe ich sie ausgequetscht.« Sie hob den Kopf und lächelte. »Und dann konnte ich euch wieder neue Geschichten erzählen. Es waren die Geschichten der Frauen, die ich hier getroffen habe.«

Sie schaute die Freundinnen prüfend an und als sie sah, dass sie noch zuhörten, sprach Caitrin weiter: »Meine Großmutter war eine ausgezeichnete Torhüterin. Sie hat viel für diese Frauen getan und ich versuche, in ihre Fußstapfen zu treten. Aber es ist manchmal gar nicht so leicht. Ich weiß, dass ihr euch gewundert habt, dass ich direkt nach dem Studium hierhergezogen bin, um das Haus zu übernehmen, aber ich hatte meiner Großmutter das Versprechen geben müssen, dass ich mich um alles kümmere, wenn sie endlich gehen kann.«

Irgendetwas an diesem Satz verwirrte Jenna. Sie versuchte, es zu greifen, und dann fiel es ihr plötzlich auf. »Deine Großmutter ist gegangen? Meinst du damit, dass sie gestorben ist oder dass sie auch durch die Zeit gereist ist?«

Jenna fühlte sich fast ein wenig albern, als sie diese Worte aussprach.

Caitrin lächelte sie an. »Warum wundert es mich nicht, liebe Jenna, dass du diejenige bist, der das auffällt? Meine Mutter konnte auch gehen, aber sie ist tatsächlich gestorben, vermutlich an gebrochenem Herzen. Meine Großmutter war ebenfalls in der Lage, zu reisen. Aber sie ist nicht gestorben, obwohl es ein Grab von ihr hier auf dem Friedhof gibt. Sie ist in eine andere Zeit gegangen und ich habe sie seitdem nicht wiedergesehen.«

Trauer mischte sich in Caitrins Stimme und sie senkte den Kopf. Lauren griff über den Tisch nach ihrer Hand und drückte sie fest. »Das muss furchtbar sein.«

Jenna ließ das Gehörte in ihrem Kopf kreisen. Noch immer versuchte ihr Geist, sich einzumischen und ihr zu sagen, dass das alles nicht sein konnte, doch sie schaltete ihren Verstand aus und versuchte, einfach nur zu fühlen. Sie fühlte nämlich, dass das, was Caitrin sagte, die Wahrheit war, auch wenn sie sich nicht erklären konnte, warum.

»Du hast gesagt, dass deine Mutter und deine Großmutter gehen konnten«, sagte sie. »Heißt das, dass nicht alle gehen können?«

Caitrin lächelte wieder. »Richtig«, sagte sie. »Nur Frauen können diese Reisen antreten. Und manche können es nicht. Wir wissen nicht genau, warum, aber es gibt eine Theorie.«

»Die da wäre?«, fragte Allison. Sie klang sehr skeptisch.

»Es hat etwas mit dem Menschen oder den Menschen zu tun, für die man bestimmt ist. Zumindest sagt das die Theorie, die meine Großmutter und wir anderen Frauen uns zurechtgelegt haben. Viele dieser Frauen, die gegangen sind, haben einen Mann oder eine Frau, den oder die sie lieben, in dieser anderen Zeit gefunden oder schon gehabt. Wir vermuten, dass sie deswegen reisen können. Alle, die das nicht können, haben die Liebe hier gefunden. Aber es muss nicht immer nur romantisch sein, sondern es kann auch eine familiäre Liebe sein oder die zu den eigenen Kindern. Meistens aber ist es diese eine Beziehung, die einen dort hinträgt.«

Allison schnaubte, doch sie sagte nichts.

»Und jetzt bist du die Torhüterin?«, fragte Jenna.

Caitrin nickte. »Das ist sehr erfüllend, aber es ist auch sehr einsam, denn es kommt nur selten jemand. Und ich kann niemandem davon erzählen.«

»Du hast uns damals davon erzählt«, warf Allison ein.

»Das war mein Weg, es zu verarbeiten und damit umzugehen. Es war unglaublich, was ich alles gehört habe, und ich musste es mit euch teilen, ohne euch die Wahrheit zu sagen.«

»Ich dachte immer, du würdest Schriftstellerin werden und Bücher aus deinen Geschichten machen, weil du so viel Fantasie hast«, sagte Lauren.

Caitrin schüttelte den Kopf. »So etwas kann man sich nicht ausdenken.«

Allison runzelte die Stirn. »Nehmen wir einmal an, es stimmt wirklich, dass es Zeitreisen gibt, was ich nicht glauben kann. Dann ist doch die Frage, warum du uns nicht schon früher die Wahrheit gesagt hast. Wir haben so viele Jahre zusammen im Internat verbracht und auch danach hast du mit Jenna zusammengewohnt und wir waren ständig gemeinsam unterwegs. Du hättest tausend Gelegenheiten gehabt, etwas zu sagen. Also, warum jetzt?«

Jenna wollte anmerken, dass Allison anscheinend vergessen hatte, einen offenen Geist zu bewahren, aber sie wusste, dass es ihrer Freundin besonders schwerfiel, sich auf dieses Gedankenexperiment einzulassen, denn Allison war es gewohnt, mit Fakten zu arbeiten. Natürlich hinterfragte sie diese Geschichte am allermeisten. Und auch Jenna hatte Mühe, es zu glauben, und für einen kurzen Moment fragte sie sich wieder einmal, ob Caitrin vielleicht professionelle Hilfe brauchte.

»Warum jetzt?«, wiederholte diese mit einem Seufzen. Sie schien zu überlegen, dann gab sie sich einen Ruck. »Ich habe in den vergangenen Monaten viel nachgedacht. Mir ist klar geworden, dass ich einen Fehler gemacht habe. Ich bin einsam hier und das Wissen um das Tor macht mich noch einsamer. Aber ihr seid meine Familie. Ihr seid alles, was ich noch habe. Und ich möchte es nicht mehr vor euch geheim halten.« Sie brach ab und seufzte. »Und als ich vor ein paar Tagen erfahren habe, dass ihr alle hierherkommen wollt, habe ich mich entschieden, dass es jetzt sein soll. Und ich hoffe sehr, dass ihr mir glaubt.«

Jenna bemerkte, dass Caitrins Finger zitterten.

Allison schaute sie mit schief gelegtem Kopf an. »Irgendwie habe ich das Gefühl, dass das noch nicht alles ist.«

»Allison«, fuhr Lauren auf, »jetzt lass sie doch.«

Auch Caitrins Lächeln war zittrig. »Lass es gut sein, Lauren. Allison hat recht.«

Die hob triumphierend die Augenbrauen, doch sie sagte nichts.

Nach einer Weile fuhr Caitrin fort. »Also gut. Ich bin seit sieben Jahren nicht mehr gereist, aber vor Kurzem habe ich etwas erfahren und jetzt will ich doch wieder zurück.« Sie schluckte hart. »Ich weiß nicht, was mich erwartet, aber mir bleibt keine andere Wahl, als dorthin zu gehen und es aufzuklären. Das Problem ist nur, ich kann hier nicht weg. Wenn ich nicht hier bin, haben die Frauen keine Anlaufstelle mehr und es könnte sein, dass sich in den Leben einiger Frauen gerade schlimme Dinge ereignen. Sie benötigen diesen Zufluchtsort. Das heißt, wenn ich gehen will, brauche ich jemanden, der das Tor hütet.«

Sie senkte ihren Blick auf die Tischplatte und schwieg.

Alle drei starrten Caitrin an. Es war Jenna, die sich als Erste fing. »Du willst, dass wir das Tor für dich hüten?«

Caitrin nickte. »Genau.«

Ihre Stimme zitterte und Jenna konnte spüren, wie viel Kraft es sie kostete und wie viel Hoffnung sie in diese Bitte legte. Trotzdem zweifelte Jenna schon wieder an Caitrins mentalem Zustand und dafür schämte sie sich ein wenig.

»Und für wie lange?«, fragte Lauren.

Caitrin atmete tief durch. »Das weiß ich nicht, das ist ja das Problem. Es kann sein, dass ich ein paar Tage weg bin, und es kann sein, dass ich ein paar Monate oder sogar ein paar Jahre fort bin.«

»Du willst also, dass wir hierherziehen und auf das Tor aufpassen?«, hakte Lauren nach.

Caitrin presste für einen Moment die Lippen zusammen. »Zumindest eine von euch. Ihr könntet euch auch abwechseln. Glaubt mir, ich würde nicht fragen, wenn ich einen anderen Ausweg wüsste. Ihr seid meine besten Freundinnen und ihr seid die Einzigen, die ich fragen kann. Aber ich kann nicht gehen und das Tor unbeaufsichtigt lassen.«

Sie saßen eine ganze Weile beisammen und schwiegen. Schließlich sagte Caitrin: »Wenn es noch etwas gibt, was ihr wissen wollt, sagt es mir gern. Ich beantworte alle Fragen.«

Lauren schüttelte stumm den Kopf. Jenna spürte, dass sie erst einmal nachdenken musste. Sie brauchte Zeit für sich.

»Ich will einen Beweis«, sagte Allison. »Und dann habe ich natürlich auch ein paar Fragen.«

»Einen Beweis?«, fragte Caitrin.

»Einen Beweis.«

Ihre Freundin erhob sich und ging aus der Küche. »Kommt mit«, sagte sie.

Die drei folgten ihr in den dunklen Flur. Caitrin ging die Treppe hinauf und führte sie in eines der Zimmer im Obergeschoss. Es musste eines der anderen Gästezimmer sein.

Eine Wand des Zimmers war vollständig von Einbauschränken bedeckt. Caitrin öffnete ihn und lud die Freundinnen ein, vorzutreten und sich anzuschauen, was sich in dem Schrank befand.

Jenna erkannte Kleider und Mäntel, oder besser gesagt Umhänge, derbe Schuhe, Schals, Hüte und Hauben. Einige der Kleider hatten Knöpfe und keines hatte einen Reißverschluss, zumindest soweit sie das sehen konnte. Sie waren fast alle in dunklen Farben gehalten und aus Wolle. Einige waren aber auch aus feinerem Stoff und trugen buntere Farben.

Caitrin nahm einzelne Kleider heraus. Es war offensichtlich, dass sie nicht nur für eine Person waren, sondern unterschiedliche Größen hatten. »Seht ihr«, sagte sie, »das hier ist die Kleiderkammer. Wenn ein Kleid zerrissen ist oder zu schmutzig, tauschen wir es aus, wenn die Frau das in ihrer Zeit gerade nicht kann.«

Allison zuckte mit den Schultern. »Woher weiß ich, dass das nicht alles aus dem Kostümverleih ist und für Rollenspiele gemacht wurde?«

Jenna stieß Allison sanft mit dem Ellenbogen in die Seite. »Offener Geist«, erinnerte sie ihre Freundin.

Allison rollte mit den Augen. »Ich brauche trotzdem einen Beweis, sonst kann ich das einfach nicht glauben. Oder glaubst du es etwa?«

Herausfordernd schaute sie Jenna an.

Auf einmal war es still im Raum und auch Lauren und Caitrin sahen Jenna an. Ihr Mund war trocken. Sie war noch nicht bereit, sich eine Meinung zu bilden.

»Ich weiß, ich weiß«, sagte Allison, »du musst erst einmal

darüber nachdenken. Aber ich sage immer, dass der erste Impuls oft der richtige ist. Also, was glaubst du?«

»Ich weiß es nicht«, gestand Jenna. »Es passt alles zusammen. Es gibt nichts in der Geschichte, was keinen Sinn ergibt, trotzdem sind Zeitreisen etwas, was es einfach nicht geben kann. Theoretisch zumindest. Doch wenn ich annehme, dass die Geschichte nicht stimmt, muss ich glauben, dass Caitrin verrückt geworden ist.« Sie schaute entschuldigend zu ihrer Freundin, doch die zuckte nur mit den Schultern. »Und das kann ich nicht, denn ich habe nicht das Gefühl, dass sie verrückt geworden ist. Und ich frage mich, was für eine Freundin ich bin, wenn ich ihr nicht glaube. Außerdem denke ich, dass sie schon einen Beweis liefern wird.«

Lauren griff nach Caitrins Hand. Sie schaute ihr direkt in die Augen und sagte: »Ich glaube dir.«

Jenna war überrascht, dass Lauren so sicher klang.

Allison kaute auf ihrer Unterlippe. »So einfach ist das nicht. Zeitreisen ... das ist eine ganz schön große Nummer. Ich brauche noch mehr Beweise.« Sie dachte kurz nach, dann schaute sie Caitrin an. »Wie machst du es? Wie genau reist man?«

Ihre Freundin ließ sich aufs Bett sinken und atmete tief durch. »Ich habe noch nie jemandem davon erzählt«, gestand sie und fuhr mit den Fingern an ihren Hals, zu dem keltischen Amulett. »Die Frauen, die bisher gereist sind, wussten schon davon und haben dann mich gefunden.« Sie lachte nervös.

»Du musst es uns nicht erzählen, wenn du nicht willst«, sagte Lauren.

»Natürlich muss sie«, fuhr Allison auf. »Jetzt hat sie uns schon die halbe Geschichte erzählt, nun will ich alles wissen.«

Caitrin hob die Hand. »Allison hat recht. Wenn ich euch schon etwas so Ungeheuerliches erzähle, dürft ihr fragen, was ihr wollt. Also, es gibt da diesen Stein, und ihr kennt doch mein Amulett ...«

Wieder fuhr ihre Hand zu der Kette, die sie um den Hals trug und die Jenna und die anderen nur zu gut kannten.

Caitrin hatte sie schon im Internat getragen, niemals abgelegt und sie auch niemals jemandem ausgeliehen. Sie hatte immer auf diese Kette geachtet, als ob ihr Leben davon abhinge, und allzu oft hatten die Freundinnen sie damit aufgezogen. Als sie an die Ernsthaftigkeit dachte, mit der Caitrin auf ihre Kette aufgepasst hatte, kitzelte sie eine Ahnung, dass diese Geschichte tatsächlich wahr sein könnte.

Caitrin sprach weiter: »Sie ist der Schlüssel. Man legt sie auf den Stein und dann funktioniert es. Das heißt, wenn man reisen kann.«

»Und was genau passiert dann?«, fragte Allison weiter. Etwas in ihrer Stimme irritierte Jenna.

Caitrin dachte einen Augenblick nach. »Ehrlich gesagt kann ich es nicht genau beschreiben. Man spürt es im Körper und anscheinend äußert es sich bei jedem auf eine andere Art und Weise. Aber wenn man es fühlt und reisen kann, weiß man, dass es das ist.« Sie zögerte. »Wir haben uns doch einmal über die Sache mit dem Orgasmus unterhalten.«

Jenna spürte, wie ihr das Blut in die Wangen schoss. Sie erinnerte sich zu gut an diese Unterhaltung vor ein paar Jahren. Nach ein paar Gläsern Wein hatte sie die anderen gefragt, woher sie wüssten, dass sie einen Orgasmus gehabt hatten. Ihre Freundinnen hatten ihr alles Mögliche beschrieben und bei jeder schien es anders zu sein. Auf einmal war sich keine mehr sicher, ob sie den richtigen Orgasmus schon einmal erlebt hatte. Allison hatte dann ein paar Tage lang recherchiert und ihnen allen erklärt, dass es bei jeder Frau anders war, aber wenn man einen hätte, wüsste man es meistens auch. Wenn also Jenna diese Frage stellte, hatte sie anscheinend noch keinen Orgasmus gehabt. Und dann hatte sie ihr drei Bücher auf den Tisch gelegt, wie sie an ihrer Orgasmusfähigkeit arbeiten könne. Nicht nur Jenna hatten die Ohren geglüht, auch Lauren hatte ausgesehen, als wäre sie am liebsten unter dem Tisch verschwunden.

Anscheinend erinnerten sich alle an das Thema. Allison

grinste. »Also wenn Zeitreisen wie ein Orgasmus sind, nehme ich das gern. Du doch bestimmt auch, Jenna, oder?«

»Haha«, machte sie, aber ihr war nicht zum Lachen zumute. Denn so richtig sicher, dass sie schon einmal einen Orgasmus gehabt hatte, war sie sich immer noch nicht.

»Aber jetzt zurück zum Thema«, hakte Allison nach. »Was genau passiert dann?«

Jenna war dankbar, dass sie das Thema wechselten. Auch wenn das mit den Zeitreisen noch viel abstruser schien als die Sache mit dem Orgasmus. Für einen Moment fragte sie sich, ob sie das alles träumte.

Sie schaute Lauren an und auch die schien verwirrt. Mit gerunzelter Stirn und blass stand sie gegen die Wand gelehnt. Als sie Jennas Blick auffing, lächelte sie matt.

Caitrin seufzte. »Es ist so schwer zu erklären und ich kann nur für mich sprechen. Soweit ich weiß, ist es bei einigen anderen Frauen ein wenig anders.«

»Aber wie ist es bei dir?«, wollte Allison wissen.

»Wenn ich selbst reise, werde ich so etwas wie ohnmächtig, und wenn ich wieder aufwache, bin ich dort. Aber es ist nicht unangenehm.«

»Und wenn du siehst, wie jemand anderes reist?«, fragte Allison. »Verschwindet die Person dann einfach oder gibt es Blitze und Donner oder wie muss ich mir das vorstellen?«

Sie grinste so, als wäre das alles ein Spaß oder als ob sie sich gemeinsam eine Geschichte ausdenken würden. Jenna fand das alles irgendwie abstrus.

Caitrin zuckte mit den Schultern. »Ich weiß es nicht, denn ich war noch nicht dabei. Es scheint nur zu funktionieren, wenn sonst niemand anwesend ist. Man muss diese Reise also allein antreten.«

Allison lehnte sich zurück und gab einen unzufriedenen Laut von sich.

Eine Weile schwiegen sie alle und jede hing ihren Gedanken nach. Schließlich war es Lauren, die leise fragte: »Kannst du uns den Ort zeigen, also diesen Stein?«

Caitrin zögerte und warf einen Blick nach draußen, dann schüttelte sie den Kopf. »Es geht gerade nicht.«

»Und warum nicht?«

»Der Stein ist nicht auf meinem Grundstück.«

Sie wirkte ein wenig betreten, doch es schwang noch etwas anderes in ihrer Stimme mit, was Jenna nicht deuten konnte.

Caitrin seufzte. »Er ist auf dem Gelände der Burg. Und seit dieser Idiot da ist, kann ich dort nicht mehr so einfach hin. Nur noch abends oder frühmorgens. Oder wenn ich sicher weiß, dass er weg ist.«

Es dauerte einen Moment, bis Jenna klar wurde, dass Caitrin von Evan sprach. Sie konnte kaum glauben, dass es so ein Problem war. Sie versuchte jedoch, sich nichts anmerken zu lassen.

»Hattest du schon Probleme mit ihm?«, fragte Allison.

Caitrin nickte. »Er hat mich quasi von seinem Grundstück geschmissen.«

»Ich fand, er sah nett aus«, meinte Lauren.

»Ist er aber nicht«, murrte Caitrin. »Nur weil er das Cottage gemietet hat, kann er noch lange nicht über Dundarg bestimmen. Wir konnten immer dorthin gehen. Schon seit ich ein Kind war. Und jetzt verbietet er es auf einmal. Dabei ist er gar nicht von hier. Er ist Amerikaner.«

Sie hatte sich so richtig in Rage geredet.

Allison runzelte die Stirn. »Und er verbietet dir, zum Stein zu gehen?«

Caitrin presste die Lippen zusammen. »Ich darf nicht mehr über den Bach.«

»Einfach so?«

Caitrins Gesicht nahm einen störrischen Ausdruck an, den Jenna nur zu gut kannte. »Nun ja, es könnte sein, dass ich ihn einmal ziemlich angemotzt habe, weil ich dachte, dass er sich auf die Burg geschlichen hat, obwohl die nicht für die Öffentlichkeit ist. Kann ich ja nicht wissen, dass er das Cottage vom alten Ian gemietet hat.«

»Aber der ist doch bestimmt bald wieder weg. Amerikaner haben so wenig Urlaub«, sagte Allison.

Jenna hielt die Luft an, während sie auf die Antwort wartete.

Caitrin schnaubte unfein. »Das dachte ich auch, aber der ist schon seit über sechs Wochen hier und es sieht nicht so aus, als ob er bald geht. Dabei weiß ich nicht einmal, was er hier will.«

»Highlander spielen vermutlich«, sagte Allison.

»Ich finde das nicht witzig.« Caitrin klang gallig.

Allison zuckte mit den Schultern. »Seit wann lassen wir uns von so einem Typen beeindrucken? Der hat dir gar nichts zu sagen. Wir gehen einfach heute Abend hin und wenn er auftaucht, lenkt Jenna ihn ab.«

Alle Blicke wandten sich ihr zu. Unbehaglich zog Jenna die Schultern hoch. Sie wollte nicht darüber sprechen, dass sie Evan schon etwas besser kannte.

»Wie meinst du das?«, fragte Caitrin.

Allison lächelte. »Einfach nur, weil Jenna so etwas gut kann. Wisst ihr noch, wie sie immer den Hausmeister in Schach gehalten hat, wenn wir Wein ins Internat geschmuggelt haben?«

Die anderen lächelten, aber Jenna konnte an Allisons Gesicht sehen, dass diese sehr wohl verstanden hatte, dass sie Evan schon kannte.

Lauren seufzte. »Wie wäre es, wenn wir erst einmal darüber nachdenken und eine kurze Mittagspause machen? Und heute Abend gehen wir zu diesem Stein?«

Alle nickten und Jenna war erleichtert, dass das Thema mit Evan vorbei war.

Caitrin verschwand in ihrem Zimmer, Allison ebenfalls und Lauren meinte, sie wolle noch einmal kurz an die frische Luft. Doch nicht, bevor sie Jenna das Essen warm gemacht hatte.

Dankbar leerte sie den Teller bis auf den letzten Krümel, dann ging sie in ihr Zimmer. Sollte sie nach ihren E-Mails schauen? Doch dann fiel ihr die Sache mit dem Handy wieder ein. Und das WLAN-Passwort hatte sie auch noch nicht. Außerdem konnte sie sowieso nicht richtig denken. Immer wieder fragte sie sich, ob Caitrin sich einen großen Spaß mit ihnen erlaubte. Doch das sah ihr gar nicht ähnlich. Wäre es Allison gewesen, wäre es wahrscheinlicher gewesen, aber nicht bei Caitrin. Und vor allem nicht bei so einem Thema.

Jennas Gedanken drehten sich im Kreis, als sie sich auf das Bett legte. Es passte schon alles zusammen, aber dann war es auch so fremd und merkwürdig.

Sie hatte nicht erwartet, dass sie schlafen konnte, aber dann musste sie doch in einen unruhigen Schlaf gefallen sein. Sie erwachte erst, als die Sonne schon tief am Himmel stand.

Jenna fühlte sich, als ob sie einen Kater hätte, und es fiel ihr schwer, die Augen zu öffnen. Doch sie hatte am Abend zuvor keinen Alkohol getrunken, deswegen konnte es nicht sein.

Konnte man von Informationen, die den Kopf verwirrten, auch einen Kater bekommen?

5

Aus Allisons Zimmer kam das vertraute Klackern ihrer Laptoptastatur. Jenna streckte den Kopf hinein. Ihre Freundin blickte kurz auf. »Ach, du bist es nur.«

»Nur?«

»Ich dachte, es wäre Caitrin, denn dann wäre ich dich wecken gekommen. Aber sie schläft noch fester als du.«

Jenna zögerte. Sie überlegte, ob sie mit Allison über die Sache mit den Zeitreisen sprechen sollte, aber irgendwie hatte sie keine Lust dazu. Sie schaffte es immer noch nicht, es zu glauben – vermutlich, weil es keine logischen Argumente dafür gab. Wenn sie jetzt mit Allison darüber sprach, würden sie sich in noch mehr Vermutungen und unbeantworteten Fragen ergehen und das wäre weniger hilfreich. Wahrscheinlich war es das Beste, wenn sie warteten, bis Caitrin aufgewacht war.

Jenna ging in die Küche. Hier war niemand, doch Schüsseln, eine Waage sowie Dosen mit Mehl und Zucker standen auf der Arbeitsplatte.

Draußen hörte sie eine Autotür klappen und nur wenige Augenblicke später kam Lauren herein. Sie schleppte ein paar Einkaufstaschen. Als sich ihre Blicke trafen, nickte Lauren nur, sagte aber nichts. Überrascht schaute Jenna ihr hinterher. Ihre Freundin musste sehr aufgewühlt sein.

Diese wuchtete die Taschen auf den Tresen und begann, sie auszupacken.

»Musst du wieder backen?«, fragte Jenna.

»Hmmm«, machte Lauren nur und ließ sich nicht stören.

Jenna wusste es besser, als mit ihr ein Gespräch anzufangen. Wenn Lauren in der Küche war und viel mehr backte und kochte, als sie essen konnten, war das ein Zeichen dafür, dass sie über etwas nachdenken musste. Und das konnte Jenna gut verstehen. Allison lenkte sich mit Schreiben ab, Lauren mit Kochen.

Doch was sollte sie jetzt tun? Sie mochte nicht arbeiten und backen stresste sie eher, als dass es ihr half. Am besten wäre es, wenn sie noch einmal eine Runde rausging. Aber wohin?

Sie trat ans Fenster und ihr Blick fiel auf ihren Mietwagen. Sie könnte auch irgendwo hinfahren. Aber dann wäre sie vielleicht nicht da, wenn Caitrin wach wurde.

Als sie das Weiße an ihrem Scheibenwischer sah, runzelte sie die Stirn. Was war das? Hatte sie etwa einen Strafzettel bekommen? Da klemmte tatsächlich ein Zettel unter ihrem Scheibenwischer. Aber wer sollte ihr hier einen Strafzettel geben? Das war doch ein Privatgelände.

Sie ging nach draußen und fischte das Papier unter dem Scheibenwischerblatt hervor. Es war ein Zettel, der anscheinend aus einem Notizbuch rausgerissen war. Sie faltete ihn auf und fand eine handschriftliche Nachricht.

Ich habe etwas für dich. Komm rauf, wenn es passt. Du weißt, wo du mich findest. E.

Ihr Herz machte einen Sprung. Die Nachricht konnte nur von Evan sein. E., wer sollte das sonst sein? Er war hier gewesen.

Sie schaute sich um, so als wäre er noch da. Aber natürlich war er das nicht. Eine mädchenhafte, kribbelige Freude stieg in ihr auf, die ihrem Alter völlig unangemessen war, und auf einmal wusste sie, wohin sie gehen würde.

Sie lief wieder hinein und sagte zu Lauren: »Ich gehe eine Runde spazieren.«

Die Freundin nickte nur.

Gerade wollte Jenna auf die Terrasse hinaustreten, als sie Allisons Stimme hörte. »Hast du dein Handy dabei?«

Jenna zögerte, dann rief sie: »Nein.«

»Nimm es mit, falls wir dich erreichen wollen.«

Jenna seufzte. »Ich bin bald wieder da.«

Sie schlüpfte nach draußen, bevor Allison noch etwas sagen konnte.

Jenna lief den Weg zur Burg hinauf und beeilte sich sogar ein wenig. Wenn sie ehrlich war, war sie froh, die merkwürdige Stimmung in Caitrins Haus nicht mehr ertragen zu müssen.

Als sie oben angekommen war, sah sie Evan auf einer Mauer außerhalb des Torbogens sitzen. Er schaute ihr entgegen. Dieses Mal trug er allerdings Jeans und ein Hemd und keine Highlandertracht. Aber er sah genauso gut darin aus. So gut, dass sie sich an seinem Anblick kaum sattsehen konnte.

Jenna konnte nicht anders, als zu lächeln. Sie ging langsamer, um ihn in Ruhe anschauen zu können. Doch dann stand sie vor ihm. In seinen dunklen Augen lag ein Funkeln.

»Ich habe deine Nachricht bekommen«, sagte sie. »Was gibt es?«

»Ich dachte«, sagte er und zog etwas aus der Gesäßtasche, »du hättest es gern wieder. Ich habe es sogar sauber gemacht.«

Er hielt ihr einen schwarzen Gegenstand hin und es dauerte einen Moment, bis Jenna es erkannte. »Mein Handy«, rief sie. Dann runzelte sie die Stirn. »Du bist nicht noch einmal dort runter geklettert, oder?«

Er zuckte mit den Schultern. »Nachdem du mich gerettet hast, war es das Mindeste, was ich für dich tun konnte.«

»Aber das ist gefährlich!«

»Wenn man weiß, wie man wieder rauskommt, nicht.«

»Und was wäre gewesen, wenn du noch einmal abgestürzt wärst?«

Er grinste. »Ich wusste dieses Mal, dass du morgen wieder vorbeikommst.«

»Darauf würde ich mich aber nicht verlassen. Was wäre gewesen, wenn ich etwas mit meinen Freundinnen hätte machen wollen und dich versetzt hätte?«

»Ich schätze dich als so gut erzogen ein, dass du mir abgesagt hättest. Und da du meine Telefonnummer nicht hast, hättest du dafür raufkommen müssen.« Er zögerte. »Vielleicht sollten wir das mit den Telefonnummern ändern. Ich könnte dir meine abspeichern. Dann kannst du mich immer erreichen.« Er schaute sie lange an. »Im Notfall.«

Mit einem Mal wurden Jennas Knie weich. Da war schon wieder dieses mädchenhafte Gefühl, das sie schon seit Ewigkeiten nicht mehr gefühlt hatte. Sie nickte. »Also gut, wenn es deiner Sicherheit dient«, sagte sie und versuchte, souverän zu klingen.

Sie entsperrte ihr Handy und ignorierte die Anzeige, die ihr sagte, dass sie vierundsiebzig E-Mails bekommen hatte. Dann erstellte sie einen neuen Kontakt und hielt ihm das Handy hin. Er tippte seine Nummer ein und tippte auf den grünen Hörer. Einen Moment später vibrierte irgendwo ein Handy. Evan legte auf und gab ihr das Telefon mit einem Lächeln zurück. »Gut, dann hätten wir das auch geklärt.«

Als sie nach ihrem Handy griff, berührten sich ihre Finger und Evan schaute sie forschend an. Einen Moment lang gab es nur seine Augen und seine Finger an ihren. »Wie geht es dir?«, fragte er leise.

Jenna blinzelte. »Gut«, sagte sie, aber es war eher eine reflexartige Antwort.

»Ich hoffe, mit deinen Freundinnen ist alles okay?«

Jenna zögerte, als sie an die Szene heute Morgen im Garten dachte. »Ich wollte mich bei dir entschuldigen.«

»Wofür?«

»Für das Verhalten von Caitrin. Sie war nicht sehr nett zu dir.«

Sie studierte sein Gesicht, während er nachdachte.

Evan zuckte mit den Schultern. »Vermutlich liegt es daran,

dass wir schon ein paar Mal aneinandergeraten sind.«

Jenna wusste nicht, wie man mit Caitrin aneinandergeraten konnte. Deswegen sagte sie: »Vielleicht war es nur ein Missverständnis.«

Jetzt war er es, der sie genau beobachtete. »Was hat sie dir denn erzählt?«

»Eigentlich nichts.«

»Eigentlich?«

Jenna atmete tief durch. »Sie hat gesagt, dass du schon viel zu lange hier bist und dass du ein Spinner bist und sie hofft, dass du bald wieder gehst.«

Sie kniff die Augen zusammen und hoffte, dass er es ihr nicht übel nehmen würde. Aber es war nun einmal die Wahrheit.

Evan atmete tief durch. »Wenn es nach mir ginge, würde ich lieber heute als morgen gehen.«

Jenna zog eine Grimasse. »Und warum tust du es nicht?«

»Weil ich etwas zu erledigen habe.« Er stand auf und klopfte ihr leicht auf den Arm. »Mach dir keine Gedanken. Ich kann mir vorstellen, dass es merkwürdig ist, auf einmal einen neuen Nachbarn zu haben, wenn man es gewohnt war, hier machen zu können, was man will. Ich kann sie sogar ein bisschen verstehen.«

Sie schlenderten gemeinsam in die Burg hinein. »Hat sie etwas gemacht, was dich geärgert hat?«

Jenna hatte in der Firma gelernt, dass es immer besser war, wenn man die Dinge beim Namen nannte. Dabei deckte man oft allerlei Missverständnisse auf. Und dies konnte nur ein Missverständnis sein.

Er lachte leise. »Ich glaube, wir haben beide Dinge gemacht, die den anderen geärgert haben. Ich habe sie bei mir auf dem Gelände erwischt und sie hat versucht, mich zu verscheuchen. Weil sie der Meinung ist, dass ich ein amerikanischer Tourist bin, der hier nichts zu suchen hat.«

»Bist du das nicht?« Jenna dachte daran, was sie gedacht hatte, als sie ihn das erste Mal gesehen hatte.

Er grinste, als ob er ihre Gedanken gelesen hätte, und in seinen Augenwinkeln bildeten sich Lachfältchen, die sie vorher noch nicht gesehen hatte. Sie konnte nicht anders, als ihn anzustarren. Wieder einmal.

»Ich bin Amerikaner, aber ich würde mich nicht als Tourist bezeichnen. Schließlich habe ich das Land hier gepachtet.«

»Welches Land genau?«

Er machte eine ausholende Armbewegung. »Das hier.«

»Du meinst, du hast die Burg gepachtet?« Jenna war sich nicht sicher, ob sie sich verhört hatte.

Er nickte.

»Und was willst du damit?«

Evan zuckte mit den Schultern. »Was Amerikaner eben mit solchen Burgen wollen.«

»Deine Vorfahren suchen?«, schlug sie vorsichtig vor.

Wieder grinste er, aber dieses Mal erreichte es seine Augen nicht. Die blieben ernst.

»Deine Freundin war der Meinung, dass ich hier einen Film drehen will, und ich habe sie in dem Glauben gelassen. Da ist sie ziemlich ausgeflippt und hat einige Hebel im Dorf in Bewegung gesetzt. Es war ganz schön schwierig, alle davon zu überzeugen, dass das nur ein Scherz war.« Er schwieg für einen Augenblick. »Ich glaube, sie hat danach das Gerücht in die Welt gesetzt, dass ich einen Freizeitpark für amerikanische Touristen eröffnen will, damit die hier nach Herzenslust Highlander spielen können.«

»Wie kommst du darauf, dass Caitrin so etwas tut?«

Für Jenna klang es nicht gerade nach ihrer Freundin.

»Weil sie mich nicht hier haben will. Das hat sie mehrmals gesagt. Sie meinte, dass Amerika groß genug sei, um dort zu spielen.«

Jenna runzelte die Stirn. »Das klingt so gar nicht nach Caitrin. Ich würde meine Hand dafür ins Feuer legen, dass sie so etwas nicht macht.«

Sie dachte an die Geschichte mit den Zeitreisen. Jetzt

fragte sie sich, ob mit Caitrin wirklich alles in Ordnung war. Vielleicht war ihr die Einsamkeit doch aufs Gemüt geschlagen.

Evan zuckte mit den Schultern. »Ich kann damit umgehen und weiß, mich zu wehren. Aber ehrlich gesagt habe ich mich gewundert, dass jemand wie du mit jemandem wie ihr befreundet ist.«

»Warum?«, fragte Jenna und spürte, wie ihre Wangen heiß wurden.

Er schaute sie lange an und irgendwie verursachte sein Blick ein Kribbeln in ihrem Bauch. »Weil du so anders bist, nicht so verbissen, sondern eher entspannt und offen. Und nett.«

Da war so vieles an diesem Satz, das Jenna erstaunte. Im Grunde war sie gar nicht so anders als Caitrin und hätte man ihre Freundinnen gefragt, hätte vermutlich jede gesagt, dass Jenna die Verbissenere war. Und auch entspannt hatte sie schon lange niemand genannt. Aber es stimmte, hier war sie tatsächlich entspannter.

Sie dachte gerade über eine passende Antwort nach, als ihr Handy vibrierte. Sie warf einen Blick darauf. Es war Allison. Jenna wusste genau, warum sie anrief. Caitrin war wach.

Sie zögerte. Am liebsten wäre sie nicht rangegangen. Sie wollte noch nicht hier weg.

»Nun geh schon ran«, sagte Evan. »Sonst machen sie sich Sorgen.«

Er wandte sich ab, um ihr ein bisschen Freiraum zu geben.

»Hallo?«, meldete sie sich.

»Wo bist du denn?«

»Spazieren.«

»Dann sieh zu, dass du deinen hübschen Hintern wieder hier runter schwingst. Es wird spannend.«

»Ich bin in einer halben Stunde da.«

»Eine halbe Stunde? Wo bist du denn hingelaufen?«

Jenna biss sich auf die Lippe. Sie brauchte höchstens fünfzehn Minuten bis zu Caitrins Haus, aber sie wollte noch nicht los. »Bis gleich«, sagte sie und legte auf, bevor Allison etwas erwidern konnte.

Sie ging hinüber zu Evan, der an einer der verfallenen Mauern stand und in die Landschaft schaute. »Und? Musst du los?«

»Gleich«, sagte sie.

Er warf ihr einen Seitenblick zu. »Darf ich dir noch etwas zeigen?«

Jenna lächelte. »Das Innere des Turms? Nein danke.«

»Komm«, sagte er mit einem Lächeln und ging hinüber zu einem der anderen Türme. Er war ein bisschen weniger verfallen.

Sie folgte ihm bereitwillig. Als sie hinter ihm herging, hatte sie einen ungehinderten Blick auf seinen Hintern, der in der Jeans ziemlich gut aussah. Und auch sein Rücken war muskulös. Er bewegte sich elegant und scheinbar mühelos durch das hohe Gras. Dabei strahlte er Entschlossenheit und Männlichkeit aus und Jenna konnte den Blick kaum von ihm abwenden. Sie fragte sich, ob es daran lag, dass ihr letztes Date schon so lange her war. Aber dann merkte sie, dass er sie wirklich anzog. Alles an ihm. Auch das Geheimnisvolle.

Mit einem Mal bedauerte sie, dass er Amerikaner war, auch wenn das einen großen Teil seines Charmes ausmachte. Amerika war so weit weg, nicht nur von Schottland, sondern auch von Hongkong.

Als sie am Turm neben ihn trat, rutschte ihr heraus: »Sag mal, wie lange läuft dein Pachtvertrag eigentlich?«

Er schaute sie an und hob eine Augenbraue. »Warum willst du das wissen?«

Jenna wurde klar, dass diese Frage ziemlich offensichtlich war. Am liebsten wäre sie im Boden versunken. »Ich … ähm … es interessiert mich nur, für wie lange man so eine Burg pachten muss. Ich habe noch nie davon gehört, dass man das überhaupt kann.«

Evan konnte sich ein Lächeln nicht verkneifen, als er sie anschaute, und das zu Recht, wie Jenna fand. Was für eine dämliche Antwort! Er zuckte mit den Schultern und klopfte mit der Hand auf das Mauerwerk. »Am liebsten hätte ich sie gekauft, aber das war den Leuten im Dorf dann doch zu unheimlich.«

»Du wolltest eine Burg kaufen?«, fragte Jenna.

»Eine verfallene Burg mit ziemlich wenig Land und nur einer kleinen Hütte mit einem Zimmer. So teuer wäre das nicht gewesen.«

»Aber was willst du denn damit?«, fragte sie.

»Ich mag es hier einfach«, sagte er schlicht. »Aber um deine Frage zu beantworten: Der Pachtvertrag hat erst einmal keine Begrenzung.« Ein Lächeln stahl sich in seine Mundwinkel. »Aber wenn du wissen willst, wie lange ich bleibe, kann ich dir das leider nicht sagen. Es kann sein, dass ich bald wieder wegmuss. Aber wenn nicht, bleibe ich vermutlich ziemlich lange.«

Jenna fühlte sich wie ein Schulmädchen, das versuchte, zu flirten, und sich dabei dumm anstellte. Und natürlich hatte er es bemerkt. Sie versuchte abzulenken: »Wenn du länger hierbleibst, solltest du versuchen, dich mit deiner Nachbarin zu vertragen. Denn so wie ich es sehe, seid ihr ziemlich aufeinander angewiesen.«

Er seufzte. »Schön wär's. Ich habe das Gefühl, es wird noch ein paar Jahre bis Jahrzehnte dauern, bis sie diesen Spinner als Nachbarn akzeptiert.«

Dann hatte er also gehört, dass sie ihn so genannt hatte.

»Es tut mir leid, dass sie so doof zu dir ist. So kenne ich sie gar nicht. Eigentlich ist sie einer der nettesten Menschen, die ich kenne.«

Er zuckte mit den Schultern. »Keine Sorge, ich werde es überleben. Außerdem sitze ich am längeren Hebel, denn sie treibt sich häufiger auf meinem Land herum als ich mich auf ihrem. Ich gehe da höchstens mal hin, wenn ich versuche, jemandem eine Nachricht an der Windschutzscheibe zu hinterlassen.« Er grinste.

Schon wieder stieg ihr die Röte in die Wangen. Das musste

aufhören. Sie schaute auf die Uhr. »Ich muss los. Was wolltest du mir denn zeigen?«

Er schaute sie noch einen Moment lang an, dann deutete er nach oben. Jenna folgte seinem Blick. In der Wand des Turms waren Haken eingelassen. Kletterhaken.

»Traust du dich da hoch? Oder soll ich versuchen, innen die Treppe besser zu sichern?«

»Du willst, dass ich außen am Turm hochklettere?«

»Ich sichere dich. Aber wenn du dir das nicht zutraust, gehen wir innen entlang. Dann wird es nur morgen noch nichts, sondern erst übermorgen, weil das etwas mehr Arbeit ist.«

Jenna warf einen abschätzenden Blick nach oben. Dann nickte sie. »Das schaffe ich.«

Er lächelte. »Das dachte ich mir. Dann sehen wir uns morgen und nehmen das in Angriff.«

Er sah sie mit einem so atemberaubend verwegenen Blick an, dass Jenna fast ein wenig schwindelig wurde.

Das Handy in ihrer Hand brummte erneut und riss sie aus dem Blickkontakt. Es war schon wieder Allison.

»Ich glaube, du musst los.« Er wandte sich zum Gehen. »Ich würde ja sagen, grüß deine Freundinnen von mir, aber vielleicht ist es besser, wenn du das nicht tust. Oder hast du ihnen gesagt, wo du bist?«

Ertappt, dachte Jenna. Sie zögerte, dann schüttelte sie den Kopf. »Es ist besser, wenn sie das nicht wissen.«

Wieder schenkte er ihr dieses Lächeln, das ihre Knie so schwach machte. »Wenn du meinst. Dann bis morgen!«

Jenna zwang sich, zu gehen, und spürte auf dem ganzen Weg zum Burgtor seinen Blick in ihrem Rücken. Er brannte wie Feuer.

6

Als Jenna atemlos an der Terrasse ankam, entschied sie sich, um das Haus herumzugehen und durch die Vordertür einzutreten. Ansonsten wäre es zu offensichtlich, dass sie auf der Burg gewesen war, denn der einzige Weg aus Caitrins Garten heraus führte dorthin.

Ihre Freundinnen warteten in der Küche auf sie. Alle drei wirkten angespannt und Caitrin sah mit ihrem blauen Auge Furcht einflößend aus. Jenna bemerkte, dass sie die Freundin mit einem anderen Blick sah, seit Evan ihr gesagt hatte, dass Caitrin im Dorf gegen ihn Front machte. Doch dann lächelte ihre Freundin sie an und alles war vergessen. Sie waren seit fast zwanzig Jahren befreundet und Jenna kannte sie gut genug. Sie würde so etwas niemals mit Absicht tun, sondern nur, wenn sie sich wirklich bedroht fühlte. Und vielleicht war das der Fall. Zwar konnte sie sich nicht vorstellen, wie Evan sie bedrohen sollte, aber sie entschied sich, diesen Gedanken erst einmal beiseitezuschieben.

»Entschuldigt«, sagte sie. »Ich habe mich ein wenig verlaufen.«

Allison kniff die Augen zusammen, aber sie sagte nichts.

Caitrin runzelte die Stirn. »Wie kann man sich hier denn verlaufen?«

Jenna sah es als rhetorische Frage an und antwortete nicht darauf. Zum Glück hakte Caitrin nicht nach.

Lauren war in Gedanken versunken.

In der Küche standen zwei Brote, ein Kuchen und ein wenig Gebäck. Jenna musste lächeln. Jeder ging mit solch aufwühlenden Situationen etwas eben anders um.

»Sollen wir los?«, fragte sie schließlich.

Die Freundinnen nickten und Caitrin wies auf den Garten. »Ich gehe am besten vor.«

Als sie aus der Tür traten und Allison sie nur anlehnte, runzelte Jenna die Stirn. »Müssen wir nicht abschließen?«

Caitrin schüttelte lächelnd den Kopf. »Man merkt, dass du in London lebst, meine Liebe. Ich schließe nie ab.«

»Vielleicht solltest du das aber, bei deinem merkwürdigen neuen Nachbarn«, sagte Allison und warf Jenna einen Blick zu. Doch sie tat so, als hätte sie es nicht gesehen.

Die Sonne näherte sich langsam dem Horizont und tauchte den Garten in goldenes Licht.

Schweigend folgten sie Caitrin und Jenna erinnerte sich daran, wie sie heute Morgen zum ersten Mal hier entlanggegangen war und wie ihr zu dem Zeitpunkt die Welt logischer und klarer erschienen war. Fast hätte sie laut gelacht, weil sie sich irgendwie dämlich vorkam. Wie konnte sie nur glauben, dass es Zeitreisen gab? Und im nächsten Moment dachte sie wieder, dass alles, was Caitrin gesagt hatte, in sich logisch war.

Noch immer versuchte sie, sich einen offenen Geist zu bewahren, auch wenn es ihr zunehmend schwerer fiel. Doch sie war Ingenieurin und arbeitete als Projektmanagerin mit komplexen Anlagenprojekten. Das hieß, sie ging alles so logisch an, wie sie konnte. Daher standen zwei andere Fragen im Raum, wenn sie von der hypothetischen Annahme ausging, dass es tatsächlich Zeitreisen geben konnte. Und diese beiden Fragen, vor allem die eine, verursachten ihr Übelkeit.

Die eine war, ob sie Caitrins Aufgabe übernehmen und hier die Torhüterin sein wollte. Und auch wenn sie gedacht hatte, dass sie das mit einem entschiedenen Nein beantworten könnte, war sie sich doch nicht sicher, ob sie das nicht für ihre Freundin tun wollte.

Kurz keimte ein anderer Gedanke in ihr auf. Wenn sie die Torhüterin wäre, müsste sie hier leben. Und hatte Evan nicht gesagt, dass er vielleicht sehr lange hierbleiben würde und der Pachtvertrag keine Begrenzung hatte?

Sie schob diesen Gedanken entschlossen beiseite. Aufgrund eines Flirts konnte man keine grundlegenden Lebensentscheidungen treffen. Allerdings klang es viel verlockender, als in einem Apartment im siebenundvierzigsten Stock in Hongkong zu sitzen.

Und dann war da noch die andere Frage, auch wenn sie an die nicht denken mochte. Was war, wenn sie selbst durch die Zeit reisen konnte? Dieser Gedanke war so unglaublich und so absurd, dass sie ihn weit von sich schob. Sie wusste allerdings, dass sie gerade auf dem Weg dorthin waren, genau das herauszufinden – zumindest wenn Caitrin recht hatte. Sie fühlte sich, als sei sie auf dem Weg zum Richtplatz.

Ab und zu blickte sie verstohlen zu Allison und Lauren. Den beiden schien es ähnlich zu gehen. Sie waren blass und in Gedanken versunken. Sie alle vermieden es, sich anzuschauen. Jenna fragte sich, ob ihre Freundschaft das hier überleben würde, und zwar egal, was sich später herausstellte.

Auch diesen Gedanken schob sie weit von sich. Außerdem machte es gerade keinen Sinn, darüber nachzudenken. Trotzdem spürte sie, dass sie Angst hatte, feuchtkalte Angst, die in ihrem Nacken lauerte. So war das nicht geplant gewesen. Es hatte doch einfach nur ein Wochenende mit ihren Freundinnen werden sollen.

Sie erreichten die Wiese und überquerten dann den Bach. Allison schaute sich um, als sie auf der kleinen Brücke stand. »Gehört der auch zum Haus?«

Caitrins Blick verdunkelte sich ein wenig. »Nein«, antwortete sie knapp.

»Gehört er zur Burg?«, fragte Allison weiter.

Caitrin nickte und presste die Lippen zusammen.

Sie bogen in einen kleinen Weg ein, der von der Brücke aus nicht zu sehen und so schmal war, dass sie hintereinandergehen mussten. Die Spannung zwischen den Frauen schien für Jenna fast greifbar zu sein und sie spürte, wie Übelkeit in ihr hochstieg.

Der Weg führte sie noch einmal über den Bach und weiter einen Weg entlang, der sich durchs Unterholz schlängelte. Dann ging es ein kleines Stück den Abhang in Richtung Burg hinauf. Kurze Zeit später öffnete sich der Weg in eine Lichtung, die von Holunderbüschen gesäumt war. Das Gras war kurz und durchwirkt von Sommerblumen. Inmitten der Lichtung lag ein Stein. Er war flach, reichte Jenna ungefähr bis zum Knie und sie schätzte die Größe auf ungefähr einen mal einen Meter.

Neben ihr atmete Caitrin tief durch. Sie hob das Kinn und sah ihre Freundinnen an. »Hier ist es«, sagte sie. Sie klang stolz und fast ein wenig kämpferisch. So als würde sie das hier verteidigen müssen.

Sie alle schauten sich um. Jenna schlang die Arme um den Oberkörper, denn auf einmal war ihr kalt. War dies das Gefühl, das Caitrin mit den Zeitreisen meinte?

Sie spürte, wie ein hysterisches Lachen in ihr aufstieg, das völlig unpassend war. Sie stand hier und versuchte, herauszufinden, ob sie die Zeitreisen fühlen konnte.

Wieder schaute sie sich um. Es war einfach nur eine Lichtung und die Kühle kam daher, dass die Bäume Schatten spendeten. Außerdem ging die Sonne gerade unter. Es gab keine Zeitreisen und das hier war nur ein Ort, an dem ein Stein lag. Das war doch verrückt.

Doch dann wanderte ihr Blick zu Caitrin. Sie stand in der Mitte der Lichtung und wartete. Nicht ängstlich oder darauf hoffend, dass ihre Freundinnen ihre Fantasien bestätigten, sondern sie strahlte eine unglaubliche Klarheit und Kraft aus. Sie leuchtete beinahe und Jenna konnte nicht anders, als sie anzustarren. Caitrin war hier zu Hause, hier war sie sie selbst.

Ihr wurde bewusst, dass sie ihrer Freundin vertraute. Sie konnte beinahe fühlen, dass Caitrin nicht verrückt war.

Allison unterbrach die Stille. »Und jetzt?« Ihre Stimme klang ein wenig heiser. Sie war blass geworden und ihre Hände öffneten und schlossen sich.

Caitrins Aufmerksamkeit richtete sich auf Allison. »Fühlst du etwas?«, fragte sie, doch Allison antwortete nicht. Stattdessen atmete sie tief durch und trat zum Stein. Zögerlich legte sie eine Hand darauf und zuckte zurück, als hätte sie sich verbrannt. Sie schüttelte den Kopf und ihre Miene nahm einen sehr bestimmten Ausdruck an, so wie immer, wenn sie sich etwas in den Kopf gesetzt hatte. Sie legte die Hand erneut auf den Stein. Jenna konnte sehen, wie sich ihre Kiefermuskeln anspannten, anscheinend biss sie die Zähne zusammen. Sie schloss die Augen, senkte den Kopf und schließlich nahm sie ruckartig die Hand vom Stein. Sie trat zurück, stellte sich an den Rand der Lichtung und verschränkte die Arme.

Sprachlos starrte Jenna ihre sonst so rationale und mutige Freundin an. Allison und sie waren diejenigen, die mehr den Fakten vertrauten als den Emotionen. Sie fühlte sich beinahe so, als hätte Allison sie allein gelassen.

Caitrin lächelte, aber es war eher ein trauriges Lächeln, und atmete ebenfalls tief durch. »Dachte ich es mir doch«, sagte sie.

»Was dachtest du dir?«, fragte Jenna, obwohl sie es eigentlich wusste. Aber das hieß nicht, dass sie es wahrhaben wollte.

»Dass sie es fühlen kann«, sagte Lauren leise. Sie war so blass, dass man die Sommersprossen auf ihrer Nase zählen konnte.

»Und was genau soll sie gefühlt haben?«, fragte Jenna und hörte selbst, wie schnippisch sie klang.

Lauren schluckte, während Allison immer noch schwieg. Sie zeigte auf den Stein. »Das.«

»Was genau?«, hakte Jenna nach und schämte sich ein wenig dafür, dass sie sich wie ihr Chef in einem Meeting benahm, wenn ihm die Zahlen nicht gefielen.

»Fühlst du es denn nicht?«, fragte Lauren und wirkte ungläubig. »Es ist doch überall hier.«

Jenna verschränkte die Arme und spürte, wie eine Mischung aus Gefühlen in ihr hochstieg, die sie kaum benennen konnte. Da waren Ärger und Wut, dann das Gefühl, alleingelassen zu werden und ausgeschlossen zu sein, vielleicht ein bisschen Neid und unglaublich große Angst. Wovor genau, konnte sie nicht sagen. Vielleicht vor der Tatsache, dass etwas in ihr Leben gekommen war, was es verändern würde und worüber sie keinerlei Kontrolle hatte. Ja, etwas, das sie noch nicht einmal fühlen oder spüren konnte.

Caitrin beobachtete sie. Sie schien erleichtert und auch ein bisschen traurig. Sie wandte sich an Allison. »Brauchst du noch einen Beweis?«

Ohne Caitrin anzuschauen, schüttelte Allison den Kopf. Sie wirkte beinahe trotzig.

»Ich auch nicht«, sagte Lauren schnell.

Aber ich, hätte Jenna am liebsten geschrien, doch sie wusste, dass es nicht stimmte. Sie kannte ihre Freundinnen zu gut und war emotional so tief mit ihnen verbunden, dass sie fühlen konnte, dass Allison und Lauren gerade etwas Lebensveränderndes erlebt hatten. Und sie wusste, dass es auch ihr Leben verändern würde.

Auf einmal wollte sie nur noch weg. Sie rannte los und hörte, wie entweder Caitrin oder Allison ihren Namen riefen, doch sie blieb nicht stehen und lief einfach weiter. Sollten die drei doch ihre komischen Zeitreisen machen. Sie wollte nur noch weg.

7

Jenna schloss die Tür ihres Zimmers und lehnte sich schwer atmend dagegen. Sie hatte nicht gewusst, wohin sie laufen sollte. Auf die Burg konnte sie nicht, denn wie sollte sie Evan ihre Anwesenheit erklären? Und sie war sich sicher, dass sie in ihrem Zustand kein Auto fahren sollte.

Sie war aufgewühlt und auch der Jetlag holte sie schon wieder ein und machte sie müde. Doch schlafen konnte sie jetzt nicht. Sie fühlte sich wie zerschlagen. Ihre Beine hatten sich bleischwer angefühlt, als sie vor ihren Freundinnen davongelaufen war. Aber war sie tatsächlich vor ihnen davongelaufen? Oder davor, dass es schon wieder etwas gab, was sie nicht verstand?

Sie schleppte sich zum Bett und wollte sich gerade darauf fallen lassen, als sie einen Zettel auf der Decke sah. Es war Allisons Handschrift, sie hatte Jenna den WLAN-Schlüssel notiert. Dahinter hatte sie einen Smiley gemalt und geschrieben: *Für eine gute Verbindung.*

Jenna starrte darauf und fragte sich, ob sie dabei war, die Verbindung zu ihren Freundinnen zu verlieren. Lauren war mit ihrem Geheimnis hier angekommen und hatte sich ihnen anvertraut, und nun auch Caitrin mit dieser unglaublichen Geschichte. Doch sie hatte den anderen noch nichts von Hongkong erzählt. Sie schämte sich dafür und doch kam es ihr auf einmal so unbedeutend vor. Was war Hongkong im Vergleich zu Zeitreisen?

Sie ließ sich aufs Bett fallen, legte die Arme über das Gesicht und fragte sich, ob sie verrückt geworden war. Wie konnte sie nur daran glauben, dass es das gab? Zeitreisen, wie lächerlich.

Auf einmal kam ihr ein ungeheuerlicher Gedanke. Ob die anderen sich einen Spaß mit ihr erlaubten?

Sie starrte an die mintgrüne Zimmerdecke und zählte die Fakten in ihrem Kopf auf. Das half immer, wenn sie nicht weiterwusste. Also erstens: Alle konnten es angeblich fühlen, nur sie nicht. Zweitens: Caitrin sagte, dass man nur reisen konnte, wenn man allein war. Jenna hatte nicht gesehen, dass Caitrin oder eine der anderen beiden plötzlich verschwunden war. Drittens: Es konnte keine Zeitreisen geben. Das ging physikalisch nicht und das musste sie von allen am besten wissen. Sie war die Ingenieurin und hatte sich durch viel zu viele Semester Mathematik und Physik gekämpft.

Sie schaute auf ihr Handy, um sich zu vergewissern, dass nicht der 1. April war, auch wenn sie natürlich wusste, dass der 14. Juni war. Aber warum erlaubten die drei sich dann diesen Scherz mit ihr? Und war das nicht sehr aufwendig, nur um sie an der Nase herumzuführen?

Sosehr sie darüber nachdachte, sie fand keinen Grund, warum die drei das taten. Aber es war die einzige Erklärung.

Ihre Gedanken drehten sich im Kreis. Das hatte keinen Sinn, sie musste etwas anderes tun.

Jennas Blick fiel auf ihr Handy. Es zeigte immer noch die vielen neuen Nachrichten an. Sollte sie arbeiten? Eigentlich hatte sie sich vorgenommen, aus Respekt ihrem Freundinnenwochenende gegenüber gar nichts zu machen. Aber es war die beste Ablenkung und es konnte sicherlich nicht schaden, wenn sie mal in ihren Posteingang schaute. Also tippte sie das WLAN-Passwort ein. Es war der Name des Internats und das

Jahr, in dem sie ihren Abschluss gemacht hatten. Jenna musste lächeln.

Sobald sich das Handy verbunden hatte, brummte es unaufhörlich und immer mehr Nachrichten kamen herein. Sie stöhnte. Es würde Stunden dauern, die durchzuarbeiten. Aber vielleicht war das gut so, denn so musste sie die anderen erst morgen wiedersehen und bestimmt hatten sie sich dann schon überlegt, diesen Scherz aufzulösen.

Sie überflog gerade die Betreffzeilen, als ein Ping ertönte. Es war keine E-Mail, sondern eine Textnachricht. Sie warf einen kurzen Blick darauf und erstarrte, als sie sah, von wem sie war. Evan hatte ihr geschrieben. Und zwar vor wenigen Minuten.

Ihr Herz machte wieder diesen albernen kleinen Satz. Es dauerte nur einen Herzschlag, bis sie entschied, dass er eine viel bessere Ablenkung war als die E-Mails. Eine noch viel attraktivere dazu. Sie erschauderte kurz, als sie daran dachte, wie er sie heute Nachmittag angesehen hatte. Und wie gut er ausgesehen hatte, auch in Jeans und Hemd.

Sie las die Nachricht und musste lächeln.

Ich habe vergessen, dich zu fragen, ob du noch Schmerzen vom Unfall hast. Kannst du morgen überhaupt klettern?

Jenna zögerte einen Moment, dann tippte sie:

Danke der Nachfrage. Alles in Ordnung. Klettern geht.

Ob das zu nüchtern gewesen war? Sie hatte leider eine Tendenz dazu, zu pragmatisch zu sein. In der Firma war nicht viel Zeit für Prosa, wenn man eine Mail oder Nachricht schrieb.

Sie hielt das Handy in der Hand und nach wenigen Augenblicken sah sie, dass er die Nachricht gelesen hatte. Dann tippte er und sie holte zitternd Luft, während die kleinen Punkte über den Bildschirm tanzten, die anzeigten, dass der andere etwas schrieb.

Ich kann es kaum abwarten, dir den Ausblick zu zeigen.

Wieder dieses leichte Stolpern. Er freute sich, ihr den Ausblick zu zeigen. Ihr.

Ihre Finger schwebten über dem Display.

Und ich freue mich darauf, ihn zu sehen.

Am liebsten hätte sie geschrieben – und dich. Aber das traute sie sich nicht.

Wieder wartete sie und wunderte sich darüber, wie aufgeregt sie war. Die Tatsache, dass er nicht weit von ihr entfernt in seinem Cottage war und sie Nachrichten austauschten, machte sie schwindelig.

Draußen war es bereits dämmrig geworden. Was er wohl gerade tat? Sie musste lächeln, als seine Antwort kam.

Was machst du gerade?

Mit dir schreiben.

Und sonst so?

. . .

Sie zögerte einen Moment. Dann tippte sie:

Nachdenken.

Worüber?

Die Antworten kamen schnell und sie genoss es, seine Aufmerksamkeit zu haben. Es war fast so, als könnte sie seine Präsenz durch das Handy spüren. Was natürlich albern war.

Sie entschied sich für die Wahrheit, zumindest die halbe.

Ob meine Freundinnen sich einen Scherz mit mir erlaubt haben.

Erzähl mir mehr.

Jenna zögerte. Sie konnte ihm schlecht von den Zeitreisen schreiben, schließlich hatte sie Caitrin versprochen, dass sie niemandem davon erzählen würde. Selbst wenn es nur ein Scherz war, wollte sie ihre Freundinnen nicht hintergehen. Integrität war einer ihrer wichtigsten Werte, genau wie Loyalität und Ehrlichkeit. Und gerade ihren Freundinnen gegenüber, mit denen sie schon so viel erlebt hatte. Sie waren ihre Familie.

Sie atmete tief durch und schloss die App, sodass sie ihren Home-Bildschirm sah. Da waren die drei. Es war ein Foto, das sie bei irgendeiner Hochzeit gemacht hatte. Allison, Lauren und Caitrin. Sie alle strahlten in die Kamera. Diese Gesichter waren ihr so vertraut.

Ihre Freundinnen wussten von Jennas Werten. Sie

kannten sich alle so gut und Jenna wusste, dass die anderen ähnlich fühlten. Sie waren ebenso ehrlich und treu.

Und auf einmal wurde Jenna bewusst, dass die drei sich keinen Scherz erlaubt hatten. Nicht auf der Ebene. Nicht so, dass es Jenna verletzen würde. Aber was bedeutete das dann für sie?

Alles klar?

Jenna biss sich auf die Lippe. Sie tippte.

Mir ist gerade etwas klar geworden.

Was denn?

In diesem Moment hörte Jenna ein leises Klopfen an der Tür und dann wurde diese einen Spalt geöffnet. Sie sah Lauren, wie sie vorsichtig ins Zimmer schaute. Als sich ihre Blicke trafen, lächelte Jenna. Wie hatte sie nur annehmen können, dass die sanfte, liebevolle Lauren sich einen so üblen Scherz mit ihr erlauben würde? Allison und Caitrin würde sie das zutrauen, aber Lauren hätte den beiden ins Gewissen geredet, wenn sie ihr den Vorschlag gemacht hätten.

»Darf ich reinkommen?«, fragte Lauren.

Jenna nickte und klopfte neben sich aufs Bett. Als Lauren sich neben sie gesetzt hatte, seufzte sie. »Es tut mir leid, dass ich weggelaufen bin.«

»Ich kann es verstehen. Am liebsten würde ich auch weglaufen. Aber ich weiß gerade nicht, wohin.«

Jenna warf ihrer Freundin einen Blick zu. Ob sie ihr jetzt von Hongkong erzählen sollte? Doch dann war der Moment vorbei, denn Lauren sagte: »Es ist vermutlich so, dass du es dir nicht einmal vorstellen kannst, oder? Ich kann es auch nur glauben, weil ich es fühlen kann.«

Jenna nickte. »Es ist so merkwürdig, dass ihr das fühlen könnt«, sie brachte es nicht über sich, zu sagen, dass die anderen durch die Zeit reisen konnten, »und ich nicht.«

»Du fühlst dich bestimmt ausgeschlossen, oder? Zumindest würde es mir so gehen.«

Ihr Lächeln war so entwaffnend, dass Jenna auch lächeln musste. Natürlich hatte Lauren wie immer den Nagel auf den Kopf getroffen. Sie konnte sich so gut in andere hineinversetzen.

»Es fühlt sich fast kindisch an, aber genau so ist es.«

»Das ist nicht kindisch, das ist normal.«

Jenna legte den Kopf an den ihrer Freundin. »Du bist toll, weißt du das eigentlich?«

Lauren küsste Jenna auf die Haare. »Magst du wieder mit zu uns kommen? Ich glaube, Caitrin und Allison wüssten auch gern, dass alles wieder gut ist.«

»Ist es das denn?«, fragte Jenna.

Ihre Freundin setzte sich auf und schaute sie an. »Wenn man bedenkt, dass wir alle heute erfahren haben, dass es etwas geben soll, was völlig unglaublich ist, könnte man sagen: Nein, es ist nicht alles gut. Aber wir sind hier zusammen. Wir sind Freundinnen, wir vertrauen einander und wir wissen, dass die anderen es gut mit uns meinen. Deswegen ist alles gut.« Sie griff nach Jennas Hand. »Und glaube mir, Caitrin und Allison fühlen sich auch nicht gut. Sie brauchen dich jetzt. Du bist doch immer diejenige, die den Überblick behält und alles erklärt. Das würde uns jetzt guttun. Sonst macht Allison sich heute Abend noch auf den Weg und probiert das mit dem Zeitreisen aus, Caitrin flippt aus vor Sorge und ich backe die ganze Nacht. Das will doch keiner.«

Jenna musste lächeln. »Nein, das will keiner. Also gut, lass uns ins Wohnzimmer gehen.«

Lauren erhob sich und wie immer bewunderte Jenna, wie

schön ihre Freundin war. Sie griff nach ihrer Hand. »Danke«, sagte sie.

»Wofür?«

»Dafür, dass du diejenige bist, die uns alle versteht und immer das Richtige sagt, damit sich alle gut fühlen.«

»Gern geschehen«, erwiderte Lauren. »Und danke, dass du immer diejenige bist, die uns auf den Boden der Tatsachen zurückholt, die den Überblick behält und Entscheidungen für uns trifft. Das tut mir nämlich gut.«

Jenna lächelte, aber sie war sich nicht sicher, ob ihr diese Rolle in diesem Fall noch gefiel.

Als sie hinter Lauren ins Wohnzimmer trat, sah sie sofort die Erleichterung auf den Gesichtern ihrer Freundinnen. Zu ihrer Überraschung hörte sie sich selbst sagen: »Können wir heute Abend nicht mehr darüber sprechen? Ich muss erst einmal darüber schlafen.«

Die anderen drei schauten sich unschlüssig an und Jenna begriff, dass sie genau darüber hatten sprechen wollen. Schließlich nickte Lauren. »Natürlich können wir das.«

»Es gibt nur eins, was ich wissen muss, und ich bitte euch, ehrlich mit mir zu sein.« Sie atmete tief durch und schaute ihre Freundinnen nacheinander an. Laurens Blick war liebevoll, Allison sah entschlossen aus und Caitrin überrascht. »Erlaubt ihr euch einen Scherz mit mir?«

Im selben Moment, da sie es sagte, fühlte sie sich albern, vor allem als sie die Verwirrung auf den Gesichtern der anderen sah. Doch sie nahm die Frage nicht zurück, sondern ertrug die Stille, die darauf folgte.

Es war Allison, die sich aufsetzte und Jenna fragend anschaute. »Glaubst du das wirklich? Wenn ja, tut es mir leid, denn es wäre ein übler Scherz und das würde ich nicht einmal der arroganten Maddy antun.«

Jenna musste lächeln. Die arrogante Maddy war eine Mitschülerin gewesen, die im Zimmer neben ihnen gewohnt und sich immer über ihre Freundschaft mokiert hatte. Sie war vor allem Allisons Erzfeindin gewesen und noch heute gingen sie sich aus dem Weg, wenn sie sich auf Hochzeiten trafen.

»Wenn es so ist«, sagte Jenna, »bleibt mir nichts anderes übrig, als euch zu glauben.«

»Es tut mir leid, dass du dich so fühlst, aber ich kann mir vorstellen, dass das ein erster Gedanke ist, um alles zu erklären«, sagte Lauren.

Caitrin stand auf und nahm Jenna in den Arm. »Über so etwas würde ich niemals Scherze machen, dafür ist die ganze Sache viel zu ernst. Und es tut mir leid, dass du dich so fühlst.« Ihre Freundin drückte Jenna fest und sie schloss die Augen. »Aber es hat eine Bedeutung, warum du nicht gehen kannst, und wir werden herausfinden, was es ist.«

Allison wollte etwas sagen, doch Caitrin hob die Hand. »Wir reden morgen weiter.«

Sie seufzte. »Und worüber sollen wir dann reden?«

Jenna setzte sich neben Caitrin aufs Sofa und zuckte mit den Schultern. »Ich habe mich so darauf gefreut, mit euch über alte Zeiten zu sprechen.«

Das war nicht nur die Wahrheit, sondern auch ungefährliches Gebiet, denn es würde nicht zu den Zeitreisen führen, nicht zu Hongkong und nicht zu Evan. Sie wunderte sich selbst, dass er in dieser Aufzählung aufkam, doch das mit ihm war nichts, was sie mit ihren Freundinnen teilen wollte. Auch wenn sie keine Ahnung hatte, was das mit ihm war, und sie normalerweise genau so etwas lang und breit mit den anderen besprechen würde.

8

Am nächsten Morgen erwachte Jenna auf dem Sofa. Die Sonnenstrahlen schienen schon ins Zimmer und brachen sich in den Weingläsern, die auf dem Tisch standen. Jenna schaute sich um und stellte fest, dass sie allein war. Jemand hatte sie mit der weichen Wolldecke zugedeckt, die Caitrin bei so vielen Videokonferenzen um die Schultern getragen hatte.

Jenna wandte den Blick zum Fenster und stellte fest, dass sie ein kleines Stück von Dundarg sehen konnte, wenn sie hier lag. Schlagartig war sie wach. Evan! Sie hatte ihm gestern gar nicht mehr geantwortet.

Sie rappelte sich auf und lief in ihr Zimmer. Das Handy lag noch auf dem Bett. Gerade leuchtete das Display wieder auf. Eine neue E-Mail. Doch da war auch eine Textnachricht. Die konnte nur von Evan sein.

Jenna atmete tief durch, richtete sich die Haare und wischte sich die vermutlich verschmierte Wimperntusche unter den Augen weg. Dann fiel ihr auf, wie albern das war, denn er konnte sie ja nicht sehen, wenn sie seine Textnachricht las. Sie war tatsächlich wieder sechzehn.

Begierig öffnete sie die Nachrichten. Es waren drei und sie

waren am vorigen Abend im Abstand von zwanzig Minuten gekommen.

Du spannst mich wohl gern auf die Folter.

Alles okay bei dir?

Ich sehe, du bist nicht mehr online. Schlaf schön! Und wenn du das erst morgen liest, wünsche ich dir einen guten Morgen.

Jennas Magen flatterte albern. Solche Dinge schrieb man doch nicht jemandem, den man nur nett fand, oder? Am liebsten hätte sie die anderen geweckt, um sie danach zu fragen und gemeinsam jedes Wort zu analysieren, wie er es wohl gemeint haben könnte. Doch Evan würde noch ein wenig länger ihr Geheimnis bleiben. Sie war noch nicht bereit, ihn zu teilen.

Auf einmal erschien eine neue Nachricht und beinahe hätte sie das Handy fallen gelassen.

Guten Morgen! Ich sehe, du bist wach. Immer noch der Jetlag? Ich hoffe, es geht dir gut. Ich habe heute Nachmittag einen Termin und muss am späten Vormittag weg. Können wir uns schon heute Morgen treffen? Nur wenn es bei dir passt.

Wieder durchströmte sie dieses kribbelige Gefühl. Sie konnte immer noch nicht glauben, dass ein Mann wie Evan gerade sie sehen wollte.

Natürlich konnte sie auch heute Morgen! Sie und die anderen hatten zwar grob besprochen, dass sie heute weiter über die Sache mit den Zeitreisen reden wollten, doch Jenna hatte keine Lust dazu. Es erschien ihr schon wieder so verrückt und der Schlaf hatte es nicht verständlicher gemacht. Am liebsten hätte sie das Thema begraben und nie wieder daran gedacht. Es war doch lächerlich. Da traf sie sich lieber mit Evan.

Sie begann zu tippen.

Hey! Das wäre toll!

Sie löschte es wieder. Viel zu mädchenhaft.

Guten Morgen. Ja, das lässt sich einrichten.

Wieder löschte sie es. Er war doch kein Kollege aus dem Büro. Aber wie schrieb man einem umwerfend attraktiven Mann, der angefangen hatte, mit einem zu flirten, mit dem man aber besser nicht flirten sollte, weil es keine Zukunft für sie beide gab?

Eine Textnachricht von ihm erschien.

Du machst es aber spannend …

Der Schreck durchfuhr sie. Natürlich hatte er die kleinen Punkte tanzen und dann wieder verschwinden sehen, als sie die Nachrichten gelöscht hatte. Der Gedanke, dass er in diesem Moment in seinem Cottage saß, dieselbe Morgensonne sah wie sie, sein Handy in der Hand hielt und auf ihre tanzenden Punkte schaute, nahm ihr beinahe den Atem. Es war viel zu nah dran.

Im Büro dachte sie in solchen Momenten immer, dass man sich besser anrufen könnte, als sich E-Mails oder über den internen Messenger zu schreiben, und meist tat sie das dann auch. Doch jetzt konnte sie Evan nicht einfach anrufen. Sie konnte ihn mit seiner tiefen Stimme und seinem amerikanischen Akzent nicht in ihr Zimmer holen.

Sie atmete tief durch und tippte.

Guten Morgen, bin gerade erst aufgestanden und noch nicht ganz wach. Ich hatte noch keinen Kaffee. Heute Morgen passt. Wann genau?

Atemlos tippte sie auf Senden und starrte auf die Stelle, wo die Punkte erscheinen müssten. Doch nichts geschah.

Als sich die Enttäuschung in ihr ausbreitete, warf sie das Handy aufs Bett. Sie war eine erwachsene Frau und kein Mädchen. Ja, sie hatte schon seit Ewigkeiten kein Date mehr gehabt und sie wusste nicht, wann sie das letzte Mal jemanden geküsst hatte, aber das hier war albern. Sie entschied sich, erst einmal zu duschen, und öffnete ihren Koffer. Doch mitten in der Bewegung hielt sie inne. Hatte sie tatsächlich gerade an Küssen gedacht?

In diesem Moment brummte ihr Handy und das Kribbeln verstärkte sich wieder. Doch sie schüttelte den Kopf und griff nach ihrem Handtuch. Erst einmal würde sie duschen. Es konnte ja nicht sein, dass sich ihre Welt nur noch um seine Nachrichten drehte. Auch wenn sie es kaum aushalten konnte, das Handy nicht in die Hand zu nehmen.

Unter der Dusche versuchte sie, jeden Gedanken an Evan zu verbannen. Während das warme Wasser über ihre nackte Haut rann, waren diese noch gefährlicher und er kam ihr viel zu nahe. Doch natürlich gelang es ihr nicht. Vor allem fragte sie sich, was daraus werden sollte, wenn sie miteinander flirteten.

Als sie ihre Haare ausspülte und sich dabei ertappte, dass

sie ausrechnete, wie viele Stunden Zeitunterschied zwischen den USA und Hongkong lagen, streckte sie sich im beschlagenen Spiegel die Zunge raus. Das war völlig absurd.

Kurze Zeit später kam sie frisch geduscht ins Zimmer zurück. Von den anderen war immer noch nichts zu hören und Jenna fragte sich, ob sie sich trotzdem einen Kaffee machen sollte. Gerade war sie sehr froh darüber, dass die anderen solche Langschläfer waren und sie noch unter dem Jetlag litt.

Das Handy leuchtete wieder auf, aber es war nur eine E-Mail.

Jenna zog sich ein Top über den Kopf und bevor sie darüber nachdenken konnte, hatte sie auch schon das Handy in der Hand. Nur, um die E-Mail anzuschauen, sagte sie sich. Trotzdem blieb ihr Blick an der Textnachricht hängen.

Wie wäre es mit einem Kaffee auf der Burg? Es sei denn, du bist schon verabredet …

Sie schloss die Augen und genoss das Kribbeln, das sich in ihr ausbreitete. Ja, er flirtete mit ihr, eindeutig. Und es fühlte sich so gut an. Sie war sich nicht sicher, wann sie sich das letzte Mal so lebendig gefühlt hatte. Ganz bestimmt nicht in Hongkong, in einem der vielen Meetings, und auch nicht, wenn sie abends allein in ihrer Wohnung etwas vor dem Laptop aß.

Sie dachte nur kurz nach, dann tippte sie.

Keine Verabredung, deswegen gern. Sehr gern …!

Ihr Finger schwebte über dem Display. Ob sie das *Sehr gern …!* löschen sollte? Aber dann würde er wieder die Punkte tanzen sehen. Oder vielleicht hatte er auch schon aufgegeben und wartete nicht mehr auf ihre Nachricht. Doch, er war online.

Sie fügte noch hinzu:

Ich komme gleich.

Und drückte auf Senden. Zu spät merkte sie, dass er den letzten Satz als sehr doppeldeutig lesen könnte, so als würde sie mit Absicht heftig mit ihm flirten.

Obwohl sie allein im Zimmer stand, spürte sie, wie ihre Wangen rot wurden.

Aber es nützte nichts, sie hatte es ihm geschickt und jetzt musste sie hoch zur Burg. Ob sie noch etwas schreiben sollte, um das wieder geradezurücken? Nein, dann würde es erst recht auffallen. Dabei war das ja ein normaler Satz.

Sie wählte ein Sommerkleid, nahm ihr Handy und war schon fast aus der Tür, als ihr klar wurde, dass er mit ihr auf den Turm klettern wollte. Sie brauchte Sportkleidung.

Mit fliegenden Händen zog sie sich um und versuchte, nicht daran zu denken, dass sie gleich eine Art Date hatte, sondern sagte sich immer wieder, dass sie mit einem Bekannten zum Klettern verabredet war. Doch natürlich half es nicht.

Sie entschied sich, die Terrassentür zu nehmen, die von ihrem Zimmer in den Garten führte. Sie rannte über das Gras, das vom Morgentau glitzerte. Mittlerweile kannte sie den Weg gut und obwohl sie in Gedanken nur bei Evan war, bewunderte sie die Schönheit des Gartens am frühen Morgen. Nicht nur, dass alles in der Morgensonne glitzerte, sondern es roch auch so wunderbar.

Sie zwang sich, die letzten Meter zur Burg zu gehen, damit sie nicht völlig außer Atem oben ankam.

Evan saß wieder auf der kleinen Mauer und schaute ihr entgegen. Heute trug er Cargo-Shorts und ein schlichtes weißes T-Shirt. Seine Muskeln spielten unter dem Stoff, als er von der Mauer stieg, und sein Lächeln wirkte beinahe verwegen. Sie war sich sicher, dass sie noch nie ein Date mit einem so gut aussehenden Mann gehabt hatte.

Jennas Herz schlug so schnell und laut, dass sie meinte, er müsste es hören. Aber auch das war natürlich albern.

Auf einmal war sie sich ihres Körpers sehr bewusst, denn sie spürte, dass er sie musterte. Gefiel ihm, was er sah? Plötzlich spürte sie den Unterschied zu ihrem sechzehnjährigen Ich. Sie hatte sich selbst lieben gelernt und war mit ihrem Körper zufrieden, vor allem weil er sie schon so oft sicher durch viele schöne Momente im Leben getragen und diese erst ermöglicht hatte. Das war mit sechzehn anders gewesen. Trotzdem hoffte sie, dass er sie auch gern anschaute. Doch dann fiel ihr ein, dass er sie schon in Unterwäsche gesehen hatte, und er wollte sie trotzdem noch treffen. Oder vielleicht gerade deswegen?

Als sie endlich bei ihm ankam, brannten ihre Wangen. Was waren das nur für Gedanken?

Evan lächelte und nahm zwei Becher von der Mauer. »Entschuldige«, sagte er, »das sind die besten Becher, die ich finden konnte. Die anderen beiden sehen noch schlimmer aus.«

Jenna schaute auf die Becher und musste lachen. Auf einem war eine Comicfigur abgebildet, die sie aus ihrer Kindheit kannte, die aber heute sicherlich kein Kind mehr gut fand. Außerdem hatte die Tasse mehrere Einkerbungen am Rand, wo Teile herausgesprungen waren. Die andere hingegen war mit einem völlig verblichenen Foto von etwas verziert, was vielleicht ein Hund sein sollte. Außerdem war der Henkel abgebrochen.

»Solange Kaffee darin ist, ist mir das Aussehen egal«, sagte Jenna und entschied sich für die Comicfigurtasse.

»Gute Wahl«, sagte er. »Schneide dich nur nicht, wenn du trinkst.«

»Du bist ja Arzt«, sagte sie. »Du kannst mich dann versorgen.«

Als sein Blick auf ihre Lippen fiel und er lächelte, blieb ihr für einen Moment der Atem weg.

Evan räusperte sich und griff hinter sich. Er holte einen kleinen Beutel hervor, aus dem er Zucker, Süßstoff, einen Iso-Becher und Löffel hervorholte. Aus dem Becher dampfte es, als er den Deckel abnahm.

»Erwarten wir noch jemanden?«, fragte Jenna.

Evan schüttelte den Kopf. »Ich wusste nicht, wie du deinen Kaffee trinkst, und habe deswegen Milch mitgebracht. Das ist übrigens der dritte Becher im Cottage«, sagte er mit einem schiefen Grinsen. »Den vierten wirst du niemals kennenlernen.«

Der dritte Becher war in einer Farbe, die man nur als Gallengrün bezeichnen konnte. Darauf waren zwei gezeichnete Schafe abgebildet, die sich gerade paarten. Den Satz darunter konnte man nicht mehr lesen. Und auch dieser Becher hatte seine Macken und Dellen.

Doch Jenna faszinierte etwas anderes. »Du hast die Milch warm gemacht?«

Evan nickte. »Vielleicht willst du viel Milch und dann wird der Kaffee kalt, wenn die Milch nicht warm ist.« Er zögerte. »Ich habe leider nur Kuhmilch und kein Soja oder Mandel, wenn du das lieber magst.«

Jenna starrte ihn an, dann spürte sie, wie ein Lachen in ihr aufstieg, das sie nicht unterdrücken konnte.

Er schaute sie etwas verwirrt an, aber er war nicht böse. »Ich nehme an, du lachst über die Becher, denn sonst müsste ich denken, dass du über mich lachst.«

»Genau das tue ich aber«, sagte Jenna und biss sich auf die Lippe. »Du bist wirklich ein Amerikaner. Ich trinke weder Mandel- noch Sojamilch. Aber etwas, oder besser gesagt, etwas mehr, Kuhmilch darf es gern sein. Deswegen ist es schön, dass du sie warm gemacht hast.« Sie griff nach dem grünen Becher und bemerkte, dass er ihn so drehte, dass sie die Schafe nicht sah. »Danke.«

Geschickt kippte sie die warme Milch in ihren Becher, der nur knapp über die Hälfte gefüllt war, sodass viel Milch hineinpasste. Er hatte wirklich an alles gedacht.

»Wenn du noch mehr möchtest, hole ich gern noch etwas aus dem Cottage.«

»Bringst du dann den vierten Becher mit?«, fragte Jenna und nahm den ersten Schluck von ihrem Kaffee. Er war himmlisch und sie fühlte, wie die warme Flüssigkeit bis in ihren Magen rann.

»Niemals«, erwiderte Evan. »Du wirst kein Wort mehr mit mir sprechen, obwohl es nicht einmal meine Becher sind. Sie waren schon dort, als ich in das Cottage gezogen bin.«

Schweigend tranken sie den Kaffee und Jenna genoss seine Nähe. Er passte so gut hierher, obwohl er Amerikaner war. Er strahlte eine natürliche Ruhe und Kraft aus und er roch so gut, so männlich. Am liebsten hätte sie an ihm gerochen, aber das ging natürlich nicht.

»Bereit?«, fragte Evan, als Jenna ausgetrunken hatte. Dabei schaute er sie mit einem so verschmitzten Ausdruck an, dass ihr für einen Moment der Atem wegblieb. Er war wirklich der attraktivste Mann, dem sie jemals begegnet war.

Kurze Zeit später standen sie wieder unten am Turm. Obwohl Jenna schon oft in ihrem Leben geklettert war, war sie nun doch aufgeregt. Aber sie war gespannt auf den Ausblick, und dass Evan hier bei ihr war, versüßte das alles doch sehr.

Er reichte ihr eine Kletterausrüstung und legte selbst auch eine an. Obwohl sie nicht viel sprachen, war seine Nähe so angenehm und es zeigte sich in so vielen Kleinigkeiten, dass er alles vorbereitet und darüber nachgedacht hatte, was sie brauchen könnte. Jenna konnte kaum glauben, dass dieser Mann, der sie mit seinem Lächeln so atemlos machen konnte, solche Dinge für sie tat. Dabei war sie bei ihrer ersten Begegnung vor zwei Tagen nicht einmal nett zu ihm gewesen.

»Evan?«, sagte sie. Es war schön, seinen Namen auszusprechen.

Er wandte den Kopf. »Jetzt sag nicht, du willst nicht mehr. Du schaffst das. Ich bin bei dir.«

Jenna lächelte. »Keine Sorge. So ein Aufstieg macht mir

keine Angst. Ich wollte einfach nur …« Sie brach ab, weil sie sich auf einmal blöd vorkam.

»Was wolltest du?«, fragte er sanft.

Sie atmete tief durch und machte eine umfassende Geste. »Ich wollte mich bedanken. Für alles.«

Er hob die Augenbrauen. »Das klingt ja fast wie ein Abschied. Dabei fangen wir doch gerade erst an.«

Aber das Lächeln in seinen Augen zeigte, dass er sie genau verstanden hatte. Ihre Blicke trafen sich und wieder konnte Jenna nicht atmen. Sie hätte etwas sagen sollen, doch sie fand keine Worte.

Es war Evan, der den Blickkontakt unterbrach. Er atmete tief durch, sortierte das Seil, das er in den Händen hielt, und sagte dann: »Komm, wir sollten hinaufsteigen, solange die Sonne noch nicht so hoch steht. Ich glaube, dann ist es am schönsten.«

Bei dem letzten Wort schaute er sie wieder an. Sein Blick war heiß und intensiv und auf einmal war er ganz ernst. Oder bildete sie sich das nur ein? Sicher bildete sie sich das ein, sie war so etwas einfach nicht mehr gewohnt. Sonst hatte sie nur bei der Arbeit mit Männern zu tun. Wie lange hatte sie schon nicht mehr in einem anderen Kontext als Projekten, Meetings und Deadlines mit einem Mann gesprochen?

Evan wies auf die Wand. »Keine Sorge«, sagte er, »ich sichere dich. Dir kann nichts passieren.«

Sie wollte ihm sagen, dass sie keine Sorge hatte, doch sie brachte nur ein Nicken zustande.

Während Evan sie sicherte, kletterte Jenna vorsichtig und konzentriert den Turm hinauf. An guten Stellen waren Haken in der Wand platziert und es gab immer wieder Felsvorsprünge, an denen sie sich hochziehen konnte. Es war ein leichter Aufstieg – für ihren Geschmack fast ein wenig zu leicht. Aber das Gefühl, auf einer Burg in Schottland zu klettern und nicht in einer Kletterhalle, war unbeschreiblich schön. Sie genoss den Wind, der über ihre Arme strich, und den Ausblick über die Bäume, den sie genießen konnte, je höher sie kam. Sie blickte hin und wieder zu Evan hinunter und spürte eine stille Verwunderung in sich, dass dieser Amerikaner dort unten stand und sie sicherte. So als wären sie schon immer zusammen geklettert. Aber auch das Gefühl bildete sie sich sicher ein.

Als sie oben angekommen war, gab sie ihm ein Zeichen, dass alles gut war. Sie trat in die Mitte des Turms und sah, dass die Steindecke gut erhalten war und trug. Nur an einer Stelle klaffte ein Loch, vermutlich war dort die Tür gewesen. Trotzdem blieb Jenna am Rand, damit sie sich für den Fall, dass doch etwas unter ihr nachgab, an den Steinen festhalten konnte. Sie legte auch ihr Klettergeschirr nicht ab, denn zur Not konnte Evan sie vielleicht halten.

Und dann schaute sie in die Ferne und ihr stockte der Atem. Tatsächlich konnte man von hier das Meer sehen. Es war ein glitzerndes Band und sie sah ein paar Felsen, das andere Ufer – vielleicht war es auch eine Insel, die im Dunst lag – und trotz der frühen Morgenstunde zogen zwei Segelschiffe vorbei. Jennas Herz machte einen kleinen Hüpfer vor Freude und sie beschloss, sobald es ging zum Meer zu fahren. Sie hatte noch zwei Tage. Vielleicht konnte sie die anderen überzeugen. Es war allemal besser, als sich über Zeitreisen zu unterhalten. Und wenn die anderen nicht wollten, würde sie allein fahren. Vielleicht war das sogar besser.

Plötzlich hörte sie ein Klirren neben sich. Erstaunt wandte sie sich um und sah, wie Evan über die Brüstung kletterte. Erschrocken starrte sie ihn an. »Wie bist du hochgekommen?«

Er zuckte mit den Schultern. »Geklettert«, sagte er.

»Aber es hat dich niemand gesichert«, entgegnete sie und wagte einen Blick nach unten. Auf einmal erschien es ihr doch recht hoch.

Er lächelte spitzbübisch. »Das ging auch so«, sagte er.

»Aber –«, setzte Jenna an, doch Evan unterbrach sie.

»Man kann tatsächlich das Meer sehen«, stellte er fest. Er ließ sich an der Brüstung nach unten rutschen und klopfte neben sich. »Man kann es selbst von hier erkennen«, sagte er.

»Ich kann aber nicht frei klettern«, stieß Jenna hervor und schaute wieder nach unten.

Evan schaute sie an. »Musst du doch gar nicht.«

»Wie soll ich denn wieder runterkommen, wenn du hier oben bist?«

Er nahm ihre Hand und zog sie sanft neben sich auf den Boden. »Natürlich sichere ich dich. Ich habe doch gesagt, dass ich mich gut um dich kümmern werde.«

Und Jenna glaubte ihm. Ihr Herz klopfte so schnell, aber er war so ruhig und entspannt, dass sie gar keine andere Wahl hatte, als ihm zu glauben. Sie wusste tief in ihrem Herzen, dass er sie nicht hier raufgebracht hätte, um sie dann allein runterklettern zu lassen. Sie entspannte sich tatsächlich.

»Ist es nicht wunderschön?«, fragte Jenna und blickte auf das Meer.

»Das ist es«, sagte Evan ruhig.

Sie wandte den Kopf und sah, dass er gar nicht mehr aufs Meer schaute, sondern sie anblickte. Wieder schoss ihr das Blut in die Wangen und hastig wandte sie den Blick ab. Sie hatten schon so viele kurze, intime Momente geteilt. Es war aufregend, aber es machte ihr auch Angst. Und vor allem: Wo sollte es hinführen? Von dieser Sache mit ihren Freundinnen einmal abgesehen. Sie hatte auch dort keine Ahnung, wie es weitergehen sollte. Die anderen schienen das alles, was Caitrin ihnen erzählt hatte, wirklich zu glauben. Und Jenna glaubte ihnen. Eigentlich. Aber dieses Mal fiel es ihr so schwer.

»Woran denkst du?«, fragte er.

»Warum fragst du?«, gab Jenna zurück und fühlte sich ertappt.

»Weil es auf einmal so aussah, als ob dich irgendetwas mächtig stört«, sagte er.

Jenna dachte an Caitrin, Allison und Lauren und biss die Zähne zusammen. Wieder überlegte sie, ob sie mit ihm darüber sprechen sollte, doch dann entschied sie, dass es nicht ging. Caitrin mochte Evan nicht und es wäre Verrat gewesen, wenn sie ihn in dieses für sie so wichtige Geheimnis eingeweiht hätte.

Sie machte eine wegwerfende Handbewegung. »Nur eine Sache mit meinen Freundinnen, aber darüber will ich jetzt nicht sprechen. Es ist auch nicht wichtig.« Sie dachte kurz nach, dann wandte sie sich ihm zu. »Erzähl mir von dir«, sagte sie. »Wer bist du?«

Er lachte auf und lehnte sich zurück. »Sag mir, wer du bist, ohne mir zu sagen, was du beruflich tust«, erwiderte er.

Jenna runzelte die Stirn. »Was meinst du damit?«

»Das hat mal ein Mann im Flugzeug zu mir gesagt und ich fand es sehr spannend, da wir uns meistens über unseren Beruf definieren und sagen, wir sind Arzt oder Anwalt oder Gärtner oder was auch immer. Aber können wir wirklich sagen, wer der Mensch dahinter ist?«

Jenna ließ die Worte in sich einsickern und dachte darüber nach. Er hatte recht, sie definierte sich auch über ihren Beruf und erzählte den Leuten immer nur, dass sie Ingenieurin war. Wenn sie dann weiterfragten, sagte sie, dass sie Projektmanagerin in einem großen Konzern war. Meistens wussten die Leute dann nicht weiter. Sie stellten höchstens eine Frage in die Richtung, was sie als Frau in dieser Männerdomäne erlebte oder ob es eine bekannte Firma war. Und dann wandten sich die Gespräche meist anderen Themen zu.

Sie lächelte. »Spannend. Und, Evan, wer bist du?«

Er dachte darüber nach, dann sagte er: »Ich bin jemand, der immer auf der Suche ist. Manchmal frage ich mich, ob ich jemals ankommen werde. Auf dieser Suche erlebe ich viele Abenteuer und es macht Spaß. Langeweile ist nichts für mich. Meistens bin ich allein, wenn ich diese Abenteuer erlebe. Auch wenn viele Menschen meinen, dass ich das mag, hätte ich manchmal gern Gesellschaft.«

Jenna starrte ihn an und wandte dann den Blick wieder in Richtung Meer. Es war, als hätte er sie beschrieben. Für einen kurzen Moment fragte sie sich, ob er wusste, wer sie war, und ob er sie in den sozialen Medien gestalkt hatte. Doch dann wurde ihr klar, dass sie nirgendwo diese Dinge gepostet hatte. Nicht einmal, dass sie gern kletterte, und schon gar nicht, dass sie gern Abenteuer erlebte, nur viel zu wenig Zeit dafür hatte und sich sehr allein fühlte, wenn sie mal etwas erlebte.

Sie brachte nur ein kurzes »Aha« hervor und überlegte gerade, ob sie ihm erzählen sollte, dass sie es genauso empfand, als er sagte: »Jetzt bist du dran.«

Jenna dachte nach, bevor sie sagte: »Ich bin stets in Bewegung und glaube immer, dass hinter der nächsten Kurve mein Glück liegen wird, und wenn ich dort ankomme, ist es doch nicht da. Also gehe ich weiter und komme nie richtig an. Dabei ist Ankommen mein größter Wunsch.«

Sie spürte, wie Evan sie anschaute und sich dann ebenfalls dem Meer zuwandte. Er schwieg sehr lange, bevor er sagte: »Wenn mich das nächste Mal jemand fragt, wer ich bin, ohne dass ich sagen soll, was ich beruflich tue, darf ich diese Worte dann verwenden?«

Jenna sah ihn an und als Evan sich zu ihr drehte, schwiegen sie eine ganze Zeit. Ihr kam es vor, als könnte sie bis in ihn hinein schauen und etwas sehen, was andere Menschen nicht sehen konnten. Und ihr war, als ob auch er tief in ihre Seele blicken konnte und dort Dinge sah, die sie sonst versteckt hielt. Sie war sich nicht sicher, wann sie das letzte Mal einen Menschen so lange angeschaut hatte, ohne etwas zu sagen.

»Gern«, flüsterte sie schließlich.

Als Evan sich vorbeugte und vorsichtig ihre Lippen mit den seinen berührte, wusste sie auf einmal, dass das »gern« nicht mehr die Antwort auf seine Frage zuvor gewesen war, sondern auf die unausgesprochene Frage zwischen ihnen, ob er sie küssen durfte.

Jenna schloss die Augen und versuchte, ihn einfach nur zu spüren. Sie spürte ein Prickeln und wie weich seine Lippen waren. Mit einer Hand strich er über ihre Wange und dann umfasste er ihren Hinterkopf. Jenna öffnete die Lippen, als Einladung, und er nahm sie an. Es war alles so, wie es sein sollte.

Als sie sich voneinander lösten, öffnete Jenna die Augen

und sah, dass sein Gesicht noch sehr nah bei ihrem war und er sie liebevoll und ein wenig fragend musterte. Sie lächelte und sofort verschwand die Frage aus seinen Augen.

Er lehnte sich zurück und zog sie an sich. Sie passte perfekt in seinen Arm, als Evan ihn um ihre Schultern legte, und sie ließ ihren Kopf auf seiner Schulter ruhen.

Schweigend beobachteten sie das Meer und Jenna spürte, dass sie gar nichts zu sagen brauchten. Es war alles perfekt, so wie es war. Sie bemerkte, dass auch Evan entspannt war, und sie wünschte sich, dass sie nie mehr von diesem Turm herunter müsste. Es war wie ein kleines Ankommen, erkannte sie, und es erfüllte sie mit einer tiefen Freude.

In diesem Moment zog Evan sie noch ein wenig enger an sich und legte seinen Kopf auf ihr Haar. Sie brauchten nicht zu sprechen, Jenna wusste auch so, dass er ebenfalls ein bisschen angekommen war.

Als ob er ihre Gedanken gelesen hätte, sagte Evan leise: »Das ist es, was ich so am Leben mag: Manchmal passieren unerwartet die schönsten Dinge.«

Ein wohliger Schauer durchlief Jenna. Sie legte die Wange an sein T-Shirt und fühlte die Wärme seines Körpers. »So etwas wie das hier darf gern öfter passieren.«

Sanft strich er mit einem Finger über ihren Arm und diese Berührung sandte elektrische Wellen durch ihren gesamten Körper. »Wenn man offen dafür ist und auch Unglaubliches zulässt, passiert es öfter. Und es kann das Leben sehr bereichern.«

Jennas Gedanken wanderten zu ihren Freundinnen und dazu, dass die ihr auch etwas Unglaubliches erzählt hatten. Sie war überhaupt nicht offen dafür gewesen, aber sie war sich auch nicht sicher, wie das ihr Leben bereichern sollte. Mit Evan hingegen war es so leicht.

Sie seufzte. »Ich bin Ingenieurin, mir fällt es manchmal schwer, Unglaubliches zuzulassen.«

Er lachte leise und sie konnte es tief in seinem Brustkorb unter ihrer Wange spüren. Sie schloss die Augen und konnte ihr Glück kaum fassen. Wenn dieser Moment doch nur ewig dauern könnte.

Als Evan sprach, genoss sie es, seine Stimme direkt unter ihrer Wange zu spüren. »Wenn man die Fakten einmal außer Acht lässt und nur fühlt, lernt man schnell, dass man seinen Gefühlen oft mehr vertrauen kann und sie meist richtigliegen. Der Kopf ist in unserer Welt so wichtig geworden, dass wir denken, dass nur seine Meinung zählt. Aber das stimmt nicht.«

Wieder wanderten Jennas Gedanken zu ihren Freundinnen und auf einmal wurde ihr bewusst, dass sie tatsächlich nur die Fakten sah und sich deswegen so sicher war, dass die Sache mit den Zeitreisen nicht stimmen konnte. Doch ihr Gefühl sagte eindeutig etwas anderes. Ihre Freundinnen erlaubten sich weder einen Scherz mit ihr, noch waren alle drei verrückt geworden. Vielleicht sollte sie wirklich das Unglaubliche zulassen und akzeptieren, dass ihre Freundinnen durch die Zeit reisen konnten. Doch sofort meldete sich ihr Kopf und erklärte ihr, dass das nicht möglich war. Es war, als hätte sie ihren Physikprofessor im Ohr, der sich über sie lustig machte, weil sie solchen Unsinn glaubte. Doch Jenna spürte auch, dass sie jetzt mehr bereit war, dafür zu kämpfen, diese Dinge zu glauben und nicht mehr nur die allgemeingültige Meinung anzunehmen.

»Aber wie lernt man, dieses Unglaubliche anzunehmen und mehr auf seine Gefühle zu hören?«, fragte sie.

Für einen Moment saß er still und auf einmal wurde Jenna bewusst, dass sie selbst zwar über die Zeitreisen sprach, er aber nichts davon wusste. Er sprach über sie beide. Als ihr das bewusst wurde, atmete sie zitternd ein und ging in Gedanken noch einmal durch, was sie gesagt hatte. War etwas dabei gewesen, was er missverstehen konnte?

Evan musste ihre Unruhe gespürt haben, denn er zog sie noch ein wenig näher zu sich heran und Jenna versuchte, sich in seinem Arm zu entspannen.

»Das Wichtigste ist Vertrauen«, sagte er. »Darin, dass das Leben es gut mit einem meint. Und Neugier hilft auch.«

Sie hörte das Lächeln in seinen Worten.

Er wollte noch etwas sagen, als sie auf einmal Stimmen hörte. Stimmen, die ihren Namen riefen. Jenna schloss die Augen. Sie wusste genau, wer sie suchte. »Nicht jetzt«, murmelte sie. Das hier war gerade so wichtig.

Evan lachte leise. »Hab Vertrauen. Es ist alles gut so, wie es ist.«

Jenna atmete tief ein und versuchte, seine Ruhe in sich aufzunehmen. Und auf einmal wusste sie, dass sie mit ihren Freundinnen sprechen musste. Trotzdem war sie nicht bereit, ihnen Evan zu zeigen.

»Bleib sitzen«, flüsterte sie und erhob sich. Sie sah, wie er sie neugierig beobachtete, als sie sich über die Brüstung lehnte.

Allison, Caitrin und Lauren waren im Burghof und schauten sich nach allen Seiten um.

»Hier oben«, rief Jenna und ihre Stimme klang unglaublich laut in ihren Ohren, nachdem sie so lange geschwiegen hatte. Doch die drei hörten sie nicht. Jenna musste noch einmal rufen, bevor Lauren sie entdeckte.

»Was machst du da oben?«, rief Allison. »Und wie bist du da raufgekommen?«

Jenna verdrehte innerlich die Augen. Typisch Allison, sie wollte immer gleich die Details wissen.

»Erzähle ich euch später«, rief sie. »Geht schon einmal vor, ich komme gleich.«

»Wäre es nicht besser, wenn wir auf dich warten?«, rief Lauren. »Das sieht gefährlich aus.«

Jenna schüttelte den Kopf. »Es ist sicher, ich verspreche es dir. Geht vor, ich komme gleich.«

Sie konnte sogar von hier oben sehen, wie Allison eine Augenbraue hob. Caitrin hingegen rieb sich die Arme und schaute sich nervös um. Sie war es, die Jenna zunickte. »Bleib nicht zu lange. Nicht, dass er dich erwischt.« Dann zupfte sie am Ärmel von Laurens Bluse und die beiden wandten sich ab.

Allison legte den Kopf schief und betrachtete Jenna, doch sie sagte nichts, sondern wandte sich mit einem Grinsen ab.

»Wir warten im Garten«, rief Lauren noch und dann gingen die drei aus der Burg.

Jenna atmete tief durch. Diese drei Frauen dort unten waren die wichtigsten Menschen in ihrem Leben und gerade fühlte es sich an, als hätte sie sie angelogen. Das musste sie ändern.

Sie setzte sich neben Evan und schaute ihn an. »Ich glaube, ich muss los«, sagte sie, obwohl sie es nicht wollte.

Er musterte sie mit einem Lächeln in den Augen. »Jetzt sofort?«, fragte er.

»Sie warten auf mich.«

»Aber hättest du vielleicht noch kurz dafür …«, er beugte sich vor und küsste sie sanft, »Zeit?«

Seine Zärtlichkeit machte sie atemlos und sie konnte nur nicken. »Immer«, flüsterte sie.

Wieder küsste er sie und Jenna wünschte sich auf einmal, dass sie nicht mehr hier herunter müsste. Sie wollte mit ihm hier oben bleiben und sie wollte mehr von seinen Küssen. Es war so leicht, Vertrauen in das Leben zu haben, wenn man von so einem Mann geküsst wurde.

Sie schlang die Arme um seinen Hals und er zog sie auf seinen Schoß. Seine starken Arme hielten sie und seine Hände glitten über ihren Rücken, während ihre Zungen sanft miteinander tanzten. Doch unter seiner liebevollen Oberfläche verbarg sich Leidenschaft, das konnte sie fühlen. Und auch wenn hier nicht der richtige Ort und nicht die Zeit war, hoffte ein kleiner Teil von ihr, dass er sie nicht mehr zügeln würde.

Doch Evan löste sich von ihr und sagte: »Ich fürchte, dass wir jetzt besser runtergehen sollten. Wenn wir noch lange so weitermachen, bin ich mir nicht sicher, ob ich noch mal aufhören kann.«

Die Worte rieselten durch Jenna hindurch und schenkten ihr ein wohlig warmes Gefühl. Am liebsten hätte sie gesagt, dass sie nicht aufhören brauchten, doch sie war rational genug, um zu wissen, dass er recht hatte.

»Ich wünschte, wir könnten hierbleiben«, sagte sie und für

einen kurzen Moment flackerte etwas in seinem Blick auf, doch dann gab er ihr einen letzten kurzen Kuss.

»Deine Freundinnen warten und wir wollen nicht, dass sie hier hochkommen. Nicht, dass *er* sie erwischt.«

Er grinste und Jenna musste auch lächeln, doch es machte ihr Herz schwer, wenn sie daran dachte, dass ihre Freundinnen und vor allem Caitrin es nicht gutheißen würden, dass sie Evan geküsst hatte.

Dieser Gedanke ernüchterte sie und sie erhob sich.

Mit klopfendem Herzen beobachtete sie, wie Evan geschickt den Turm herunterkletterte. Auf einmal hatte sie Angst um ihn, doch das war vollkommen unbegründet. Als er unten war, gab er ihr ein Zeichen und seilte sie ab. Sicher landete sie auf dem Boden und ließ sich von ihm den Helm lösen. Sie hatte gedacht, dass er sie noch einmal küssen würde, doch er hielt ihr Gesicht nur für einen Moment in seinen Händen. Seine Augen glitten darüber. Er lächelte.

»Was bin ich froh, dass du mir das Leben gerettet hast«, sagte er. »Habe ich dir dafür eigentlich schon gedankt?«

»Hast du«, sagte Jenna mit einem Lächeln. »Aber du kannst es gern noch mal tun.«

Er verstand die Einladung und küsste sie. An ihren Lippen sagte er leise: »Ich danke dir.«

Jenna war, als müsse sie Zerbersten vor Glück.

Er löste sich von ihr, doch hielt sie noch einen Moment im Arm. »Hab Vertrauen in das Leben und deine Gefühle, Jenna. Es kann so einfach sein.«

»Ich wünschte, das wäre es«, murmelte sie und als er sie ein klein wenig fester drückte, wurde ihr klar, dass sie schon wieder von unterschiedlichen Dingen gesprochen hatten. Am liebsten hätte sie ihm erklärt, woran sie so zweifelte, damit er nicht dachte, dass sie das hier mit ihm – was immer es auch war – infrage stellte. Doch sie wusste nicht einmal, wo sie anfangen sollte, und dann war der Moment vorbei. Er löste sich von ihr und begann, die Klettersachen zusammenzupacken. Jenna zögerte, denn sie wusste nicht, wie sie sich verabschieden sollte. Wie verabschiedete man sich nach solchen Küssen und einem solchen Gespräch?

Evan hob den Kopf. »Sehen wir uns morgen wieder?«, fragte er. Sie hatte das Gefühl, als ob ein wenig Unsicherheit in seiner Stimme mitschwang. Oder bildete sie sich das nur ein?

Sie lächelte erleichtert. »Sehr gern.«

»Du solltest jetzt gehen«, sagte er und trat vor, um sie noch einmal zu küssen.

»Gehen? Was ist das?«, fragte sie und schlang die Arme um seinen Nacken.

Er musste lachen, dann umarmte er sie noch einmal fest und trat zurück. Jenna winkte ihm zu und machte sich auf den Weg zu Caitrins Garten. Fast wäre sie den Weg hinuntergehüpft, doch sie wusste, dass er sie beobachtete, und wollte nicht, dass er sie albern fand.

9

Jenna traf die anderen am Bach, direkt an der Abzweigung, wo es zum Stein ging. Ob das ein Zeichen war? Die drei Freundinnen blickten ihr entgegen, ein wenig sorgenvoll zuerst, doch als Jenna bei ihnen ankam, sah sie, wie sich Erleichterung auf ihren Gesichtern ausbreitete. Sie kannten sich einfach zu gut.

»Dann hat er dich also nicht erwischt?«, fragte Caitrin.

Der Schreck durchfuhr Jenna, als ihr klar wurde, dass ihre Freundin von Evan sprach. Eigentlich hatte sie ehrlich sein wollen, doch sie wusste, dass sie jetzt über die Zeitreisen sprechen mussten. Sie konnte dieses Gespräch nicht damit beginnen, dass sie den anderen von Evan erzählte. Also schüttelte sie den Kopf und vermied es, Allison anzuschauen.

Caitrin nahm ihre Hand. »Versprich mir, dass du da nicht mehr raufgehst. Ich weiß, dass es ein schöner Ort ist, aber ich bekomme nur Ärger und darauf habe ich gerade keine Lust.«

Doch Jenna konnte es nicht versprechen, nicht nach diesen Küssen. Sie würde Caitrin alles erklären, später. Und sie würde ihr auch klarmachen, dass Evan kein schlechter Kerl war. Caitrin vertraute ihr und würde das verstehen. Deswegen sagte sie nur: »Ich kann verstehen, dass du keinen Ärger willst.«

Caitrin seufzte und drückte ihre Hand. »Danke.«

Jenna fühlte sich wie eine Verräterin. Doch sie beschloss, Vertrauen in das Leben zu haben, dass schon alles gut werden würde.

Schweigend gingen sie durch den Garten zurück zum Haus. In der Nähe der Terrasse standen halb versteckt zwischen einem Meer aus lila Blüten zwei Sitzbänke. Immer noch war Jenna davon fasziniert, wie viele versteckte Ecken dieser Garten hatte. Sie ließen sich auf den Bänken nieder, auf die das Licht der mittlerweile schon hoch stehenden Sonne fiel.

Lauren ging ins Haus, um mit einem Tablett mit etwas zu trinken und ein paar Scones zurückzukommen.

Caitrin blickte sie überrascht an. »Wo hast du die denn gefunden?«

Ihre Freundin zuckte mit den Schultern. »Ich hatte heute Nacht Zeit zum Backen«, sagte sie.

Während sie an den Scones knabberten, wurden sie still und Jenna fragte sich, wie sie dieses Gespräch beginnen sollte. Vor allem wollte sie ein anderes Thema gern vermeiden. Doch Caitrin nahm ihr den Anfang ab.

»Ich finde, wir müssen noch einmal darüber sprechen. Schließlich seid ihr nicht mehr lange hier und ich fände es furchtbar, wenn wir die Zeit nicht nutzen. Wie geht es euch?«, fragte sie in die Runde, doch sie sah vor allem Jenna an.

Fast reflexartig wollte sie mit »Gut« antworten, doch dann dachte sie an Evans Worte und fühlte noch einmal in sich hinein, was schwieriger war als gedacht, denn da war auch ganz viel Aufregung und Freude über den Morgen mit ihm. Schließlich sagte sie: »Ich glaube, ich kann mit Sicherheit sagen, dass ich mich im ganzen Leben noch nie so unbestimmt gefühlt habe.«

Und das war die Wahrheit.

Es entlockte Caitrin ein Lächeln und auch Lauren und Allison entspannten sich ein wenig mehr.

»Glaubst du mir denn?«, fragte Caitrin und schaute Jenna ernst, aber sehr offen an.

Jenna spürte, wie sich ihr Kopf einzuschalten versuchte, doch sie schob die Stimme ihres Professors vehement zur Seite und dachte an Evans Worte und daran, was er über die unglaublichen Dinge im Leben und vor allem über das Vertrauen gesagt hatte. Was schadete es ihr, wenn sie ihren Freundinnen vertraute? Schließlich nickte sie. »Ich glaube dir«, sagte sie. »Auch wenn ich es mir nicht erklären kann und vielleicht auch nie herausfinden werde, ob es wirklich stimmt, kenne ich dich zu gut, als dass ich annehmen könnte, du wärst verrückt geworden.«

Caitrin lächelte sie an. »Da bin ich beruhigt, dass du mich nicht für verrückt hältst. Manchmal tue ich das fast selbst, aber dann taucht wieder eine der Frauen auf und ich merke, dass es doch die Realität ist. Zumindest meine Realität.«

»Was passiert denn jetzt?«, fragte Jenna. Sie sah, wie die anderen drei einen Blick tauschten, und überlegte, ob sie in der Zwischenzeit geredet hatten. Ein scharfes Gefühl durchzuckte sie, so als ob jemand sie mit einer Nadel gepikt hätte. Nicht schlimm, aber doch da. Sie kannte dieses Gefühl zu gut. Es war das des Ausgeschlossenseins. Sie hatte das schon so oft erlebt und vielleicht war es normal, wenn man Teil eines größeren Freundeskreises war. Aber vielleicht hatte sie all die Jahre schon gespürt, dass die anderen etwas verband, an dem sie nicht teilhaben konnte.

Lauren fing ihren Blick auf und griff nach Jennas Hand. »Keine Sorge, Liebes. Wir haben heute Morgen nicht weiter darüber gesprochen, sondern haben erst einmal dich gesucht. Wir fanden es wichtig, dass wir alle gemeinsam reden.«

Die scharfe Nadel zog sich zurück und Jenna drückte Laurens Hand. Hab Vertrauen, sagte Evans Stimme zu ihr und sie beschloss, einen offenen Geist und viel Vertrauen zu haben. Deswegen fragte sie: »Wie fühlt es sich an?«

Wieder schauten die anderen drei sich an und Jenna bemerkte erstaunt, dass die Nadel nicht zustach. Konnte es so leicht sein?

Lauren zuckte mit den Schultern. »Ich finde es ehrlich

gesagt ziemlich unangenehm. Es ist, als ob eine Welle meinen Körper erfasst und mich davontragen will. Ich bin mir nicht sicher, ob ich noch einmal in die Nähe des Steines gehen will.«

Jenna schaute Caitrin an. »Man gewöhnt sich sicherlich daran, oder?«

Diese nickte. »Ich habe es schon als Kind gemacht und kenne es nicht anders. Es ist ein bisschen, als wenn man zum Arzt gehen muss und nicht weiß, ob man eine Spritze bekommt. Wenn es dann vorbei ist, merkt man, dass es gar nicht so schlimm war, aber vorher ist man echt unruhig. Das geht mir selbst heute noch so.«

»Ich werde es mit Sicherheit nie ausprobieren«, sagte Lauren.

Allison verschränkte die Arme. »Wirklich nicht?«

Lauren schüttelte den Kopf. »Dafür bin ich nicht mutig genug.«

»Aber hat Caitrin nicht gesagt, dass die Liebe deines Lebens auf dich wartet? Was ist, wenn du sie verpasst, nur weil du das Gefühl nicht magst, das der Stein dir gibt?«, fragte Allison.

»Selbst dann nicht«, erwiderte Lauren und klang beinahe trotzig. »Außerdem habe ich genug von Männern.«

Allison schnaubte belustigt. »Wir unterhalten uns in ein paar Monaten noch einmal. Es wird Zeit, dass du diesen Typen vergisst. Und ich finde, da wäre ein Mann aus einer anderen Zeit eine nette Abwechslung.«

Eine steile Falte bildete sich auf Caitrins Stirn, wie immer, wenn sie als Älteste ihnen etwas erklärte. »Die Reisen sind keine Dating-Plattform. So funktioniert das nicht. Und nicht jede lernt dort einen Mann kennen. Für manche ist es extrem gefährlich. Ich kann gut verstehen, dass Lauren das nicht will.«

Bevor Allison etwas erwidern konnte, fragte Jenna sie: »Was ist mit dir? Wie fühlt es sich an?«

Allison schwieg und schaute in den Garten. »Ich weiß nicht«, sagte sie schließlich. »Obwohl ich es so deutlich fühle, kann ich es irgendwie nicht glauben. Mein Kopf wehrt sich dagegen. Und ich weiß, dass ich vermutlich einmal gehen muss, um es wirklich zu realisieren.«

In diesem Moment klingelte ihr Handy und mit einem ungeduldigen Schnalzen drückte sie den Anrufer weg, ohne nachzuschauen, wer es war. Das war neu. Normalerweise schaute Allison zumindest, wer sie erreichen wollte, und meistens ging sie auch ans Telefon, denn es konnte immer sein, dass sie einen Auftrag verpasste. Sie starrte noch einen Moment auf das Handy, doch dann richtete sie sich auf und sah Caitrin direkt an. »Kann ich nicht einfach mal gehen und dann gleich wieder zurückkommen?«

Jenna hielt den Atem an und fragte sich, wie es sein konnte, dass sie hier auf der Terrasse mit ihren Freundinnen saß und sie darüber diskutierten, ob sie mal eben durch die Zeit reisen konnten. Aber dann hörte sie wieder Evans Stimme, der sie aufforderte, das Unglaubliche zuzulassen und Vertrauen zu haben. Es war wie ein Mantra geworden.

Caitrin schüttelte den Kopf. »So einfach geht das nicht.«

»Und warum nicht?« Allison klang fast ein wenig trotzig.

Wieder klingelte ihr Handy und wieder drückte sie den Anrufer weg, ohne zu schauen, wer es war. Jenna fragte sich, ob Allison dieses Gespräch wichtiger war oder ob es etwas anderes gab, was nicht stimmte. Es war ein so ungewöhnliches Verhalten für ihre Freundin.

Caitrin seufzte. »Weil du nicht einfach dort ankommen und gleich wieder kehrtmachen kannst. Du weißt nicht, wo und in welcher Zeit du landest. Du weißt noch nicht einmal, in welche Situation du gerätst. Mir sind schon die merkwürdigsten Dinge passiert, wenn ich dort ankam. Wenn man gehen will, muss man sich gut vorbereiten, weil alles Mögliche passieren kann.«

Allison wischte den Einwand mit einer Handbewegung beiseite. »Dass man sich vorbereiten muss, ist mir schon klar, das ist ja fast ein bisschen wie bei einer Recherchereise.«

Jenna fand den Vergleich gut, denn sie wusste, dass Allison viel Zeit darauf verwandte, sich auf ein neues Land und eine gefährliche Situation vorzubereiten, und sie wunderte sich manchmal, welchen Aufwand sie betrieb, um alles richtig zu machen.

Caitrin wiegte jedoch den Kopf hin und her. »Du müsstest zum Beispiel Gälisch lernen«, sagte sie.

»Kann ich«, antwortete Allison.

Caitrin kniff die Augen zusammen. »Bist du dir sicher?«

Allison sagte: »Dè a tha thu airson faighinn a-mach?«

Überrascht riss Caitrin die Augen auf und auch Jenna wunderte sich. Sie selbst sprach Gälisch, denn sie hatte es von ihren Großeltern gelernt, die immer sehr viel Wert darauf gelegt hatten, dass Jenna die Sprache der Schotten sprach. Aber obwohl sie im Internat einige Jahre mit Allison zusammengelebt hatte, hatte sie das nicht über ihre Freundin gewusst. Großeltern, die ihr das hätten beibringen können, hatte sie nicht und ihre Eltern hatten das sicherlich nicht übernommen.

»Woher kannst du das?«, fragte nun auch Lauren.

Allison zuckte mit den Schultern. »Ich fand es richtig, es zu lernen. Ich bin Schottin, dann sollte ich diese Sprache auch sprechen.«

Caitrin nickte langsam. »Also gut, das ist schon nicht schlecht, aber du brauchst noch ein paar Begriffe, die eher aus der alten Sprache stammen«, sagte sie.

Wieder wischte Allison den Einwand beiseite. »Das ist leicht gemacht. Ich glaube, ich könnte mich auch erst einmal so durchschlagen.«

»Du brauchst außerdem die passende Kleidung.«

»Ich glaube, da ist genug in deinem Kleiderschrank, was ich ausprobieren kann«, sagte Allison.

»Du weißt aber nicht, ob es für die Zeit passt, in die du reist«, erklärte Caitrin.

Allison schaute sie an. »Willst du etwa nicht, dass ich gehe?« Sie sprach weiter, ohne eine Antwort abzuwarten. »Dann nimm du mich doch einfach mit, dann wissen wir ja, wie ich mich anziehen muss, und du kennst dich aus. Ich hänge mich einfach an dich dran. Was hältst du davon?«

Sie klang furchtbar angespannt, fand Jenna. Sie fragte sich, was in Allison vorging, doch im Gesicht ihrer Freundin konnte sie nichts ablesen.

Wieder schüttelte Caitrin den Kopf. »Jede, die reisen kann, hat eine eigene Zeit, in die sie zurückgeht. Warum genau, wissen wir nicht. Vielleicht weil dort die Menschen sind, zu denen sie gehört, oder vielleicht ist es Zufall. Auf jeden Fall gehst du immer in ein bestimmtes Jahr zurück. Und wenn die Jahre hier verstreichen, vergehen sie auch dort. Wenn du also zurückkommst und wieder hingehst, wirst du in dieselbe Zeit geraten, nur ein wenig später. Das heißt, ich kann dich nicht mitnehmen, denn die Wahrscheinlichkeit, dass du am selben Ort und zur selben Zeit rauskommst wie ich, ist mehr als gering.«

Allison runzelte die Stirn. »Wie wäre es, wenn ich einfach mal gehe und es ausprobiere, schaue, wo ich lande, und dann komme ich zurück und besorge mir alles, was ich an Materialien brauche, um dort zu überleben?«

Sie klang fast so, als wollte sie fliehen, fand Jenna. Irgendetwas stimmte mit ihr nicht.

Das Handy klingelte erneut und Allison machte eine Handbewegung, als wollte sie es am liebsten wegschmeißen. Sie drückte den Anrufer weg und schaltete das Handy dann komplett aus, stellte es nicht nur auf lautlos. Jenna war sich nicht sicher, ob sie das schon jemals bei Allison erlebt hatte.

»Das Problem ist«, sagte Caitrin und Jenna hörte, dass sie ihre Worte mit Bedacht wählte, »dass du die Torhüterin finden musst, die dir helfen kann, zurückzugehen. Es kann sein, dass du in ihrer Nähe bist, ja, dass sie sogar neben dir steht, und es kann sein, dass du sie suchen musst. Wenn das geschieht, kann dir alles Mögliche passieren, während du sie suchst. Denn du hast keine Ahnung, wo du hingehen musst. Sie wird dich zu dem Stein führen und dir helfen, zurückzureisen.«

Wie gebannt hörte Jenna ihrer Freundin zu. Es klang wie

eine wunderbare Geschichte und in sich ergab alles Sinn. Und wenn Caitrin so sprach, fiel es Jenna leicht, das alles zu glauben. Sie erkannte nun, warum die Aufgabe der Torhüterin so wichtig war. Wenn eine Frau durch das Tor gehen wollte, brauchte sie Caitrin.

»Was ist, wenn man die Torhüterin nicht findet?«, fragte Jenna.

Caitrin schaute kurz zu ihr hinüber, doch dann wandte sie sich wieder an Allison. »Dann muss man dableiben, bis man sie gefunden hat.«

»War das bei dir auch so?«, fragte Lauren.

Caitrin seufzte. »Nein, ich wusste, wo der Stein war, und so konnte ich kommen und gehen, wann ich wollte.«

Allison verschränkte die Arme. »Vielleicht ist es bei mir auch so. Das wissen wir ja gar nicht.«

»Es ist zu gefährlich«, widersprach Caitrin. »Ich werde dich nicht gehen lassen, bevor ich nicht sicher weiß, dass du gut vorbereitet bist. Und da ich die Torhüterin bin, führt kein Weg an mir vorbei.«

»Vielleicht könnte ich die Torhüterin werden«, bemerkte Allison, aber der belustigte Unterton in ihrer Stimme sagte deutlich, dass sie es weder tun wollte noch dass dieses Amt bei ihr in guten Händen war.

Caitrin grinste. »Nur damit du dich sofort auf den Weg machst, sobald ich weg bin? Nein, das lassen wir lieber.« Aber auch sie lächelte.

Jenna schaute zu Lauren hinüber und fragte sich, ob diese bereit wäre, die Aufgabe der Torhüterin zu übernehmen. Sie fühlte, dass sie selbst dazu nicht geeignet war, da sie nicht reisen konnte. Und auch Lauren wollte zwar nicht reisen, aber sie konnte es zumindest.

Doch auf einmal fiel Jenna etwas ein. Sie wandte sich an Caitrin. »Warum willst du eigentlich keine Torhüterin mehr sein?«

Ihre Freundin schaute die anderen nachdenklich an. Es dauerte eine ganze Weile, bis sie antwortete. »Eigentlich hatte ich mir geschworen, nie wieder zu gehen, aber jetzt hat sich etwas geändert.« Sie zögerte wieder. »Wenn ich ehrlich bin, wäre es sogar gut, wenn ich heute Abend oder spätestens morgen früh gehen könnte.«

Sie sah ein wenig betreten drein.

»Warum?«, fragte Jenna.

Caitrin seufzte. »Ich sollte euch die ganze Geschichte erzählen, wenn ich euch schon so etwas Unglaubliches berichte und dann noch hoffe, dass ihr diese Aufgabe übernehmt.« Sie schaute eine nach der anderen an. »Aber die Geschichte ist lang, also macht es euch bequem.«

Sie lächelte schief und es dauerte eine Weile, bis sie zu erzählen begann.

»Wie ich schon sagte, habe ich das Reisen zufällig entdeckt, als ich noch ein Kind war. Ich habe immer gefühlt, dass die Kette meiner Großmutter eine besondere Bedeutung hat. Und irgendwann habe ich diesen Stein gefunden. Ich sah, dass er die gleichen Einkerbungen hat wie das Amulett. Eines Tages habe ich mir das Amulett meiner Großmutter ausgeliehen und es einfach ausprobiert.« Sie seufzte. »Als ich in der Vergangenheit aufgewacht bin, habe ich gar nicht gemerkt, wo ich gelandet war. Die Leute sprachen etwas anders und natürlich sahen das Dorf und die Natur anders aus. Es gab keine Strommasten, keine Weidezäune, keine asphaltierten Straßen. Viele fanden mich befremdlich, doch es gab nicht viele Menschen. Gleich beim ersten Besuch habe ich ein Mädchen kennengelernt und wir haben miteinander gespielt. Da es hier keine anderen Kinder gab, wollte ich gern noch mal mit ihr spielen.«

Sie schwieg für einen kurzen Moment. Allison beugt sich nach vorn und stellte eine Frage, die nur eine Journalistin stellen konnte, die nach den Schwachstellen in der Geschichte suchte. Jenna musste lächeln. »Aber hat deine Großmutter nicht gemerkt, dass du ihr Amulett genommen hast, immer wenn du gegangen bist? Ich weiß noch, wie gut du auf dein Amulett aufgepasst hast. Ich könnte mir vorstellen, dass deine

Großmutter das Gleiche getan hat. Vor allem, wenn sie die Anweisung hatte, dich nicht reisen zu lassen.«

Auch Caitrin musste lächeln. »Du solltest Journalistin werden, meine Liebe«, sagte sie und es klang liebevoll. »Dieses Amulett ist nicht das, das sie immer trug, wie alle Frauen es tun, die reisen können, sondern sie hatte einige davon in einer Schublade.« Caitrin zuckte die Schultern und errötete fast ein wenig. »Habt ihr nicht die Schubladen eurer Eltern durchwühlt, als ihr klein wart?«

Lauren schüttelte sofort den Kopf, Allison sagte: »Ja, klar!«, und Jenna fühlte sich ertappt. Sie hatte es zwar getan, aber stolz war sie darauf nicht.

Caitrin sprach weiter. »Ich habe mir eins dieser Amulette genommen und es für meine Zwecke genutzt.«

»Und deine Großmutter hat nicht gemerkt, dass du ständig weg warst?«, fragte Lauren.

»Sie hatte zu dem Zeitpunkt viel zu tun. Sie hat im Dorf gearbeitet und sich um den Garten sowie um viele der älteren Nachbarn gekümmert. Ich war meist mir selbst überlassen und deswegen war mir so furchtbar langweilig, bis ich festgestellt habe, dass es noch einen anderen Ort gibt, an dem ich mit meiner besten Freundin spielen konnte. Und eigentlich habe ich dort den ganzen Sommer verbracht. Einmal habe ich mich sogar nachts rausgeschlichen und wir haben uns bei Vollmond bei ihr getroffen. Das war lustig.«

Sie lächelte wehmütig.

»Irgendwann ist uns meine Großmutter auf die Schliche gekommen und sie hat mich zur Rede gestellt. Aber sie hat auch gemerkt, dass ich eine Freundin gefunden hatte, mich dort wohlfühlte und keinerlei Gefahr durch einen Krieg oder Sonstiges in dieser Zeit bestand. Ich habe ihr oft versichert, dass mir dort nichts passieren konnte und ich nur mit Maude spielen wollte. Sie konnte mir nicht folgen und schauen, ob alles stimmt, was ich ihr sagte. Sie musste mir einfach vertrauen. Ich bin heute noch dankbar dafür, dass sie das getan hat.«

»Und dann hast du dein eigenes Amulett bekommen?«, fragte Jenna.

Caitrin nickte. »Meine Großmutter hat mir ein anderes gegeben, weil sie meinte, dass es besser zu mir passt. Damals habe ich den Unterschied nicht gesehen, aber heute weiß ich, dass es unterschiedliche Zusammensetzungen im Metall gibt und manchmal auch kleine Steine eingelassen sind. Anscheinend reagieren sie bei den Frauen unterschiedlich stark und man fühlt das Tor mehr oder weniger. Warum das so ist, wissen wir nicht. Es gibt einfach viel zu viel, was wir noch nicht wissen.«

»Bekommen wir dann auch eins?«, fragte Allison mit einem Unterton in der Stimme, den Jenna nicht deuten konnte.

Caitrin zögerte, bevor sie antwortete. »Wenn ihr genügend vorbereitet seid und ich denke, dass ihr reisen könnt, bekommt ihr auch ein Amulett. Aber vorher nicht.«

Allison lehnte sich im Stuhl zurück und betrachtete Caitrin. »Weißt du eigentlich, dass ich mir dein Amulett mal ausgeliehen habe? Damals im Internat?«

Caitrins Hand schloss sich um ihr Schmuckstück und sie schaute Allison beinahe erschrocken an. »Ich habe es doch nie abgelegt«, sagte sie.

»Nein«, bestätigte Allison. »Aber einmal hast du geschlafen und der Verschluss lag so, dass ich ihn leicht öffnen konnte. Am Abend vorher hatten wir heimlich Wein getrunken und ich wusste, dass du ziemlich tief schlafen würdest. Da habe ich es abgemacht und mir umgelegt, weil ich wissen wollte, wie es an mir aussieht.«

»Und?«, fragte Caitrin fast atemlos.

Allison runzelte die Stirn bei der Erinnerung. »Ich habe genau das gefühlt, was ich beim Stein gefühlt habe, und als du uns davon erzählt hast, habe ich angefangen, zu ahnen, dass an deiner Geschichte etwas dran sein könnte. Du hast recht«, sagte sie, »man weiß genau, was es ist, wenn man es fühlt. Ich habe es damals schon gemerkt, aber konnte es nicht zuordnen.

Ich wusste nur, dass es etwas Mächtiges ist. Damals war ich noch nicht bereit dafür.«

Caitrin und Allison schauten sich an, dann nickte Caitrin. »Es gibt für alles seine Zeit.«

Jenna spürte wieder diesen Nadelstich und atmete tief durch. Hab Vertrauen, raunte Evans Stimme in ihrem Hinterkopf. Doch das war nicht so einfach, denn sie würde niemals so ein Amulett tragen. Und prompt sagte Lauren: »Das heißt, alle Frauen, die durch die Zeit reisen können, tragen so ein Amulett? Wenn ich also jemanden sehe, erkenne ich sie daran und weiß, dass sie auch reisen kann?«

Wieder dieser Stich.

Caitrin nickte. »So in etwa.«

»Dann ist das also so etwas wie ein Club der Zeitreisenden«, sagte Lauren und sie klang beinahe ein wenig ehrfürchtig.

Allison rollte mit den Augen. »Das ist schon ein bisschen viel Drama, oder?«

Lauren zuckte mit den Schultern. »Das ist mir egal. Ich finde es schön, eine Art Geheimzeichen zu haben. Auch wenn ich vermutlich niemals reisen werde. Darf ich trotzdem ein Amulett haben?«

Caitrin nickte. »Natürlich darfst du das. Man kann ja nie wissen, ob du nicht vielleicht doch noch willst.«

Lauren schüttelte den Kopf. »Niemals«.

Doch ihre Freundin lächelte wissend. »Ich habe schon viele Frauen gehen sehen. Irgendwann entwickelt man ein Gespür dafür.« Sie schaute zu Jenna hinüber. »Du wirst auch eins bekommen.«

Ihr Herz machte einen kleinen Satz, bevor sie versuchte, möglichst neutral zu sagen: »Aber ich kann nicht reisen, warum darf ich dann eins haben?«

»Weil du davon weißt. Es gibt einige Hüterinnen, die nicht reisen können, aber dieses Amulett tragen, damit die anderen Frauen sie erkennen und wissen, wo sie sicher sind.«

Caitrin schaute sie die ganze Zeit an.

Jenna verschränkte die Arme. »Ich will aber nicht die Hüterin sein. Ich habe ein Leben da draußen und einen Job. Ich kann hier nicht sitzen und so etwas tun. Außerdem kann ich nicht einmal reisen. Daher sollte Lauren diese Aufgabe übernehmen.«

Sie hörte selbst, wie trotzig sie klang.

Lauren riss die Augen auf. »Warum ich?«

»Also ich mache es nicht«, sagte Allison. »Ich will das Reisen auf jeden Fall ausprobieren. Und dann will ich wieder in meinen Job zurück.«

Caitrin schaute von einer zur anderen und Jenna sah, wie nervös diese Unterhaltung sie machte, doch sie konnte ihr nicht helfen. »Ihr müsst es nicht jetzt entscheiden«, sagte sie. »Und es muss auch keine von euch tun, aber es war an der Zeit, dass ich euch einweihe, und ich kann nur hoffen, dass ihr mir helft, in die Vergangenheit zurückzukehren.«

»Da wir gerade davon sprechen«, sagte Allison. »Was ist denn genau passiert? Warum musst du jetzt zurück?«

Caitrin atmete tief durch und Jenna lehnte sich wieder auf der Bank zurück, doch sie war nur äußerlich entspannt. Innerlich war alles in Aufruhr und sie dachte über die Torhüterin nach. Eine leise Stimme meldete sich, doch Jenna schob sie beiseite. Was ist, sagte die Stimme, wenn du hierherziehst und die Nachbarin von Evan bist? Du könntest ihn jederzeit küssen.

Jenna zwang sich, Caitrin zuzuhören, doch ihre Lippen prickelten.

»Als ich älter wurde und in den Sommerferien die ganze Zeit dort war, habe ich viel mit meiner Freundin Maude unternommen. Wir waren ein Herz und eine Seele, und in den Monaten, wenn ich im Internat war, haben wir uns schrecklich vermisst.«

Jenna spürte schon wieder einen albernen Stich der Eifersucht. Dass Caitrin jemanden gehabt hatte, den sie vermisst hatte, während sie mit ihr und den anderen zusammen gewesen war, störte sie. Dabei war es doch so kindisch.

Als ob Caitrin fühlte, dass Jenna sich mit diesen Gedanken auseinandersetzte, nahm sie ihre Hand. »Ich habe mir immer so gewünscht, dass ich euch von ihr erzählen könnte oder ihr sie kennenlernen könntet. Sie hätte gut zu uns gepasst. Es hat mich unglaublich traurig gemacht, dass ich nie etwas sagen konnte.«

»Konnte sie denn reisen?«, fragte Jenna.

Caitrin seufzte. »Leider nicht. Aber vermutlich wäre sie sowieso in einer anderen Zeit gelandet als in meiner.«

»Konntest du vom Internat aus auch reisen?«, fragte Lauren.

Caitrin schüttelte den Kopf. »Das Tor ist hier, ich muss den Stein berühren, um gehen zu können. Das heißt, es ging nur, wenn ich in den Ferien hier war. Meine Großmutter fing schon an, sich Gedanken um mich zu machen, weil sie das Gefühl hatte, dass ich mit dem Herzen mehr in dieser anderen Zeit war als hier. Doch natürlich konnte sie es auch verstehen, denn auch sie hatte Menschen in ihrer Zeit, die sie vermisste und die sie selten besuchen konnte.«

Dieser Gedanke verwirrte Jenna immer noch. Sie dachte an die freundliche alte Dame, die sie ein paar Mal bei den Abschlussfeiern gesehen hatte. Dass diese alte Frau nicht nur durch die Zeit reisen konnte, sondern sogar das Tor für andere Zeitreisende hütete, schien eher einem Film zu entspringen als der Realität.

»Als ich ungefähr achtzehn war«, sagte Caitrin, »ist etwas passiert. Eines Tages kam ich dorthin, doch Maude tauchte nicht auf. Wir trafen uns immer außerhalb des Dorfes, weil die meisten Menschen mich unheimlich fanden und mir nicht trauten. Ich kam jeden Tag wieder und sie war nicht da. Als ich gerade gerade beschlossen hatte, zum Haus ihrer Eltern zu gehen, tauchte ihr Bruder auf. Ich hatte ihn einige Male vorher getroffen und wusste, dass die beiden sich gut verstanden. Er sagte mir …« Sie musste sich räuspern und Jenna sah, wie ihre Augen feucht wurden. »Er sagte mir, dass Maude einen Unfall gehabt hatte und wenige Tage vorher gestorben war. Irgendein

Tier hatte ihr gegen den Kopf getreten. Ich war unglaublich traurig und konnte nicht aufhören, zu weinen. Finlay kannte meinen Schmerz, denn auch er war traurig und es war eine Trauer, die er im Hause seiner Eltern nicht offen zeigen durfte, weil es als wenig männlich galt. Menschen starben nun einmal und um ein Mädchen war es nicht sonderlich schlimm. Also weinten wir gemeinsam. Am nächsten Tag ging ich zurück und wir sprachen weiter über Maude. Es war für uns beide unglaublich tröstlich, zu wissen, dass es noch jemanden gab, der um sie trauerte.«

Caitrin schwieg und die Freundinnen sahen sich betroffen an. Sie konnten ihren Schmerz fühlen, obwohl sich keine so recht vorstellen konnte, wie es war, eine Freundin in einer anderen Zeit zu haben und diese dann zu verlieren.

Caitrin räusperte sich und sagte: »Irgendwann sprachen wir nicht nur über Maude, sondern über alles Mögliche. Ich half ihm bei seiner Arbeit auf dem Feld oder mit dem Vieh, so gut ich es konnte, und war immer in seiner Nähe. Ich konnte nicht wegbleiben, obwohl ich es versucht habe. Eines Tages lud er mich ein, mit ihm zu einem Fest zu kommen, und das tat ich auch. Wir tanzten die ganze Nacht und es war wunderschön. Von da an verbrachte ich die Zeit mit Finlay, die ich sonst bei Maude gewesen war. Und ich freute mich jedes Mal mehr auf die Ferien und manchmal fuhr ich sogar nach Hause, obwohl ich eigentlich hätte studieren müssen.« Sie sah Jenna an. »Erinnerst du dich noch? Einmal hast du mir eine Standpauke gehalten, weil du Sorge hattest, dass ich durchs Examen falle.«

Jenna wurde auf einmal einiges klar. Sie hatten damals zusammengewohnt, als sie beide in Manchester studiert hatten. Caitrin war oft nach Hause gefahren. Sie hatte Jenna erzählt, dass ihre Großmutter krank war, doch wenn Jenna diese ab und zu am Telefon hatte und sich nach ihrem Befinden erkundigte, war sie immer recht erstaunt gewesen und berichtete ihrerseits, dass es wunderbar wäre, dass Caitrin so viel mehr Ferien hätte als noch im Internat.

Sie erinnerte sich auch noch an etwas anderes. Caitrin hatte niemals einen Freund gehabt. Sie hatte noch nicht mal ein Date an sich herangelassen. Jetzt wusste sie auch, warum. Weil sie schon vergeben gewesen war.

»Dann hattest du damals also doch ein Freund«, sagte sie zu Caitrin. Diese nickte. »Warum hast du mir nichts gesagt?«

»Na, das ist doch klar«, mischte sich Allison ein. »Wenn sie uns von ihm erzählt hätte oder gesagt hätte, dass es da jemanden gibt, mit dem sie zusammen ist, hätten wir sie so lange genervt, bis sie ihn uns vorgestellt hätte oder sie uns hätte sagen müssen, dass er aus der Vergangenheit ist oder sie ihn sich nur eingebildet hat.«

»Genau so ist es«, sagte Caitrin. »Ich wollte so gern, aber es war alles so absurd und ich hatte Angst, dass ihr mir nicht glaubt und ich damit unsere Freundschaft aufs Spiel setze. Ich hätte nicht noch eine oder sogar drei Freundinnen verlieren können. Verzeihst du mir?«

Jenna konnte nicht anders, als ihre Freundin anzulächeln. »Natürlich, aber ehrlich gesagt fällt es mir so schwer, das alles zu begreifen.«

Vertrauen, sagte Evans Stimme.

»Was ist dann passiert?«, fragte Lauren.

Caitrin schien wieder in ihren Erinnerungen zu versinken. »Es war unglaublich schön mit ihm. Doch eines Tages, als ich zu ihm ging, kam er nicht. Genau wie Maude damals. Ich bin in Panik geraten und konnte nicht mehr schlafen und essen und nicht mehr klar denken. Tag für Tag kehrte ich zum Dorf zurück, und das, obwohl ich längst wieder in Manchester hätte sein müssen. Ich fragte mich, ob er eine andere hatte oder ob er mich vergessen hatte, weil ich ein paar Wochen nicht da gewesen war. Wir hatten damals unsere Abschlussprüfung und ich konnte nicht aus Manchester weg.«

Auch daran erinnerte Jenna sich gut und jetzt wusste sie auch die Unruhe einzuschätzen, die Caitrin damals gepackt hatte und für die Jenna nur eine Erklärung gehabt hatte, nämlich dass sie Prüfungsangst hatte. Dabei hatte sie sich nach einem Mann gesehnt, den sie liebte.

»Eines Tages hielt ich es nicht mehr aus. Ich ging zum Haus seiner Eltern, obwohl ich ahnte, dass sie mich für jemanden aus dem kleinen Volk oder eine Fee oder eine Dämonin oder was weiß ich hielten und Angst vor mir hatten. Doch ich schaffte es nicht einmal bis zum Haus. Sein Vater sah mich kommen und kam mit einem Knüppel auf mich zu. Er hat mir gedroht, mir gesagt, dass ich verschwinden solle. Ich fragte ihn, ob ich Finlay sehen könnte, um mit ihm zu sprechen, doch sein Vater antwortete, dass er nicht mehr da sei. Ich fragte ihn, was geschehen war, und er erklärte mir, dass er an einem Fieber gestorben sei. Dann verfluchte er mich und sagte, dass ich seine beiden Kinder auf dem Gewissen hätte.«

Alle hörten gebannt zu.

»Und was hast du dann gemacht?«, fragte Allison schließlich.

Caitrin hob den Kopf, Tränen standen in ihren Augen. »Ich bin wieder hergekommen, habe meine Abschlussprüfung bestanden und dann meiner Großmutter erklärt, dass ich nie wieder reisen würde. Sie wartete noch ein halbes Jahr, dann fragte sie mich, ob ich bereit wäre, ihre Aufgaben zu übernehmen. Obwohl es mir wehtat, hier zu sein, konnte ich nicht anders. Ich wusste, dass ich meiner Großmutter und all den anderen Frauen eine Menge schuldete, denn ich hatte diese Reisen frei unternehmen können, mit so viel Vertrauen und so viel Rückhalt, und ich hatte so viele schöne Dinge erlebt, dass ich es ihnen zurückgeben wollte. So habe ich die Aufgabe übernommen und ein halbes Jahr später fragte meine Großmutter mich, ob ich allein zurechtkäme. Als ich ihr versicherte, dass dies der Fall war, erklärte sie mir, dass es jemanden gab, den sie besuchen müsse. Dann ist sie gegangen.«

Ein dicker Kloß hatte sich in Jennas Hals gebildet und sie war so unfassbar traurig für ihre Freundin, dass sie nicht wusste, was sie sagen sollte. Allison und Lauren schien es genauso zu gehen. Lauren wischte sich eine Träne von der

Wange und Caitrin griff nach ihrer Hand. »Mach dir keine Sorgen«, sagte sie. »Ich hatte eine wunderschöne Zeit mit ihm. Jetzt ist es meine Aufgabe, den anderen zu helfen. Diese Zeit kann mir niemand nehmen. Weder die mit ihm noch die mit Maude.«

»Ich weiß«, schluchzte Lauren, »aber es ist trotzdem so traurig.«

Da konnte Jenna ihr nur recht geben. Wenn sie damals gewusst hätte, welche Höllenqualen Caitrin litt, hätte sie sich vielleicht besser um sie kümmern können. Aber sie verstand auch ihre Entscheidung, den anderen nichts davon zu erzählen.

Plötzlich fiel ihr etwas ein. Sie setzte sich auf. »Und warum willst du jetzt gehen? Du würdest doch wieder in diese Zeit gehen, oder?«

Caitrin biss sich auf die Lippe. »Wie ihr schon bemerkt habt, ist es hier manchmal recht einsam. Ihr wisst auch, dass ich jemand bin, der Einsamkeit nicht so gut erträgt. Die Leute hier im Dorf sind zwar nett, aber ich weiß, dass sie mich genau wie meine Großmutter für ziemlich merkwürdig halten. Viele glauben noch an Geister und Dämonen und sonstige Fabelwesen und ich vermute, manchmal denken sie, dass wir zu ihnen gehören. Womit sie in gewisser Art und Weise recht haben. Trotzdem kann ich mich ihnen nicht so mitteilen, wie ich es mit euch kann oder mit meinen Menschen aus der Vergangenheit.« Sie schwieg einen kurzen Moment, dann fuhr sie sich mit beiden Händen übers Gesicht und sprach weiter. »Ich habe ja schon gesagt, dass wir die Theorie haben, dass man nur reisen kann, weil es Menschen in der anderen Zeit gibt, die einen lieben und zu denen man gehört. Als Maude gestorben war, fiel es mir nicht schwer, zu reisen, weil Finlay da war. Doch als er gestorben war, gab es in dieser Zeit niemanden mehr, den ich geliebt habe oder der mich geliebt hat. Und eigentlich hätte ich nicht mehr reisen können.« Ihre Stimme zitterte ein wenig, »Aber trotzdem ging es noch. Ich konnte noch reisen und weil ich oft so einsam war, habe ich das auch getan. Und ja, manchmal bin ich nur für einen Nachmittag dorthin und habe die Plätze besucht, an denen ich mit ihm war.«

Sie klang wehmütig.

»Und dann?«, fragte Lauren atemlos.

Caitrin sagte: »Ich habe eine Frau wiedergetroffen, die früher sehr nett zu uns war und ungefähr in unserem Alter ist. Kurz nach Finlays Tod muss sie zu ihrem Mann gezogen sein, doch vor Kurzem habe ich sie getroffen. Ihre Mutter ist krank und sie hat sich um sie gekümmert. Sie hat mir etwas erzählt, das ich einfach nicht glauben kann, und jetzt muss ich wissen, ob es stimmt.«

Sie zögerte und Jenna merkte, wie sie nervös an ihren Fingernägeln spielte. Sofort schob sie die Hände unter ihre Beine.

»Was hat sie gesagt?«, fragte Allison.

Caitrin holte tief Luft. »Sie sagte mir, dass Finlay nicht tot ist. Dass er es zumindest damals nicht war. Er hatte einen großen Streit mit seinen Eltern. Angeblich sollte er ein Mädchen heiraten und wollte das nicht. Sie ist der Meinung, dass sie gesehen hat, wie er fortgegangen ist. Ich habe es nicht geglaubt, denn ich war mir so sicher, dass er tot ist. Aber sie will mir etwas zeigen und deswegen muss ich heute zurück. Sie ist nicht mehr lange bei ihrer Mutter und so langsam läuft mir die Zeit davon. Ich muss zurück, um herauszufinden, ob er tatsächlich tot ist. Vielleicht dauert es ein paar Stunden, vielleicht ein paar Tage und vielleicht viel länger. Deswegen brauche ich eure Hilfe.«

Jenna setzte sich auf. Die Sehnsucht in Caitrins Stimme versetzte ihr einen Stich. »Natürlich musst du dorthin«, sagte sie. »Wenn du irgendwie herausfinden kannst, was mit ihm passiert ist, dann tu das. Am besten sofort.«

Auch Allison und Lauren nickten.

Caitrins Augen füllten sich mit Tränen. »Ich danke euch«, sagte sie. »Ich konnte noch nie jemandem von ihm erzählen, außer meiner Großmutter. Es tut gut. Vielleicht stimmt es ja auch gar nicht. Es ist viel wahrscheinlicher, dass er tatsächlich tot ist. Aber wenn nur die geringste Chance besteht, dass es nicht wahr ist, muss ich es wissen. Und ich muss auch wissen, wie es ihm geht.«

Allison runzelte die Stirn. »Aber wenn er in einer anderen Zeit gelebt hat, muss es doch irgendwo Aufzeichnungen über ihn geben«, sagte sie. »Geburtsregister oder Sterberegister, die gibt es doch in den Kirchen. Oder vielleicht in einer dieser Ahnentafeln, die die Amerikaner so gern erstellen.«

Bei dem Wort Amerikaner atmete Jenna tief durch. Es hatte noch nicht den geeigneten Moment dafür gegeben, ihren Freundinnen von Evan zu erzählen. Später vielleicht. Sie bemühte sich, der Konversation zu folgen.

Gerade sagte Lauren: »Es gibt doch bestimmt Aufzeichnungen über ihn im Internet oder irgendwo anders. Kannst du nicht da schauen, wann er wirklich gestorben ist?«

Caitrin schüttelte den Kopf. »Es ist erstaunlich, wie viele Menschen gelebt haben, über die es niemals Aufzeichnung gab. Wir haben immer das Gefühl, dass es von jedem Unterlagen gibt, aber glaub mir, wenn man lange mit diesen Frauen zu tun hat, die reisen, merkt man, wie viele Menschen es gibt, die einfach so im Nebel der Geschichte verschwinden.«

»Hast du denn mal nachgeschaut?«, fragte Allison.

Caitrin nickte. »Da war nichts.«

Eine Weile schwiegen sie, während Caitrin ihre Tränen trocknete. Schließlich fragte Jenna: »Und worauf wartest du dann noch?«

Ihre Freundin lächelte wehmütig. »Ich weiß es nicht. Vermutlich darauf, dass ihr mir sagt, dass ihr immer noch hier sein werdet, wenn ich zurückkomme. Es könnte sein, dass ich dann ein wenig Zuwendung brauche. Egal, was ich herausfinde.«

»Ich bin auf jeden Fall da«, sagte Lauren. »Ich habe gerade sowieso nichts anderes zu tun und diese ganze Geschichte in Edinburgh würde ich gern ein paar Tage hinter mir lassen.«

»Es dauert vermutlich gar nicht so lange«, sagte Caitrin.

»Ich bin auch da. Wahrscheinlich jedenfalls«, ergänzte Allison.

»Komm nicht auf die Idee, einfach zu reisen, während ich weg bin«, ermahnte Caitrin sie. »Und ihr passt auf, dass sie keinen Unfug macht. Lasst euch nicht etwas von Recherchereise erzählen«, sagte sie zu Jenna und Lauren.

»Ich weiß noch nicht, ob ich in ein paar Tagen noch hier bin. Ich werde es probieren, aber auf der Arbeit ist gerade viel los«, gestand Jenna leise. Sie dachte an Hongkong und daran, dass sie eigentlich bald fortmusste. Auch das hatte sie den anderen noch nicht gesagt. Viel zu viel Unausgesprochenes lag zwischen ihnen.

»Ich weiß, dass du alles tust, um mich zu unterstützen«, sagte Caitrin und legte ihren Kopf an Jennas Schulter. Und zum ersten Mal kamen ihr auch die Tränen. Tat sie das wirklich?

Schließlich klatschte Allison in die Hände. »Auf geht's. Nutz die Zeit. Je eher du gehst, desto schneller bist du wieder da.«

Caitrin seufzte und erhob sich. »Ich glaube, ich war selten so aufgeregt vor einer Reise.«

»Und was passiert jetzt?«, fragte Allison. Jenna musste lächeln, denn sie wollte immer alles ganz genau wissen.

»Ich werde mich umziehen, zum Stein gehen und in die Vergangenheit reisen. So einfach ist das«, sagte Caitrin mit einem Lächeln.

»Aber du kommst sicher wieder, oder? Ich meine, du bleibst nicht für immer da, wenn du herausfindest, dass er noch lebt?«, fragte Jenna, denn sie musste an Caitrins Großmutter denken, die einfach gegangen und nie wiedergekommen war. Es war ja nicht so, als ob Caitrin einfach ins Dorf gehen und eine Freundin besuchen wollte. Sie reiste in eine andere Zeit. Jennas Verstand wollte das immer noch nicht wahrhaben.

»Natürlich komme ich wieder«, sagte Caitrin. »Selbst wenn sich herausstellt, dass er doch nicht gestorben ist, muss ich erst einmal mehr Informationen sammeln und mir genau überlegen, was ich dann tue. Das würde ich gern mit euch besprechen.«

»Kommst du eigentlich zur gleichen Uhrzeit an?«, fragte Allison. »Also, wenn du hier um sechs Uhr abends losgehst, kommst du dann auch um sechs Uhr abends dort an?«

Caitrin nickte. »In etwa. Ich glaube, man verliert nur wenige Minuten, aber so genau lässt sich das schlecht sagen, weil ich keine Uhr dabeihabe und es dort nicht viele Uhren gibt. Aber von der Tageszeit her ist es immer das Gleiche.«

Allison wollte noch etwas fragen, aber Lauren legte ihr eine Hand auf den Arm. »Wir sollten Caitrin jetzt gehen lassen. Wenn du alle Fragen stellst, die dir auf der Seele brennen, stehen wir morgen noch hier.«

Caitrin verschwand im Haus und ein Schweigen breitete sich aus, in dem jede ihren Gedanken nachhing. Was besprach man auch in einem Moment wie diesem?

Als Caitrin wieder herauskam, trug sie ein dunkelbraunes Wollkleid, das ihr bis zu den Knöcheln reichte, und eine Art Haube. Außerdem hatte sie einen Umhang dabei. Genau die Kleider, die sie neulich getragen hatte, als Jenna sie auf dem Rasen gefunden hatte. Sie wirkte verändert, was auch daran liegen mochte, dass ihre Wangen rosig waren. Entweder freute sie sich oder sie war unglaublich aufgeregt. Ihre Stimme zitterte ein wenig, als sie sagte: »Wartet heute Abend nicht auf mich. Aber zum Frühstück bin ich auf jeden Fall wieder da.«

»Sollen wir mitkommen? Also bis zum Stein?«, fragte Jenna.

Caitrin schüttelte den Kopf. »Ich muss sowieso allein reisen, bleibt ihr besser hier.«

Sie umarmte eine nach der anderen und bedankte sich noch einmal für die Unterstützung. Jenna konnte fühlen, wie erleichtert Caitrin war, dieses Wissen endlich teilen zu können und den Beistand der Freundinnen zu haben. Jenna hingegen fühlte sich schlecht. Ihr war übel und ihre Gedanken wirbelten.

Als sie Caitrin dabei zusahen, wie sie durch den Garten

davonging, versuchte Jenna, sich vorzustellen, wie es wohl sein mochte, wenn man in die Vergangenheit reiste, um herauszufinden, ob der Mann, den man liebte, noch lebte. Sie konnte es nicht und sie würde es vermutlich auch nie erfahren.

»Schon merkwürdig, oder?«, fragte Lauren.

Allison und Jenna nickten. Obwohl sie Caitrin nicht mehr sehen konnten, starrten sie alle auf die Stelle zwischen den Büschen, wo sie verschwunden war.

»Ich hoffe wirklich, sie kommt wieder«, sagte Allison. »Wir könnten noch nicht einmal nach ihr suchen.«

»Irgendwie hatte ich mir das Wochenende anders vorgestellt«, bemerkte Lauren.

Aus irgendeinem Grund brachte dies Allison zum Lachen. »Das haben wir wohl alle.«

Jenna dachte an Caitrin, ihre Geschichte und an Evan. Sie schüttelte den Kopf. »Vor einer Woche dachte ich noch, dass wir jetzt gemeinsam auf einer langweiligen Bachelorette-Party sitzen und uns schwören, nie wieder auf eine Hochzeit zu gehen.«

Die drei wechselten einen Blick und Jenna fühlte große Dankbarkeit, dass sie diese drei Freundinnen hatte. »Aber so ist es besser, auch wenn es wirklich verrückt ist.«

Die anderen beiden nickten. Schließlich seufzte Jenna und erhob sich. »Was machen wir jetzt?«

Was für eine verrückte Frage, wenn man bedachte, dass Caitrin gerade auf dem Weg in eine andere Zeit war.

Allison streckte sich. »Ich werde mich mit Arbeit ablenken. Ich kann nicht hier sitzen und warten, bis sie zurückkommt.«

Lauren gähnte und schaute auf die Uhr. »Ist es wirklich schon fast sechs Uhr? Zeit fürs Abendessen, würde ich sagen.«

»Das heißt, du lenkst dich mit Kochen ab?«, fragte Allison.

Ihre Freundin nickte. »Und dann gehe ich schlafen. Ich würde am liebsten auf Caitrin warten, aber ich bin so müde, dass ich vermutlich nichts mehr mitbekomme. Ich habe letzte Nacht fast gar nicht geschlafen.«

»Das geht mir genauso«, sagte Jenna. »Allerdings habe ich

keine Ahnung, ob ich ein Auge zutun werde. Ich finde die Vorstellung, dass Caitrin gerade in eine andere Zeit reist, ziemlich merkwürdig.«

Allison lachte. »Vermutlich wäre es merkwürdig, wenn wir es nicht merkwürdig finden würden.«

»Ich mache dir nach dem Abendessen einen Tee«, versprach Lauren. »Dann kannst du besser schlafen. Vielleicht nimmst du ein heißes Bad, schließlich bist du heute schon ziemlich viel gerannt.«

»Und geklettert«, fügte Allison mit einem Zwinkern hinzu.

Jenna biss sich auf die Lippe, als sie daran dachte, wie die anderen sie auf der Burg entdeckt hatten. Sie spürte, dass Allison etwas wusste oder sich zumindest etwas dachte. Sollte sie ihnen von Evan erzählen? Aber nein, das war unfair Caitrin gegenüber. Sie wusste selbst, wie es sich anfühlte, wenn man das Gefühl hatte, die anderen hätten hinter dem eigenen Rücken etwas besprochen.

»Da wir gerade beim Thema sind«, sagte Allison. »Wie bist du eigentlich auf diesen Turm gekommen? Gibt es da eine Treppe?«

Jenna spürte, wie ihren Wangen heiß wurden, und sie fragte sich, ob es zur Gewohnheit werden würde, dass ihr ständig das Blut in die Wangen schoss. »Ich bin geklettert«, sagte sie deswegen nur.

»Einfach so?«, fragte Allison. »Der Turm ist hoch.«

Jenna zuckte mit den Schultern. »Das macht mir nichts aus. Ich wollte das Meer sehen.«

»Und? Kann man das Meer sehen?«, fragte Lauren. »Es muss wunderschön dort oben sein.«

Jenna nickte und dachte an Evan. »Unglaublich schön.«

Wenn sie den anderen nicht bald von ihm erzählen konnte, würde sie sicherlich platzen, denn sie spürte, dass sie dabei war, sich in ihn zu verlieben. Oder was hatte dieses Kribbeln zu bedeuten, das sich jedes Mal in ihr ausbreitete, wenn sie an ihn dachte?

10

Als Jenna am nächsten Morgen zum Frühstück kam, hatte Lauren schon den Tisch gedeckt und es duftete nach Kaffee und frischem Porridge. Auch Allison war bereits in der Küche. Sie stand am Fenster und schaute hinaus in den Garten. Jenna trat ein und in diesem Moment ließ Lauren einen Becher fallen, der mit einem dumpfen Geräusch in Scherben zerbrach, die über die Fliesen schlitterten. »Verdammt«, murmelte sie und Jenna wusste sofort, dass Caitrin noch nicht wieder aufgetaucht war. Sie nahm ein Kehrblech und half Lauren, die Scherben zusammenzufegen. Ihre Freundin sah übernächtigt aus.

»Hast du geschlafen?«, fragte Jenna.

Lauren schüttelte den Kopf. »Sie hat doch gesagt, dass sie spätestens zum Frühstück wieder da ist, oder?«

Jenna nickte. Sie hatte deswegen so lange in ihrem Zimmer gewartet, weil sie Caitrins Stimme noch nicht gehört hatte und den Moment hinauszögern wollte, da sie die Küche betrat und Caitrin nicht da war.

»Müssen wir uns Sorgen machen?«, fragte Lauren.

Jenna und Allison tauschten einen Blick. »Ich glaube nicht«, sagte Jenna. »Ich denke, Caitrin weiß sehr genau, was sie tut. Man muss bedenken, sie hat das gemacht, seit sie ein

Kind war. Außerdem ist sie schon so oft gegangen, ohne dass wir davon wussten, dass es sehr unwahrscheinlich ist, dass ausgerechnet jetzt etwas passiert, da wir Bescheid wissen.« Als sie die verwirrten Blicke der anderen beiden sah, fügte sie schnell hinzu. »Also rein statistisch gesehen.« Aber ihr war klar, dass ihre Freundinnen in diesem Fall nicht viel mit Statistik anfangen konnten.

»Aber warum ist sie dann noch nicht wieder da?«, wollte Lauren wissen.

»Habt ihr schon in ihrem Zimmer nachgesehen?«, fragte Jenna.

»Na klar«, erwiderte Allison. »Das war das Erste, was ich heute Morgen gemacht habe. Aber ihr Bett ist unberührt.«

Jenna versuchte, sich keine Sorgen zu machen, doch es gelang ihr nicht.

Schweigend frühstückten sie und Jenna fragte sich, ob sie einen Fehler gemacht hatten, indem sie Caitrin einfach so hatten gehen lassen. Sie musste sich eingestehen, dass sie am liebsten zur Burg gegangen wäre. Am vergangenen Abend hatte sie Evan eine Nachricht geschrieben, aber er hatte nicht geantwortet. Das hatte nur zu ihrer Nervosität beigetragen. Er hatte gesagt, dass er am Nachmittag einen Termin hatte, aber abends auch noch? Ob er wohl wieder da war? Auf einmal sehnte sie sich danach, sich an ihn zu lehnen und ihn sagen zu hören, dass sie Vertrauen in das Unglaubliche und das Leben an sich haben sollte.

Als Jenna mit dem Frühstück fertig war, stand Allison auf und klopfte auf den Tisch. »Also ich weiß nicht, was mit euch ist, aber ich werde zu diesem Stein gehen und schauen, ob sie dort ist. Kommt ihr mit?«

Jenna war sofort auf den Beinen und auch Lauren nickte, allerdings etwas zögerlicher.

»Hat sie nicht gesagt, dass wir nicht mitkommen sollen?«

»Das ist mir herzlich egal. Und im Übrigen hat sie nur gesagt, dass wir nicht mitkommen sollen, wenn sie geht. Sie hat nichts davon gesagt, dass wir nicht dort sein dürfen, wenn sie wiederkommt.«

Sie warf sich eine Jacke über und ging zur Terrassentür. Jenna schnappte sich ebenfalls ihre Strickjacke, schlüpfte in ihre Turnschuhe und folgte Allison. Auch Lauren kam hinterher.

Der Weg durch den Garten schien heute länger zu sein als zuvor. An einer Stelle konnte Jenna die Burg sehen und ihr Herz machte einen kleinen Satz und das Sehnen nach Evan zerrte an ihr. Sie dachte an den Kuss gestern und fragte sich, warum es sich so gut und so richtig angefühlt hatte. Sie war sich nicht sicher, ob sich ein erster Kuss mit einem Mann schon einmal so gut angefühlt hatte. Aber genau darüber hatte sie die halbe Nacht gegrübelt, wenn sie nicht über Caitrin und eine logische Erklärung für die Zeitreisen nachgedacht hatte. Weder bei dem einen noch bei dem anderen Thema war sie zu einem zufriedenstellenden Ergebnis gekommen.

Als sie an dem kleinen Bach ankamen, stellten sie fest, dass dort Balken lagen und Holzlatten sowie Draht.

»War das gestern auch schon hier?«, fragte Jenna.

Allison schüttelte den Kopf. »Sicher nicht«, sagte sie. Sie schaute sich um. Doch es war niemand zu sehen. »Merkwürdig«, stellte sie fest, bevor sie über die Brücke ging. Schon bald bogen sie in den Weg zu dem Stein ab.

Jenna spürte, wie ihr Magen flatterte, und ihr war ein bisschen übel.

Als sie auf der Lichtung ankamen, lag der Stein in der Morgensonne. Die Bäume warfen Schatten auf den Boden und die Blätter bewegten sich in der lauen Morgenbrise. Doch es war niemand hier. Keine Spur von Caitrin.

Jennas Magen verkrampfte sich. Als sie zu Allison und Lauren schaute, sah sie, dass es den beiden anscheinend ähnlich ging.

»Hier kann ich nicht sein«, sagte Lauren. »Dieses Gefühl ist mir unheimlich«.

Jetzt erst fiel Jenna ein, dass Lauren und Allison den Stein fühlen konnten. Wieder stieg ein wenig Neid in ihr auf, doch bei dem Gedanken, wie es wäre, wenn sie das fühlen und einfach in die Vergangenheit reisen könnte, merkte sie, wie unwohl ihr wurde. Es war viel zu nah dran. Vermutlich hätte sie genauso reagiert wie Lauren.

Allison nickte. »Ich muss auch nicht unbedingt länger hier sein als nötig. Aber wie wäre es, wenn wir uns vorn hinsetzen? Da, wo der Weg abbiegt? Wenn sie wiederkommt, muss sie dort entlangkommen.«

Die anderen stimmten zu und so setzten sie sich an den Anfang des Weges. Jenna wusste, dass sie hier so lange sitzen bleiben würden, bis Caitrin erschien.

Zum Glück war es ein wunderschöner Sommermorgen. Die Vögel zwitscherten, die Sonne wanderte langsam um sie herum und Jenna spürte die Präsenz von Dundarg. Immer wieder wanderten ihre Gedanken zu Evan und sie fragte sich, was er wohl gerade machte. Ob er auch an sie dachte? Was war das hier für ihn? Ein kleiner Urlaubsflirt?

Plötzlich vernahmen sie Stimmen. Es waren Männerstimmen und sie kamen vom Bach. Dann hörten sie das Klopfen von Hämmern und anderen Werkzeugen.

»Sollen wir hingehen und schauen?«, fragte Jenna. Doch Allison schüttelte den Kopf.

»Das wird schon alles seine Richtigkeit haben. Ehrlich gesagt habe ich keine Lust, mich mit irgendetwas anderem auseinanderzusetzen.«

Sie lehnte den Kopf wieder an den Baumstamm und schloss die Augen.

Jenna lauschte noch eine ganze Weile den Männern und ihren Werkzeugen und dann merkte sie auf einmal, dass es still geworden war. Nicht, dass die Männer aufgehört hätten, zu arbeiten, sondern alle anderen Geräusche schienen weg zu sein. Die Vögel waren verstummt, der Wind hatte sich gelegt, es waren keine Insekten mehr zu hören, nichts. Auch Lauren und Allison hatten die Veränderung wahrgenommen und schauten sich an. Wie auf ein verabredetes Zeichen standen sie alle drei auf. Und dann sah Jenna etwas Braunes auf dem Weg. Etwas, das sich bewegte.

»Da ist sie«, rief sie und lief los.

Allison und Lauren folgten ihr. Sie rannten zu Caitrin, die ihnen lächelnd entgegenkam. Sie sah erschöpft aus, schien aber sonst unversehrt.

»Habt ihr also doch hier auf mich gewartet«, sagte sie. »Ich hoffe, ihr wart nicht die ganze Nacht hier.«

»Nein«, sagte Allison, »aber es hat schon gereicht, hier eine Stunde sitzen zu müssen.«

»Wo warst du denn?«, fragte Lauren.

Caitrin umarmte eine nach der anderen und lächelte entschuldigend. »Ich war die ganze Nacht bei der Frau und ihrer Mutter in der Hütte. Ich habe ihr geholfen, sich um die Mutter zu kümmern. Heute Morgen sind wir zum Friedhof gegangen.«

»Oh nein«, sagte Jenna und legte eine Hand auf Caitrins Arm. »Dann war an der Geschichte also nichts dran?«

Caitrin runzelte die Stirn, dann erhellte sich ihr Gesicht. »Ach, du meinst, weil ich auf dem Friedhof war? Nein, ich war dort, weil sie mir zeigen wollte, dass es dort kein Grab von Finlay gibt. Wir haben uns alles angeschaut und da war nichts. Und jemand, der an einem Fieber gestorben ist oder einen Unfall hatte, der hat ein Grab auf dem Friedhof. Es haben nur Menschen kein Grab dort, die Selbstmord begangen haben. Aber sie sagte, dass das nicht passiert sei, davon hätte sie gewusst. Sie war sich sehr sicher, dass sie ihn mit einem Bündel hat weggehen sehen.«

»Das sind ja fantastische Neuigkeiten«, sagte Jenna.

Caitrin nickte. »Und ich habe sogar noch mehr erfahren«, ergänzte sie. »Der Hufschmied aus dem anderen Dorf hat ihn auch getroffen und anscheinend war er auf dem Weg zur Küste. Er hat gesagt, dass er ein Schiff nach Amerika nehmen wollte.«

Die drei Freundinnen schauten Caitrin an. »Was bedeutet das?«, fragte Lauren.

Caitrin zuckte die Schultern. »Ich weiß es nicht, aber es macht alles Sinn. Zumindest scheint die Geschichte zu stimmen, auch wenn es nicht passt, dass sein Vater mir erzählt hat, dass er gestorben ist.« Sie räusperte sich und auf einmal wurde sie ernst. »Wenn Finlay mich nicht mehr wollte, warum hat er das nicht einfach gesagt, sondern hat mir diese Geschichte aufgetischt?«

»Hattest du denn das Gefühl, dass er dich nicht mehr wollte? Oder dass er sich in eine andere verliebt hat?«, fragte Allison.

Caitrin schüttelte den Kopf. »Nein und nein. Nichts dergleichen. Wir waren sehr glücklich und haben Zukunftspläne geschmiedet. Deswegen kann ich mir es einfach nicht erklären.« Sie seufzte und rieb sich über die Stirn. »Und gerade fehlt mir die Energie, darüber nachzudenken. Ich habe die ganze Nacht nicht geschlafen und würde mich gern ein wenig hinlegen. Nachher können wir darüber sprechen, was ich tun soll, aber ehrlich gesagt bin ich momentan ein wenig ratlos.« Sie lächelte die anderen an. »Und übrigens, vielen Dank, dass ihr auf mich gewartet habt.«

»Wir haben uns Sorgen gemacht«, brach es aus Lauren hervor.

Caitrin lächelte und nahm sie noch einmal in den Arm. »Das brauchst du nicht«, sagte sie. »Ich habe das schon so oft gemacht, ich weiß, was ich tue. Keine Sorge.«

Jenna musste lächeln, denn sie hatte Lauren erst vor Kurzem genau das Gleiche erzählt.

Allisons Handy klingelte und mit einem Stirnrunzeln schaute sie darauf. »Verdammt«, murmelte sie und drückte den Anrufer wieder weg. »Lasst uns ins Haus gehen«, sagte sie etwas angeregter, als es angebracht war.

Die Freundinnen gingen zum Bach, doch als sie dort ankamen, blieb Caitrin stehen und starrte auf den Zaun, der langsam Form annahm. Drei Männer waren dabei, Zaunpfähle einzugraben und bereits erste Latten anzunageln.

»Was macht ihr denn hier?«, rief sie.

Die Männer schauten auf und sahen etwas betreten drein. »Guten Morgen, Caitrin«, sagte der älteste von ihnen. »Wie geht es dir?«

»Es ist völlig egal, wie es mir geht«, entgegnete Caitrin und auf einmal klang sie sehr aufgebracht. Sie stemmte die Hände in die Hüften und schüttelte den Kopf. »Was soll das? Warum stellt ihr hier einen Zaun auf? Das ist mein Grund und Boden.«

Die Männer wechselten einen Blick und der älteste mit dem Schnurrbart kratzte sich an der Mütze und trat dann ein Stück vor. »Wir dachten, du wüsstest davon.«

»Wovon weiß ich etwas?«, fragte Caitrin scharf.

»Nun ja, von dem Zaun.«

»Nein, weiß ich leider nicht. Was soll das?«

Wieder wechselten die Männer einen Blick. »Nichts für ungut, Caitrin, aber vielleicht solltest du mit deinem neuen Nachbarn sprechen.«

»Der steckt dahinter?«, rief sie. »Wie kommt er dazu, einen Zaun zu errichten? Ich will hier keinen Zaun. Und wie kommt ihr dazu, diesen Auftrag anzunehmen?«

Der Mann wirkte etwas verlegen. »Es ist sein Boden, Caitrin. Er hat es gepachtet. Und er darf einen Zaun errichten, wenn er will. Das sagt der Pachtvertrag. Er hat uns beauftragt und wir konnten schlecht Nein sagen.«

»Natürlich konntet ihr das«, spuckte Caitrin die Worte beinahe aus. »Wie konntet ihr mich so hintergehen?«

»Wir wussten nicht, dass du dich so darüber aufregst«, sagte einer der jüngeren Männer und es klang fast ein wenig vorwurfsvoll.

»Ihr hättet mich zumindest vorwarnen können«, sagte Caitrin.

»Wir haben gestern Abend angerufen, doch du warst nicht da. Den Auftrag haben wir erst gestern bekommen.«

Jenna schluckte. War es das gewesen, was Evan gestern vorgehabt hatte? War das sein Termin gewesen?

»Und dann habt ihr heute Morgen gleich angefangen? Na, der Herr hat es ja eilig.«

Der ältere Mann trat ein Stück vor. »Schau mal, Caitrin, er hat sogar den Bach gelassen. Eigentlich ist der auf seinem Boden, aber er hat extra gesagt, dass der Bach auf deiner Seite bleiben soll, damit du Wasser holen kannst. Das ist doch in Ordnung. Er ist jetzt nun einmal der Pächter von Dundarg.«

»Alec hätte sie niemals an ihn verpachten dürfen.«

Caitrin war so aufgebracht, dass ihre Wangen glühten.

Die Männer wechselten wieder einen Blick und dann trat der jüngste vor und sagte zu Caitrin: »Aber er hat dich gefragt und du wolltest nicht.«

»Konnte nicht, ist der bessere Ausdruck«, stieß Caitrin hervor. »Ich hatte eine Woche, um das Geld aufzubringen, und das ging nun einmal nicht. Wenn ich geahnt hätte, dass Alec Dundarg diesem Typen verpachtet, hätte ich das Geld schon irgendwie aufgetrieben.«

»Soweit ich weiß, steht im Pachtvertrag auch, dass er hier nichts weiter verändert. Und keine Sorge, es werden weiterhin keine Touristen auf die Burg kommen. Es wird keine Veränderung geben.«

»Und was ist das?«, schrie Caitrin und wies auf den Zaun. »Keine Veränderung sieht anders aus. Das ist eine große Veränderung und ich werde sie nicht akzeptieren. Ich will, dass ihr sofort aufhört, an dem Zaun zu bauen, denn spätestens morgen könnt ihr den wieder abbauen.«

Der Mann schüttelte den Kopf. »Jetzt sei nicht so unvernünftig, Caitrin. Er kann es tun und es steht im Pachtvertrag. Wir haben den Auftrag von ihm und wir werden den Zaun bauen. Wenn der später abgerissen wird, ist das eine andere Sache.«

Er wandte sich um und gab den anderen beiden Männer ein Zeichen, weiterzumachen.

»So fallt ihr mir in den Rücken«, rief Caitrin. »Wenn das meine Großmutter wüsste.«

Der alte Mann versteifte sich ein wenig, doch er drehte

sich nicht mehr um und nahm den Hammer auf, um weiterzuarbeiten.

Jenna und die anderen beiden hatten alles atemlos mit angehört. Sie nahmen Caitrin am Arm und führten sie ins Haus. Caitrin warf ihren Umhang auf den Tisch und zog ihre Lederschuhe aus. »Na toll«, sagte sie. »Jetzt bin ich so wütend, dass ich nicht schlafen kann. Und nun muss ich los und mir diesen Kerl vorknöpfen. Wie kann er es wagen, auf meinem Boden einen Zaun zu errichten?« Ihre Wangen glühten und ihre blauen Augen leuchteten.

Jenna schluckte und fragte sich, ob sie etwas über Evan sagen sollte. Der Gedanke, dass ihre Freundin ihn zur Rede stellte, behagte ihr nicht. Ganz und gar nicht. Doch Caitrin war so wütend, dass sie ihr jetzt unmöglich von Evan erzählen konnte.

Auf einmal ließ Caitrin sich auf einen Stuhl sinken und vergrub das Gesicht in den Händen. »Ihr denkt vermutlich, dass ich total verrückt geworden bin, nicht wahr?«

»Ich kann deine Aufregung schon verstehen«, sagte Lauren vorsichtig und tauschte einen Blick mit Allison, die ihr aufmunternd zunickte. »Das kam etwas überraschend, vor allem wenn er anscheinend zugesichert hat, dass es keine Veränderung geben wird.«

»Das Problem ist«, sagte Caitrin, »dass die Burg mir ziemlich egal ist. Selbst wenn dort oben Touristen herumlaufen würden, würde es mich nicht stören. Zumindest nicht, solange sie nicht in meinen Garten kommen. Aber dafür könnte man sorgen. Das Problem ist, dass der Stein auf der anderen Seite des Zauns ist. Dann kann ich da nicht mehr hin und reisen, und die Frauen, die zu mir kommen, können nicht mehr zum Haus kommen.«

»Oh verdammt«, sagte Allison. »An den Stein habe ich gar nicht gedacht.«

»Deswegen«, sagte Caitrin mit einem Seufzen und stand auf, »muss ich jetzt ins Dorf und diesen Typen ausfindig machen. Keine Veränderung«, knurrte sie. »Der kann was erleben.«

»Soll ich mitkommen?«, bot Allison an.

»Wenn du willst«, antwortete Caitrin.

Jenna atmete tief durch. »Willst du dich nicht erst einmal ausruhen? Du hast eine anstrengende Nacht hinter dir.«

Caitrin zögerte, dann nickte sie. »Vielleicht einen kleinen Moment. Aber in einer halben Stunde gehen wir los. Und vorher dusche ich. Das ist immer das Schönste, wenn ich zurückkomme. Ihr könnt euch gar nicht vorstellen, wie man heißes Wasser vermissen kann.«

Kaum hatte Caitrin sich in ihr Zimmer zurückgezogen, erklärte Jenna den anderen, dass sie die Zeit zum Arbeiten nutzen wollte, und ging ebenfalls in ihr Zimmer. Doch sie hatte nicht vor, dort zu bleiben. Sie schlüpfte durch die Terrassentür in den Garten und machte sich auf den Weg zur Burg.

11

In der Burg war es still und Jenna spürte sofort, dass Evan nicht da war. Außer ein paar Möwen, die über ihrem Kopf kreisten, war niemand hier. Vermutlich war er in seinem Cottage. Doch wo war das?

Ihr fiel auf, dass sie nicht viel über die Burg wusste. Sie schaute sich um.

Auf dem Boden lag das Ende des Seils, das sie gestern für den Aufstieg benutzt hatten. Der andere Teil steckte in den Ösen an der Wand. Sachte baumelte das Seil im Wind.

Jenna fragte sich, ob sie auf den Turm klettern sollte, um sich nach dem Cottage umzuschauen, doch dann entschied sie, dass das keine gute Idee war, auch wenn es sie reizte, wieder auf dem Turm zu sitzen und das Meer zu sehen, fort von all dem zu sein, was sie hier unten so verwirrte. Doch dafür blieb jetzt keine Zeit, denn sie war hergekommen, um mit Evan zu sprechen.

Sie nahm ihr Handy aus der Tasche und wollte ihm gerade eine Nachricht schreiben, als sie sah, dass er ihr erst vor Kurzem etwas geschickt hatte.

Sehen wir uns heute?

. . .

Ihr Herz machte einen Sprung. Sie liebte es, Nachrichten von ihm zu bekommen, vor allem wenn sie merkte, dass er sie sehen wollte.

Ich bin auf der Burg. Wo bist du?

Es dauerte nur einen kurzen Moment, dann kam die Antwort.

Bleib, wo du bist. Ich bin gleich da.

Jenna starrte auf die Nachricht und ihr Herz klopfte schneller. Was war nur an diesem Mann, dass sie so auf ihn reagierte? Nun ja, davon abgesehen, dass er unglaublich gut aussah. Aber es war wohl seine Fürsorge und Aufmerksamkeit, dieses Gefühl, dass er sie wirklich gern sehen wollte. Sie hatte sich selten so gesehen gefühlt. Und es war so leicht, mit ihm über schwere Dinge zu sprechen. Auch das hatte sie noch nie bei einem Mann gehabt.

Sie setzte sich auf eine der kleinen Mauern und da sie ihr Handy immer noch in der Hand hielt und ein wenig Zeit hatte, scrollte sie durch ihre E-Mails. Es waren mittlerweile so viele, dass sie wusste, dass sie ewig brauchen würde, wenn sie diese durcharbeiten wollte. Sie würde den Rückflug nach London nutzen, um zumindest anzufangen. Doch bis dahin würden vermutlich ziemlich viele neue aufgelaufen sein.

Wann war eigentlich ihr Rückflug? Irgendwie hatte sie hier die Zeit vergessen. Sie suchte ihre Reiseplanung raus und als sie einen Blick auf das Datum warf, durchfuhr sie der Schreck. Ihr Rückflug war bereits morgen früh! Da sie so kurzfristig gebucht hatte, weil sie hierhergekommen war und nicht zur

Hochzeit, hatte sie nur einen Rückflug nach London am Sonntagmorgen bekommen.

Entsetzt starrte sie auf das Handy. Sie konnte nicht morgen früh schon wieder abreisen. Es war viel zu früh, sie war hier noch nicht fertig.

Im Augenwinkel nahm sie eine Bewegung wahr und als sie aufblickte, kam Evan auf sie zu. Ihr stockte der Atem, als sie ihn beobachtete, wie er in den Burghof trat und nach ihr Ausschau hielt. Heute trug er Jeans und ein weißes T-Shirt. Anscheinend hatte er draußen gearbeitet, denn es wies einige grüne Flecken auf. Der Wind fuhr in seine dunklen Haare und seine Augen lächelten, als sich ihre Blicke trafen. Er sah so gut aus, dass sie sich nicht an ihm sattsehen konnte. Schamlos starrte sie ihn an, als er auf sie zukam.

Der Gedanke daran, dass dieser unglaubliche Mann sie gestern geküsst und im Arm gehalten hatte, machte sie atemlos. Nein, sie konnte noch nicht morgen wieder fort. Das hier war zu kostbar, als dass sie schon bereit war, es aufzugeben.

Als Evan zu ihr trat, runzelte er die Stirn. »Ist alles in Ordnung? Du machst ein ziemlich entsetztes Gesicht. Ist etwas passiert?«

Jenna schaute wieder auf ihr Handy und entschied, dass sie gleich nach diesem Gespräch den Rückflug umbuchen würde. Wenn sie jetzt fuhr, würde sie Evan vielleicht nie wiedersehen.

Sie steckte ihr Handy weg. »Mir ist gerade aufgefallen, dass ich gleich etwas klären muss.«

»Ist es was Ernstes?«

Sie schüttelte den Kopf. »Meine Reiseplanung hat sich nur verändert.«

Aufmerksam betrachtete er sie. »Wann fährst du wieder?«

Jennas Magen kribbelte, als sie sagte: »Ich weiß es noch nicht.«

Sie hatte noch Urlaub, ob sie den spontan nehmen konnte? Den Mietwagen konnte sie auf jeden Fall verlängern.

Evan atmete tief durch. »Ich hatte schon befürchtet, dass du morgen wieder fährst.«

Befürchtet … das Wort klang in Jenna nach und sie labte sich daran. Er hatte befürchtet, dass sie abreiste. Sie konnte nicht anders, als zu lächeln. »Ich bleibe noch ein bisschen.«

Am liebsten hätte sie ihn geküsst, doch das traute sie sich nicht. Dann fiel ihr ein, warum sie hier war, und ihr Magen verknotete sich. Doch sie war es Caitrin schuldig, dass sie mit Evan über den Zaun sprach.

Sie erhob sich von der Mauer. Das hatte sie bei der Arbeit gelernt: Wenn sie mit einem Mann Dinge besprach, die kritisch werden konnten, war es wichtig, sich zumindest körperlich auf Augenhöhe zu begeben. Zum Glück war sie mindestens genauso groß wie die meisten Männer, wenn nicht manchmal sogar größer. Evan hingegen war mindestens einen halben Kopf größer als sie. Zum Küssen war das ideal.

Jenna verscheuchte den Gedanken. Sie konnte nicht immer an Küssen denken, wenn sie mit ihm zusammen war.

»Ich muss mit dir reden«, sagte sie.

»Doch schlechte Nachrichten?«, fragte er und lächelte. Aber sie sah, wie vorsichtig er auf einmal war.

»Es geht um den Zaun«, sagte sie und beobachtete erstaunt, wie er sofort die Arme verschränkte. Auf einmal war da eine Mauer zwischen ihnen und Jenna spürte, dass sie das nicht wollte. Doch sie musste auch Caitrin gegenüber loyal sein.

»Du weißt, welchen ich meine? Den, den du gerade unten am Bach errichten lässt.«

»Was ist damit?«

Jenna versuchte, sich daran zu erinnern, was sie einmal in einem Seminar gelernt hatte, in dem es darum ging, heikle Gespräche zu führen. Doch das war für das Arbeitsleben gewesen. Wie führte man solche Gespräche mit jemandem, den man am liebsten küssen würde? Sie entschied sich für die Wahrheit. »Mir selbst ist dieser Zaun egal, aber für Caitrin ist er ein Problem.«

»Wenn er sie stört, soll sie kommen und es mir selbst sagen. Oder hat sie dich etwa geschickt?«

Seine Stimme war nicht abweisend, aber deutlich kühler geworden.

Jenna atmete tief durch. »Nein, das hat sie nicht. Es war meine Idee und ich möchte nur vermitteln. Caitrin will nachher mit dir sprechen und ich mache mir Sorgen, dass es eskaliert, denn sie ist sehr wütend.«

Dass sie das Falsche gesagt hatte, merkte sie sofort daran, dass er die Schultern etwas mehr straffte und das Kinn hob. Sie hatte viele Jahre Erfahrung damit, die Körpersprache von Männern zu lesen, und Evan fühlte sich angegriffen. Doch sie wusste auch, dass es ein Fehler wäre, jetzt zurückzurudern. Deswegen setzte sie etwas anderes ein, was sie gelernt hatte: aushalten und abwarten. Also schwieg sie.

Es dauerte eine Weile, bis er sprach. »Deine Freundin hat kein Recht, wütend zu sein. Ich darf den Zaun bauen und habe ihn sogar ein Stück nach hinten setzen lassen, sodass sie den Bach noch hat, für den Fall, dass sie Wasser für ihren Garten braucht. Es ist also kein Problem, dass der Zaun dort steht.«

»Für Caitrin ist es das aber.«

»Ich muss mich nicht vor ihr rechtfertigen, wenn ich so etwas tue.«

»Nein, aber du hättest es mit ihr besprechen können, schließlich seid ihr Nachbarn.«

»Sie hat kein Interesse daran, mit mir zu sprechen. Bisher hat sie mich entweder angeschrien oder die Unterhaltung abgebrochen.«

Jenna fiel auf, dass er genauso klang wie Caitrin, wenn sie über ihn sprach. Das musste doch zu lösen sein.

Sie seufzte. »Ich weiß, dass sie nicht einfach ist. Aber bei dem Zaun ist es etwas anderes. Es ist ihr wirklich wichtig.«

Evans Augen verengten sich. »Und warum, wenn ich fragen darf?«

Jenna merkte, dass sie einen Fehler gemacht hatte. Sie hatte keine Erklärung dafür, dass Caitrin den Zaun nicht wollte, denn sie konnte Evan schlecht die Wahrheit sagen. »Ich weiß es nicht«, log sie daher und sah, dass Evan sich etwas weiter nach vorn lehnte und sie genau beobachtete. Ob er ihre Lüge bemerkt hatte? Schnell sagte sie: »Aber ich nehme an, dass es sie stört, weil sie hier seit ihrer Kindheit lebt. Sie ist es gewohnt, dass sie auf die Burg gehen kann und dass dort kein Zaun ist.«

Sie wusste selbst, dass das kein Argument war, das wirklich zählte.

Natürlich zuckte Evan mit den Schultern, aber er beobachtete sie immer noch sehr genau. »Dann muss sie sich eben umgewöhnen. Und wenn sie sich nicht so verhalten hätte, wäre der Zaun gar nicht nötig gewesen.«

»Was hat sie denn getan?«, fragte Jenna und merkte, dass auch in ihr Ärger aufstieg. Das war gar nicht gut, denn eigentlich wollte sie nur vermitteln. Das ging aber schlecht, wenn sie Partei ergriff. Deswegen sagte sie schnell: »Hör zu, ich möchte nicht mit dir streiten, ich sitze nur zwischen den Stühlen. Ich kann Caitrin verstehen und ich …« Sie brach ab, doch dann zwang sie sich, die Worte auszusprechen: »Und ich mag dich. Sehr sogar. Und es ist schwierig für mich, wenn meine beste Freundin und mein …« Sie brach wieder ab und spürte, wie ihre Wangen heiß wurden. »Wenn meine beste Freundin und du miteinander streitet. Ich will auf keiner Seite sein, aber ich will auch nicht den einen gegen den anderen verteidigen. Deswegen bin ich hergekommen, damit ich eine Lösung finde, bei der ich mich nicht so schlecht fühle. Könnt ihr euch nicht friedlich einigen? Es kann doch nicht so schwer sein, es geht nur um einen Zaun. Caitrin macht nichts Schlimmes auf dem Gelände der Burg. Du brauchst dich nicht vor ihr zu schützen. Und sie braucht sich auch nicht so über dich zu ärgern, denn du bist viel netter, als sie denkt.«

Sie hatte sich so in Fahrt geredet, dass ihr Atem schneller ging.

Evan schaute sie an und sagte nichts, während Jenna im Kopf noch einmal alles durchging, was sie ihm eben gesagt hatte, und sich fragte, warum sie das nicht diplomatischer angehen konnte. Auf einmal schien es ihr viel einfacher, über ein Millionenprojekt zu diskutieren, das sich festgefahren hatte, als über diesen blöden Zaun.

Während die Möwen über ihnen kreischten, versuchte sie, den Ausdruck in Evans Gesicht zu deuten, doch es gelang ihr nicht. Als er schließlich etwas sagte, war seine Stimme weicher.

»Wissen deine Freundinnen von uns?«

Überrascht von der Wendung des Gesprächs schüttelte Jenna den Kopf und ein Ausdruck des Bedauerns huschte über sein Gesicht. Hatte sie ihn etwa verletzt?

»Es war noch nicht der richtige Moment.«

Sie hörte selbst, wie lahm diese Ausrede klang.

»Willst du es ihnen erzählen, bevor du abreist?«

Auf einmal war da wieder diese Kluft zwischen ihnen. Es war bemerkenswert, wie schnell er diese Mauer aufbauen konnte.

Jenna atmete tief durch. Warum kostete es sie so viel Mut, diese Worte zu sagen?

»Das werde ich noch. Weil ich alles mit ihnen teile, was mir wichtig ist.«

Aufmerksam schaute er sie an, doch er wartete ab. Jenna fügte leise hinzu: »Das hier, mit uns, was immer das ist, ist mir wichtig.«

Ihr Herz klopfte beinahe bis zum Zerspringen, als sie auf seine Antwort wartete. Sie war noch nie diejenige gewesen, die etwas als Erste sagte. Vor allem nicht, wenn etwas noch so am Anfang war. Eigentlich wartete sie ab, wie sich die Dinge entwickelten, damit sie auf der sicheren Seite war, wenn sie sich öffnete. Doch dieses Mal hatte sie keine Zeit, darauf zu warten, dass es sicher war, und aus irgendeinem Grund war das hier mit Evan wichtiger als alles andere, was sie vorher mit Männern erlebt hatte. Diese Erkenntnis traf sie mit einer solchen Wucht, dass sie zitternd Luft holte und ihr ein klein bisschen übel wurde.

Als die gefühlten Stunden verstrichen und er immer noch nichts sagte, verschränkte sie die Arme. Sie musste sich schützen. Doch die Tränen lauerten gefährlich weit oben in ihrem Hals und nahmen ihr die Luft zum Atmen. Sie hatte das Gefühl, dass die Antwort eines Mannes noch nie so wichtig gewesen war. Dabei war es albern, er war nicht mehr als ein Urlaubsflirt, wenn man es so nahm. Und als sie Anfang zwanzig gewesen war, war mit dem einen oder anderen Urlaubsflirt nach zwei Tagen schon mehr passiert als mit Evan. Aber es war so anders.

Sie zog die Schultern hoch und versuchte, zu atmen, doch es gelang ihr nur leidlich.

Evan bemerkte ihren Rückzug und endlich rührte er sich. Er machte einen Schritt auf sie zu und löste sanft ihre Arme, dann hielt er ihre Hände. Für einen Moment schloss er die Augen und holte tief Luft. »Mir ist das mit uns auch wichtig.« Er sah sie intensiv an und Jenna spürte, wie sich ein warmes Gefühl in ihrem Bauch ausbreitete. »Aber wenn ich ehrlich bin, verwirrt es mich auch.«

»Warum?«, fragte Jenna. Dabei wusste sie genau, was er meinte, denn ihr ging es ebenso.

»Gerade haben andere Dinge Vorrang. Ich suche weder eine Beziehung noch eine kurze Affäre. Für beides ist kein Platz in meinem Leben«, sagte er und Jenna war es, als hätte jemand sie in ein Mieder gesteckt und zöge es so weit zu, dass sie nicht mehr atmen konnte.

Er wollte sie nicht? Sie versuchte, ihre Hände aus den seinen zu lösen, doch er hielt sie fest.

»Lass mich ausreden«, sagte er sanft. »Auch wenn ich nicht auf der Suche danach bin, ist es doch passiert. Wenn mich jemand fragen würde, was es ist, könnte ich es nicht sagen. Und deswegen verstehe ich, dass du es deinen Freundinnen noch nicht erzählt hast.«

Er legte eine Hand auf ihre Wange und Jenna schloss die Augen.

»Am liebsten würde ich abwarten, wie sich das hier entwickelt, aber ich fürchte, wir haben keine Zeit. Deswegen bin ich sehr ratlos, was wir tun sollen.«

Jenna schaute in seine braunen Augen und dieses Mal fiel es ihr schwer, zu atmen, weil sie diese Zärtlichkeit darin sah, die sie selbst auch fühlte. »Wie wäre es mit Vertrauen haben?«, fragte sie.

Er lächelte und verstand sofort, worauf sie anspielte. »Hmmm, das sollten wir auf jeden Fall probieren«, sagte er. Nach kurzem Zögern beugte er sich vor und küsste sie sanft.

Die Berührung seiner Lippen war wie eine Erlösung. Jenna seufzte und schlang die Arme um seinen Hals. Evan zog sie an sich und schloss seine starken Arme um sie. Es war, als wäre sie im Paradies angekommen. Während sie die Lippen für ihn öffnete und sich dem Kuss hingab, konnte sie nur daran denken, was er gerade gesagt hatte. Er fühlte auch, dass etwas zwischen ihnen war. Das hier war kein Urlaubsflirt für ihn und sie wusste jetzt sicher, dass sie morgen nicht zurückfliegen konnte. Sie würde es für immer bereuen. Doch um die Umbuchung würde sie sich später kümmern, jetzt würde sie erst einmal seine Küsse genießen.

Und diese Küsse wurden immer intensiver, so als hätten sie mit ihren Worten eine Tür geöffnet, die viel mehr Nähe und Leidenschaft zuließ. Waren die Küsse gestern noch neu und vorsichtig forschend gewesen, mischte sich jetzt eine Tiefe und vor allem Gier hinein. Sie wollte ihm nah sein und drängte sich an ihn, während ihre Zunge mit seiner spielte.

Mit einer Hand fuhr er in ihre Haare, mit der anderen zog er sie näher an sich und sie fühlte seinen starken Körper. Tief tauchte er mit seiner Zunge in sie ein und eine prickelnde Erregung breitete sich so schnell in Jenna aus, dass sie keuchte. Ihre Hände fuhren über seine Schultern und am liebsten hätte sie seine Haut gespürt.

Evan schien es auch so zu gehen, denn auf einmal fühlte sie, wie er ihr Top aus dem Bund ihres Rocks zog. Seine Finger auf ihrer Haut am unteren Rücken sandten elektrische

Ströme durch ihren Körper und sie sog scharf die Luft ein. Sie konnte sein Lächeln an ihren Lippen fühlen.

Er streichelte sie erst sanft, dann wanderte seine Hand hinab zu ihrem Po und er umfasste ihn. Unwillkürlich seufzte Jenna auf und schlang ein Bein um das seine. Evan antwortete mit einem Stöhnen tief in seiner Kehle, das Jenna unglaublich erregte, und sie presste sich an ihn. Auf einmal drängte er sie an die Wand des Turms, die nur einen Meter hinter Jenna war. Er stellte sicher, dass sie bequem stand, dann lehnte er sich gegen sie. All das tat er, ohne ihren Kuss auch nur für einen Moment zu unterbrechen. Sie genoss die Schwere seines Körpers und fragte sich, wie es wohl sein würde, wenn er auf ihr liegen würde. Selbst durch seine Jeans spürte sie, wie erregt er war, und sie drängte sich noch enger an ihn. Am liebsten wäre sie mit ihm verschmolzen.

Schließlich löste er seinen Mund von ihrem. Schwer atmend schaute er sie an, sein Gesicht nur wenige Zentimeter vor dem ihren. »Ich bin eigentlich nicht so«, sagte er. Seine Stimme war heiser und sie konnte das Verlangen hören, das auch sie fühlte. »Aber am liebsten würde ich dich gleich hier lieben.«

Tu es doch, hätte sie am liebsten gesagt, doch sie traute sich nicht. Sie dachte darüber nach, ob sie irgendwo hingehen könnten. Zu seinem Cottage vielleicht? Doch dann fragte sie sich, was er von ihr denken würde, wenn sie schon gleich mit ihm ins Bett ging. Außerdem war sie darauf nicht vorbereitet.

Sie merkte, dass sie zu lange geschwiegen hatte, als er sich ein klein wenig zurückzog und sagte: »Tut mir leid. Das war zu viel. Ich wollte dir nicht –«

Sie unterbrach ihn, indem sie ihm einen Finger auf die Lippen legte. »Ich denke zu viel«, sagte sie. »Das ist immer so.« Sie holte zitternd Luft. »Aber ich habe so etwas noch nie erlebt und will alles richtig machen.«

Seine Augen weiteten sich. »Du hast das noch nie erlebt?«, fragte er vorsichtig.

Es dauerte einen Moment, bis sie begriff, dass er dachte,

sie würde andeuten, dass sie noch nie Sex gehabt hatte. »Nein«, sagte sie schnell. »Ich weiß schon, wie das geht. Ich meine nur ... das mit uns. Es ist so schnell und so ...« Sie brach ab und senkte den Kopf. Warum konnte sie die richtigen Worte nicht finden?

Er hob ihr Kinn mit den Fingern, sodass sie ihn anschauen musste. Sein Lächeln beruhigte sie. »Mir geht es auch so«, gestand er. »Mir fehlen die Worte für das hier und ich bin überrascht, dass ich derart über dich herfalle. Ich bin eigentlich nicht so.«

Jenna atmete tief durch und zog ihn wieder zu sich heran. Es tat gut, seinen Körper an ihrem zu spüren. »Du darfst gern über mich herfallen. Vielleicht kann ich dann endlich meinen Kopf ausschalten, der sich fragt, ob ein anständiges Mädchen wie ich so etwas tun darf.«

Er lächelte und nahm ihr Gesicht in die Hände. »Du darfst mit mir alles tun, was du willst.« Er küsste sie. »Egal, ob anständig oder nicht.«

»Ich will dich so sehr, dass es fast wehtut.«

Tatsächlich pulsierte das Verlangen zwischen ihren Beinen.

Sie hatte erwartet, dass er sie gleich wieder küssen würde, doch er schloss für einen Moment die Augen, dann schaute er sie wieder mit diesem intensiven Blick an und Jenna schmolz dahin. »Ich will das alles richtig machen«, sagte er, »aber bei dir fällt es so schwer, mich zu zügeln.«

Unwillkürlich bewegte Jenna ihre Hüften und drängte sich noch mehr an ihn. Sie sah, wie Evan die Zähne zusammenbiss. »Oh Gott«, murmelte er. Er drängte sich ebenfalls an sie. Doch dann murmelte er: »Nicht hier, nicht jetzt.«

Jenna fuhr mit einer Hand in seine Haare. »Wann dann?«, fragte sie leise.

»Bald«, sagte er. »Sehr bald.« Er lächelte. »Und jetzt muss ich aufhören, dich zu küssen, sonst kann ich nicht dafür garantieren, dass ich nicht doch über dich herfalle.«

Jenna hätte absolut nichts dagegen gehabt. Noch länger her als der letzte Kuss war ihr letztes Mal Sex. Doch es ging ihr nicht um den Sex an sich. Es ging ihr darum, Evan nahe zu sein. Sie wollte ihn spüren, seine nackte Haut unter ihren Fingern, seinen starken Körper auf ihr. Sie wollte ihn in sich fühlen und dabei in seine Augen schauen, seine Hände auf ihrer Haut spüren.

Sie atmete zitternd ein.

»Denkst du schon wieder? Woran?«, fragte er leise.

Jenna schloss die Augen und schüttelte den Kopf. »Das erzähle ich dir lieber nicht.«

Sie fühlte seine Lippen an ihrem Hals und krallte die Hände in seine Haare. »Oh Jenna«, murmelte er leise. »Du bringst mich noch um.«

Sie lächelte und genoss seine Liebkosungen, doch sie konnte auch fühlen, dass er sich langsam zurückzog und seine Leidenschaft wieder in sich verschloss. Es würde nicht jetzt passieren und obwohl sie ein kleines bisschen enttäuscht war, wusste sie auch, dass es gut war, wenn sie die Vorfreude noch etwas schürten.

Schließlich hörte er auf, sie zu küssen, und zog sie ein Stück von der Mauer weg. »Ich habe nachgedacht«, sagte er und schaute ihr in die Augen, während er ihre Hand hielt.

»Nachgedacht?«, fragte sie. »Eben?«

Er lächelte. »Eben konnte ich nicht mehr denken.« Doch dann wurde er ernst. »Wie wäre es, wenn du heute Abend hierherkommst? Ich würde gern etwas für dich vorbereiten.«

Jennas Herz schlug auf einmal sehr schnell. »Du meinst, wie ein Date?«

Er nickte. »Ein sehr romantisches Date.«

»Das heißt, ich soll mir was Schönes anziehen?«

Er nickte erneut und ein Grinsen breitete sich auf seinem Gesicht aus. Sie wusste genau, was er dachte, als sie das Wort *anziehen* ausgesprochen hatte. Sein Lächeln hatte ihn verraten.

»Gibt es irgendetwas, das du nicht isst?«, fragte er.

Jenna schüttelte den Kopf. »Ich esse alles.«

Er zog eine Augenbraue hoch. »Gut. Ich habe nämlich vor, dich heute Abend richtig zu verwöhnen.«

»Mit Essen?«, fragte Jenna und genoss das Flattern, das dieser sexy Austausch in ihr auslöste.

»Das auch«, sagte er leise, küsste ihre Hand und ließ sie dabei nicht einen Moment aus den Augen.

In diesem Moment klingelte ein Handy. Jenna schrak zusammen. »Entschuldige«, murmelte sie. Warum ausgerechnet jetzt? Es war Samstag, wer rief sie denn an?

Evan schüttelte den Kopf. »Das ist meins. Jemand steht vor meiner Tür.«

Er holte das Handy aus der Tasche und schaltete es aus.

»Vor deiner Tür?«, fragte Jenna.

»Ich habe die Türklingel auf mein Handy umgestellt, weil ich so oft auf der Burg unterwegs bin.«

Das Handy klingelte wieder und dann noch einmal. Evan runzelte die Stirn. »Könnte das deine Freundin sein?«

Jenna erschrak. »Das sind sie sicher.«

Caitrin war so wütend gewesen, dass sie bestimmt Sturm klingelte. Und Allison war nicht gerade diejenige der Freundinnen, die Caitrin zurückhielt.

»Sie?«

»Allison wollte auch mitkommen.«

Evan zuckte mit den Schultern und steckte das Handy ein. »Dann müssen sie später wiederkommen. Ich bin gerade beschäftigt.«

Jenna schüttelte den Kopf. »Caitrin wird nicht wieder gehen. Sie wird dich suchen. Sie kommt sicher gleich hier herauf.«

Was sie nicht sagte, war: Und dann wird sie uns erwischen. Aber das war alles, woran sie denken konnte.

Evan musste ihren panischen Unterton gehört haben, denn er nahm ihre Hand und zog sie zu einem der Türme und in den dunklen Eingangsbereich. Sie liebte es, dass er immer so schnell und entschlossen handelte. Evan zögerte fast nie.

Nach der hellen Mittagssonne draußen war es im Turm so dunkel, dass Jenna rein gar nichts sehen konnte. Doch sie genoss es, dass Evan sie an der Hand hielt.

Er nahm sein Handy aus der Tasche und schaltete die Taschenlampenfunktion ein. Das Licht fiel auf eine Treppe, die nach unten führte.

Evan seufzte. »Ich bin zwar noch nicht bereit, dich gehen zu lassen, aber da unten ist ein Ausgang. Du könntest ungesehen zum Garten kommen.«

Jenna atmete tief durch. Auch sie wollte nicht, dass es schon endete, dafür waren seine Küsse viel zu schön und die Dinge, die er ihr sagte, noch wunderbarer. Aber sie war nicht bereit, sich von Caitrin und Allison hier erwischen zu lassen. Wenn sie ihren Freundinnen davon erzählte, dann auf ihre Art und Weise.

»Vielleicht ist es wirklich besser, wenn ich jetzt gehe.«

Ihre Worte hallten von den Wänden des Turms wider und sie begann, in der Kühle des Raums zu frieren.

»Komm«, sagte Evan und führte sie die Treppe hinab, an deren Ende tatsächlich Tageslicht schimmerte. Nur kurze Zeit später traten sie in den Sonnenschein. Sie waren am Südhang von Dundarg, das mächtig über ihnen aufragte. »Der Weg dort wird dich zum Garten bringen. Du musst nur ein bisschen mit den Dornen und Brennnesseln aufpassen. Nicht, dass du dich verletzt.«

Jenna mochte es, dass er besorgt um sie war. »Ich kenne zum Glück einen Arzt, der sich bestimmt um mich kümmern würde.« Sie drückte seine Hand.

Evan zog sie an sich. »Und wie ich mich um dich kümmern würde«, sagte er mit einem Lächeln.

Gerade wollte er sie küssen, als aus dem Burghof eine Frauenstimme zu hören war. »Hallo?«

Jenna zuckte zusammen und Evan hielt inne, seine Lippen nur wenige Zentimeter vor ihren. »Caitrin«, sagte sie leise. »Kann sie uns hier finden?«

Wieder war von oben ein »Hallo?« zu hören. Es klang, als ob es viel näher wäre.

Evan löste die Umarmung und drückte Jennas Hand. »Keine Sorge. Sie werden dich nicht sehen. Geh jetzt.«

Doch Jenna konnte noch nicht. Sie zog seinen Kopf zu sich heran und küsste ihn. Es war ein kurzer, sanfter Kuss, so wie sich Liebende voneinander verabschiedeten. Es fühlte sich so gut an. »Danke«, flüsterte sie und küsste ihn noch einmal. Für einen süßen Moment lagen ihre Lippen aneinander und ihre Blicke versenkten sich ineinander.

Ein weiterer Ruf aus dem Burghof führte dazu, dass Jenna zusammenzuckte. »Bis später«, sagte Evan.

Endlich wandte Jenna sich um und lief zurück zum Garten. Erst als sie an der Brücke ankam und die Werkzeuge und das Holz sah, fiel ihr auf, dass sie das Thema mit dem Zaun nicht geklärt hatten. Dabei war das doch der Grund gewesen, warum sie zu ihm gegangen war.

Aber etwas viel Wichtigeres war geschehen: Evan hatte ihr gestanden, dass dies alles für ihn auch mehr Bedeutung hatte, dass etwas Besonderes sie verband. Jedes Mal, wenn sie daran dachte, an seine Worte, seine Berührungen und seinen Blick, breitete sich ein warmes Kribbeln in ihr aus und ihr wurde bewusst, dass sie gerade dabei war, sich in diesen Mann zu verlieben. Das war alles, was zählte. Und das mit dem Zaun würde sich klären, dessen war Jenna sich sicher.

Die Männer, die den Zaun bauten, waren verschwunden, doch sie waren ein gutes Stück weitergekommen.

Jenna ließ sich auf einen Felsbrocken sinken, der direkt am Ufer des Baches stand, und dachte an Evan. Waren sie schon so etwas wie ein Paar? Oder waren es immer noch nur die Küsse? Sie hatte keine Erfahrung mit solchen Dingen. Vor allem nicht, wenn sich etwas, was so neu war, sich schon so vertraut anfühlte.

Sie wollte Evan. Nicht nur all das Körperliche, sondern sie wollte ihn besser kennen, in seiner Nähe sein und Zeit mit ihm verbringen. Und eines war sicher: Sie konnte nicht morgen früh zurückfliegen.

Jenna nahm ihr Handy aus der Tasche und suchte die Nummer der Fluggesellschaft raus.

12

Als sie endlich zum Haus zurückkehrte, war es bereits mitten am Nachmittag. Sie trat auf die Terrasse und sah zu ihrem Erstaunen, dass ihre drei Freundinnen in der Küche am Tisch saßen. Allison und Caitrin waren also heimgekehrt, als sie den Flug umgebucht hatte. Das hatte natürlich länger gedauert als gedacht. Vielleicht hatte sie auch noch den einen oder anderen Moment an Evans Küsse gedacht.

Sie betrachtete ihre Freundinnen. Allison hatte die Arme verschränkt, Caitrin starrte vor sich hin und Lauren hielt ein Geschirrtuch in den Händen, das sie unentwegt drehte.

Jenna atmete tief durch und trat ein. »Alles in Ordnung?«, fragte sie und ließ sich vorsichtig auf den freien Stuhl gleiten. Sie spürte Allisons Blick auf sich und wusste, dass sie gleich eine Frage darüber stellen würde, wo Jenna gewesen war.

Caitrin kam ihr zuvor. »Gar nichts ist in Ordnung. Dieser Typ hat sie nicht mehr alle.«

Ein warnendes Kribbeln machte sich in Jenna breit. Dieser Typ war natürlich Evan. »Was ist passiert?«

»Er hat sich unsere Argumente noch nicht einmal angehört«, sagte Caitrin.

»Dann habt ihr ihn also gar nicht getroffen?«, fragte Jenna vorsichtig.

»Oh doch, das haben wir. Er war oben auf der Burg und hat so getan, als würde alles ihm gehören. Dabei weiß er nichts über das Leben hier. Gar nichts! Er ist ein Fremder und sollte dorthin zurückgehen, wo er hergekommen ist.«

In Jennas Magen bildete sich ein Knoten. Dann hatten sie Evan also doch abgepasst. Und natürlich war es nicht gut gelaufen. »Was genau hat er denn gesagt?«

Caitrin schnaubte und stieß Allison an. »Erklär du es ihr. Wenn ich es noch einmal erzähle, schmeiße ich etwas gegen die Wand. Oh, ich bin so wütend!« Sie hieb mit der Faust auf den Tisch.

Jenna straffte die Schultern und bereitete sich auf das vor, was Allison ihr berichten würde.

»Eigentlich gibt es nicht viel zu erzählen. Er war nicht im Dorf, also sind wir auf die Burg gegangen. Er war nicht im Cottage, aber dann haben wir in der Ruine nach ihm gesucht. Und da war er auch. Erst war er freundlich, aber dann –«

Caitrin unterbrach Allison. »Der tut nur freundlich, um das zu seinem Vorteil zu nutzen!«

Der Knoten in Jennas Magen wurde noch fester.

»Also gut, dann hat er nur freundlich getan«, sagte Allison. »Als Caitrin ihm erklärt hat, dass sie nicht möchte, dass der Zaun gebaut wird«, sie hob die Augenbrauen, um anzudeuten, dass Caitrin es nicht nett gesagt hatte, »ist er ziemlich blöd geworden. Er hat ihr gesagt, dass er entscheiden kann, welche baulichen Maßnahmen er umsetzt, und er hätte sich nun einmal entschieden, dass es besser wäre, wenn niemand mehr von dieser Seite auf die Burg kann. Wenn Caitrin oder jemand anders, der bei ihr zu Besuch ist, gern auf die Burg möchte, kann sie jederzeit über das Cottage dorthin kommen. Er würde niemanden davon abhalten, Dundarg anzuschauen.«

Sie machte eine lange Pause, aber Jenna spürte, dass dies noch nicht alles war. »Und dann?«, fragte sie vorsichtig.

Allison zog eine Grimasse. »Caitrin hat ihm sehr deutlich gesagt, dass sie schon länger hier wohnt als er und immer von dieser Seite auf die Burg gegangen ist und das auch weiterhin tun wird.«

Caitrin erhob sich, stemmte die Arme in die Hüften und ging ein paar Schritte in Richtung Wohnzimmer. Dabei atmete sie tief durch. Sie wirkte wie ein Boxer, der sich in seine Ecke zurückzog, um die nächsten Schläge zu planen. Es musste schlimm gewesen sein.

Allison fuhr fort. »Daraufhin sagte er, dass das nicht möglich sein wird, da er vorhat, dort unten beim Bach einige bauliche Veränderungen umzusetzen.« Allison warf ihrer Freundin einen Blick zu. »Leider ist Caitrin dann ziemlich deutlich geworden, um ihn wissen zu lassen, was sie davon hält, und er hat uns gebeten, zu gehen.«

Es war still in der Küche und Jenna wurde schlecht, als sie an diese Szene dachte. Sie hatte gewusst, dass Caitrin so reagieren würde, und auch, warum, aber was war in Evan gefahren? Davon, dass er am Bach etwas bauen wollte, hatte er nichts gesagt. Dass Caitrin sich darüber aufregte, war natürlich verständlich. Allerdings wusste sie auch, dass Evan nicht das Monster war, als das Caitrin ihn bezeichnete. Irgendetwas war da schiefgelaufen.

»Soll ich noch einmal mit ihm sprechen?«, fragte sie und die Worte waren heraus, bevor sie darüber nachgedacht hatte.

Caitrin lachte auf. »Warum sollte er auf dich hören, wenn er uns schon quasi von der Burg schmeißt?«

Lauren mischte sich ein. »Weil Jenna gut vermitteln kann, gerade wenn es um Männer geht, die so bestimmt sind. Sie macht das auf der Arbeit jeden Tag. Ich finde es keine schlechte Idee.«

Nur Allison betrachtete Jenna interessiert. »Was meinst du mit *noch einmal*?«

Jenna war in dem Moment, als sie die Worte ausgesprochen hatte, klar gewesen, dass sie sich verraten hatte, denn Allison entgingen solche sprachlichen Details nie. Sie hätte Anwältin werden sollen.

Auf einmal war es still im Raum und Caitrin wandte sich langsam um. Ihre Augen waren groß. »Jenna?«, fragte sie.

Ihr Herz schlug so laut, dass sie meinte, die anderen müssten es hören. »Es gibt da etwas, was ich euch erzählen muss.«

Kurz huschte der Gedanke an Hongkong durch ihren Kopf, doch das musste warten.

»Was?«, fragte Caitrin leise. »Jetzt sag schon.«

Jenna setzte sich etwas aufrechter hin und schaute eine nach der anderen an, Lauren als Letzte, denn wie immer lächelte diese ihr aufmunternd zu. »Als ich am Mittwoch hierhergekommen bin, habe ich fast einen Mann überfahren. Das war Evan. Er hat mich hierhergebracht und wir haben uns ein wenig unterhalten. Er war wirklich nett und hat sich um mich gekümmert.«

»Davon hast du gar nichts erwähnt«, sagte Caitrin.

»Du warst nicht da, als ich kam, und dann hat Lauren uns von Craig erzählt, da war alles andere unwichtig. Am nächsten Morgen bist du zurückgekommen und dann waren wieder andere Sachen wichtiger. Es hat nie gepasst.«

Caitrin runzelte die Stirn und wollte gerade etwas sagen, als Allison dazwischenfragte: »Wie oft hast du ihn seitdem gesehen?«

Sie lauerte, wie eine Raubkatze, die auf eine falsche Bewegung der Beute wartete. Jenna wusste, dass Allison innerhalb kürzester Zeit alles herausfinden würde, was sie wissen wollte, deswegen war es das Beste, wenn sie jetzt gleich alles erzählte. Fast alles zumindest.

Ihre Hände zitterten, als sie sie auf die Tischplatte legte. Sie kam sich vor wie bei einem Gerichtsverfahren. »Versprecht ihr mir, dass ihr mich zu Ende anhört und nicht gleich wütend werdet?«

Lauren nickte sofort, Allison zuckte mit den Schultern, nickte dann aber auch, und Caitrin brauchte einen Moment, doch schließlich setzte sie sich wieder an den Tisch. Mit einem

Seufzen sagte sie: »Versprochen. Wenn ich das für mich in Anspruch nehme, gilt das natürlich auch für euch.«

Jenna atmete tief durch, dann berichtete sie in wenigen Worten, wie sie Evan aus dem Turm geholt hatte und sie sich dann wegen ihres Handys noch einmal treffen mussten und wie eins zum anderen geführt hatte. Als sie davon erzählte, dass sie sich geküsst hatten, sog Caitrin scharf die Luft ein.

»Und vorhin, als du dich so über den Zaun geärgert hast, habe ich gedacht, dass ich mit ihm sprechen könnte. Aber anscheinend hat es nichts gebracht.«

Die heißen Küsse erwähnte sie nicht.

Das Schweigen wog schwer und weder Lauren noch Allison schienen etwas vor Caitrin sagen zu wollen. Die saß da und starrte in den Garten. Schließlich hielt Jenna es nicht mehr aus. »Caitrin? Bitte sag etwas. Ich habe es nicht gemacht, um dich zu ärgern. Ich hatte überhaupt nicht vor, hier einen Mann zu treffen. Es ist einfach so passiert. Ich habe ihn ganz anders kennengelernt als du. Glaub mir, er ist nicht so, wie du denkst. Ich würde am liebsten vermitteln, aber ich weiß nicht, wie.« Sie schluckte die Tränen herunter, die sich in ihrem Hals gesammelt hatten. »Kannst du mir verzeihen?«

Caitrins Schweigen hüllte sie ein wie eine schwere Decke, doch dann wandte sie sich Jenna zu. »Es gibt nichts zu verzeihen«, sagte sie mit einem Kopfschütteln. »Und ehrlich gesagt ist mir gerade aufgefallen, dass ich viel schlimmer war, denn ich habe euch allen jahrelang Maude und Finlay verheimlicht. Deswegen kann ich dich schlecht dafür verurteilen.«

Jetzt traten Jenna doch Tränen in die Augen, allerdings vor Erleichterung. Caitrin war aber noch nicht fertig.

»Allerdings verkompliziert deine Bekanntschaft mit …«, sie machte eine Handbewegung in Richtung der Burg, »ihm alles.«

»Soll ich noch mal mit ihm sprechen?«, bot Jenna an. »Vielleicht finde ich einen Weg.«

»Wenn es beim ersten Mal nicht geklappt hat, warum jetzt? Ich glaube nicht, dass es was bringt, mit dem zu sprechen.

Außerdem stiehlt es uns wichtige Zeit und ruft ihn noch mehr auf den Plan.«

Jenna fühlte einen Stich. »Aber er ist wirklich kein schlechter Mensch. Ich glaube, wir könnten eine gute Lösung finden. Bitte lass mich noch mal mit ihm reden.«

Lauren nickte, doch Allison runzelte die Stirn und schaute Caitrin an. »Was meinst du damit, dass es uns Zeit stiehlt? Was hast du vor?«

Caitrin straffte die Schultern. »Wir müssen den Stein retten. Dort ist er nicht mehr sicher.«

»Retten?«, echote Lauren.

Ihre Freundin nickte. »Der Stein hat in den Jahrhunderten schon oft seinen Platz gewechselt. Es gab immer Zeiten, in denen es zu unsicher war, wenn er offen herumlag. Und jetzt ist anscheinend wieder eine solche Zeit gekommen. Das ist die Aufgabe der Torhüterin. Sie muss darauf achten, dass der Stein sicher ist und den Frauen ein verlässliches Portal bietet.« Sie lächelte wehmütig. »Wer weiß, vielleicht ist es kein Zufall, dass ihr drei gerade dieses Wochenende hier seid und davon erfahren habt. Vielleicht seid ihr hier, damit ihr mir helfen könnt, den Stein zu retten.«

Caitrins Worte verursachten ihr eine Gänsehaut und Jenna zog die Schultern zusammen. Auch Lauren starrte ihre Freundin mit großen Augen an und selbst Allison schien von ihren Worten beeindruckt.

Caitrin wirkte so entschlossen, dass Jenna sich auf einmal gut vorstellen konnte, dass sie ihre Aufgabe wirklich ernst nahm.

Sie schaute die anderen an. »Wir müssen es bald machen, damit er nichts davon mitbekommt und bevor er anfängt, da was zu bauen. Wenn der Zaun erst einmal steht, bekommen wir den Stein nicht mehr dort raus. Und er darf ihn nicht in die Finger bekommen. Auf keinen Fall.«

Jenna spürte Kälte in sich aufsteigen. Caitrin sprach, als würde sie einen Schlachtplan gegen einen Feind entwerfen. Sie wusste, wie entschlossen ihre Freundin war, doch sie wagte einen letzten Versuch. »Ich glaube, es wäre besser, wenn wir versuchen, es anders zu regeln.«

Caitrin schüttelte den Kopf, sodass ihre blonden Locken flogen.

Auch Allison schaute Jenna bedauernd an. »Du hättest ihn sehen sollen, Jenna. Er war richtig wütend. Da gibt es keine gütliche Einigung. Und ich glaube auch nicht, dass du vermitteln kannst. Wer weiß, vielleicht hat er dich nur benutzt, um mehr Informationen über Caitrin zu bekommen.«

Es fühlte sich an, als hätte Allison sie in den Magen geboxt. Jenna war unfähig, zu sprechen. Doch obwohl sie wusste, dass ihre Freundin dazu neigte, Dinge zu dramatisieren, und Menschen eher Schlechtes unterstellte als gute Absichten, so wie Lauren es immer tat, konnte sie sich nicht vorstellen, dass es wahr sein sollte.

»Das ist gemein, Allison«, mischte sich Lauren ein. »Ich glaube, Jenna mag ihn wirklich.«

»Aber woher weiß sie, dass sie sein wahres Gesicht kennt? Ich denke, dass wir das gesehen haben und nicht sie.«

»Und ich glaube, dass du nicht alles so schwarz-weiß sehen solltest«, erwiderte Lauren hitzig und auch Caitrin nickte.

»Er ist zwar wirklich ein Idiot, aber ich glaube nicht, dass er sie ausgenutzt hat.« Sie wandte sich an Jenna. »Für meinen Plan wäre es trotzdem besser, wenn du ihn erst einmal nicht mehr siehst. Sonst gerätst du zu sehr zwischen die Fronten. Wenn wir den Stein in Sicherheit gebracht haben, können wir weitersehen.«

»Mal schauen, ob er dann noch will«, sagte Allison und erntete dafür einen Tritt von Lauren unter dem Tisch.

»Sei nicht so gemein«, zischte die.

Anscheinend hatte es geholfen, denn Allison verdrehte die Augen und sagte: »Entschuldige, Jenna. Ich versuche ja, mich für dich zu freuen.«

Jenna atmete tief durch und tatsächlich gelang ihr ein schiefes Lächeln. »Das merke ich«, sagte sie und als Allison grinste, war Jennas Wut auf einmal verraucht. So schnell

Allison sich in etwas verrennen konnte, so schnell war sie auch in der Lage, einen Kurswechsel vorzunehmen.

Trotzdem war Jenna noch nicht bereit, aufzugeben. Sie wandte sich an Caitrin. »Wenn du den Stein dort herausholst, ist das Diebstahl. Wäre es nicht besser, wenn du Evan fragst, ob du den Stein bekommen kannst, und dann versprichst du ihm, nie wieder auf das Gelände der Burg zu gehen? Das musst du ja auch nicht, wenn du den Stein hast.«

Lauren nickte. »Das ist eine gute Idee. Und Jenna hat recht, es wäre Diebstahl.«

Noch bevor sie zu Ende gesprochen hatte, schüttelte Caitrin den Kopf. »Auf keinen Fall! Männer waren immer eine Gefahr für den Stein, weil sie nichts davon verstehen und glauben, wir sind Hexen, wenn sie davon erfahren. Ich kann dir viele Geschichten erzählen, was die Frauen, die reisen, alles durchmachen mussten, weil sich ihnen Männer in den Weg gestellt haben. Dieser Stein ist Macht, und die wollen alle Männer haben, die davon erfahren. Der Stein eröffnet den Weg in eine andere Welt, zu der sie keinen Zutritt haben. Das ist gefährlich für sie. Und was tun Männer, wenn etwas ihre Macht untergräbt?« Sie wartete keine Antwort ab, sondern sprach schnell weiter. »Genau, sie kämpfen dagegen an. Und dabei ist es ihnen egal, ob Frauen darunter leiden.«

Ihre Wangen waren gerötet und ihre Augen blitzten.

»Aber Evan ist bestimmt nicht so«, sagte Jenna und im selben Moment, als sie die Worte aussprach, war sie sich nicht mehr sicher. Im Grunde hatten ihre Freundinnen recht: Sie kannte ihn kaum. Was wusste sie schon, wozu er fähig war. Sie hatte nur das unbestimmte Gefühl, dass er anders war, aber beweisen konnte sie es nicht.

Caitrin schaute sie ernst an. »Es ist zu riskant, Jenna. Es hängen zu viele Leben davon ab. Stell dir vor, er würde dort unten am Bach irgendetwas bauen und der Stein verschwindet. Dann können die Frauen nicht mehr zurück und sind in ihrer Zeit gefangen. Willst du das?«

Jenna schüttelte den Kopf. Natürlich wollte sie das nicht,

doch etwas in ihr sträubte sich dagegen, Evan so zu hintergehen.

Caitrin beugte sich vor. »Er wird nicht einmal merken, dass der Stein weg ist. Deswegen ist es gar nicht richtig Diebstahl. Der interessiert sich doch nicht für einen einzelnen Stein, der irgendwo zwischen den Bäumen liegt. Und sobald der Stein in Sicherheit ist, kannst du gern wieder Kontakt zu ihm aufnehmen, auch wenn ich wirklich nicht weiß, was du an ihm findest.«

»Och«, sagte Allison, »ich kann mir schon vorstellen, warum Jenna ihn mag. Anschauen tue ich ihn auch gern.«

Sie zwinkerte Jenna zu und sie spürte, wie ihr Magen wieder flatterte.

»Also, machst du mit?«, fragte Caitrin.

Jenna atmete tief durch und dachte an all die Jahre, die sie schon gemeinsam verbracht hatten. Sie dachte an all die Krisen, den Liebeskummer, die schlechten Jobs und fiesen Chefs, die Trauer um verstorbene Angehörige und Haustiere und wie sie sich gemeinsam durch alle Krisen geholfen hatten. Ihre drei Freundinnen waren immer für sie da und sie waren mehr ihre Familie, als ihre Eltern es jemals für sie gewesen waren. Also nickte sie und versuchte, den Knoten in ihrem Bauch zu ignorieren. Sie würde sich später darum kümmern, was das mit Evan war.

Auf Caitrins Gesicht breitete sich dieses strahlende Lächeln aus, das Jenna so an ihrer Freundin liebte. »Gut«, sagte sie, »ich brauche nämlich deine Hilfe. Es wird nicht einfach sein, den Stein zu bewegen.«

Jetzt war sie wieder ganz die Anführerin ihrer kleinen Gruppe, die sie schon immer gewesen war.

Allison rieb sich die Hände. »Wann machen wir es?«

Natürlich liebte sie dieses Abenteuer. Nur Lauren sah ein wenig blass aus.

Caitrin lehnte sich zurück. »Am besten heute Nacht. Wenn alles gut geht, kannst du morgen früh deinen Flug bekommen.« Sie schaute hinüber zu Jenna.

Jenna spürte wie ihre Wangen heiß wurden. »Der ist erst am Donnerstag. Ich habe gerade umgebucht.«

Caitrin riss die Augen auf. »Das ist ja großartig! Dann haben wir noch richtig viel Zeit. Ich bin trotzdem dafür, dass wir es heute Nacht machen. Womöglich ist der Zaun sonst schon errichtet.«

Es war wieder Allison, die Jenna anschaute. »Das mit dem Umbuchen hast du aber nicht für uns gemacht, oder?«

Jennas Wangen wurden heiß. Auf einmal fühlte sie sich albern und wie ein verliebtes Schulmädchen.

Allison wollte noch etwas sagen, doch Lauren legte ihr eine Hand auf den Arm. »Hör auf und freu dich lieber für sie. Wäre doch schön, wenn wenigstens eine von uns mal Glück in der Liebe hätte.«

Allison holte Luft, doch Lauren schüttelte den Kopf. »Kein Wort über Evan. Wenn Jenna ihn nett findet, ist er das bestimmt auch.«

Jenna war ihr dankbar. Nicht nur dafür, dass sie sich für sie freute und Allison in die Schranken wies, sondern vor allem, weil sie ihn beim Namen nannte und nicht einfach nur als ›der Typ‹ oder ›der Idiot‹. Und sie hoffte inständig, dass Allison und Caitrin nicht doch recht behalten würden. Aber konnte jemand, der ein Idiot war, so küssen?

Sie erhob sich langsam. »Ich muss noch etwas erledigen«, sagte sie.

Caitrin runzelte die Stirn. »Musst du dafür wieder weg? Ich würde am liebsten gleich anfangen, zu planen. Wie gesagt, deine Hilfe brauche ich dafür besonders.«

Jenna schüttelte den Kopf. »Ich bin in meinem Zimmer.«

Dass sie am liebsten wieder zur Burg und in Evans Arme gelaufen wäre, sagte sie nicht.

13

Jenna schloss die Tür zu ihrem Zimmer hinter sich und lehnte sich dagegen. Sie zog ihr Handy aus der Tasche, doch es dauerte eine Weile, bis sie es einschaltete. Zweiundzwanzig neue Mails. Doch das war das kleinere Problem, denn die Arbeit schien so weit weg.

Das größere Problem war, dass sie keine Ahnung hatte, was sie Evan schreiben sollte, wenn sie ihm für heute Abend absagte. Deswegen entschloss sie sich, erst einmal ihren Urlaubsantrag einzureichen. Das hatte sie vorhin vergessen, als sie den Flug umgebucht hatte, und es war schnell mit einer Mail an ihren Chef getan.

Als sie diese abgeschickt hatte, wusste sie immer noch nicht, was sie Evan schreiben sollte. Erst einmal würde sie den Mietwagen bis Donnerstag verlängern.

Ein paar Minuten später hatte sie auch das erledigt. Mit einem Seufzer ließ sie sich aufs Bett sinken. Als eine Nachricht auf dem Display erschien und sie den Namen erkannte, schrak sie zusammen.

Was machst du gerade?

. . .

Ihr Herz schlug bis zum Hals. Dann tippte sie schnell:

Nichts. Ich sitze auf meinem Bett und denke nach.

Drei Punkte erschienen und verschwanden wieder. Sie erschienen erneut und waren dann wieder weg. Jenna musste lächeln. Er dachte nach, was er ihr schreiben sollte. Dann merkte sie, dass sie ihm einen perfekten Einstieg zu ein bisschen sexy Geplänkel gegeben hatte. Auf dem Bett sitzen und nichts tun? Das klang ja geradezu nach einer Herausforderung, aber war im Moment fehl am Platz. Deswegen tippte sie:

Und du?

Wieder die Punkte, dann verschwanden diese auch wieder und längere Zeit passierte nichts.

Schließlich kam ein Foto. Mit klopfendem Herzen öffnete sie es. Es war ein Bild von einem Tisch mit einer weißen Tischdecke und zwei Stühlen daneben. Außerdem war ein Stück von einer Mauer zu sehen und im Hintergrund ein Turm.

Noch nicht ganz fertig. Aber es wird … Ich freue mich! PS: Die Bilder aus der Küche schicke ich dir lieber nicht.

Verdammt! Jenna ließ sich rückwärts aufs Bett fallen. Während er für sie ein romantisches Abendessen auf der Burg vorbereitete, fragte sie sich, wie sie mit ihren Freundinnen einen Stein stehlen konnte. Sie musste ihm jetzt Bescheid geben, dass sie nicht kommen würde.

Sie tippte und löschte, tippte und löschte wieder. Schließlich bekam sie einen Satz zusammen, mit dem sie zufrieden war.

Das sieht wunderschön aus! Ich freue mich auch. Leider kann ich heute Abend doch nicht. Können wir es auf morgen verschieben?

Und dann schwieg das Handy. Keine tanzenden Punkte, keine Antwort, nur Schweigen. Jenna überlegte, ob sie noch etwas schreiben sollte, doch dann entschied sie sich dagegen. Es würde auffallen, wenn sie zu viele Erklärungen abgab. War das nicht das, was sie bei Krimiserien immer sagten? Derjenige, der log, war der, der freiwillig am meisten Details preisgab, um seine Geschichte zu untermauern. Doch das Gefühl, ihn enttäuscht zu haben, war so furchtbar, dass Jenna spürte, wie Tränen in ihr aufstiegen.

In diesem Moment klingelte das Telefon. Jenna erschrak, setzte sich auf und nahm den Anruf an. »Evan?«

»Webber hier«, sagte eine Stimme. Vor Schreck ließ Jenna beinahe den Hörer fallen.

»Hallo, James«, sagte sie. Mit ihrem Chef hatte sie nicht gerechnet. Vor allem nicht an einem Samstagnachmittag.

»Ich habe gerade deine Mail bekommen und dachte, ich rufe mal an.«

»Was gibt es?«, zwang sie sich, ruhig zu fragen, obwohl sie am liebsten aufgelegt hätte.

»Hast du den Mailverkehr zwischen Legal und Communications gesehen? Du kannst gerade keinen Urlaub nehmen. Ich erwarte dich am Montag im Büro.«

Jenna kniff die Augen zusammen. Sie hatte sich noch keine einzige Mail dazu angeschaut. Alles in dieser Firma war immer als dringend gekennzeichnet, deswegen war es schwer, den Betreffzeilen zu entnehmen, was wirklich wichtig war. Doch damit hatte sie nicht gerechnet.

»Ich kann nicht«, sagte sie. »Ich habe etwas Wichtiges zu tun.«

Sie wunderte sich, woher die Worte kamen. So etwas hatte sie noch nie zu ihrem Chef gesagt. Normalerweise war sie die Erste, die alle Anordnungen ausführte.

Auch James schien erstaunt, denn er schwieg einen Moment. Dann sagte er: »Also gut, vermutlich gibt es vor deinem Umzug eine Menge zu erledigen. Du hast einen Tag, aber am Dienstag bist du wieder da. Sonst geht dieses Projekt unter und wir müssen schauen, ob wir dich dann überhaupt noch nach Hongkong schicken müssen.«

Wie erstarrt saß Jenna da und lauschte auf seine Worte. Er hatte es als Drohung gemeint, aber alles, was sie gehört hatte, war, dass es womöglich eine Chance gab, dass sie nicht nach Hongkong musste.

»Hast du mich gehört?«, fragte ihr Chef.

Jenna nickte und sagte: »Ich bin in Schottland. Die Verbindung ist schlecht. Ich soll Dienstag da sein?«

»Genau. Und arbeite bitte vorher den Fragen-und-Antworten-Katalog durch. Das schaffst du doch nebenher, oder?«

»Klar«, sagte Jenna und ärgerte sich sofort. Sie schaffte immer alles.

»Dann bis Dienstag. Genieße deinen freien Tag.«

Und schon hatte er aufgelegt.

Jenna ließ das Handy sinken und starrte auf die gegenüberliegende Wand. Wenn sie die Kommunikation für dieses Projekt jetzt nicht bearbeitete, war es möglich, dass James sie nicht nach Hongkong schicken würde.

Sollte sie es wagen?

Ihr wurde übel bei dem Gedanken, dass sie mit Absicht ihre Karriere sabotierte, denn genau das würde sie tun. Doch allein die Möglichkeit bereitete ihr ein Flattern in der Magengegend, genau wie der Gedanke an Evan. Wenn sie in England blieb, würde sie ihn öfter sehen können. Von London war es nicht weit bis hierher. Von Hongkong schon.

Der Gedanke an Evan schreckte sie auf und sie schaute in ihre Nachrichten. Keine von Evan, doch er hatte ihre Nachricht gelesen. Verdammt! Ob er sie überhaupt noch einmal sehen wollte, jetzt, da sie ihm so kurzfristig abgesagt hatte?

Sie hörte, wie Allison sie rief, und rappelte sich auf. Da streckte ihre Freundin schon den Kopf durch die Tür. »Komm, wir müssen anfangen. Alles erledigt?«

Jenna zögerte, dann nickte sie. Sie hatte Evan Bescheid geben wollen und das hatte sie getan.

Sie setzte sich zu den anderen an den Esstisch im Wintergarten. Caitrin hatte ein Buch vor sich liegen. »Was ist das?«, fragte Allison neugierig. Jenna hatte Mühe, zuzuhören.

Caitrin hielt das Buch fester. »Hier sind alle Frauen vermerkt, die in den vergangenen Jahren gegangen sind, soweit wir das beurteilen konnten. Vielleicht sind auch welche zufällig gegangen und wir haben es nicht mitbekommen. Manchmal wollten sie uns ihren Namen nicht sagen oder aus welcher Zeit sie kamen. Wir haben ein paar Geburtsdaten und von vielen die Zeit, in der sie sind.« Sie schaute Jenna ernst an. »Ich will es dir zeigen, damit du mir auch glauben kannst. Und damit du es ernst nimmst, denn ich weiß, dass es schwerer für dich ist als für die anderen.«

Sie schob Jenna das Buch hinüber. Es war ledergebunden und viele Seiten darin waren in einer ordentlichen Handschrift gefüllt, die Jenna noch aus der Zeit ihres Studiums von den Briefen kannte, die immer bei ihnen im Briefkasten gelegen hatten. Caitrin und ihre Großmutter hatten sich jede Woche Briefe geschrieben.

Langsam blätterte Jenna durch das Buch. Es war offensichtlich, dass die Einträge immer zu anderen Zeiten gemacht worden waren – oder jemand hatte sich viel Mühe damit gegeben, immer andere Stifte zu benutzen und die Handschrift zu verändern. Einige waren in Hast geschrieben, andere sehr ordentlich, auf einige war Wasser getropft oder Tränen. Dann entdeckte sie vor ungefähr sieben Jahren Caitrins Handschrift, dann wieder die ihrer Großmutter und schließlich nur noch Caitrins Handschrift.

Namen über Namen standen auf den Seiten. Einige

wiederholten sich, vermutlich waren sie mehrfach gegangen: Elizabeth, Sorcha, Flora, Agnes, Mary, Claire … Jenna fuhr mit dem Finger die Zeilen entlang und für einen Moment dachte sie daran, dass sie sonst nur Listen in Excel-Tabellen anschaute. Dies war ein ganz anderes Gefühl. Es war so echt, denn dieses Dokument lebte und es war so wertvoll.

»Hinter jedem Namen steckt eine Geschichte und ich kann dir sehr viele erzählen, wenn du möchtest«, sagte Caitrin leise. »Diese Frauen brauchen dich und sie sind darauf angewiesen, dass wir den Stein in Sicherheit bringen.«

Jenna ließ ihre Worte durch sich rieseln, während ihre Augen über die Namen und Daten glitten. Ein Gefühl von Ehrfurcht erfasste sie und sie begriff, dass auch sie ein Teil von alldem hier war. Diese Frauen kannten einander vielleicht nicht einmal, aber sie teilten das Wissen um ein Geheimnis, das das Leben aller veränderte, die damit in Berührung kamen. Vielleicht brauchte es gar keine Erklärung, wie es funktionierte, sondern nur das Wissen, dass es möglich war.

Die Namen gaben ihr eine Ruhe, die sie nicht für möglich gehalten hatte. Obwohl sie selbst nicht reisen konnte, gehörte sie dazu, denn sie war in das Geheimnis eingeweiht worden und konnte diesen Frauen helfen. Sie hatte noch nie jemandem auf eine Art und Weise geholfen, dass es das Leben des anderen derart veränderte. Doch auf einmal spürte sie, dass es das war, was sie wollte. Sie wollte keine technischen Projekte durchführen, sondern Leben verändern.

Caitrin musste die Veränderung gespürt haben, die in Jenna vor sich ging, denn sie legte vorsichtig eine Hand auf ihre und drückte sie. »Es ist der richtige Weg«, sagte sie.

Jenna blickte auf und sah, dass in den Augen ihrer Freundin Tränen standen, und auf einmal fühlte sie die Tränen auch in sich aufsteigen. Sie nickte. »Ich weiß.«

Caitrin schaute ihr noch einen Moment in die Augen, dann griff sie nach einer kleinen Kiste neben sich. »Ich habe noch etwas für dich.« Mit zitternden Fingern öffnete sie das Holzkästchen und fischte eine silberne Kette heraus. »Die hier ist deine«, sagte sie mit erstickter Stimme.

Als Jenna erkannte, was für ein Anhänger an der Kette war, vergaß sie einen Moment lang, zu atmen. »Oh mein Gott«, murmelte sie, und dann: »Warum ich?«

Caitrin lächelte unter Tränen. »Weil du es wirklich verstanden hast. Ich kann es fühlen. Für welche wie euch, die nicht reisen können, ist es am schwersten, denn ihr müsst glauben, ohne zu wissen. Und ich fühle, dass du es glaubst. Gerade bei jemandem wie dir, der immer alle Fakten braucht, ist es ein unglaublicher Vertrauensbeweis.« Ihre Stimme brach und die Tränen liefen ihr über das Gesicht. Sie wischte sie mit dem Ärmel fort. »Entschuldige, es ist das erste Mal, dass ich eine Kette überreiche.«

Sie streckte Jenna das Schmuckstück hin und der Anhänger baumelte vor ihr in der Luft. Ungläubig starrte sie darauf. Caitrin hatte recht, es war schwer für sie, aber sie glaubte jetzt nicht nur daran, dass es diese Zeitreisen gab, sie wusste es irgendwie. Es war die tiefe Verbundenheit zu ihren Freundinnen, die ihr dieses Wissen gab. Und diese Kette war der Beweis dafür, dass sie ein Teil dieser Gemeinschaft von Frauen war.

Vorsichtig nahm sie das Schmuckstück entgegen und bewunderte die schlichte Eleganz des Anhängers, der tatsächlich ein bisschen anders gearbeitet war als der von Caitrin. Vielleicht bildete sie es sich nur ein, aber es schien ihr, als würde die Kette Wärme ausstrahlen.

Die Kette war fein gearbeitet, vermutlich aus Silber, aber sie schien sehr haltbar zu sein. Vermutlich musste sie das auch, denn wer wusste schon, was einem unterwegs in der Zeit passierte.

Das Amulett selbst erstaunte Jenna immer wieder. Es war ein verschlungenes Muster, das zwar keltisch anmutete, aber doch auch wieder anders war. Ein Kreis, dessen Herz eine Acht war, wurde von einem Dreieck umrahmt. Ehrfürchtig strich Jenna darüber.

»Komm, ich lege es dir um«, sagte Caitrin und trat hinter sie.

»Muss Jenna dabei nicht einen Schwur sagen oder so?«, fragte Allison, doch auch ihre Stimme war belegt und sie meinte es nicht so ironisch, wie es sonst ihre Art war.

»Ich weiß es nicht«, sagte Caitrin. Dann fluchte sie leise. »Verdammt, meine Finger zittern so sehr, dass ich den Verschluss nicht öffnen kann.«

Lauren erhob sich und tupfte sich mit einem Taschentuch die Tränen weg. »Lass mich das machen.«

Im nächsten Moment fühlte Jenna die kühlen, schlanken Finger ihrer Freundin im Nacken. Nachdem sie die Kette angelegt hatte, umarmte sie sie von hinten. »Ich finde dich unglaublich«, sagte Lauren. »Ich weiß nicht, ob ich das könnte.«

Jenna schloss die Augen. Sie genoss die Umarmung und Laurens liebe Worte. Schon lange hatte sie sich im Kreis ihrer Freundinnen nicht mehr so aufgehoben gefühlt. Schließlich räusperte sie sich. »Auch wenn du nicht weißt, ob es einen Schwur braucht, möchte ich doch einen aussprechen«, sagte sie und erhob sich.

Jenna atmete tief durch und legte eine Hand auf die Kette. »Hiermit schwöre ich, dass ich den Club der Zeitreisenden immer respektieren und achten werde. Ich schwöre, dass ich dafür sorgen werde, dass die Frauen sicher reisen können und ihnen der Weg offen bleibt. Ich werde das Geheimnis des Clubs der Zeitreisenden wahren und an niemanden weitergeben, der nicht verdient hat, davon zu wissen. Ich sehe mich als Teil dieses Kreises von Frauen, in welcher Zeit sie auch immer weilen. Ich bin ihre Schwester und Freundin.«

Sie wusste nicht, woher diese Worte gekommen waren. Es schien, als wären sie einfach so aus ihr herausgesprudelt. Vielleicht war das ein Teil der Magie der Kette.

Stille breitete sich aus und schließlich flüsterte Caitrin: »Wie hast du das gemacht? Es erklärt alles, was ich fühle und nie in Worte fassen konnte.«

Allison erhob sich und holte einen Stift und ein Blatt Papier und begann, zu schreiben.

»Was machst du da?«, fragte Lauren.

»Ich schreibe auf, was Jenna gesagt hat, solange ich es noch im Kopf habe. Es war so schön.«

Der Stift kratzte über das Papier.

Lauren nickte und blinzelte die Tränen weg. »Das war es wirklich, Jenna. Wenn ich meine Kette bekomme, will ich diesen Schwur auch sprechen. Es fühlt sich so richtig an.«

Als Allison fertig war, reichte sie Jenna das Blatt. Sie las es durch und nickte. Lauren hatte recht, es fühlte sich einfach nur richtig an. Das hier war ihre Wahrheit und vielleicht die aller Frauen, die in das Geheimnis eingeweiht waren.

Caitrin nahm ihr das Blatt ab und setzte sich an den Tisch. »Ich werde es in das Buch schreiben. Das ist etwas, was wir festhalten müssen.«

Während Jenna beobachtete, wie Caitrin die Worte niederschrieb, legte sie eine Hand auf die Kette. Eine Ruhe, die sie noch nicht gekannt hatte, breitete sich in ihr aus.

Allison betrachtete sie. »Heißt es denn auch, dass du Torhüterin sein willst?«

Ohne nachzudenken, schüttelte Jenna den Kopf. »Das kann ich nicht. Ich habe viel zu hart dafür gearbeitet, mir meine Karriere aufzubauen, als dass ich sie einfach so hergebe.«

Aber nach Hongkong würde sie nicht gehen, das wurde ihr auf einmal klar. Das war viel zu weit weg.

»Und warum nicht?«, fragte Allison. »So schlecht ist es hier doch nicht.«

Sie warf demonstrativ einen Blick aus dem Fenster in Richtung der Burg, doch den Namen Evan erwähnte sie nicht.

Bevor Jenna antworten konnte, sagte Caitrin, ohne vom Buch aufzuschauen: »Jeder geht seinen eigenen Weg, Allison. Wenn Jenna das nicht machen möchte, hat sie einen guten Grund dafür und den darf sie auch haben. Es wird sich alles ergeben, wie es sein soll. Ich habe da Vertrauen.«

Zu Jennas Überraschung schwieg Allison.

Es entstand wieder eine Stille und jede hing ihren Gedanken nach, bis Lauren sagte: »Ich werde es tun. Zumindest erst einmal, solange du fort bist, Caitrin. Ich mag gerade nicht nach Edinburgh zurückgehen, nach allem, was dort passiert ist.«

Caitrin legte den Stift ab und schaute Lauren ruhig an. »Da ich gerade sagte, dass jede von uns ihren Weg gehen wird und ich da Vertrauen habe, frage ich nicht, ob du dir das gut überlegt hast. Ich weiß, dass du alles gut durchdenkst, bevor du eine Entscheidung triffst.«

Lauren nickte. »Ich bin mir sehr sicher und ich glaube, ich könnte hier glücklich sein.«

»Ich weiß aber nicht, wie lange ich weg sein werde, wenn ich mich entschließe, zu gehen«, sagte Caitrin.

Ihre Freundin zuckte mit den Schultern. »Darüber habe ich nachgedacht, aber es gibt nichts, was mich zurück nach Edinburgh zieht. Und eigentlich bin ich gern allein.«

Caitrin lächelte. »Das ist wunderbar, Lauren, danke.«

Sie wollte noch etwas sagen, doch Allison unterbrach sie. Ohne eine der anderen anzuschauen, fragte sie: »Und was ist, wenn du gar nicht allein bist?«

Lauren hob die Augenbrauen. »Wie meinst du das?«

Allison seufzte. »Es könnte sein, dass ich mich für eine Zeit aus meinem Job zurückziehen muss, und es wäre gar nicht so schlecht, wenn ich hier sein könnte. Und ich werde so lange bleiben, bis Caitrin mich endlich reisen lässt. Wie ich sie kenne, wird das noch eine ganze Weile sein, und das würde bedeuten, dass wir es hier zusammen aushalten müssten. Könntest du das oder würde ich dir sehr auf die Nerven gehen?«

Sie klang nervös, was völlig untypisch für Allison war.

Alle starrten sie an. Jenna fing sich als Erste. »Was ist passiert?«

Allison war niemand, der seinen Job einfach so aufgab. Sie lebte für ihren Journalismus und die Reisen, die damit verbunden waren. Je gefährlicher, desto besser. Niemals hätte Jenna gedacht, dass Allison auf den Gedanken kommen würde, hier in der Einöde zu leben.

Ihre Freundin zog eine Grimasse und sagte dann mit einem Seufzen: »Es ist besser, wenn ihr das nicht wisst.«

»Ist es so schlimm?«, fragte Jenna.

Allison zuckte mit den Schultern. »Es wird vorbeigehen. Hoffe ich.«

»Hast du etwas Unrechtes getan?«, wollte Lauren besorgt wissen.

»Ich nicht«, antwortete Allison und senkte den Kopf. »Entschuldigt, aber ich habe schon zu viel gesagt. Können wir einfach so tun, als ob es okay wäre, wenn ich hier für eine Zeit Urlaub mache?«

Jenna wechselte einen Blick mit Lauren und Caitrin, doch natürlich hatte Allison es gesehen. »Jetzt tut nicht so, als ob ich mit einem Fuß im Gefängnis stehe oder verrückt geworden bin. Ich brauche nur eine kleine Pause.«

Jenna wusste, dass das Unsinn war, denn Allison hatte Energie für sie alle zusammen. Irgendetwas war geschehen, doch sie wollte anscheinend nicht darüber sprechen und Jenna bemühte sich, das zu akzeptieren.

Caitrin und Lauren schien es ähnlich zu gehen. »Du kannst gern hierbleiben, doch du reist erst, wenn ich dir sage, dass du bereit bist.«

Allison zog wieder eine Grimasse, nickte aber. »Danke«, sagte sie. Dann lächelte sie. »Sollten wir nicht anfangen, zu planen, was wir mit dem Stein machen, statt hier gefühlsduselig herumzusitzen? Es wird langsam Abend.«

Sie wollte nicht mehr darüber sprechen.

»Du hast recht.« Caitrin seufzte. »Der Stein ist jetzt wichtiger, alles andere können wir danach besprechen. Also, wie machen wir es?«

Jenna setzte sich auf und merkte, dass sie sofort im Strategiemodus war, wie immer, wenn sie sich einem Problem näherte und dafür ein Projekt aufsetzte. »Erkläre bitte noch einmal, was du tun möchtest.«

»Den Stein retten«, sagte Caitrin.

»Was genau bedeutet das? Was willst du damit tun?«

Zum Glück kannten die anderen Jennas Herangehensweise an Probleme sehr gut und ließen sie alle Fragen stellen, die sie stellen wollte, auch wenn sie sich zu wiederholen schienen. Jenna hatte festgestellt, dass sie die besten Lösungen fand, wenn sie sich die grundlegendsten Dinge noch einmal erklären ließ.

»Ich will ihn dort wegschaffen, wo er jetzt ist.«

»Warum genau?«

»Damit das Tor für die Zeitreisenden sicher ist.«

Jenna dachte an den Stein und die kreisrunde Lichtung, auf der er lag. »Ist es wichtig, dass der Stein dort liegt, wo er gerade ist?«

Caitrin dachte einen Moment lang nach, dann zuckte sie mit den Schultern. »Die Bäume darum sind heilig, denn es sind Holunder, aber ich weiß, dass der Stein schon einmal woanders lag.«

Jenna runzelte die Stirn. »Er ist ziemlich groß. Hast du ihn schon einmal bewegt oder gesehen, wie er bewegt wurde?«

»Nein, aber es gibt Geschichten darüber.«

Allison stieß ein Schnauben aus. »Eigentlich ist es doch nicht sehr schlau, einen so großen Stein als Zeitreiseportal zu nutzen, oder? Vor allem wenn diejenigen, die ihn bewachen, ihn allein nicht bewegen können und man keine Männer zu Hilfe nehmen darf. Warum haben sie nicht einen kleineren Stein genommen?«

»Es ist nun einmal der Stein und er ist heilig. Wir brauchen nicht infrage zu stellen, ob es Sinn macht. Manche Dinge sind eben so«, sagte Caitrin hitzig.

Jenna hob die Hand. »Ich würde Allisons Idee gern als eine Möglichkeit im Hinterkopf behalten.«

Caitrin wollte auffahren, aber Jenna schüttelte den Kopf. »Vertrau mir, es ist immer gut, wenn man auch ungewöhnliche und auf den ersten Blick unsinnige Möglichkeiten in Betracht zieht. Versuche einmal, deine *Ja, aber*-Gedanken beiseitezuschieben. Natürlich fällt es dir schwer, diese Dinge zu sehen, denn der Stein ist dir so vertraut. Wir alle haben einen frischeren Blick darauf.«

Sie konnte sehen, dass Caitrin mit sich kämpfte, daher hob Jenna eine Hand an die Kette, die sie immer noch sehr bewusst auf ihrer Haut fühlte. Zu ihrer Überraschung tat Caitrin es ihr gleich und griff ebenfalls nach ihrem Amulett.

»Denk daran, was ich eben geschworen habe. Ich will den Stein und die Frauen schützen. Wir alle wollen das, wir sind auf deiner Seite. Du brauchst das nicht mehr allein zu machen.«

Caitrins Lippen zitterten und ihre Augen füllten sich mit Tränen. »Danke«, sagte sie und schaute eine nach der anderen an. »Ihr wisst gar nicht, wie viel mir das bedeutet. Ich versuche immer, alles richtig zu machen, aber manchmal ist das nicht leicht.« Sie schniefte. »Es ist so schön, dass ihr da seid.«

Lauren reichte Caitrin ein Taschentuch. »Wir sind immer für dich da.« Doch dann sagte sie zu Jennas Überraschung: »Aber jetzt sollten wir uns um den Stein kümmern. Sprich weiter, Jenna.«

Allisons Mundwinkel zuckten. »Schon ganz die neue Torhüterin.«

Lauren straffte die Schultern ein wenig. »Das bin ich noch lange nicht.«

»Aber du bist auf dem besten Weg dorthin«, erwiderte Caitrin und wischte sich wieder mit dem Ärmel über die Augen, obwohl sie das Taschentuch in der Hand hielt.

»Los, weiter«, drängte Allison.

»Also gut«, sagte Jenna. »Der Stein kann bewegt werden, aber wir wissen noch nicht, wie. Das Wichtigste ist, dass der Zugang zum Stein gesichert ist. Wie können wir das machen, für den Fall, dass wir ihn nicht bewegen können?«

Allison schlug vor: »Du könntest über den Zaun klettern, wenn du den Stein benutzen musst. Das wird dieser Typ«, sie schaute demonstrativ nicht zu Jenna, »schon nicht merken. Und so oft brauchst du den Stein ja nicht, wenn ich die Daten in deinem Buch richtig deute.«

Caitrin schüttelte den Kopf. »Aber die anderen Frauen schon. Wenn sie ankommen, sind sie vielleicht erschöpft und dann will ich ihnen nicht zumuten, über den Zaun klettern zu müssen. Der Weg zum Haus ist manchmal schon weit genug.«

»Wie erfährst du, wenn eine Frau angekommen ist?«, fragte Lauren.

»Sie kommen einfach zum Haus.«

»Und wie wäre es«, sagte Jenna langsam, während sich der Gedanke in ihrem Kopf erst formte, »wenn du sie am Stein treffen würdest, wenn sie kommen? Du könntest sie abholen. Und du könntest dir etwas einrichten, wie du über den Zaun klettern kannst.«

»Und woher soll sie wissen, wann die Frauen kommen?«, warf Allison ein. »Sie kann schlecht die ganze Zeit dort auf sie warten.«

»Habt ihr verabredete Zeiten oder kommen sie einfach irgendwann?«, fragte Jenna.

Caitrin überlegte. »Einige kommen regelmäßig zu bestimmten Zeiten, aber manchmal kommen sie auch einfach so. Und das sind die Momente, wenn etwas passiert ist und sie meine Hilfe brauchen.«

»Hast du eine Möglichkeit, sie darüber zu informieren, dass es jetzt diesen Zaun gibt?«, fragte Allison.

Caitrin schüttelte den Kopf. »Ich habe von hier aus keine Möglichkeit, mit ihnen zu kommunizieren. Nur wenn sie da sind.«

Jenna überlegte weiter. »Wäre es möglich, einen Bewegungsmelder beim Stein anzubringen, der ausgelöst wird, sobald jemand dort ist? Wenn du siehst, dass es eine Frau ist, die Hilfe braucht, könntest du schnell hingehen.«

Allison riss die Augen auf. »Das ist eine hervorragende Idee«, rief sie. »Und es würde uns auch ersparen, den Stein zu bewegen.«

Caitrin dachte darüber nach. »Ich weiß nicht genau«, sagte sie. »Ich habe das Gefühl, dass es besser wäre, wenn sie direkten Zugang zum Haus hätten. Wisst ihr, manchmal sind sie verletzt und wie soll ich sie dann über den Zaun bekommen? Ich weiß, dass zumindest eine von ihnen schwanger ist. Was tue ich, wenn sie kommt?«

»Noch dazu ist es nicht erlaubt«, sagte Lauren. »Sie kann doch nicht einfach eine Kamera auf dem Boden von jemand anderem anbringen. Vor allem wenn derjenige das bestimmt nicht will.«

Sie knetete ihre Hände und Jenna musste lächeln, denn Lauren war noch nie die Mutigste gewesen.

Allison wischte ihren Einwand mit einer Handbewegung fort. »Er muss es ja nicht erfahren.« Sie schaute Jenna an. »Ist das denn überhaupt möglich?«, fragte sie.

Jenna nickte. »Natürlich, solche Überwachungssysteme sind mittlerweile sogar recht günstig.«

Aber sie war ganz bei Lauren, wenn auch aus anderen Gründen. Während Lauren Angst hatte, sich strafbar zu machen, wollte Jenna Evan nicht hintergehen.

»Gut«, sagte Allison und stand auf. »Wo können wir so etwas besorgen?«

Jenna hob beschwichtigend die Hände. »Immer langsam«, sagte sie. »Es gibt bestimmt weitere Möglichkeiten, die uns noch nicht eingefallen sind. Lass uns weiter darüber nachdenken und dann wählen wir zum Schluss die beste aus. Und wenn ich mir Caitrins Gesicht so anschaue, wird es keine werden, bei der die Frauen nachts über den Zaun klettern müssen.«

Caitrin nickte und Allison ließ sich wieder auf ihren Stuhl plumpsen. »Mir fällt nichts mehr ein. Und ich finde die Idee mit der Kamera ziemlich gut. Es würde uns zumindest eine Menge Arbeit ersparen.«

Jenna lehnte sich zurück und dachte nach. »Das Amulett ist doch auch ein Teil, das man braucht, um zu reisen, nicht wahr?«

Caitrin nickte.

»Gibt es eine Möglichkeit, das Amulett allein zu nutzen?«

»Das funktioniert nicht«, sagte ihre Freundin mit einem Kopfschütteln. »Ich habe es schon probiert.«

Jenna dachte weiter nach. »Aber könnte man einen anderen Stein mit dem gleichen Muster versehen?«

Wieder schüttelte Caitrin den Kopf, doch dann hielt sie in der Bewegung inne und zuckte mit den Schultern. »Es fällt mir schwer, das zu glauben, denn der Stein ist sehr alt, aber vielleicht ist das eine Möglichkeit.«

Allison klatschte in die Hände. »Die gute Nachricht ist, alle Steine sind alt. Also gut, dann lasst uns das ausprobieren.«

Sie war schon wieder aufgestanden.

Jenna nahm sich ein Blatt von dem Papierstapel, der immer noch vor Allison lag, und listete all die Dinge auf, die sie gerade besprochen hatten, auch diejenigen, die sie sowieso nicht tun würden. Als Letztes schrieb sie auf die Liste: Den Stein in Caitrins Garten bringen.

Allison las mit und tippte mit dem Finger auf den letzten Punkt. »Wie sollen wir das denn machen? Tragen können wir das Ding nicht. Wie gesagt, meine Theorie ist, dass es mal ein anderer Stein war, damit die Frauen ihn sicher bewegen konnten.«

Caitrin wischte sich über die Stirn. »Es muss aber sein. Der Stein kann dort nicht bleiben, es ist nicht sicher. Bitte, Jenna, kannst du dir nicht etwas ausdenken?«

Alle Blicke wandten sich ihr zu. Das passierte immer, wenn es um Technik ging.

»Früher, bei den Pyramiden, haben sie doch auch größere Felsbrocken bewegt«, sagte Allison. »Beim Bau der Burgen sowieso. Ich finde, wir sollten es probieren.«

Jenna zog eine Grimasse. »Das stellst du dir leichter vor, als es ist. Selbst wenn wir alle mit anfassen, können wir ihn vielleicht ein Stück weit bewegen. Aber wir können ihn auf keinen Fall über den Bach tragen.« Sie dachte weiter nach.

»Oder gibt es noch jemanden, den wir fragen könnten und der sehr stark ist?«

Am besten wären ein paar Männer, wie die, die den Zaun gebaut hatten, aber Jenna wusste, dass es nicht sehr klug war, das vorzuschlagen.

Caitrin schüttelte den Kopf und starrte ins Leere, dann hellte sich ihr Gesicht auf einmal auf. »Alan hat zwei Pferde, mit denen er manchmal das Feld pflügt, wo er mit dem Fahrzeug nicht hinkommt. Die könnten den locker dort raus bewegen.«

Lauren runzelte die Stirn. »Ist Alan nicht der, der gerade den Zaun baut?«

Als Caitrin nickte, fragte sie: »Glaubst du wirklich, dass er dir seine Pferde leihen würde, um den Stein wegzubewegen?«

Caitrin verschränkte die Arme. »Ganz sicher, denn er weiß, dass er mir was schuldet.«

Die Freundinnen schauten sich an. Lauren wirkte immer noch nicht überzeugt, aber Caitrin schien zuversichtlich und Allison war voller Tatendrang.

»Dann machen wir es so?«, fragte Jenna.

Alle nickten. Sogar Lauren. Doch dann warf sie ein: »Können wir vorher einmal probieren, ob eine Einkerbung auf einem anderen Stein auch funktioniert?«

»Das ist eine gute Idee«, sagte Jenna. »Wir können uns vermutlich viel Arbeit sparen – und einen Diebstahl –, wenn das funktioniert.«

»Das machst du aber«, sagte Allison zu Lauren. »Schließlich bist du hier die Künstlerin.«

Und so schmiedeten sie einen Plan. Caitrin würde die Pferde besorgen und Jenna würde versuchen, eine Transportvorrichtung für den Stein zu bauen, damit die Pferde ihn ziehen konnten. Sie mussten sich beeilen, denn der Zaun würde sicherlich in den nächsten Tagen fertiggestellt werden und dann kamen sie dort nicht mehr durch. Das hieß, wenn sie den Stein bewegen wollten, mussten sie das innerhalb der nächsten ein bis zwei Tage tun. Aber vorher würde Lauren versuchen, in einen Stein, der bereits in Caitrins Garten lag und wesentlich kleiner war, das Muster einzukerben.

Als sie fertig waren, lehnte Caitrin sich zurück. »Sagte ich schon, dass ich dankbar bin, dass ihr da seid? Ohne euch wäre der Stein verloren.«

Während ihrer Planungen hatte Jenna Evan aus ihren Gedanken verbannt, doch als Caitrin dies sagte, musste sie an ihn denken und ihr wurde bewusst, dass er es war, vor dem sie den Stein angeblich retten mussten. Das versetzte ihr einen schmerzhaften Stich. Auch wenn sie geschworen hatte, den Stein und damit die Möglichkeit der Frauen, zu reisen, zu schützen, glaubte sie nicht daran, dass es Evan war, vor dem sie den Stein beschützen mussten. Und die Tatsache, dass sie ihn hinterging, während er ein romantisches Abendessen für sie vorbereitet hatte, verursachte ihr beinahe körperliche Schmerzen. Am liebsten hätte sie auf ihr Handy geschaut, doch sie traute sich nicht. Egal, ob er geantwortet hatte oder nicht, sie hatte ihn versetzt.

Sie kämpfte die Tränen zurück und erhob sich. Das mit Evan musste warten, jetzt hatte sie anderes zu tun.

14

Am kommenden Morgen waren Jenna und Lauren so müde, dass sie kaum ihre Augen offen halten konnten, denn sie hatten die ganze Nacht gearbeitet. Lauren hatte es geschafft, die Einkerbung in den Stein zu ritzen.

So manches Mal während der Nacht hatte Jenna gedacht, wie unglaublich skurril diese Situation war. Sie versuchten, ein Tor zur Vergangenheit zu bauen.

Caitrin und Allison waren noch am Abend mit guten Nachrichten aus dem Dorf zurückgekommen. Caitrin konnte die Pferde jederzeit aus dem Stall holen. Alan hatte zwar gefragt, was sie damit vorhatten, doch Caitrin hatte nur gesagt, dass ihr Besuch Pferde so gern mochte und sie ein wenig mit ihnen spazieren gehen wollten. Alan hatte anscheinend nicht weiter gefragt.

Im Schutz der Dunkelheit war Jenna mit Caitrin am Stein gewesen und sie hatten geschaut, wie tief er in der Erde lag und ob man ihn eventuell rollen könnte. Dafür war der Stein zu eckig, aber zum Glück lag er nicht tief in der Erde. Wenn sie sich zu zweit gegen eine Seite stemmten, konnten sie ihn sogar ein klein wenig bewegen. Caitrin sagte, dass es sich für sie wie ein Sakrileg anfühlte, wenn sie den Stein bewegte, aber sie wusste, dass sie es tun musste.

Als der Morgen hereinbrach und Lauren den letzten Schliff angelegt hatte, streckte Jenna sich. »Lass uns die beiden anderen holen und es ausprobieren.«

Lauren war blass und hatte Ringe unter den Augen. Aber sie wirkte zufrieden und fast ein bisschen stolz.

Wenig später standen sie mit Caitrin und Allison vor dem Stein. Jenna konnte die Aufregung ihrer Freundinnen beinahe mit den Händen greifen.

»Komm schon«, drängte Allison Caitrin. »Probier es aus.«

Ihre Freundin schüttelte den Kopf. »Ich muss dafür allein sein«, erinnerte sie die anderen. »Sonst funktioniert es nicht. Und ich muss mich umziehen, denn wenn ich wirklich dort lande, will ich vorbereitet sein.«

Kurze Zeit später trug sie ihr braunes Wollkleid. Die drei Freundinnen zogen sich zurück und warteten auf der Terrasse. Sie mussten allerdings nicht lange warten, denn schon bald erschien Caitrin zwischen den Bäumen. Sie musste nichts sagen, die anderen konnten an der Art, wie sie ging und den Kopf hielt, erkennen, dass es nicht geklappt hatte.

Lauren brach in Tränen aus.

»Es ist nicht deine Schuld«, tröstete Jenna sie.

Ihre Freundin schüttelte den Kopf. »Das ist es nicht«, sagte sie. »Ich bin einfach nur so müde, und jetzt müssen wir auch noch diese Sache mit den Pferden machen. Außerdem machen wir uns strafbar.«

»Es ist nur ein Stein, Lauren«, sagte Allison und klang genauso angespannt, wie Jenna sich fühlte. »Wie wäre es, wenn wir uns alle einen Moment hinlegen und einen neuen Plan machen, wenn wir ausgeschlafener sind?«

»Ich kann nicht schlafen«, sagte Caitrin.

»Das solltest du aber«, entgegnete Jenna.

Widerwillig gab sie nach und auch die anderen drei zogen sich in ihre Zimmer zurück.

Caitrin hatte den Kopf noch nicht auf das Sofakissen gelegt, als ihr schon die Augen zufielen. »Nur fünf Minuten«, murmelte sie.

Auch Allison schlief in ihrer Kleidung auf dem Bett, doch sie sah dabei so bestimmt aus, als hätte sie mal wieder einen klaren Plan. Jenna musste lächeln. Lauren hatte sich erschöpft auf ihrem Bett zusammengerollt und sah aus wie eine kleine Katze.

Jenna legte sich ebenfalls aufs Bett, doch sie konnte nicht schlafen. Ihr Blick fiel auf ihr Handy, aber sie rührte es nicht an. Sie musste darüber nachdenken, wie sie eine Transporthilfe für den Stein bauen konnte. Wenn sie jetzt eine Nachricht von Evan las, würde ihr Entschluss, den Stein zu stehlen, vermutlich ins Wanken geraten. Besser, wenn sie gar nicht an ihn dachte. Doch immer wieder kehrte er in ihre Gedanken zurück, sie sah sein gewinnendes Lächeln vor sich und spürte seine Küsse.

Irgendwann erkannte sie, dass es keinen Sinn hatte, zu versuchen zu schlafen, also stand sie seufzend auf und ging in die kleine Werkstatt, die am Rand von Caitrins Garten lag. Dort begann sie zu bauen. Sie hatte das schon immer gern gemacht, aber es lange nicht mehr getan. Zum Glück hatte Caitrin alle nötigen Werkzeuge. Das war vermutlich wichtig, wenn man hier so allein lebte. Und das Beste war, dass das Bauen all ihre Konzentration erforderte und sie keine Zeit hatte, an Evan zu denken.

Es war bereits später Nachmittag, als Allison und Caitrin den Kopf in die Werkstatt streckten. »Wow«, sagte Allison überrascht, »du warst aber fleißig.«

»Ich hoffe, es funktioniert«, erwiderte Jenna und schaute ihr Werk skeptisch an. »Ich habe so etwas seit dem Studium nicht mehr gemacht.«

Dafür hatte sie jetzt Splitter in den Fingern und ihr taten die Arme vom Sägen und Schrauben weh.

»Das werden wir dann ja sehen«, sagte Allison. »Wir gehen kurz zum Zaun und schauen, wie weit er ist.«

Jenna kehrte ins Haus zurück, wusch sich die Hände, nahm sich zwei Stück Kuchen und setzte sich aufs Sofa.

Als sie erwachte, hatte sie immer noch ein Stück Kuchen in

der Hand, war jedoch zur Seite gekippt und nun tat ihr Nacken weh. Sie wusste nicht, wie spät es war, aber die Sonne war bereits untergegangen. Der Gedanke an das, was sie vorhatten, verknotete ihren Magen und vorsichtig legte sie das Stück Kuchen auf den Tisch. Sie konnte nichts mehr essen.

Aus der Küche erklangen Stimmen und Jenna ging hinüber zu ihren Freundinnen.

»Alles bereit«, erklärte Allison mit einem Grinsen. Sie schien das alles für ein wunderbares Abenteuer zu halten.

Caitrin wirkte nervös und Lauren fast ein bisschen resigniert.

»Gute Nachrichten«, erklärte Allison. »Beim Zaun ist noch eine relativ große Lücke offen, das heißt, da kommen wir mit den Pferden durch und auch wieder zurück. Wir haben die Pferde schon hinten im Garten, das größte Problem ist nur, dass es angefangen hat, zu regnen. Aber das kriegen wir schon hin, oder?«

Keine der anderen antwortete.

Jenna rieb sich über das Gesicht. »Dann machen wir es also heute Nacht?«

Auf einmal fühlte sie sich wie eine Verbrecherin. Im Grunde waren sie das auch, schließlich planten sie einen Diebstahl. Dabei fragte sie sich, ob es tatsächlich ein Diebstahl war, denn für Evan war es einfach nur ein Stein und für Caitrin war es etwas, was sie schon ihr Leben lang benutzte und wovon das Leben vieler Frauen abhing. Technisch gesehen gehörte der Stein also mehr Caitrin. Wenn sie sich das nur oft genug sagte, würde sie es vielleicht glauben.

»Kannst du bitte noch was essen?«, fragte Lauren und schob Jenna einen Teller hin.

Sie schüttelte den Kopf.

»Die Nacht ist noch lang«, sagte ihre Freundin besorgt.

»Ich kann nicht.«

Lauren nickte und für einen Moment schauten sie sich an. Sie waren die beiden, die das hier nicht wollten, doch ihnen blieb keine andere Wahl.

Lauren begann, den Tisch abzuräumen, aber irgendwann hatte sie nichts mehr in der Küche zu tun, was sie noch davon abhalten konnte, sich ihre Regenjacke anzuziehen und nach draußen zu gehen.

Jenna hatte sich schon am Nachmittag ihre Werkzeugkiste gepackt, die sie brauchen würde, um die Vorrichtung um den Stein herum zu bauen.

Es war kein starker Regen, sondern nur ein leichter Nieselregen ohne viel Wind, der den Garten einhüllte. Sie gingen zu den Pferden und während Lauren und Jenna die Transportkiste trugen, führten Caitrin und Allison die beiden Rappen durch den Garten zum Bach.

»Wie praktisch, dass die beiden schwarz sind«, sagte Allison. »Schimmel wären schlecht gewesen. Dann hätte er uns bestimmt bemerkt.«

Jenna spürte, wie Lauren erstarrte. »Vielleicht sollten wir unsere Taschenlampen ausmachen«, schlug sie vor.

Allison lachte auf. »So langsam wird das was mit dir, Lauren. Das ist eine hervorragende Idee.«

»Ich will nur nicht erwischt werden«, sagte sie leise.

Das wollte Jenna auch nicht, deswegen schaltete sie sofort ihre Lampe aus. Über diesen Teil des Plans hatte sie sich überhaupt keine Gedanken gemacht.

Wegen der Regenwolken war es stockfinster.

»Ich bin den Weg schon so oft im Dunkeln gegangen, den finde ich auch jetzt«, sagte Caitrin und setzte sich in Bewegung. Das hörte Jenna allerdings nur, weil das Pferd sich entfernte und mit seinen Hufen durch den Matsch platschte.

Nach einer Weile gewöhnten sich Jennas Augen an die Dunkelheit und sie konnte zumindest die helleren Teile an den Kleidern der anderen sehen und ab und zu das Oval eines Gesichts.

Sie überquerten die kleine Brücke am Bach und Jenna fragte sich, ob sie sie verstärken mussten, wenn sie mit dem Stein darüber wollten. Doch sie entschied sich, dass sie sich später darum kümmern würde, wenn sie auf dem Rückweg waren. Erst mal mussten sie den Stein bis hierher bekommen, und wenn das klappte, war der Rest ein Kinderspiel.

Sie gingen den Weg entlang. Nur das Stampfen und gelegentliche Schnauben der Pferde war zu hören, sonst war es still. Der Regen tropfte von den Blättern und Jenna hörte ihr eigenes Herz schlagen.

Und dann waren sie da. Die Pferde hielten an und sie setzten die Transportkiste ab. Jenna konnte den Stein als dunklen Umriss auf der Mitte der Lichtung liegen sehen und der Gedanke daran, dass manchmal mitten in der Nacht hier auf einmal Frauen auftauchten, weil sie durch die Zeit gereist waren, verursachte ihr eine Gänsehaut.

Auf einmal spürte sie eine Hand in ihrer. Lauren ging neben ihr. Jenna drückte die Hand der Freundin und hoffte, dass sie ihr so etwas Zuversicht geben konnte.

»Ich glaube«, flüsterte Lauren, »ich mache das erste Mal in meinem Leben etwas Verbotenes.«

»Ich glaube, wir brauchen doch etwas Licht«, sagte Caitrin. »Ich mache meine Taschenlampe an und dann kann Jenna anfangen, zu arbeiten.«

Der Strahl der Taschenlampe durchschnitt die Dunkelheit und eines der Pferde schnaubte unruhig. Nach einem kurzen Moment kam der Lichtkegel auf dem Stein zur Ruhe. Sie alle starrten ihn ehrfürchtig an.

»Jenna, du übernimmst die Führung«, sagte Caitrin. »Was sollen wir tun?«

Sie atmete tief durch und begann, ihren Freundinnen Anweisung zu geben. Schon bald hatten sie aus dem Grundgerüst das Gestell gebaut.

»Jetzt müsst ihr jeder an einer Seite anfassen und wir schieben ihn in den Kasten«, sagte Jenna und wischte sich eine nasse Haarsträhne aus dem Gesicht. Der Regen war zwar nicht stark, aber unablässig, und Jenna war völlig durchnässt.

Caitrin stellte sich neben den Stein, aber Lauren zog sich einen Schritt in die Dunkelheit zurück und auch Allison zögerte. »Was ist?«, fragte Caitrin. »Kommt schon, allein schaffen wir das nicht.«

»Ich kann ihn nicht anfassen«, sagte Lauren in der Dunkelheit. »Mir fällt es schon schwer, hier zu sein. Bitte zwingt mich nicht, ihn anzufassen.«

Jenna dachte daran, wie Lauren reagiert hatte, als sie das erste Mal am Stein gewesen waren. Eigentlich hatte sie nie wieder hierherkommen wollen.

»Es tut mir leid, Liebes«, sagte Caitrin, »aber es muss sein.«

»Ich kann nicht«, flüsterte Lauren.

»Denk daran, dass du bald die Torhüterin bist. Du musst dich in die Nähe des Steines wagen. Und solange du kein Amulett trägst, kann nichts passieren. Da du noch keines hast, bist du sicher. Vertrau mir. Aber wir brauchen wirklich deine Hilfe.«

»Aber ihr tragt eure Ketten«, wandte Lauren ein.

Caitrin seufzte. »Das hat nichts mit dir zu tun. Es wird nicht dazu führen, dass du reist.«

»Ich verstehe sie«, sagte Allison. »Legt eure Ketten ab, dann kann nichts passieren.«

Jenna wunderte sich, dass es gerade Allison war, die sich für Lauren einsetzte. Sie schien all ihre Abenteuerlust verloren zu haben, denn ihre Stimme klang gepresst und Jenna fragte sich, ob sie auf einmal auch Angst vor dem Stein hatte.

»Komm, machen wir es«, sagte sie zu Caitrin. »Hier ist meine.«

Sie hielt ihrer Freundin ihre Kette hin und es dauerte nur einen kurzen Moment, bis Caitrin ihr Amulett abnahm, zu einem der Bäume ging und die beiden Schmuckstücke in eine Astgabel legte.

»Ich fühle mich so nackt«, sagte sie. »Ich glaube, ich habe die Kette seit Jahren nicht abgelegt.«

Jenna griff sich ebenfalls an den Hals. Obwohl sie die Kette erst etwas länger als vierundzwanzig Stunden trug, ging es ihr ähnlich. Vielleicht, weil sie eine solche Bedeutung hatte.

Als Caitrin wieder neben dem Stein stand, atmete Allison

tief durch und stellte sich neben sie. Es dauerte noch einen Moment, dann trat Lauren aus der Dunkelheit.

Es war nicht so leicht, den Stein in Bewegung zu bringen. Dann schoben sie ihn mit vereinten Kräften in den vorbereiteten Kasten. Sobald er lag und Jenna ihn zu sichern begann, zog Lauren sich wieder zurück. Jenna konnte ihre Angst beinahe spüren.

Auch die Pferde schnaubten unruhig. Caitrin ging zu ihnen hinüber und beruhigte sie. Auf Jennas Zeichen hin führte sie die Tiere rückwärts an die Kiste heran und spannte sie an. Jenna hatte extra feste Haken an der Kiste befestigt, in der die Zügel festgemacht werden konnten. Eins der Pferde schnaubte und sprang zur Seite. Jenna fragte sich, ob das Tier womöglich den Stein spürte, dann schalt sie sich eine Närrin. Es war immerhin nur ein Stein.

»Bereit?«, fragte Allison und schaute die anderen an.

»Bereit«, flüsterten alle.

»Dann los«, wies Allison an. »Und lasst uns beten, dass diese Kiste hält.«

»Jenna hat sie gebaut, natürlich hält sie«, sagte Caitrin und Jenna konnte spüren, dass ihre Freundin sich langsam entspannte.

Caitrin gab ein Zeichen und die Pferde zogen an. Mit Leichtigkeit bewegten sie die Kiste mit dem Stein und Jenna jubelte innerlich.

»Was tun Sie da?«, sagte eine tiefe Stimme in einem scharfen Ton.

Jenna war es, als hätte ihr jemand den Boden unter den Füßen weggezogen. Es war Evan. Er hatte sie erwischt.

Ihre Knie begannen unkontrolliert zu zittern und sie sank auf dem Boden zusammen. Wenn er sie doch nur nicht sehen würde.

Sie konnte nicht viel von ihm erkennen, denn er hielt eine starke Taschenlampe, mit der er Allison ins Gesicht leuchtete, und hinter dem Lichtkegel war alles dunkel.

Allison blinzelte und hielt eine Hand vors Gesicht. »Würden Sie die bitte runternehmen?«, fragte sie.

»Was machen Sie hier?«, wollte Evan erneut wissen.

Die Taschenlampe wanderte zu Lauren, die erschrocken ins Licht starrte. Die Pferde wurden noch unruhiger und wollten nach vorn, sie zogen die Kiste ein Stück mit sich.

»Haltet die Pferde an«, sagte Evan.

Caitrin griff in die Zügel und die Taschenlampe wanderte zu ihr.

»Sie also«, sagte die Stimme. »Dachte ich es mir doch.«

Hatte er hier auf sie gewartet? Warum war er überhaupt hier?

Caitrin straffte die Schultern. »Guten Abend, Mister Mackenzie«, sagte sie. Ihre Stimme klang eisig. »Was kann ich für Sie tun?«

»Sie können mir erklären, was Sie hier tun und ob es das ist, wonach es aussieht.«

»Wonach sieht es denn aus?«, giftete Allison.

»Nach Diebstahl«, sagte Evan ruhig, doch in seiner Stimme lag so viel Kälte, dass Jenna ihn kaum wiedererkannte.

»Wie kommen Sie darauf?«, fragte Allison und streckte das Kinn vor.

»Weil Sie einen Stein, der auf meinem Land liegt, gerade in eine Kiste gepackt haben und versuchen, ihn abzutransportieren.«

»Es ist nur ein Stein«, sagte Caitrin. Sie klang immer noch trotzig, aber ihre Stimme kam ins Wanken. Man konnte ihr deutlich anhören, dass es nicht nur irgendein Stein war.

Jenna biss sich auf die Lippe, unschlüssig, ob sie etwas sagen sollte. Am liebsten wäre sie in die Dunkelheit gekrochen, damit Evan sie nicht entdeckte.

»Trotzdem ist es Diebstahl«, sagte er. »Und deswegen werde ich jetzt die Polizei rufen.«

Lauren stieß einen Schreckenslaut aus, Evans Taschenlampe wanderte zu ihr und zeigte, dass Lauren flehentlich die Hand erhoben hatte und etwas sagen wollte. Ohne weiter darüber nachzudenken, war Jenna auf den Beinen und griff nach ihrer Hand. »Alles wird gut«, sagte sie, obwohl sie selbst nicht wusste, wie.

Es dauerte nur einen Herzschlag, da richtete Evan die Taschenlampe auf Jenna. Sie schien ihr genau ins Gesicht und blendete so stark, dass Jenna die Augen zusammenkneifen musste. Noch nie in ihrem Leben hatte sie sich so nackt und verwundbar gefühlt. Und das Schlimmste war, dass Evan jedes Recht der Welt hatte, auf sie böse zu sein.

Keiner sagte mehr etwas und nur der Regen und das Schnauben der Pferde waren zu hören. Jenna betete, dass Evan etwas sagen würde, und gleichzeitig fürchtete sie nichts mehr als das.

Das Schweigen zog sich in die Länge und mit jedem Herzschlag, den es andauerte, starb Jenna ein kleines bisschen mehr. Schließlich richtete sich der Strahl der Taschenlampe auf den Stein und Jenna schwankte. Obwohl sie sich entblößt und verwundbar gefühlt hatte, als Evan die Taschenlampe auf sie gerichtet hatte, fühlte sie sich jetzt noch schlechter. Denn Evan hielt es nicht für nötig, mit ihr zu sprechen. Am liebsten hätte sie etwas gesagt, doch sie wusste nicht, was. Sie machte einen Schritt nach vorn, aber sie taumelte leicht. Lauren griff nach ihrem Ellenbogen und stützte sie.

»Laden Sie den Stein wieder ab und verschwinden Sie«, sagte Evan. Seine Stimme war gnadenlos und kalt.

Es war Allison, die fragte: »Gibt es eine Möglichkeit, dass wir Ihnen den Stein abkaufen?«

»Nein.«

»Aber Sie können doch –«, setzte Allison an.

»Nein, habe ich gesagt. Er gehört mir. Laden Sie ihn ab und verschwinden Sie.«

Entsetzt starrte Jenna ihn an. Sie konnte ihn mittlerweile ein wenig erkennen, da die Taschenlampe etwas Licht auf sein Gesicht warf. War das tatsächlich derselbe Mann, den sie gestern noch geküsst hatte? Was war nur in ihn gefahren?

Als sich keine von ihnen rührte, brüllte er die Worte beinahe: »Los jetzt!«

Jenna konnte fühlen, dass Allison etwas sagen wollte, aber Caitrin packte sie am Arm. »Komm schon«, flüsterte sie. Dann wandte sie sich zu Jenna und Lauren. »Ihr auch.«

Wie betäubt trat Jenna einen Schritt nach vorn und es dauerte eine Weile, bis sie bemerkte, dass ihre Freundinnen darauf warteten, dass sie die Kiste wieder auseinanderbaute. Mit zitternden Fingern griff sie nach dem Akkuschrauber. Sie war sich Evans Blick so schmerzlich bewusst, dass sie ein paar Mal ansetzen musste, bevor sie die ersten Schrauben lockern konnte.

Es schien eine Ewigkeit zu dauern, bis sie die Seitenplatte gelöst hatte, dabei war Evans Taschenlampe unverwandt auf sie gerichtet.

»Sollen wir ihn rausrollen?«, fragte Caitrin.

Jenna schüttelte den Kopf. »Ich baue die Kiste ab«, erklärte sie.

Das war jedoch nicht so leicht, wie sie gedacht hatte. Immer wieder rutschte der Akkuschrauber ab, zum Teil wegen des Regens, aber vor allem, weil Jenna so zitterte und darüber nachdachte, wie sie Evan erklären konnte, dass alles ganz anders war als gedacht. Wenn sie ihm doch nur davon erzählen könnte, warum der Stein für Caitrin so wichtig war. Aber sie hatte geschworen, dass sie niemandem von dem Stein erzählen würde, der nicht würdig war, diese Geschichte zu kennen. Und Evan war ein Mann. Wenn Caitrin recht hatte, würde er das hier niemals verstehen.

Beim letzten Brett passierte es. Sie rutschte ab und der Schraubenzieher bohrte sich in ihre Haut. Sie fühlte keinen Schmerz, sah aber sofort, wie das Blut aus der Wunde trat. »Verdammt«, fluchte sie.

Caitrin nahm ihr das Werkzeug aus der Hand und Allison sicherte das Brett.

»Lass mich mal sehen«, sagte Lauren neben ihr und wollte gerade ihre Hand nehmen, als sich Evan dazwischenschob und auf die Hand leuchtete. Zögernd griff er nach ihren Fingern und Jenna keuchte überrascht auf, als er sie berührte, obwohl ihre Hände vor Kälte so taub waren, dass sie es kaum spürte. Doch seine Präsenz war so übermächtig, dass sie schwankte.

Er klemmte sich die Taschenlampe zwischen die Zähne und hielt sie an der Schulter fest. Jenna wollte ihm die Hand entziehen, aber er ließ sie nicht los. Als er sicher war, dass sie nicht umkippte, griff er in seine Tasche und holte ein Stofftaschentuch heraus. Er legte es auf die Wunde und verknotete es geschickt. Dann drückte er noch einmal ihre Finger, ließ sie los und zog sich in die Dunkelheit zurück. Bei alldem hatte er kein Wort gesprochen und das war schlimmer als alles andere. Sie war nur eine Patientin für ihn gewesen.

Sie musste fort von hier, fort von ihm.

Die anderen drei hatten in der Arbeit innegehalten. »Alles in Ordnung?«, fragte Allison leise und warf Jenna einen besorgten Blick zu.

Sie nickte.

»Ich kümmere mich darum, wenn wir zu Hause sind«, sagte Caitrin. »Geht es bis dahin?«

Wieder nickte Jenna und biss die Zähne zusammen. »Beeilt euch bitte«, murmelte sie.

Die anderen legten die Bretter beiseite und zogen das letzte unter dem Stein hervor. Er lag nicht genau an der Stelle, wo er vorher gewesen war, doch es musste reichen.

Wortlos nahm Lauren Jenna am Ellenbogen und führte sie zu den Pferden. Caitrin und Allison folgten ihnen.

Evan stand noch immer am Rande der Lichtung und hatte die Taschenlampe wieder auf den Stein gerichtet.

»Warum ist er so wichtig?«, fragte er jetzt.

Es war Caitrin, die sich umwandte. »Das werden Sie nie erfahren.«

Sie nahm die Zügel auf, schnalzte mit der Zunge und führte die Pferde den Weg entlang zu ihrem Haus.

Jenna und die anderen beiden folgten ihr.

Mit jedem Schritt, den Jenna von Evan und dem Stein weg

machte, schmerzte ihr Herz ein kleines bisschen mehr. Irgendwann tat es so unglaublich weh, dass sie meinte, ein Messer würde in ihre Brust schneiden.

Doch erst als sie den Bach überquert hatten, erlaubte sie sich, heiße Tränen zu weinen, die sich mit dem Nieselregen vermischten.

15

Jenna war die Letzte, die das Haus betrat. Lauren reichte ihr ein Handtuch und ging dann in die Küche, um Tee zu kochen. Während Jenna sich aus ihren Kleidern schälte und sich abtrocknete, sagte niemand ein Wort. Sie traute sich nicht, ihre Freundinnen anzuschauen.

Schließlich gab es keine andere Möglichkeit mehr. Mit einem Seufzen setzte sie sich in den Sessel und sah Caitrin direkt an. »Tut mir leid«, sagte sie. »Ich glaube, ich habe alles schlimmer gemacht. Und ich fürchte auch, dass er meinetwegen dort aufgetaucht ist.«

Das hatte sie sich auf dem Weg zum Haus überlegt. Es schien, als habe er dort auf sie gewartet, und vermutlich hatte sie ihn auf diese Fährte geführt.

Caitrin presste die Lippen zusammen und nickte. »Schon gut.«

Aber gar nichts war gut und alle fühlten es.

Allison schnaubte. »Warum siehst du nicht, was für ein Fiesling er ist?«

Jenna starrte auf dem Boden. »Ich habe ihn nie als Fiesling erlebt«, sagte sie. »Zu mir war er ziemlich nett.«

Allison verschränkte die Arme. »Nett? Der? Ich glaube, dass das ein Fremdwort für ihn ist.«

Jenna entschied, dass es besser war, nichts mehr zu sagen, denn Evan hatte wirklich ein anderes Gesicht gezeigt. Es war eine Seite an ihm, die nicht in ihr Bild von ihm passte, und sie war zu verwirrt, als dass sie ihn jetzt verteidigen konnte. Vielleicht bestand die Möglichkeit, dass ihre Freundinnen recht hatten und sie sich in ihm geirrt hatte. Es gab Männer, die gut darin waren, Frauen auf eine charmante Art und Weise zu umgarnen, die aber keine guten Absichten hatten. Etwas in ihr sagte ihr, dass Evan so nicht war, doch ihr Kopf schmerzte, wenn sie darüber nachzudenken begann, und ihr Herz noch viel mehr.

Caitrin seufzte. »Ich will ihn nicht in Schutz nehmen, er ist wirklich ein komischer Typ, aber ich glaube, die Leute im Dorf haben mich auch nicht als zutreffend beschrieben und es könnte sein, dass er ein falsches Bild von mir hat«, sagte sie.

»Wie meinst du das?«, fragte Jenna und zog die Knie an. Lauren reichte ihr eine Tasse Tee und ließ sich neben ihr auf dem Sofa nieder.

Caitrin zuckte mit den Schultern. »Sie halten mich für ziemlich merkwürdig und auch wenn ich hier quasi aufgewachsen bin, fürchten sie sich ein wenig vor mir. Genauso, wie sie es vor meiner Großmutter getan haben. Sie wissen, dass hier regelmäßig Frauen verschwinden«, sie setzte das Wort mit ihren Fingern in Anführungsstriche, »und das trägt nicht gerade dazu bei, dass die Menschen einem vertrauen. Es ist schon häufiger passiert, dass man andere vor mir gewarnt hat.«

Allison schüttelte den Kopf. »Trotzdem musste er sich nicht so benehmen.«

Sie versanken wieder in Schweigen und jede hing ihren Gedanken nach. Jenna konnte sich nicht daran erinnern, wann sie sich das letzte Mal so schlecht gefühlt hatte. Zum einen hatte sie das Gefühl, dass sie ihre Freundinnen enttäuscht hatte, und dann hatte sie auch noch den Mann verloren, den sie gerade erst kennengelernt hatte. Davon abgesehen, dass der Stein jetzt erst einmal verloren war. Dabei hatte sie geschworen, dass sie ihn beschützen würde.

Sie rieb sich über das Gesicht. Auf einmal wünschte sie sich in ihre Wohnung in London zurück und in ihre langweiligen Meetings, wo das Schlimmste war, dass sie zu viel Arbeit aufgehalst bekam oder ein Kollege irgendein politisches Spielchen gewann. Sie wollte ihr undramatisches Leben wieder.

Lauren unterbrach die Stille. »Wie geht es dir?«, fragte sie Caitrin.

»Ich bin so wütend«, sagte die. »Und traurig. Enttäuscht. Hoffnungslos irgendwie.«

Zu Jennas Überraschung beugte Lauren sich vor und berührte Caitrins Hand. »Wir werden einen Weg finden. Du hast gesagt, dass Frauen diesen Stein schon oft vor Männern beschützen mussten. Ich glaube, sie waren zum Teil in viel gefährlicheren Situationen als wir. Das schaffen wir leicht. Und denk immer daran: er ist allein und du hast uns.«

Ihre Worte hingen im Raum und Jenna fühlte, wie ein Schauer sie überlief.

»Denk an Jennas Schwur«, sagte Lauren. »Wir sind alle ein Teil der Gemeinschaft der Zeitreisenden und wir sind hier, um den Stein und damit die Frauen zu beschützen. Wir werden einen Weg finden.«

In Caitrins Augen glitzerten Tränen und sie umfasste Laurens Hand mit ihren beiden Händen. »Danke«, sagte sie. »Ich bin so dankbar, dass ihr da seid.«

»Das war der erste Versuch«, stellte Lauren klar. »Wir schaffen das schon.« Sie schaute zu Jenna und Allison. »Stimmt's?«

Jenna nickte und Allison setzte sich.

»Natürlich schaffen wir das. Der hat uns nichts entgegenzusetzen. Wir werden eine Möglichkeit finden.« Sie atmete tief durch. »Also, was ist unser nächster Plan, wie wir ihm diesen Stein abluchsen können?«, fragte sie.

Caitrin legte ihr eine Hand aufs Bein. »Lass es gut sein, Allison. Zumindest für jetzt. Ich glaube, alles, was wir jetzt tun, würde es noch schlimmer machen. Meine Großmutter sagte immer, man muss auch abwarten können. Genau das werden wir tun. Es wird sich schon eine Lösung finden.«

»Du willst aufgeben?«, fragte Allison.

Caitrin schüttelte den Kopf. »Ich habe heute keine Kraft mehr, zu kämpfen. Außerdem wird er sehr gut auf den Stein aufpassen. In ein paar Tagen oder Wochen hat sich sicherlich alles beruhigt. Ich hoffe, dass bis dahin keine der Frauen hier auftaucht.«

Allison verschränkte die Arme. »Ich frage mich, was er gerade macht. Ob er den Stein untersucht und sich fragt, was die vier verrückten Frauen damit wollen?«

Sie konnte ein Lächeln nicht unterdrücken. Jenna hingegen war überhaupt nicht nach Scherzen zumute. Sie fragte sich auch, was Evan gerade machte, und der Gedanke, dass er sie für verrückt hielt, fühlte sich nicht gut an. Was es wohl für sie bedeutete? Ob sie ihn jemals wiedersehen würde? Sollte sie abreisen oder noch einmal versuchen, mit ihm zu sprechen?

Laurens Stimme unterbrach ihre Gedanken. »Es ist schon fast zwei Uhr. Ich schätze, wir unternehmen heute Nacht nichts mehr, oder?«

Alle schauten Caitrin an, die den Kopf schüttelte. »Nein, definitiv nicht. Ich gehe ins Bett.«

Sie erhob sich und Lauren tat es ihr gleich. »Wollt ihr noch nicht ins Bett?«, fragte sie und schaute Allison und Jenna an. Beide schüttelten den Kopf.

»Ich kann noch nicht schlafen«, sagte Jenna. Sie war viel zu aufgedreht, nach all dem, was heute Nacht passiert war.

Nachdem Lauren und Caitrin ins Bett gegangen waren, holte Allison eine Flasche Wein und stellte sie auf den Tisch.

»Sei mir nicht böse«, sagte Jenna.

»Aber du kannst gerade keinen Alkohol trinken«, vollendete Allison ihren Satz. »Ist es okay, wenn ich mir trotzdem ein Glas einschenke?«

Jenna lächelte. »Ich wollte eigentlich sagen, dass ich lieber was Stärkeres hätte.«

Allison musste lachen und ging zu dem Schrank, in dem Caitrin die stärkeren Sachen aufbewahrte. Sie kam mit einer Flasche Whisky wieder.

Sie goss beiden ein großzügiges Glas ein und sie setzten sich gemeinsam aufs Sofa. »Was machen wir denn jetzt?«, fragte Jenna.

»Jetzt trinken wir erst einmal Whisky«, sagte Allison. »Was das andere Schlamassel angeht – darüber werden wir uns morgen Gedanken machen. Es gibt immer einen Ausweg.«

Sie saßen schweigend beisammen und Jenna ließ den Whisky ihre Kehle hinunterrinnen. Sie hoffte, dass er all die Ängste und die Trauer fortspülte, aber natürlich tat er das nicht.

»Möchtest du über ihn sprechen?«, fragte Allison schließlich.

Jenna zögerte, dann schüttelte sie den Kopf. »Ich weiß, dass du nicht viel von ihm hältst, und gerade bin ich zu verwirrt, als dass ich über ihn sprechen könnte, ohne mich von deiner Meinung beeinflussen zu lassen.«

Allison strich über Jennas Arm. »Ich kann auch anders. Für dich würde ich meine Meinung über ihn zurückstellen und versuchen, die Sache objektiv zu betrachten, denn soweit ich das sehen kann, hat es dich wirklich erwischt.«

Jenna blinzelte ein paar Tränen weg und nahm noch einen Schluck aus ihrem Glas. Dann schüttelte sie den Kopf. »Ich kann nicht. Nicht jetzt. Morgen vielleicht.«

»Ich bin hier, wenn du mich brauchst«, sagte Allison mit einem Schulterzucken und füllte sich Whisky nach. »Über den Stein wollen wir sicherlich auch nicht sprechen, oder?«

Wieder schüttelte Jenna den Kopf. »Ich fühle mich so schuldig.«

»Ach, Blödsinn«, widersprach Allison. »Du bist nicht schuld. Wenn, sind wir alle das. Lauren vielleicht ein bisschen weniger, denn sie hatte die ganze Zeit so viel Angst, etwas Illegales zu tun, dass sie kaum mit angefasst hat.«

Jenna lächelte schwach. Sie wollte nicht an die Szene auf

der Lichtung denken, denn unweigerlich kehrten ihre Gedanken dann zu Evan zurück.

»Kannst du mir nicht etwas von deinem Job erzählen?«, fragte sie. »So als Ablenkung?«

Allison zögerte. »Mein Job ist gerade so wie Evan für dich.«

»Das heißt, du willst nicht darüber sprechen?«

»Ich kann nicht.«

»Bist du einer neuen Geschichte auf der Spur, die furchtbar geheim ist?«

Allison warf ihr einen Blick zu, doch bevor sie antworten konnte, klingelte ihr Handy.

»Mitten in der Nacht?«, fragte Jenna mit einem Stirnrunzeln.

Allison schaut auf das Handy, fluchte leise und drückt den Anruf zögerlich weg. »Es ist eine alte Geschichte«, sagte sie. »Und die ist gehörig schiefgelaufen. Ich bin ehrlich gesagt ziemlich froh, dass ich hier bin. Im Moment ist es besser, mich völlig ruhig zu verhalten.«

»Drückst du deswegen alle Anrufer weg?«, fragte Jenna.

Allison nickte. »Alles Menschen, die ich nicht kenne, und das heißt meistens nichts Gutes. Zumindest ist es vermutlich niemand, der mir einen neuen Job anbieten will, sondern eher Menschen, die mit mir reden wollen.«

»Was ist denn passiert?«, fragte Jenna und auf einmal begann sie, sich Sorgen um ihre Freundin zu machen.

Allison schüttelte den Kopf. »So gern ich mit dir darüber reden würde, ist es besser für dich, wenn du nichts darüber weißt.«

Jenna zog unbehaglich die Beine enger an sich. »Du machst mir Angst.«

Ihre Freundin blieb ernst und machte keine Anstalten, sie zu beruhigen. Stattdessen sagte sie nur: »Glaub mir, es ist besser.«

»Muss ich mir Sorgen um dich machen?«

Allison wiegte den Kopf hin und her und ein warnendes

Kribbeln breitete sich in Jenna aus. »Solange ich hier bin und niemand weiß, dass es so ist, vermute ich nicht.«

»Oh Allison, in was hast du dich da nur –«, sagte Jenna, doch weiter kam sie nicht. Ein Klopfen an der Terrassentür unterbrach sie.

Allison und Jenna fuhren zusammen und starrten in Richtung der Terrassentür. Zwei Gestalten standen davor: Eine sehr blasse Frau in einem Wollkleid, sie war offensichtlich schwanger. Ihre Haare hingen nass und wirr in ihr Gesicht. Neben ihr stand ein Mann, der sie am Arm stützte und nun zum zweiten Mal grimmig gegen die Tür klopfte. Jennas Herzschlag setzte für einen Moment aus, als sie erkannte, wer es war.

»Ach du meine Güte«, murmelte Allison. »Was ist das denn?«

»Ich weiß es nicht«, flüsterte Jenna. Sie konnte die Augen nicht von Evan wenden. Er trug seine Highlanderkleidung und war völlig durchnässt. Die Frau schwankte und er stützte sie, dann versuchte er, die Tür zu öffnen. Seine Augen bohrten sich in Jennas.

Langsam stand sie auf und ging zur Tür. Dabei ließ sie Evan keinen Moment aus den Augen. Sie versuchte, zu verstehen, was geschehen war, aber es gelang ihr nicht, ihre Gedanken zu sortieren. Sie hörte, dass Allison etwas sagte, doch es schien so weit weg, dass sie es nicht verstehen konnte.

Mit zitternden Fingern öffnete sie die Tür. Ein Schwall feucht-kalter Luft ergoss sich ins Zimmer. Ohne ein Wort drängte Evan sich an ihr vorbei und zog die junge Frau mehr mit sich, als dass sie selbst lief. Sie wimmerte auf.

Zu ihrem Erschrecken bemerkte Jenna, dass die Frau keine Handschuhe trug, sondern dass ihre Hände dunkel von Blut waren. Auch auf dem Boden der Terrasse hatte sich ein wenig Blut gesammelt.

Die junge Frau stolperte über die Schwelle und Evan fing sie geschickt auf, nahm sie auf den Arm und trug sie ins Wohnzimmer. »Wo kann ich sie hinlegen?«, fragte er.

Jenna wies auf das Sofa, doch Allison schüttelte den Kopf. »Hier entlang«, sagte sie und ging voraus.

Sie führte Evan in das Zimmer im Obergeschoss, das Caitrin ihnen gezeigt hatte, als sie ihnen von dem Tor erzählt hatte. Dort stand ein großes Bett und Jenna wusste, dass sich alle möglichen medizinischen Gerätschaften und Verbandszeug in den Schränken und Schubladen befanden.

Jenna wurde sich bewusst, dass sie noch nie jemanden gesehen hatte, der so blutete.

Mit einem Keuchen legte Evan die Frau auf dem Bett ab. Sie schien bewusstlos geworden zu sein.

Allison drehte sich um und rannte aus dem Zimmer.

»Wo kann ich mir die Hände waschen?«, fragte Evan.

Es dauerte einen Moment, bis Jenna einfiel, dass nebenan ein Badezimmer war. Sie wies auf die Tür. Evan stürmte hinein und sie hörte, wie Wasser aus dem Hahn lief. Auf wackeligen Beinen trat sie an die Tür und betrachtete seinen Rücken. Es war so unwirklich, dass er hier war. Und noch viel unglaublicher war, dass er eine blutende Frau in das Haus getragen hatte.

»Wer ist das?«, fragte sie ihn.

»Ich hatte gedacht, du könntest mir das sagen, oder eine deiner Freundinnen«, erwiderte Evan, ohne sie anzuschauen.

Jenna drehte sich zu der Frau auf dem Bett um und schüttelte den Kopf. Natürlich wusste sie, woher die Frau kam, aber wie sollte sie ihm das sagen? Und schließlich war er mit ihr hier hereingekommen.

»Warum trägst du diese Kleider?«, fragte sie und wies auf das Hemd und das Plaid.

Evans Gesicht verfinsterte sich und während er sich die Hände abtrocknete, sagte er: »Ich glaube, jetzt ist nicht der richtige Zeitpunkt, das zu besprechen.«

Er war immer noch böse auf sie. Jenna wollte etwas sagen, aber sie wusste nicht, was. Vielleicht gab es wirklich nichts zu besprechen.

Evan stürmte schon wieder an ihr vorbei und ging zum

Bett. »Wir müssen ihr die Sachen ausziehen. Ich muss die Wunden versorgen.«

Im nächsten Moment stürzte Caitrin ins Zimmer. Sie trug ein Nachthemd und hatte verstrubbelte Haare. »Elizabeth«, rief sie und lief ans Bett. »Oh Gott, was ist passiert?«

Erst jetzt bemerkte sie Evan und zuckte erschrocken zurück. »Was tun Sie hier?«

Evan antwortete nicht, sondern arbeitete daran, die Kleider der Frau zu öffnen. Jenna bemerkte, dass er sehr geschickt mit den Schnüren und Knöpfen hantierte, die selbst sie als Frau nicht zu öffnen gewusst hätte. Vermutlich waren Ärzte so etwas gewohnt.

Als niemand antwortete, sagte Caitrin: »Jenna, rede mit mir. Was ist passiert?«

»Er hat sie hierhergebracht«, sagte sie, als Evan nicht antwortete. »Hast du sie gefunden?«

Evan hob kurz den Blick, dann nickte er und arbeitete konzentriert weiter.

Caitrin und Jenna wechselten einen Blick.

»Wo hast du sie gefunden?«, fragte Jenna.

Evan reagierte nicht und Caitrin hob eine Hand. »Später«, erklärte sie und eilte ebenfalls ins Badezimmer, um sich die Hände zu waschen.

Jenna beobachtete Evan. Mittlerweile hatte er die Frau fast ganz entkleidet. Auf ihrem Arm war eine klaffende Wunde und in der Schulter ein kreisrundes Loch. »Verdammt«, murmelte er.

»Woher hat sie das?«, fragte Jenna.

»Das würde ich auch zu gern wissen«, sagte Evan. »Vor allem in ihrem Zustand.«

Er schaute auf und ihre Blicke trafen sich. Jenna schluckte und nur zu gern hätte sie ihm gesagt, woher diese Frau kam. Aber es war noch immer nicht ihre Geschichte. Sie klammerte sich am Türrahmen fest.

»Alles in Ordnung?«, fragte Evan knapp und streifte das Kleid der Frau ab.

Jenna nickte.

Caitrin kam aus dem Badezimmer und trug eine Kiste mit Verbandszeug sowie eine Tasche. Sie stellte alles neben Evan auf dem Boden ab. »Ich übernehme«, sagte sie.

»Das glaube ich nicht«, widersprach er.

»Es ist sehr freundlich von Ihnen, dass Sie sie hierhergebracht haben, aber ich übernehme jetzt«, sagte Caitrin bestimmt.

Evan richtete sich zu einer vollen Größe auf und schaute auf sie herunter. »Nein danke«, erwiderte er. »Ich habe das im Griff.«

»Wissen Sie«, sagte Caitrin, »jetzt sind Sie auf meinem Grund und Boden und ich bitte Sie höflich, zu gehen.«

Er schien überrascht, doch dann schüttelte er den Kopf und lächelte fast ein wenig. »Rufen Sie ansonsten die Polizei?«, fragte er.

Caitrin zögerte und es war deutlich zu sehen, dass sie mit dieser Antwort nicht gerechnet hatte. Die beiden starrten sich grimmig an, keiner war bereit, auch nur ein bisschen nachzugeben.

Die Frau auf dem Bett stöhnte und es schien, als würde sie aus der Ohnmacht aufwachen. Beide drehten sich zu ihr, fassten sie an und sprachen beruhigend auf sie ein. Doch dann glitt die Frau zurück in ihre Ohnmacht und lag still.

Caitrin richtete sich auf. »Gehen Sie endlich«, fuhr sie Evan an.

Er schüttelte den Kopf. »Ich denke gar nicht daran. Ich habe sie gefunden und ich werde mich um sie kümmern. Wenn ich sie versorgt habe, können Sie die Pflege übernehmen.«

Caitrin wollte etwas erwidern, doch Jenna trat zu den beiden und fasste ihre Freundin am Arm. »Lass ihn«, bat sie leise und die Freundin wirbelte zu ihr herum.

»Was?« Sie klang unbeherrscht.

»Lass ihn helfen«, sagte Jenna. »Er weiß wirklich, was er tut. Er ist auch Arzt, so wie du, und er hat mit amerikanischen Soldaten gearbeitet. Er hat viele Kriegsverletzungen gesehen und kann damit umgehen. Ich glaube, etwas Besseres könnte dir gerade nicht passieren.«

Caitrins Augen verengten sich zu Schlitzen und sie schien mit sich zu hadern. Dann atmete sie tief durch und wandte sich an Evan. »Können Sie das wirklich?«, fragte sie.

Er nickte. »All das und noch mehr«, sagt er. »Ich verspreche Ihnen, dass ich mich gut um sie kümmere.« Er zögerte. »Und ich würde mich freuen, wenn Sie mir zur Hand gehen.«

Caitrin schwieg und dann sagte Allison: »Jetzt mach schon, Caitrin. Sie braucht deine Hilfe.«

Ihre Freundin warf der Frau auf dem Bett einen Blick zu, dann Evan. Schließlich nickte sie.

Sofort setzte Evan sich in Bewegung und begann, Caitrin Anweisungen zu geben. Sie hingegen tat das Gleiche, füllte die Lücken, die Evan nicht ausfüllte, und gab ihrerseits Anweisungen. Es war, als ob die beiden schon ewig zusammenarbeiteten. Sie ergänzten sich hervorragend und es sah aus wie ein einstudierter Tanz.

Jenna schaute Allison an und ihre Freundin zog sie hinüber auf das Sofa, das an der Wand stand. »Ich glaube, wir gehen ihnen am besten aus dem Weg«, sagte Allison. »Verpassen will ich das aber nicht.«

In der nächsten Stunde arbeiteten die beiden ernst und kümmerten sich um die Wunden der jungen Frau. Zum Glück erlangte sie das Bewusstsein erst einmal nicht wieder und so konnten die beiden ungestört arbeiten. Nichts verriet, dass sie sich noch vor wenigen Stunden in Wut und Argwohn gegenübergestanden hatten.

Als Jenna beobachtete, wie Evan die Wunde am Arm nähte, wurde ihr ein klein wenig übel und sie atmete tief durch.

Allison drückte ihre Hand. »Ich glaube, alles wird gut«, flüsterte sie. »Dessen bin ich mir sicher.«

Und irgendwann, als der Morgen bereits heraufzog, waren die beiden fertig. Sie standen neben dem Bett, schauten auf die Frau herunter und dann sahen sie sich gegenseitig an. Sie nickten sich zu und auf Caitrins Gesicht erschien sogar ein kleines Lächeln. »Ich gebe es nicht gern zu«, sagte sie, »aber ich bin sehr froh, dass du da warst, Evan.«

Anscheinend waren sie nach der gemeinsamen Arbeit zum Du übergegangen, stellte Jenna fest. Es machte sie merkwürdig zufrieden.

Caitrin zögerte. »Müssen wir sie ins Krankenhaus bringen?«

Evan schüttelte den Kopf. »Wenn sie genug Ruhe und Pflege und viel Stärkendes in den nächsten Tagen bekommt, lässt sich das vermutlich vermeiden. Der Transport wäre zu anstrengend für sie und ich glaube, diese Art von Wunden, vor allem bei einer Schwangeren, würden zu viele Fragen aufwerfen.«

Eine leichte Spannung hing im Raum, doch dann nickte Caitrin und Evan wandte sich ab, um die Sachen aufzuräumen.

Jenna spürte, wie die Anspannung aus ihr wich. Sie beobachtete Evan, der geschickt alles zusammenpackte und seinen Arbeitsplatz säuberte. Das war das Letzte, an das sie sich erinnerte, bevor ihr die Augen zufielen.

16

Jenna erwachte, drehte sich noch einmal auf die Seite und kuschelte sich in die Kissen. Dann strömten die Erinnerungen der vergangenen Nacht auf sie ein und sie riss die Augen auf. Sie dachte daran, wie Evan an die Scheibe geklopft hatte. Daran, wie er die Frau nach oben getragen hatte. Sie sah, wie er sich die Hände wusch und sich dann mit Caitrin daranmachte, die Verletzte zu versorgen. Sie sah sein wunderschönes Gesicht vor sich und wie er konzentriert arbeitete. Jenna spürte ihr Erstaunen und ihre Bewunderung für ihn. Sie erinnerte sich auch daran, wie er ihr ein oder zweimal einen Blick zugeworfen hatte. Einen Blick, der so tief ging, dass sie jetzt noch erschauderte, wenn sie daran dachte. Sie hatte noch nie einen Mann wie Evan getroffen und sie war sich nicht sicher, ob sie jemals wieder so jemanden treffen würde.

Woran sie sich nicht erinnerte, war, wie sie in dieses Bett gekommen war. Sie lag in ihrem Zimmer im Erdgeschoss, aber sie war vollständig bekleidet. Jemand hatte eine Wolldecke über sie gebreitet und ihr die Schuhe ausgezogen. Aber das war auch alles.

Sie richtete sich auf und schaute sich im Zimmer um, doch sie war allein. Ihr Gepäck stand immer noch neben dem Schrank und erinnerte sie daran, dass sie in den nächsten

Stunden aufbrechen musste, wenn sie nicht zu spät in London ankommen wollte. Bei dem Gedanken daran, drehte sich ihr der Magen um. Konnte sie jetzt wirklich gehen? Doch sie wusste, dass sie es musste. Sie hatte hier nichts weiter zu tun und alle in ihrer Firma wären enttäuscht, wenn sie nicht bald dort auftauchen würde. Auch wenn James ihr gedroht hatte, dass sie gar nicht nach Hongkong müsste, wenn sie nicht bald käme, wusste sie, dass er es nicht so meinte. Und sie kannte sich selbst gut genug, um zu wissen, dass sie niemals einfach so wegbleiben und ihre Kollegen hängen lassen würde. So etwas hatte sie noch nie getan und sie würde jetzt nicht damit anfangen. Aber über Hongkong würde sie noch einmal mit James reden müssen. Doch das hatte Zeit, bis sie wieder in London war.

Dann fiel ihr Blick auf den Nachttisch. Dort lag ein Zettel. Es war eine Handschrift, die sie nicht gleich erkannte, aber als ihr Blick auf den Namen unter der Notiz fiel, machte ihr Herz einen Sprung. Der Zettel war von Evan. Dann hatte er sie also hierhergebracht.

Auf einmal meinte sie, sich daran zu erinnern, wie er sie hochgehoben hatte. Wie sie sich verschlafen an seine Brust gelehnt und seinen Duft eingesogen hatte. Wie ein Kind hatte er sie die Treppe hinuntergetragen. Sie hatte jede Sekunde davon genossen, obwohl sie eigentlich noch schlief. Diese Erinnerung war verschwommen und bruchstückhaft, dafür aber umso süßer. Sie versuchte, noch mehr davon zu erhaschen, wollte sich an seine Nähe erinnern und hoffte, irgendetwas zu finden, was er zu ihr gesagt hatte, doch da war nichts. Vermutlich war sie dafür zu müde gewesen.

Jenna schüttelte den Kopf, um ihn klar zu bekommen, und las die Notiz.

Guten Morgen. Ich habe dich nach unten gebracht, da das Sofa oben zu unbequem war. Ich schaue nachher noch mal nach dir. Evan

Jenna sah auf die Uhr und bemerkte, dass es schon 9.20 Uhr war. Sie wollte eigentlich noch vor dem Mittagessen unterwegs sein. Dabei war sie erst vor wenigen Stunden ins

Bett gekommen. Der neue Morgen war schon heraufgedämmert, deswegen musste es mindestens 4.30 Uhr gewesen sein, als sie oben auf dem Sofa eingeschlafen war. Eigentlich nicht genug Schlaf für eine so lange Autofahrt. Aber das war sie gewohnt, denn sie hatte schon ganze Nächte im Büro durchgearbeitet.

Sie schwang die Beine aus dem Bett und warf einen Blick auf ihr Gepäck. Es ermahnte sie, jetzt aufzubrechen. Ihre Freundinnen rechneten damit. Es wäre in Ordnung, wenn sie jetzt einfach gehen würde. Aber irgendwie konnte sie noch nicht gehen. Nicht, bevor Evan wiedergekommen war. Die Frage war nur, wann er wiederkommen würde.

Da Jenna weder Zeit noch Lust hatte, hier auf ihn zu warten, traf sie eine Entscheidung. Doch vorher hatte sie noch etwas anderes zu tun, es war an der Zeit.

Nach einer schnellen Dusche zog sie sich an und ging in die Küche. Dort saßen ihre drei Freundinnen. Keine von ihnen sprach, aber es war ein gemeinsames Schweigen, das auf Verständnis und Vertrauen beruhte. Für einen Moment betrachtete Jenna sie und fühlte, wie sehr sie diese drei Frauen liebte. Jetzt, nach allem, was passiert war, sogar noch mehr als vorher.

Es war Lauren, die ihre Anwesenheit gefühlt haben musste, denn sie schaute sich suchend um. Ein warmes Lächeln breitete sich auf ihrem Gesicht aus. »Ausgeschlafen?«

Jenna nickte und kam näher. »Ich muss leider bald los.« Sie glitt auf den Stuhl neben Caitrin. »Wie geht es Elizabeth?«

Ihre Freundin nickte. »Ganz gut. Sie schläft und die Wunden sahen schlimmer aus, als sie waren.«

Jenna lächelte. »Wenn ich das gestern Nacht richtig gesehen habe, praktizierst du doch Medizin.«

»Irgendwie schon. Ich muss öfter Wunden versorgen oder jemanden gesund pflegen, aber so etwas wie mit Elizabeth ist mir noch nie passiert.« Sie zögerte. »Ich hatte allerdings kompetente Hilfe. Oder besser gesagt, ich habe ihm geholfen.«

Prüfend schaute sie Jenna an. »Wenn er zu dir immer so war wie vergangene Nacht dort oben, kann ich dich verstehen.«

Jennas Kehle schmerzte, weil sie versuchte, die Tränen herunterzuschlucken. Es tat gut, das von ihrer Freundin zu hören. »Das war er, und noch besser.«

Lauren legte ihr eine Hand auf den Arm. »Es ist bestimmt nicht leicht für dich. Habt ihr miteinander gesprochen? Allison hat mir erzählt, dass er dich in dein Zimmer gebracht hat.«

Jenna schüttelte den Kopf. »Davon habe ich nichts gemerkt, so fest habe ich geschlafen. Und heute Morgen war da nur dieser Zettel, dass er nachher vorbeikommen will.« Sie atmete tief durch und ihr Herz schmerzte. »Aber ich kann nicht warten, ich muss bald los, sonst komme ich zu spät nach London.«

Allison runzelte die Stirn. »Du willst jetzt wirklich zurück nach London? Willst du nicht lieber hierbleiben und das klären?«

Jenna rieb sich über die Stirn. »Ich kann nicht.«

»Natürlich kannst du das. Erzähl denen einfach, dass du krank bist.«

Jenna wollte gerade einwenden, dass das vielleicht Allisons Art war, mit so etwas umzugehen, als Lauren sagte: »Das ist eine gute Idee. Es kann doch sowieso keiner kontrollieren und wir brauchen dich hier. Außerdem kannst du es dann mit Evan vielleicht wieder geraderücken.«

Jenna konnte nicht fassen, dass gerade Lauren so etwas vorschlug. Und ja, es reizte sie, zu bleiben. Wie gern würde sie das mit Evan wieder in Ordnung bringen, auch wenn sie keine Zukunft hatten. Nicht nach dem, was gestern Abend passiert war. Schließlich hatte sie versucht, ihn zu bestehlen.

Doch dann hatte er sie in ihr Zimmer gebracht und ihr diesen Zettel auf den Nachttisch gelegt. Ein wenig Hoffnung keimte in ihr auf. Vielleicht war doch nicht alles verloren.

Die anderen beobachteten sie schweigend.

»Ich habe keine Ahnung, was das zwischen uns ist«, gestand Jenna.

Caitrin beugte sich vor. »Darf ich ehrlich sein?«

Jenna nickte.

»Egal, was es ist, ich habe dich noch nie so gesehen. Es ist, als ob du aufgeblüht bist und endlich anfängst, zu leben. Ich dachte erst, dass es mein Garten und die Ruhe hier ist, aber jetzt weiß ich, dass er es war, der das mit dir gemacht hat. Und die Art, wie er dich gestern immer wieder angeschaut hat, sagt einiges über seine Gefühle aus.«

Allison nickte. »Du hättest sehen sollen, wie er dich nach unten getragen hat. Ich verstehe nicht viel von Romantik, aber wenn dieser Mann keine Gefühle für dich hat, weiß ich es auch nicht.«

Wieder schnürte sich Jennas Kehle zu. Die Worte ihrer Freundinnen machten sie atemlos. »Aber ihr mögt ihn nicht. Wie kann ich denn mit jemandem zusammen sein, mit dem ihr ein Problem habt?«

Die anderen drei wechselten einen Blick. »Ich hatte noch nie ein Problem mit ihm«, sagte Lauren. »Außer als er die Polizei rufen wollte, aber damit hatte er ja eigentlich recht. Und er hat es dann doch nicht getan.«

Allison zuckte mit den Schultern. »Es könnte sein, dass ich mich in ihm getäuscht habe. Ich fand es ziemlich beeindruckend, wie er sich heute Nacht verhalten hat.«

Es war Caitrin, die als Letzte sprach. Sie legte eine Hand über die von Jenna und schaute sie eindringlich an. »Viele Frauen, die durch die Zeit reisen, haben dort, wo sie sind, einen Mann, den sie lieben. Es scheint so zu sein, als ob das Band der Liebe zwischen den Menschen, die durch die Zeit reisen können, stärker ist. Sie ertragen mehr, fühlen tiefer und lieben bedingungsloser. Ich kenne den Blick dieser Frauen und den Ausdruck, den sie auf dem Gesicht tragen, auch wenn ich die Männer dazu noch nie gesehen habe.«

Atemlose Stille breitete sich in der Küche aus und ein sonderbares Gefühl ergriff Jenna. »Aber ich kann nicht reisen«, sagte sie leise.

Caitrin ergriff ihre zweite Hand. »Meiner Meinung nach

gibt es dafür einen Grund.« Sie schwieg einen Moment. »Jenna, ich habe schon gesagt, dass ich dich noch nie so erlebt habe, und ich bin dankbar, dass du dieses Gefühl erfahren darfst. Aber ich habe auch noch nie einen Mann gesehen, der dich derart angeschaut hat. Wenn er derjenige ist, der dich so glücklich macht, werde ich alles tun, damit er und ich gute Nachbarn werden. Ich will mehr von dieser Jenna.«

Mit klopfendem Herzen schaute sie ihre Freundin an. »Willst du damit sagen, dass er mich liebt?«

Caitrin lächelte. »Das weiß ich nicht, das kannst nur du sagen. Aber da ist etwas zwischen euch, was anders ist als alles zuvor. Und ich würde dir empfehlen, dir das genauer anzuschauen und herauszufinden, was es ist.«

Lauren griff verstohlen nach einem Taschentuch und wischte sich die Tränen weg.

Allison lächelte. »Ich finde, Caitrin hat recht. Dem ist nichts hinzuzufügen.«

Jenna lehnte sich zurück und schloss die Augen. Sie dachte an Evan und daran, was Caitrin eben gesagt hatte. Sie hatte den Segen ihrer Freundinnen und vielleicht stand es doch nicht so schlecht um sie beide, wie sie gedacht hatte. Und eines war ihr jetzt klar geworden.

Sie lächelte und schlug die Augen auf. »Danke«, sagte sie leise und drückte Caitrins Hände. »Ich glaube, mir bleibt gar keine andere Wahl. Aber ich muss trotzdem heute nach London zurück.«

Sie sah die entsetzten Gesichter ihrer Freundinnen und hob die Hand. »Nur kurz, ich verspreche es. Doch es gibt ein paar Dinge, die ich klären muss, und schließlich habe ich einen Job, den ich nicht einfach hinschmeißen kann. Aber ich komme am Wochenende wieder und dann sehen wir weiter.«

Sie spürte, dass die drei anderer Meinung waren, deswegen sagte sie schnell: »Es gibt da nämlich etwas, das ihr noch nicht wisst, und eigentlich wollte ich euch das an diesem Wochenende sagen.«

»Was denn noch?«, fragte Allison. »Ich bin mir nicht sicher, ob ich noch mehr Enthüllungen ertragen kann.« Doch sie sagte es mit einem Lächeln.

Jenna zog eine Grimasse. »Eigentlich habe ich gerade einen neuen Job angenommen.« Sie atmete tief durch. »Und der ist in Hongkong.«

»Wie bitte? Spinnst du?«, rief Allison. »Das geht doch nicht.«

»Ab wann?«, fragte Caitrin.

Lauren schaute sie aus großen Augen an.

Jenna seufzte. »Eigentlich war geplant, dass ich nächste Woche wieder hinfliege und mir Wohnungen anschaue. Ich wollte nach der Hochzeit, beziehungsweise dem Wochenende hier, anfangen, zu packen.«

»Warum hast du uns nichts gesagt?«, fragte Allison.

Jenna senkte den Blick. »Es ging alles furchtbar schnell und ich habe mich erst jetzt entschieden, als ich auf der Dienstreise war.« Das stimmte nur in Teilen, deswegen setzte sie nach kurzem Zögern hinzu: »Und ich hatte Angst vor eurer Reaktion, weil es so weit weg ist.«

»Genau das ist es«, sagte Allison und verschränkte die Arme. »Zu weit weg, wenn du herausfinden willst, was das mit dir und Evan ist. Wollt ihr das etwas übers Telefon machen? Außerdem können wir gerade nicht auf dich verzichten.«

»Kannst du denn noch absagen?«, fragte Lauren.

Jenna seufzte. »Eigentlich nicht. Aber nach allem, was hier passiert ist, kann ich nicht gehen. Nicht jetzt zumindest. Deswegen muss ich nach London, damit ich es vor Ort klären kann. Das ist nichts, was ich von hier aus machen kann.«

Nach einer kurzen Stille fragte Lauren: »Weiß Evan davon?«

Jenna nickte.

»Und was sagt er dazu?«, wollte Allison wissen.

Jenna dachte an den ersten Abend, als sie Evan davon erzählt hatte. Damals hatte nicht im Raum gestanden, dass diese Information für ihn relevant sein könnte. »Ich weiß es nicht«, sagte sie leise.

»Dann wird es Zeit, dass du das herausfindest, und zwar am besten, bevor du heute nach London fährst«, sagte Caitrin und schaute aus dem Fenster in Richtung von Dundarg.

Jennas Herz wurde schwer, als sie daran dachte, dass sie gleich mit Evan darüber sprechen würde, vor allem da sie nicht einmal wusste, was das zwischen ihnen war.

Caitrin musste gefühlt haben, was in Jenna vor sich ging, denn sie lächelte. »Keine Sorge, ihr werdet einen Weg finden. Ich glaube, er mag dich wirklich.«

Schweigen breitete sich aus, dann schaute Allison eine nach der anderen an. »Hat noch irgendjemand ein Geheimnis, das ihr loswerden möchtet? Nicht, dass ich unbedingt Lust auf noch mehr Enthüllungen hätte, die unsere Leben so durcheinanderwirbeln, aber ich glaube, jetzt ist die Zeit, um es zu teilen.«

Jenna musste bei ihren Worten lächeln. Sie schaute sich um und betrachtete Lauren, Allison und Caitrin. Da waren sie also, vier Freundinnen, und alle hatten ihre Geheimnisse offengelegt. Nichts stand ihnen im Weg und Jenna war unendlich dankbar dafür, diese Frauen in ihrem Leben zu haben, die stark waren und mutig und hilfsbereit, die immer für sie da waren.

»Ich bin so dankbar, dass wir diese Dinge miteinander teilen können«, sagte sie.

Die anderen nickten. Wieder traten Lauren Tränen in die Augen. »Manchmal wünschte ich nur«, sagte sie, »dass diese Geheimnisse ein bisschen weniger gefährlich für unsere Jobs und unser Leben wären.«

»Und für unsere Herzen«, fügte Jenna leise hinzu.

Lauren griff nach ihrer Hand und drückte sie. »Für die Herzen«, sagte sie, »lohnt es sich aber immer, zu kämpfen.«

17

Jenna trat in den Garten und sog die würzige Luft ein. Der stetige Regen war einem leichten Nieseln gewichen. Sie hatte eine dünne Jacke übergeworfen, ihre Schuhe quietschten auf dem nassen Gras. Jenna spürte die Augen ihrer Freundinnen auf sich, widerstand aber dem Impuls, sich umzudrehen, als sie dem Weg zur Burg folgte.

Als sie den Bach überquert hatte, betrachtete sie den Zaun. Er war immer noch halb fertig und niemand war da, der an ihm arbeitete.

Jenna atmete tief durch und lief weiter.

Es war das erste Mal, dass sie das kleine, aber hübsche Cottage, das ein Stück hinter der Burg lag, aus der Nähe sah. Sie hatte es nur gesehen, als sie mit Evan auf dem Turm gewesen war.

Hier lebte er also. Auf eine merkwürdige Weise passte das kleine Haus, das vermutlich nur ein Zimmer hatte, zu ihm.

Das Cottage lag still und es kam kein Rauch aus dem Schornstein. Jenna zögerte nur kurz, bevor sie an die Tür trat. Das Klopfen hallte in dem kleinen Haus wider, doch es blieb ruhig. Niemand öffnete die Tür.

Jenna entschied sich, zur Burg hinaufzulaufen. Oben angekommen, rief sie Evans Namen, doch nur ihre Stimme hallte von den nassen Burgmauern wider und eine Krähe antwortete ihr. Mittlerweile waren Jennas Haare völlig durchnässt und hingen ihr in langen Strähnen auf die Schultern. Sollte sie auf einen der Türme klettern und schauen, ob sie ihn von oben sehen konnte? Aber das war viel zu gefährlich, wenn sie allein war.

Sie rief noch einmal seinen Namen, denn irgendwo musste er doch sein. Aber wieder war nur das Rauschen des Regens zu hören.

Vielleicht war er mittlerweile zu Caitrins Haus gegangen und suchte dort nach ihr.

Jenna lief wieder nach unten und folgte dem Weg durchs Gebüsch, kurz vor dem Zaun zweigte der Weg zum Stein ab. Sie zögerte nur eine Sekunde, dann lief sie den Weg entlang, den sie erst in der vergangenen Nacht mit ihren Freundinnen genommen hatte. Der Boden war von den Hufen der Pferde zerwühlt. Doch es schien eine Ewigkeit her zu sein, dass sie das letzte Mal hier gewesen war. So viel war geschehen.

Irgendetwas sagte ihr, dass sie auf dem richtigen Weg war. Sie beschleunigte ihre Schritte und kurz bevor sie die Lichtung erreichte, sah sie etwas Rotes zwischen den Bäumen. Ihr Herz schlug schneller, als sie Evan erkannte, der gerade im Begriff war, die Lichtung zu verlassen, und direkt auf sie zukam. Er trug seine Highlandertracht – das war es, was rot geschimmert hatte, auch wenn die nasse Wolle mittlerweile eher einen Rostton angenommen hatte.

Evan hatte sie noch nicht bemerkt und Jenna nutzte den Moment, um ihn zu betrachten. Sie sog seinen Anblick in sich auf. Sein Gesicht war ernst, aber er strahlte so viel Kraft aus. Er passte so gut hierher, nichts an ihm war unecht. Doch er schien gestresst oder zumindest irritiert, denn er hatte die Zähne fest zusammengebissen und alles an ihm drückte Spannung aus. Dann blieb er stehen und bemerkte sie. Sofort entspannte er sich ein wenig und Jenna spürte, wie eine Welle der Aufregung durch sie wogte.

»Jenna«, sagte er mit rauer Stimme. Allein die Art, wie er

ihren Namen aussprach, führte dazu, dass ihr Herz stolperte. In wenigen Schritten war er bei ihr und schaute sie an. »Du bist ja ganz nass«, bemerkte er.

»Du auch«, erwiderte sie.

Ein Lächeln huschte über sein Gesicht. »Was machst du hier?«

»Ich habe dich gesucht«, sagte Jenna und es tat ihr fast weh, ihn nicht anfassen zu dürfen.

»Ich wollte doch nachher zu dir kommen«, erwiderte er.

Jenna nickte. »Ich weiß, aber ich muss bald los und wusste nicht genau, wann du kommst.«

Bei ihren Worten verdunkelte sich sein Gesicht ein wenig. Dann nickte er knapp. »Danke, dass du noch mal gekommen bist.«

Sie standen im Regen und schauten sich einfach nur an. Jenna war unschlüssig, was sie sagen sollte, was sie tun durfte oder ob sie sich einfach verabschieden sollte, um in ihr Leben in London zurückzukehren. Die Worte ihrer Freundinnen hallten in ihren Ohren wider. Das zwischen ihnen war etwas Besonderes, auch wenn sie beide nicht benennen konnten, warum.

Auch Evan schwieg, aber es arbeitete in seinem Gesicht. Noch einmal merkte Jenna, dass er genauso unschlüssig war wie sie. Wie begann man ein Gespräch, das so entscheidend war?

»Es tut mir leid«, sagte sie leise.

Er runzelte die Stirn. »Was denn?«

»Das mit dem Stein«, erklärte sie und blickte hinüber zu dem Findling, der auf der Lichtung lag. Man sah noch deutlich die Spuren der Pferde und wo sie versucht hatten, den Stein zu verladen. Jetzt im Hellen wirkte es fast wie ein Sakrileg, das sie begangen hatten. Doch dann bemerkte sie noch etwas anderes. Etwas lehnte am Stein. Sie blinzelte und schaute genauer hin. Als sie es erkannte, schnappte sie nach Luft. Es war ein Schwert. Ein echtes. Sie war Schottin genug, um das zu erkennen.

»Wozu brauchst du das?«, fragte sie und wies darauf. Natürlich, es komplementierte seine Highlandertracht, aber vorher hatte er es nicht getragen. War er vielleicht doch nur einer dieser Touristen, die zu viele schottische Filme gesehen hatten?

Evan beobachtete sie genau. »Ich glaube, wir sollten reden.«

Jenna lief ein Schauer über den Rücken. Er klang so ernst. »Vielleicht sollten wir das.« Sie verschränkte die Arme und schaute ihn abwartend an.

»Hier?«

»Hier«, erwiderte sie. Wohin sollten sie auch sonst gehen?

Er räusperte sich. »Magst du mir jetzt erzählen, was ihr mit dem Stein vorhattet?«

Jenna zögerte. Auch wenn zu erwarten gewesen war, dass er diese Frage stellen würde, war sie doch nicht darauf vorbereitet. Ihre Freundinnen hatten ihr zwar gesagt, dass sie herausfinden sollte, was das zwischen Evan und ihr war, aber sie hatten nicht darüber gesprochen, was Jenna ihm erzählen durfte. Und wenn sie an ihren Schwur dachte, war es vermutlich nichts.

Das Schweigen zog sich in die Länge und nur das Tropfen des Regens auf den Blättern war zu hören. Je länger sie schwieg, desto angespannter wurde Evan. Jenna schaute hinüber zu dem Stein und schüttelte schließlich den Kopf. »Ich kann nicht«, sagte sie leise.

»Warum nicht?« Er klang enttäuscht und so, als könnte er nur mit Mühe seinen Ärger zurückhalten.

Sie schaute ihn an. »Weil es nicht meine Geschichte ist.«

Außerdem würde er ihr nicht glauben und sie für verrückt erklären. Wie sollte sich so jemals etwas zwischen ihnen aufbauen? Doch auf der anderen Seite würde sich auch nichts zwischen ihnen entwickeln, wenn er weiterhin diese Fragen hatte und sie ihm auswich. Wie jedoch sollte sie ihm die Wahrheit sagen?

Sie schloss die Augen, dann schaute sie ihn flehentlich an.

»Ich wünschte, ich könnte es dir erzählen, aber ich habe geschworen, es nicht zu tun. Bitte glaub mir, ich tue das nicht, um dich zu ärgern.«

Er stemmte die Arme in die Hüften, schloss die Augen und atmete tief durch. Dann stieß er den Atem aus und wandte sich ab. »Dann glaube ich nicht, dass es sich lohnt, wenn wir weitersprechen.«

Panik durchfuhr Jenna wie ein elektrischer Schlag und sie griff nach seinem Ärmel, doch bekam nur sein Plaid zu fassen, das von seiner Schulter rutschte. »Evan, bitte. Es ist nichts gegen dich. Das musst du mir glauben.«

Er fuhr zu ihr herum. »Ich muss gar nichts, Jenna. Ich mag nicht mehr.«

Er schob das Plaid wieder auf seine Schulter. Das weiße Leinenhemd, das er unter dem Plaid trug, war nass und damit fast durchsichtig geworden. Sein muskulöser Oberkörper zeichnete sich unter dem Stoff ab.

Für einen Moment hatte Jenna das aberwitzige Bedürfnis, ihn anzufassen und ihre Hände über seine nasse Haut gleiten zu lassen. Sie schloss die Augen, um sich zu sammeln. Als sie sie wieder öffnete, stand Evan immer noch vor ihr und funkelte sie wütend an. Er hatte keine Ahnung, wie gut er aussah und wie sehr sie ihn wollte, doch ihr war klar, wie unangebracht diese Gedanken waren.

Gerade wollte sie ihren Blick abwenden, als er an einer dunklen Stelle auf seiner Brust hängen blieb. Das weiße Hemd klebte auf seiner Haut, war durchsichtig geworden und gab den Blick auf eine Tätowierung frei. Es war ein verschlungenes keltisches Muster.

Jenna stockte der Atem, als sie die vertrauten Linien erkannte. Sie hatte in den vergangenen Tagen oft genug darauf gestarrt. Aber das konnte nicht sein. Woher hatte er diese Tätowierung? Sie versuchte, in dem, was sie sah, dachte und fühlte, einen Sinn zu erkennen, aber das war nicht möglich.

Mit zitternden Knien machte sie einen Schritt auf ihn zu,

bevor sie darüber nachdenken konnte, was sie da tat. Er wich nicht zurück, aber er versteifte sich.

Vorsichtig streckte sie die Hand aus und strich das Hemd über der Tätowierung glatt, damit sie diese ganz sehen konnte. Obwohl er nass war, strahlte seine Haut eine unglaubliche Hitze aus. Sein Brustkorb hob und senkte sich unter ihrer Hand.

Und dann sah sie es. Es war das Zeichen, das sie seit Jahren von der Kette kannte, die Caitrin immer um ihren Hals trug, und das auch in den Stein geritzt war, der keine fünf Meter neben ihnen lag. Doch sie hatte keine Erklärung dafür, warum Evan es als Tätowierung trug. Direkt über dem Herzen.

Sie legte ihre Finger darauf und wagte es dann endlich, den Blick zu heben. Seine Augen nahmen ihr den Atem, so intensiv und gleichzeitig unergründlich sahen sie sie an.

»Woher hast du das?«, fragte sie leise.

Jenna konnte sehen, wie er mit sich kämpfte. Es war der gleiche Kampf, den sie gerade mit sich selbst ausfocht.

»Das weißt du sicher.« Seine Stimme klang rau.

Sie schüttelte den Kopf und sah, wie er die Zähne zusammenbiss.

»Jenna«, murmelte er und legte seine Hand auf ihre. Undeutlich nahm sie wahr, dass selbst seine Finger warm waren, und sie lehnte sich unwillkürlich etwas näher zu ihm. »Woher kennst du das Zeichen?«, fragte er und seine Stimme klang drängend.

Jenna schloss die Augen und dachte an den Schwur. Wie konnte sie entscheiden, ob jemand würdig war, von dem Stein zu wissen? Aber wenn er das Zeichen selbst am Körper trug, konnte er nur würdig sein. Vielleicht ist es Zufall, sagte eine Stimme in ihr. Vielleicht ist es ein Zeichen, das es in jedem beliebigen Tattoostudio in den USA gibt. Caitrin hatte ihr gesagt, dass Männer nichts davon wissen durften. Deswegen musste es Zufall sein.

»Jenna, bitte«, drängte er.

»Ich kann nicht.«

»Aber ich muss es wissen, Jenna. Bitte.«

Er hob ihr Kinn und legte seine Stirn an ihre, sodass sie ihn anschauen musste. Sie konnte an seinen Augen ablesen, dass etwas ihn quälte, auch wenn sie nicht wusste, was es war. So gern wollte sie ihm Erleichterung verschaffen, doch das konnte sie nicht, bevor sie nicht mit Caitrin gesprochen hatte. Vielleicht wäre es das Beste, wenn diese ihm alles erzählte. Schließlich war sie die Torhüterin.

Er musste ihren Zweifel gespürt haben, denn er zog sie ein wenig enger an sich. Sein Atem ging schneller. »Hör zu«, sagte er, »lass uns eine Abmachung treffen.«

»Welche?«, brachte Jenna gequält hervor.

Er drückte ihre Hand, die immer noch auf seinem Herzen lag. »Solange deine Hand hier liegt, sind wir ehrlich zueinander. Wir dürfen einander alles erzählen und nichts davon verlässt diese Lichtung. Ich werde nichts von dem, was du sagst, jemals gegen dich verwenden, und andersherum auch. Aber ich brauche Ehrlichkeit, Jenna.«

Sie schaute in seine braunen Augen, die in diesem Licht fast schwarz wirkten, und wollte ihm so gern alles erzählen. Noch nie war sie einem Menschen so nah gewesen. Es sollte keine Geheimnisse zwischen ihnen geben, doch ihre Freundinnen waren ihr mindestens ebenso wichtig.

»Ich habe geschworen, nichts zu verraten«, flüsterte sie.

Evan atmete tief durch. »Ich auch«, stieß er hervor.

Überrascht schaute sie ihn an, damit hatte sie nicht gerechnet. »Wem?«

»Meiner Mutter. Aber ich wäre bereit, diesen Schwur zu brechen, wenn ich wüsste, dass ich damit ihr Leben retten könnte. Und das meiner Schwester.«

Jenna starrte ihn an, suchte in seinen Augen nach einem Anzeichen, dass er log oder dass das alles für ihn nur ein Spiel war. Doch sie sah nichts als Ehrlichkeit und noch etwas anderes, das sie nicht einordnen konnte. Verzweiflung vielleicht?

Bevor sie sich zu einer Antwort durchringen konnte, sagte

Evan: »Jenna, ich glaube, dass wir beide das Gleiche beschützen und nur aus Loyalität schweigen. Das ehrt uns beide, aber glaube mir, dass ich dich nicht danach fragen würde, wenn es nicht wirklich wichtig wäre.«

»Warum ist es wichtig?«, hörte sie sich selbst fragen.

»Dann haben wir also eine Abmachung, dass wir ehrlich miteinander sind, solange deine Hand hier liegt?« Er presste ihre Finger auf seine Brust.

Atemlos nickte Jenna. »Was ist wichtig, Evan? Was ist mit deiner Mutter passiert?«

Ob sie eine von den Reisenden war? Das würde so einiges erklären.

Evan atmete tief durch, als müsste er sich entschließen, den Absprung tatsächlich zu wagen. Sie konnte fühlen, dass sein Herz schneller schlug. Das hier war für ihn auch nicht einfach, erkannte sie. Er unterbrach ihren Blickkontakt nicht für eine Sekunde.

»Du weißt, was der Stein machen kann?«

Jenna nickte.

»Meine Mutter und meine Schwester sind dort drüben und ich bin auf der Suche nach ihnen. Ich glaube, dass sie in Gefahr sind.«

Jenna hielt den Atem an. »In welchem Jahr?«

Jetzt schloss er doch für einen Moment die Augen. »1746.« Er sah sie an und prüfte die Wirkung seiner Antwort.

Jenna nickte nur leicht. Noch immer war es so unglaublich, mit diesen Jahreszahlen zu arbeiten.

»Kannst du …« Er brach ab und räusperte sich. »Kannst du etwa auch gehen?«

Nach kurzem Zögern schüttelte sie den Kopf.

Erleichterung stand in seinen Augen, dann fragte er: »Aber Caitrin ist eine von ihnen?«

Wieder nickte sie, während in ihrem Kopf immer noch die Gedanken wirbelten. Er wusste nicht nur von dem Stein, sondern seine Mutter und seine Schwester konnten ebenfalls reisen.

»Was ist mit den anderen?«

»Sie auch. Ich bin die Einzige, die es nicht kann.«

Sein Gesicht wurde weicher. »Das muss schwer sein.«

»Ich würde es nicht wollen«, sagte Jenna. »Und es fällt mir immer noch schwer, daran zu glauben.«

Er runzelte die Stirn. »Seit wann weißt du davon?«

»Seit vier Tagen«, erwiderte sie und sie sah den Schock auf seinem Gesicht. »Und du?«

»Schon immer«, gestand er mit einem wehmütigen Lächeln. »Ich bin dort geboren.« Das Lächeln verschwand. »Und ich weiß nicht, wie ich darauf reagiert hätte, wenn ich es erst jetzt erfahren hätte. Ich würde vermutlich jeden für verrückt erklären.«

Es dauerte einen Moment, bis Jenna begriff, was er gesagt hatte. »Wo bist du geboren?«, fragte sie und hörte selbst, wie alarmiert ihre Stimme klang.

Evan versteifte sich ebenfalls ein wenig. »In North Carolina, in den USA.«

Jenna zitterte, als sie merkte, dass sie die falsche Frage gestellt hatte. »Und wann?«

Evan schaute sie an und sein Blick versengte sie fast. »1711.«

»Oh Gott«, murmelte Jenna und wollte ihre Hand losmachen, doch Evan hielt sie fest.

»Nicht, Jenna, bitte. Ich brauche dich hier.«

Er klang so verzweifelt, dass sie blieb, wo sie war, doch sie schaffte es nicht mehr, ihn anzuschauen. Stattdessen versuchte sie, ihr Zittern unter Kontrolle zu bringen.

»Ich habe noch niemandem davon erzählt«, sagte er.

»Das hoffe ich doch«, stieß sie hervor. »Es klingt nämlich verrückt.«

»Aber du weißt, dass es stimmt.«

Sie klammerte sich an ihm fest und das Zittern verstärkte sich. Ja, sie wusste, dass es stimmte. Nachdem sie akzeptiert hatte, dass es diese Zeitreisen gab, konnte sie nicht anders. Sie spürte in ihrem tiefsten Inneren, dass er sie weder anlog noch verrückt war. Trotzdem war diese Enthüllung so unglaublich, dass es ihr schwerfiel, nicht hysterisch zu werden.

Er zog sie enger an sich und murmelte beruhigende Worte in ihr Ohr. Erschöpft ließ sie den Kopf an seine Brust sinken, direkt neben der Tätowierung, und gab ihren Widerstand auf. »Erzähle es mir«, forderte sie.

»Was genau?«

»Alles.«

»Das kann länger dauern.«

Sie schüttelte den Kopf. »Das ist mir egal.«

»Sollen wir dafür vielleicht woanders hingehen?«

Sie war versucht, dem nachzugeben, denn mittlerweile war ihr doch kalt geworden, aber aus irgendeinem Grund erschien es ihr wichtig, dass sie hier am Stein seine Geschichte hörte. Also schüttelte sie den Kopf.

Er seufzte und ließ ihre Hand los. »Bleib so stehen«, sagte er, dann löste er sein Plaid und wickelte sie beide darin ein. Die feuchte Wolle war schwer, doch auch tröstlich warm. Sie hatte diesen Eigengeruch, aber trug auch Evans Geruch.

Jenna schloss die Augen und genoss es, von der Wärme eingehüllt zu werden. Dann schlüpften Evans Hände wieder unter das Plaid. Die eine legte er ihr auf den Rücken, mit der anderen bedeckte er die ihre auf seinem Herzen.

»Bereit?«, fragte er leise.

Jenna hörte sich selbst lachen. »Kann man für so etwas bereit sein?«

»Vermutlich nicht. Wenn ich aufhören soll, sag es mir.«

Er holte tief Luft.

»Wie ich bereits sagte, wurde ich im Jahr 1711 im heutigen Bundesstaat North Carolina geboren. Ich und meine Zwillingsschwester. Kurz nach der Geburt ist meine Mutter mit uns in diese Zeit zurückgekehrt, weil es ihr dort zu gefährlich erschien. Wir sind also mehr in dieser Zeit aufgewachsen, auch wenn wir immer wieder zurückgegangen sind, weil meine Schwester und ich es einfach toll fanden, dort zu sein. Es war vermutlich die merkwürdigste Kindheit, die man sich vorstellen kann. Aber für uns war es normal. Wir durften nur niemals jemandem davon erzählen, weder dort noch hier.«

Jenna dachte an Caitrin und daran, dass auch sie es als normal empfunden hatte, zwischen den Zeiten zu wandeln und dort und hier Freunde zu haben.

Leise sprach Evan weiter. Jenna merkte, dass auch er nach Worten suchte. Kein Wunder, schließlich hatte er diese Geschichte vermutlich noch niemandem erzählt.

»Als wir Kinder waren, sind wir immer nur gemeinsam gegangen, da Mutter uns niemals allein dort gelassen hätte. Es war viel zu gefährlich, vor allem weil wir so anders waren. Dabei haben wir uns so gut es ging angepasst. Wir haben ihre Sprache gesprochen, nach ihren Sitten gelebt und immer die Highlandertracht getragen, die dort bei den Schotten, die in die Neue Welt gegangen waren, üblich war. Wir fanden uns gar nicht so anders.«

Jenna dachte daran, dass Evan von Anfang an nicht wie ein Tourist ausgesehen hatte, der sich für seinen kurzen Aufenthalt in Schottland einen Kilt und ein Plaid gekauft und es zum ersten Mal getragen hatte. Und jetzt hatte sie auch eine Erklärung dafür. Er war darin praktisch aufgewachsen, deswegen trug er es mit einer solchen Selbstverständlichkeit. Vermutlich wusste er auch, wie man das Schwert benutzte, und hatte womöglich schon einmal damit gekämpft. Dieser Gedanke ließ ihren Kopf schmerzen, so unglaublich war er.

»Als wir älter wurden und Teenager waren, sind wir manchmal heimlich gegangen, vor allem wenn wir Schule schwänzen wollten, denn da hat uns niemand finden können. Doch als wir studiert und erste Jobs gefunden haben, verblasste die andere Welt ein wenig und wir sind viel seltener gegangen. Da waren einfach andere Dinge wichtig. Meine Mutter war froh darüber. Es gab etwas da drüben, das ihr Angst machte, und sie wollte uns davon fernhalten.«

Er schwieg und Jennas Gedanken wirbelten. Sie hatte so viele Fragen, doch sie spürte, dass er noch nicht fertig war, also versuchte sie, ihre Gedanken zu beruhigen, und lauschte seinem Herzschlag. Wie bei Caitrins Geschichte versuchte sie, einen offenen Geist zu bewahren. Die Tatsache, dass es Evan gewesen war, der sie dazu aufgefordert hatte, einen offenen Geist und Vertrauen zu haben, ergab auf einmal so viel mehr Sinn.

»Vor ein paar Monaten, als ich auf der Arbeit gerade sehr viel zu tun hatte, rief meine Schwester an und erzählte mir, dass Mutter verschwunden sei. Sie wohnt bei ihr in der Nähe, während ich an der Westküste bin, oder besser gesagt war. Sie klang nicht sonderlich beunruhigt, wollte es mich aber wissen lassen. Nach ein paar Wochen habe ich versucht, sie zu erreichen, und musste feststellen, dass sie ebenfalls fort war.«

Er atmete tief durch, während Jenna die Luft anhielt.

»Es dauerte ein paar Tage, bis ich es schaffte, nach Raleigh zu fliegen. Weder meine Mutter noch meine Schwester waren da, und alles, was sie für eine Reise brauchten, war fort. Die Kleider, die Münzen, die Waffen und die Landkarten. Deswegen war klar, dass sie dort sind. Und ich hatte keine Ahnung, wie lange sie schon weg waren, denn ich hatte rund um die Uhr gearbeitet.«

Wieder schwieg er und Jenna spürte die Vorwürfe, die er sich machte. »Bist du ihnen gefolgt?«, fragte sie.

Seine Arme schlossen sich fester um sie. »Ich konnte nicht.«

»Warum nicht?«

»Unser Tor war weg. Ich hatte keine Möglichkeit mehr, ihnen zu folgen.«

Jenna hob den Kopf und schaute ihn an. Der Ausdruck auf seinem Gesicht war so gequält, dass sich alles in ihr schmerzlich zusammenzog. »Was meinst du damit, euer Stein war weg?«

Er schüttelte den Kopf. »Bei uns war es kein Stein, sondern eine Felsformation, durch die wir gegangen sind, und zwar genau in dem Muster wie das hier.« Er tippte sich auf die Brust.

»Und wo ist sie hin?«

Er biss die Zähne zusammen. »Bei uns wird viel neu gebaut, die Gegend entwickelt sich und es werden ständig riesige Baugebiete erschlossen. So auch dort, wo unser Tor war. Früher war es weit abgelegen von jedem Haus, versteckt, tief in den Wäldern. Doch jetzt stehen dort Häuser. Es muss passiert sein, kurz nachdem die beiden gegangen sind.«

Jenna runzelte die Stirn. »So schnell?«

Evan lächelte traurig. »Bei uns geht so etwas immer schnell. Da steht ein komplett neues Wohnviertel innerhalb von zwei Monaten. Die Felsen wurden entweder versetzt oder untergegraben. Ich kann kaum noch sagen, wo sie ungefähr gestanden haben, weil dort überall Häuser stehen und alles so anders aussieht.«

Jenna starrte ihn an, ihre Hand lag noch immer auf seiner Brust. »Das heißt, deine Schwester und deine Mutter sind in einer anderen Zeit und du kannst ihnen nicht folgen.«

Evan schloss die Augen, dann nickte er. »Deswegen bin ich hier. Ich wusste, dass es dieses Tor gibt, denn meine Mutter hat es beim allerersten Mal benutzt, als sie gereist ist.«

»Und du hoffst, dass du ihnen von hier aus folgen kannst?«

Er nickte erneut.

Jenna versuchte, ihre Gedanken zu sortieren. »Aber wenn sie das Tor in Amerika benutzt haben, sind sie dann auch hier in Schottland?«

Evan schüttelte den Kopf. »Nein, es könnte aber sein, dass sie hierher gereist sind. Wie gesagt, es gibt da etwas, was meine Mutter uns verschweigt. Wir wissen nur, dass es etwas mit Schottland, genauer gesagt mit Dundarg, zu tun hat. Schließlich hat sie hier ein paar Jahre gelebt, als sie das erste Mal gereist ist. Erst dann hat sie ein Schiff in die Neue Welt genommen. Dort hat sie uns bekommen. Und irgendwie hat sie damals das neue Tor gefunden und ist in unsere Zeit zurückgekehrt.«

Jenna starrte ihn an und konnte kaum glauben, was er ihr erzählte. Wenn nicht alles so gut mit Caitrins Geschichten zusammengepasst hätte, hätte sie ihm niemals geglaubt.

»Deswegen hast du gleich die ganze Burg gepachtet?«

Er zuckte mit den Schultern. »Das schien mir das Sicherste.«

Das konnte Jenna gut verstehen. »Warum willst du sie suchen?«

Evan schluckte. »Ich weiß es nicht genau, aber ich habe das Gefühl, als würde etwas nicht stimmen. Außerdem hatten beide keinen Grund, zu gehen, ohne mir Bescheid zu sagen. So etwas machen wir normalerweise nicht und wir alle sind schon seit Jahren nicht mehr gereist. Irgendetwas stimmt nicht. Ich möchte mich zumindest vergewissern, dass es ihnen gut geht. Und ich will ihnen zeigen, dass es noch einen Weg nach Hause gibt. Ich will nicht, dass sie dort bleiben müssen.«

Eine Erkenntnis traf Jenna mit solcher Wucht, dass sie zusammenzuckte.

Evan betrachtete sie besorgt. »Was ist?«

»Wenn sie noch in Amerika sind und du hier, müsstest du erst einmal von hier nach Amerika gelangen, sie dort suchen und dann mit ihnen hierher zurückkehren.«

Und das könnte Jahre dauern, dachte sie verzweifelt, doch sie sagte nichts.

Evan hatte sie aber auch so verstanden. Er nickte. »Ich kann sie nicht dort allein lassen, Jenna.«

Sie wollte etwas erwidern, doch konnte es nicht, denn sie hatte kein Recht dazu. Wer war sie, dass sie ihn bat, hierzubleiben? Also verscheuchte sie den Gedanken mit einiger Mühe und wandte sich einer anderen Frage zu. »Warum bist du noch hier und nicht dort?«

Überrascht schaute er sie an. »Weil ich noch nicht herausgefunden habe, wie das Tor hier funktioniert.«

Jenna warf einen Blick hinüber zum Stein. »Aber du hast es ausprobiert«, stellte sie fest.

Er nickte. »Alles, was mir eingefallen ist. Aber anscheinend ist es anders als unseres. Oder es funktioniert einfach nicht für mich.« Dann setzte er nach kurzem Zögern hinzu: »Kannst du mir erklären, wie es geht?«

Jenna zögerte, dann schüttelte sie den Kopf. »Caitrin ist die Torhüterin. Sie sollte es dir zeigen. Ich kann es nicht einmal.«

»Die Torhüterin? Was bedeutet das genau?«

»Sie bewacht das Tor und sorgt dafür, dass die Frauen, die reisen, hier in Sicherheit sind, dass sie ungehindert reisen können und dass sie gut versorgt sind, wenn sie hier ankommen. Mit Medikamenten und Kleidern zum Beispiel.« Sie zog eine Grimasse, als sie an Elizabeth dachte.

»So wie gestern Abend?«, fragte Evan.

Jenna nickte. »Das schien aber ein extremer Fall gewesen zu sein.« Sie zögerte. »Hast du erkannt, woher Elizabeth kam?«

Evan nickte. »Für sie war es furchtbar, aber dadurch, dass sie aufgetaucht ist, habe ich erkannt, dass das Tor funktioniert und ihr etwas damit zu tun haben müsst.« Er zögerte, dann fragte er: »Gibt es noch mehr außer den anderen vier?«

Jenna runzelte die Stirn. »Welche vier meinst du? Ich kann nicht reisen.«

»Elizabeth, Caitrin, diese Dunkelhaarige mit den blauen Augen, die kein Blatt vor den Mund nimmt, und die hübsche Rothaarige«, zählte er auf. »Das sind doch deine Freundinnen, oder?«

Für einen Moment versetzte es Jenna einen Stich, dass er Lauren beschrieben hatte, indem er sie als hübsch bezeichnete, doch dann wurde ihr klar, dass das vermutlich jeder so machen würde, denn es war nun einmal eine Tatsache, dass Lauren die schönste Frau war, der Jenna in ihrem ganzen Leben begegnet war.

Sie schüttelte den Kopf, nickte dann aber. »Caitrin, Allison und Lauren sind meine Freundinnen, Elizabeth kannte ich nicht.« Sie atmete tief durch. »Sie ist eine von den Reisenden, die auf Caitrins Hilfe angewiesen sind.«

Wieder beschleunigte sich sein Herzschlag unter ihrer Hand. Sie begann, dieses Messgerät für seine Gefühle zu mögen. Er studierte ihr Gesicht. »Du meinst, es gibt noch mehr als die vier?«

Als sie nickte, fragte er nach: »Wie viele?«

Jenna zuckte die Schultern und dachte an das Logbuch, das Caitrin ihr vorgelegt hatte. Sie hatte die Namen nicht gezählt, aber es war möglich, dass dort an die hundert Namen gestanden hatten. »Viele«, sagte sie.

Evan starrte sie ungläubig an. Er griff sich in die Haare und wollte sich abwenden, doch in dem Moment, als Jennas Hand von seinem Herz rutschte, drehte er sich wieder zu ihr zurück und hielt sie fest. Fassungslos schüttelte er den Kopf. »Wir dachten immer, es gäbe nur uns. Dass Elizabeth in diesen Kleidern wie aus dem Nichts aufgetaucht ist, war das erste Mal, dass ich davon gehört, oder besser gesagt, es erlebt, habe, dass jemand anders es auch kann.«

»Und Caitrin und ihre Großmutter dachten immer, dass nur Frauen reisen können und dass das hier das einzige Tor ist.«

Wortlos schüttelte er den Kopf. »Ich kann auf jeden Fall reisen und ich bin mir auch sehr sicher, dass ich ein Mann bin. Auch das Tor in North Carolina war echt.«

»Ob es noch mehr Tore gibt?«, fragte Jenna.

»Himmel«, flüsterte Evan, »darüber habe ich noch nie wirklich nachgedacht, aber das wäre großartig.«

Es war, als hätte ihm jemand eine Last von den Schultern genommen.

Er fing ihren Blick auf und zog sie an sich. »Danke«, sagte er.

»Wofür?«

»Dass du so ehrlich mit mir bist. Bisher hatte ich immer gedacht, dass ich allein damit bin, aber jetzt gibt es Menschen, die dieses Wissen teilen. Und Caitrin kann mir sogar zeigen, wie dieses Tor funktioniert.« Er zog eine Grimasse. »Ich hoffe nur, dass ich es mir nicht bis in alle Zeiten mit ihr verscherzt habe. Jetzt verstehe ich auch, warum sie den Zaun nicht wollte und warum ihr versucht habt, den Stein zu stehlen.« Er schaute über die Schulter zu dem Stein. »Er ist ein Teil des Tores, oder?«

Jenna nickte. »Er ist das Tor.«

Verblüfft starrte Evan sie an. »Nur dieser Stein? Er ist doch viel zu klein. Er kann ziemlich schnell verloren gehen. Das ist doch viel zu gefährlich. Bei uns waren es riesige Felsbrocken, die auf eine merkwürdige Art und Weise angeordnet waren. So ähnlich wie Stonehenge oder diese anderen Steinkreise, die es hier gibt.«

Jenna zuckte mit den Schultern. »Anscheinend war es gerade wichtig, dass man das Tor auch bewegen konnte, falls es in Gefahr geriet.«

Evan unterdrückte ein Lächeln. »So wie jetzt gerade?«

Jenna musste ebenfalls lächeln. »Caitrin war, oder ist, davon überzeugt, dass sie den Stein vor dir beschützen muss. Bisher haben die meisten Frauen ziemlich schlechte Erfahrungen mit Männern gemacht, die von dem Stein wussten.«

»Jetzt verstehe ich sie wirklich besser.« Wieder schaute er zu dem Stein hinüber. »Vermutlich funktioniert er dann einfach für mich nicht, denn ich habe alles ausprobiert, was mir eingefallen ist.«

Jenna zögerte. »Caitrin sagt, sie benutzt nur den Stein und das Amulett.«

In diesem Moment fiel ihr die Kette ein, die sie gestern noch getragen und wieder abgelegt hatte, weil Lauren und Allison es als unangenehm empfanden.

»Warte«, sagte sie zu Evan.

Sie wollte sich von ihm lösen, doch er hielt sie fest und zog sie an sich. Wieder legte er seine Stirn an ihre. »Gilt unsere Abmachung, dass wir ehrlich sind, auch noch, wenn ich dich jetzt gehen lasse?«

Sein Blick war so intensiv, dass ihr Magen anfing zu flattern. »Ja«, sagte sie leise.

»Gut, ich habe nämlich noch so viele Fragen.«

Jenna lächelte und wollte sich schon losmachen, als er sie noch einmal an sich zog. »Auch zu uns«, sagte er.

Sein Blick erforschte den ihren und Jenna spürte, wie sie errötete. Sie hob eine Hand und legte sie auf seine Wange. »Ich auch.«

Und so standen sie eingehüllt in die Wärme seines Plaids, den Blick ineinander versenkt. Sie waren eine Einheit und es fiel Jenna schwer, sich von ihm zu lösen, doch sie musste ihm die Kette zeigen.

Sie rannte durch den Regen hinüber zu der Stelle, wo Caitrin in der Nacht zuvor die Ketten abgelegt haben musste. Nachdem sie die Wärme von Evans Plaid verlassen hatte, spürte sie die Kälte umso deutlicher.

Es dauerte nur einen kurzen Moment, bis sie die Ketten in der Astgabel entdeckte. Sie lief zu Evan zurück und hielt ihm ein Amulett hin. »Das ist es. Es sieht genauso aus wie das hier.« Vorsichtig berührte sie seine Tätowierung.

Bevor Evan sich das Amulett anschaute, hüllte er sie wieder in sein Plaid ein. Dann sah er sich die Kette genauer an. »Und die muss man tragen, wenn man gehen will?«

Jenna schüttelte den Kopf. »Soweit ich weiß, legt man es in die Einkerbung auf dem Stein.«

Evan nickte. »Das macht Sinn. Es hat die gleiche Größe.«

Wieder wanderte sein Blick zu dem Stein hinüber und Jenna spürte, wie es ihn drängte, es auszuprobieren. Deswegen schloss sie die Hand schnell um das Amulett. »Ich glaube, es ist das Beste, wenn Caitrin dir ein eigenes gibt.«

»Warum hast du zwei?«

»Eines gehört Caitrin, das andere hat sie mir gegeben.«

»Dann glaubt sie, dass du auch reisen kannst?«

Jenna schüttelte den Kopf. »Es ist, weil ich davon weiß, und es ist wie ein Erkennungszeichen für die Frauen, die reisen. Damit sie wissen, dass sie bei mir sicher sind.«

So wie du, doch das sagte sie nicht.

Die Worte, die ausgesprochenen wie die unausgesprochenen, hingen zwischen ihnen in der Luft. Evan trug auch dieses Erkennungszeichen, er hatte es sogar in seine Haut tätowiert. Der Gedanke, dass er ebenfalls reisen konnte, verwirrte sie immer noch. Und wenn sie ehrlich war, machte es ihr auch Angst. Sie wollte ihn nicht verlieren, nicht jetzt, nachdem sie ihn gerade gefunden hatte.

Sie schaute ihn an und suchte in seinem Blick nach etwas, auch wenn sie nicht wusste, was es war. »Was ist das mit uns?«, fragte sie leise. »Was ist das für dich? Bin ich für dich nur eine Urlaubsbekanntschaft?«

Ein wehmütiges Lächeln breitete sich auf seinem Gesicht aus. »Also zunächst einmal bin ich nicht im Urlaub, deswegen kann es das schon einmal nicht sein.«

Jenna schaffte es nicht, über diesen Witz zu lachen, und auch Evan wurde ernst.

»Ich weiß nicht, was es ist, Jenna. Ich hatte nicht vor, hierherzukommen und mich in jemanden zu verlieben. Aber du …« Er zuckte mit den Schultern. »Ich konnte nicht anders. Du bist die wunderbarste Frau, der ich je begegnet bin.«

Sie hielt die Luft an. Hatte er das gerade wirklich gesagt?

»Ich hatte noch nicht einmal vor, in nächster Zeit jemanden kennenzulernen. Alles, was ich wollte, war, das Tor zu finden und mich auf den Weg zu machen, um meine Mutter und meine Schwester zu suchen. Und dann warst du auf einmal da. Das hat alles so viel schwerer und auch so viel leichter gemacht.«

»Warum?«, fragte sie.

»Schwerer, weil ich auf einmal nicht mehr gehen wollte, vor allem nicht, weil ich keine Ahnung habe, wann ich wiederkomme. Und leichter, weil ich gemerkt habe, dass noch andere Dinge im Leben zählen, als ich bisher dachte.« Er zögerte. »Wir kennen uns nur so kurz und trotzdem hatte ich in den letzten Tagen manchmal das Gefühl, als ob ich immer nur darauf gewartet habe, dich kennenzulernen.« Er atmete tief durch. »Und trotzdem muss ich gehen. Ich bin es meiner Mutter schuldig.«

Seine Worte trafen Jenna mit einer solchen Wucht, dass sie sich an ihm festhalten musste. Sie wollte ihn nicht verlieren, aber sie konnte ihn auch nicht bitten, zu bleiben.

»Sag etwas, Jenna«, bat er, als sich das Schweigen in die Länge zog. »Bilde ich mir das mit uns nur ein?«

Sie schüttelte den Kopf. »Nein«, flüsterte sie.

Im nächsten Moment senkte er den Kopf und seine Lippen lagen auf den ihren. Zärtlich für eine Sekunde, dann begierig. Er nahm ihren Kopf in seine Hände und küsste sie immer fordernder. Jenna öffnete die Lippen und lud ihn ein, sich tiefer in sie zu versenken. Mit einem leisen Stöhnen nahm er die Einladung an und während seine Zunge mit ihrer zu tanzen begann, griff er in ihre Haare.

Jenna drängte sich an ihn und schlang ebenfalls die Arme um seinen Hals. So wundervoll, so süß schmeckte sein Kuss. Vor allem, weil sie bereits gedacht hatte, ihn nie wieder küssen zu können. Und nun, da sie wusste, wie unwirklich er war und dass er jederzeit an einen Ort und in eine Zeit verschwinden konnte, wohin sie ihm nicht folgen konnte, klammerte sie sich an ihn, als würde sie ihn so hierbehalten können, und kostete ihn aus, bis ihr schwindelig wurde.

Es schien eine Ewigkeit zu dauern, bis ihr Kuss langsamer wurde und Evan ihn schließlich beendete. Er legte seine Stirn an ihre. »Ich habe so etwas noch nie erlebt«, sagte er und hauchte ihr einen Kuss auf die Stirn.

Jenna schloss die Augen, um seine Lippen noch besser fühlen zu können. »Ich auch nicht«, sagte sie leise und diese Tatsache ließ sie ratlos darüber zurück, was sie jetzt tun sollten.

In diesem Moment meinte sie, in der Ferne Stimmen zu hören. Auch Evan musste sie gehört haben, denn er spannte sich an. »Deine Freundinnen«, sagte er leise. »Oder zumindest die Dunkelhaarige.«

Jenna nickte. Sie konnte Allison jetzt auch ihren Namen rufen hören. »Ich kann noch nicht mit ihnen sprechen«, flüsterte sie. »Ich brauche noch Zeit mit dir allein.«

Evan zog sie fester an sich und küsste sie auf die Haare. »Komm mit.«

Er nahm sie an der Hand und führte sie am Stein vorbei,

wo er sein Schwert aufnahm, zu einer Stelle, wo die Holunderbüsche nicht so dicht waren. Ein kleiner Weg zweigte dort ab, den Jenna vorher noch nie gesehen hatte.

Als sie den Weg zur Burg hinaufgingen, ließ er ihre Hand nicht einen Moment lang los. Noch immer strahlte er eine beruhigende Wärme aus, während sie selbst eiskalt war. Und vielleicht kam die Kälte nicht nur von außen, sondern auch von innen. Sie war noch nie gleichzeitig so ratlos und sich einer Sache so sicher gewesen.

Wie sie erwartet hatte, trug Evan das Schwert mit einer solchen Sicherheit, dass klar war, dass er es schon oft benutzt hatte. Auf eine merkwürdige Art und Weise machte sie das stolz.

Er führte sie zum Cottage, das wurde ihr bewusst, als sie an der Burg vorbeigingen. Die ganze Zeit hatten sie kein Wort gesprochen. Vor der Tür blieb er stehen und wandte sich zu ihr um. »Hier hast du Empfang. Vielleicht sagst du deinen Freundinnen, dass es dir gut geht.« Er atmete tief durch. »Dann haben wir mehr Zeit.«

Mehr Zeit … Diese Worte hallten in ihrem Kopf wider. Sie hatten überhaupt keine Zeit. Doch das war ein anderes Thema und er hatte recht, sie musste es schaffen, dass Allison im Haus auf sie wartete und nicht noch hierherkam. Also schrieb sie den anderen in ihrem Gruppenchat eine Nachricht und teilte ihnen mit, dass es ihr gut ging und sie später zum Haus kommen würde. Nur wenige Augenblicke später hatten alle drei die Nachricht gelesen.

Lauren schrieb: Danke.

Von Caitrin kam: Sag Bescheid, wenn du bei irgendetwas Hilfe brauchst.

Und Allison schickte ein zwinkerndes Emoji.

Jenna senkte lächelnd den Kopf. Sie liebte ihre Freundinnen so sehr. Und später würde sie viel erklären müssen.

»Alles in Ordnung?«, fragte Evan und öffnete die Tür.

Jenna nickte, dann nahm sie mit klopfendem Herzen Evans Hand.

18

Das Cottage hatte tatsächlich nur einen Raum, der allerdings größer war, als es von draußen wirkte. Eine kleine Küche war darin und es gab anscheinend ein winziges Badezimmer an der Seite. Beherrscht wurde der Raum von einem riesigen Sofa, das als Schlafsofa diente und als Bett bezogen war. Jenna starrte darauf und wandte dann hastig den Blick ab.

Das Cottage war schlicht, aber wohnlich eingerichtet. Dass der Regen auf das Dach prasselte, machte es umso gemütlicher.

Evan führte sie hinüber zu dem großen Kamin, an dem ein Sessel stand. Er nahm eine Wolldecke und reichte sie Jenna. »Hier, leg die um, bis ich Feuer gemacht habe. Du bist eiskalt.«

Folgsam tat sie, was er gesagt hatte, dann beobachtete sie, wie er geschickt Holzscheite und Reisig in dem blank gefegten Kamin aufschichtete und ein Feuer entzündete, das nach kurzer Zeit munter brannte und schon Hitze abstrahlte. Jenna hielt die Hände in Richtung des Feuers und genoss die Wärme. Auf einmal fühlte sie sich merkwürdig gehemmt.

Evan öffnete eine Schublade und reichte ihr ein Handtuch, auch er selbst trocknete sich die Haare und das Gesicht. Fast beiläufig sagte er: »Du solltest das Kleid ausziehen, sonst erkältest du dich.«

Jenna erschrak und schaute an sich herunter. Er hatte recht, aber sie konnte doch nicht nackt hier herumlaufen. Doch im nächsten Moment reichte er ihr ein T-Shirt und eine Boxershorts. »Vermutlich brauchst du nur das T-Shirt, weil es dir bis zu den Knien reichen wird.«

»Danke«, murmelte sie und schaute sich um. »Soll ich ins Badezimmer gehen?«

Er lächelte. »Du bist zwar schlank, aber vermutlich müsstest du eine Verrenkungskünstlerin sein, wenn du dich dort umziehen willst. Mach es hier, ich schaue auch nicht hin.«

Jenna musste ebenfalls lächeln. »Außerdem hast du mich schon einmal in Unterwäsche gesehen.«

Evan atmete tief durch. »Stimmt, aber da habe ich auch nicht genau hingeschaut.«

»Lügner«, sagte sie leise.

Das Feuer erwärmte das Zimmer schnell und vielleicht kam die Röte auf seinen Wangen von der Wärme. Er zuckte die Schultern. »Kannst du es mir verdenken?« Er trat näher und küsste sie sanft auf den Mund. »Wenn ich nicht schon vorher von dir fasziniert gewesen wäre, wäre es in dem Moment um mich geschehen gewesen.«

Jenna schlang die Arme um seinen Nacken und zog ihn zu einem Kuss heran. Sofort presste er sie enger an sich und ihr rutschte die Decke von den Schultern. Er unterbrach den Kuss und hob sie auf. »Du solltest dich umziehen. Ich möchte nicht, dass du krank wirst.«

Vorsichtig löste Jenna die Schnüre an seinem Hemd. »Wie wäre es, wenn du das ausziehst? Du wirst womöglich auch krank.«

Sie fühlte sich unglaublich verwegen und wagte es nicht, ihn anzuschauen.

Er griff nach ihren Fingern und hielt sie fest. »Sollten wir nicht lieber erst einmal reden?«

Jenna atmete tief durch und versuchte, all die Gedanken

und Gefühle, die durch sie wirbelten, zu einer logischen Antwort zusammenzufügen. Doch es gelang ihr nicht. Sie hob den Kopf und schaute ihn an. Dann schüttelte sie langsam den Kopf. »Ich will nicht mehr reden.«

Evan kämpfte. »Ich will aber nicht, dass du denkst, dass ich dich nur deswegen hierhergebracht habe. Ich dachte nur, dass wir hier am meisten Ruhe haben.« Er schluckte. »Zum Reden.«

»Willst du lieber reden?«

Er zögerte noch einen Moment, dann schüttelte er den Kopf. »Wenn ich ehrlich bin, nein.«

»Dann küss mich endlich.«

»Ich will aber nicht, dass du denkst –«, setzte er noch einmal an, doch Jenna unterbrach ihn, indem sie sich auf die Zehenspitzen stellte und ihn sanft auf den Mund küsste.

»Hör auf, ein solcher Gentleman zu sein.«

Und dann zog er sie endlich an sich und küsste sie richtig. Jenna öffnete ihren Mund und gab sich diesem Kuss hin, der so stürmisch und intensiv war, dass ihr ganz schwindelig wurde.

Sie zog sein nasses Hemd aus dem Kilt und fuhr mit den Händen über seinen Rücken. Evan stöhnte auf.

»Ich finde trotzdem, dass du das Kleid jetzt ausziehen solltest«, murmelte er an ihrem Mund.

Ohne den Kuss zu unterbrechen, schob Jenna sich die Träger über die Schultern und ließ das Kleid zu Boden rutschen. Ganz sanft fuhren seine Finger über ihre nackten Schultern und Jenna konnte ein Schaudern nicht unterdrücken. Vorsichtig und sanft wollte sie nicht, sie wollte alles von ihm. Sie versuchte, ihm das Hemd über den Kopf zu ziehen, aber sie war nicht groß genug und es klebte an seiner Haut. Sie spürte, wie er lächelte, dann löste er sich von ihr und zog sich das Hemd über den Kopf, gleichzeitig streifte er seine Stiefel ab. Schließlich stand er nur noch im Kilt vor ihr und Jenna konnte nicht anders, als ihn anzustarren.

Der Schein der Flammen tanzte über seine Haut. Das

Tattoo des Amuletts auf seiner Brust war das einzige auf seinem Körper. Ansonsten bestand er nur aus Muskeln und glatter Haut. Er sah aus wie ein Krieger und nicht wie ein Mann aus diesem Jahrhundert. Der Kilt, der jetzt das Einzige war, was er trug, verstärkte diesen Eindruck. Seine Brust hob und senkte sich schnell und er schaute sie mit diesem dunklen, fast herausfordernden Blick an.

Erst jetzt wurde ihr klar, dass er sie genauso anstarrte wie sie ihn. Sie hob das Kinn und genoss seinen Blick auf ihrem Körper, es war fast wie ein Streicheln. Langsam hob sie die Arme und löste erst ihren BH, den sie auf den Boden fallen ließ, dann stieg sie möglichst elegant aus ihrem Höschen. Als sie nackt vor ihm stand, richtete sie sich auf und schloss die Augen. Hab Vertrauen, sagte sie sich. Dann öffnete sie die Augen und sein Blick nahm ihr den Atem. Er wollte sie, dessen war sie sich sicher. Noch nie hatte ein Mann sie so angesehen.

Als sich ihre Blicke fanden, löste er den Gürtel an seinem Kilt und ließ ihn zu seinem Hemd auf den Boden gleiten. Jenna musste tief durchatmen, dann ließ sie den Blick über seinen nackten Körper wandern. Er war noch atemberaubender, als sie ihn sich vorgestellt hatte. Und ja, er wollte sie, daran gab es keinen Zweifel mehr.

Er streckte die Hände nach ihr aus und als sie die seinen ergriff, merkte sie, dass seine Hände zitterten, und das gab ihr eine gewisse Ruhe zurück. Beruhigend drückte sie seine Hände.

Dann führte er sie die wenigen Schritte hinüber zum Bett und erstaunt stellte Jenna fest, dass sie überhaupt keine Scham empfand, in seiner Nähe nackt zu sein. Es war, als sollte es so sein. Sie hatten eben am Stein viel intimere Dinge miteinander geteilt, ihre Geheimnisse nämlich.

Am Bett war es kühler, weil sie weiter weg vom Feuer waren, und Jenna fühlte, wie sie eine Gänsehaut bekam. Evan hatte es auch bemerkt, denn er fuhr mit dem Finger ihren Arm hinauf über ihre Schulter und legte dann eine Hand auf ihre Wange. Jenna erschauderte, so köstlich war dieses Gefühl.

Evan beugte sich vor und küsste sie sanft auf den Mund. »Du kannst dir gar nicht vorstellen, wie oft ich mir das in den letzten Tagen vorgestellt habe.« Wenn es überhaupt möglich war, verstärkten seine Worte die Gänsehaut auf ihrem Körper.

Er schlug die Bettdecke zurück und Jenna stieg hinein. Die Laken waren kühl, doch als Evan im nächsten Moment neben ihr lag, spürte sie, wie die Wärme, die sein Körper ausstrahlte, diesen kleinen Raum unter der Decke, den sie teilten, sofort erwärmte. Unwillkürlich rückte sie näher zu ihm und er empfing sie mit seinen starken Armen.

Jenna ließ sich in die Kissen sinken und zog seinen Kopf zu einem Kuss heran. Sobald seine Lippen ihre berührten, öffnete sie diese und ihre Zunge fand die seine. Es war so wundervoll, diesen starken Mann so nah bei sich zu haben, während draußen der Regen auf das Dach prasselte und drinnen das Feuer und ihre Lust sie wärmten. Sie fuhr mit den Händen in seine Haare und seine eine Hand begann, über ihren Körper zu wandern, während er sie mit der anderen hielt. Unwillkürlich bog sie sich ihm entgegen, als seine großen Hände über ihre Brüste glitten, und Jenna war überrascht über die Heftigkeit ihrer Lust. Sie wollte ihn so sehr und vielleicht war es das Wissen, dass er sie bald verlassen würde, vielleicht für immer, das ihre verzweifelte Lust noch verstärkte. Doch daran wollte sie jetzt nicht denken. Jetzt wollte sie ihn fühlen.

Sie stöhnte leise auf, als er mit dem Daumen über ihre harten Brustwarzen strich, und er antwortete mit weiteren Streicheleinheiten und damit, dass er noch tiefer mit der Zunge in ihren Mund eindrang. An ihrer Hüfte fühlte sie sein hartes Glied und die Tatsache, dass sie beide schon nackt waren, machte sie fast rasend vor Lust. Ein großes Vorspiel brauchte sie nicht, sie wollte ihm einfach nur so nah wie möglich sein. Körperlich so nah, wie sie ihm vorhin geistig gewesen war.

Sie schlang ein Bein um seine Hüften und versuchte, ihn auf sich zu ziehen. Keuchend unterbrach er ihren Kuss und suchte ihren Blick. »Langsam«, sagte er heiser. »Wir haben Zeit.«

Jenna schüttelte den Kopf. »Ich will dich aber jetzt. Ich habe schon viel zu lange gewartet.«

Er lächelte und rieb seine Hüfte quälend langsam an ihrer. »Das waren fünf Tage.«

»Ich habe das Gefühl, dass ich schon viel länger auf dich gewartet habe. Vielleicht schon immer.«

Sie wusste selbst nicht so recht, woher die Worte kamen, aber sie wusste, dass es die Wahrheit war.

Seine Augen wurden dunkel und er glitt auf sie. Bereitwillig öffnete sie die Beine. Nicht eine Sekunde lang lösten sie den Blick voneinander. Er war direkt an ihrem Eingang, sie konnte sein Glied fühlen, wie es heiß pulsierte. Alles war richtig.

Sein Blick war so intensiv wie sein ganzer Körper, der sie auf dem Bett fixierte. »Ich bin so froh, dass ich dich endlich gefunden habe«, sagte er leise und glitt in sie hinein. Jenna hob ihm die Hüften entgegen und genoss das Gefühl, als er sie komplett ausfüllte. Noch niemals hatte sich das so gut angefühlt. Es war alles, was sie immer gewollt hatte.

Er begann, sich langsam zu bewegen, und seine Augen erforschten die ihren, so als suche er nach etwas. Sie lächelte und nahm seine Bewegung auf. Er erwiderte ihr Lächeln und steigerte den Rhythmus langsam.

Dann beugte er sich vor und küsste sie. Erst sanft, doch als Jenna mit ihrer Zunge über seine Lippen fuhr, nahm er die Einladung an und drang mit der Zunge tief in sie ein. Sie schlang die Arme um seinen Nacken und die Beine um seine Hüften, ließ sich ganz von ihm ausfüllen und von ihm halten.

Evan stöhnte, unterbrach dann aber den Kuss und die Bewegung seiner Hüften wurde langsamer. Er legte seine Stirn an ihre und sagte: »Ich möchte, dass du kommst. Ich bin so tief in dir, dass ich es nicht mehr lange durchhalten kann.«

Er sagte es so liebevoll, doch Jenna erstarrte. Da war er wieder, dieser Moment. Es passierte nicht mit jedem Mann, denn die meisten interessierten sich nicht dafür, ob sie kam oder nicht. Und wenn mal einer gefragt hatte, hatte sie meistens gelogen. Doch sie wollte Evan nicht anlügen. Also lächelte sie, küsste ihn zärtlich und sagte: »Ich kann nicht kommen. Das bin ich noch nie. Glaube ich zumindest. Ich weiß nicht, wie es sich anfühlt.« Sie atmete zitternd ein. »Aber nimm dir, was du brauchst. Ich genieße es auch so.«

Auf einmal lag er ganz still und schaute sie fragend an. Bevor er etwas sagen konnte, bewegte sie ihre Hüften leicht und sein Körper antwortete sofort. Sie wollte ihn küssen, aber er legte ihr einen Finger auf die Lippen.

»Ich möchte, dass du kommst. Ich möchte, dass du auch etwas davon hast.«

Jenna schluckte. »Das habe ich. Es ist wunderschön, dich so nah bei mir zu haben. Mach dir um mich keine Gedanken. Es war schon immer so.«

Doch das tat er, das konnte sie sehen. »Bitte«, sagte sie leise, »ich möchte das jetzt nicht besprechen, sondern einfach nur nah bei dir sein. Entspann dich und mach weiter.«

Er beugte sich vor und küsste sie, doch es war kein leidenschaftlicher Kuss, sondern ein liebevoller, und sie konnte seine Widerworte spüren, bevor er sie aussprach. »Das kann ich nicht. Es klingt so, als ob ...« Er zögerte. »Bist du überhaupt schon einmal gekommen?«

Sie senkte den Blick und schüttelte den Kopf. Doch dann schaute sie ihn an und lächelte. »Und deswegen ist es auch nicht schlimm, wenn nur du kommst. Ich genieße es auch so, wirklich.«

Warum war das für Männer so schwer zu verstehen?

Er schaute sie einfach nur an. Als sie seinen forschenden Blick nicht mehr aushielt, fragte sie: »Können wir weitermachen?« Fragend bewegte sie ihre Hüften.

Doch er stützte sich auf einen Ellenbogen und zu ihrer Überraschung nahm er ihre Hand und legte sie auf sein Herz, genau dort, wo die Tätowierung war. Jenna erschauderte. Aus irgendeinem Grund war diese Geste viel intimer als die Tatsache, dass er in ihr war.

»Ich weiß nicht, warum, und es mag aberwitzig klingen«, sagte er leise, »aber ich habe das Gefühl, dass du meine Frau bist, Jenna. Und ich dein Mann.«

Ihr Herz schlug schneller.

»Deswegen ist es meine Aufgabe, dir Freude zu bereiten, und ich möchte nicht einfach nur nehmen. Ich glaube dir, dass es für dich auch so schön ist, denn das ist es für mich auch schon, aber ich will, dass du all das bekommst, was eine Frau wie du verdient.« Er lächelte. »Darf ich es probieren?«

Sie fühlte, dass sein Herz unter ihren Fingern schneller schlug, und auf einmal wusste sie, dass sie ihn liebte. Von ganzem Herzen.

Langsam nickte sie. Wie konnte sie ihm diesen Wunsch abschlagen?

»Es könnte aber sehr lange dauern oder gar nicht klappen.«

Evan lächelte. »Für dich nehme ich mir alle Zeit der Welt.«

Da war es wieder, dieses Wort: Zeit.

Erst küsste er sie zärtlich, dann glitt er zu ihrem Entsetzen aus ihr. »Bleib«, bat sie und versuchte, ihn wieder auf sich zu ziehen. Doch er schüttelte den Kopf.

»So kann ich mich besser um dich kümmern.«

Er stützte sich auf den Ellenbogen und zog ihren Kopf in seine Armbeuge, dann küsste er sie erneut, während seine Finger über ihren Körper glitten. Sofort verspannte sie sich ein wenig. Es war nicht so, dass sie es noch nie versucht hatte, aber sie wusste noch nicht einmal, wonach sie suchte. Und die Erwartung, dass es klappen musste, verminderte ihre Lust meist gewaltig. So auch jetzt. Fast hätte sie sich vor Enttäuschung abgewandt.

Evan spürte ihre Anspannung und machte ein beruhigendes Geräusch. »Ich tue nichts, was du nicht willst, und alles, was ich will, ist, dir etwas Schönes zu schenken. Egal, wie lange es dauert. Versuch, loszulassen, ich halte dich. Jetzt bist nur du dran.« Er schaute ihr tief in die Augen. »Hab

Vertrauen und einen offenen Geist. Du weißt doch, dass das funktioniert.«

Jenna musste lächeln. »Küss mich«, sagte sie, denn sie brauchte eine Ablenkung und wusste, dass sie ganz sicher nicht kommen würde, wenn er die ganze Zeit ihr Gesicht betrachtete.

Doch das schien er auch nicht vorzuhaben, denn nachdem er sie kurz geküsst hatte, wanderte er mit dem Mund zu ihrem Ohr, sodass ihr Gesicht an seinem Hals zum Liegen kam.

Vorsichtig umkreiste er mit einem Finger ihre Brustwarze, die sich sofort wieder aufrichtete. Er strich mit dem Finger sanft darüber. »Sag mir, was du magst und was nicht.«

Jenna nickte und wieder verspannte sie sich ein wenig. Natürlich wusste sie, was sich schön anfühlte und was nicht, aber sie hatte keine Ahnung, welche Abzweigung sie nehmen musste, um den Weg in Richtung Orgasmus einzuschlagen.

»Das ist schön«, murmelte sie und schämte sich fast ein wenig dafür.

Ganz sachte ließ er seine Finger erst über ihren Bauch gleiten, dann über ihren Venushügel, doch anstatt gleich mit den Fingern in sie einzudringen oder ihre Klitoris zu berühren, strich er zärtlich, aber sehr stetig über den äußeren Rand ihrer Schamlippen. Überrascht stellte Jenna fest, dass es ein äußerst anregendes Gefühl war, vor allem weil sie auf einmal Sehnsucht verspürte, dass er sie richtig anfasste.

Alle ihre Sinne konzentrierten sich darauf, was seine Finger taten, und sie versuchte, ihre Hüfte ein wenig zu bewegen, sodass er sie richtig anfassen würde.

»Wie ist das?«, flüsterte er.

»Gut.« Sie konnte ein leichtes Stöhnen nicht zurückhalten und spürte ihn lächeln.

»Und das?« Er drückte nun leicht an der Stelle und ihre Lust verstärkte sich.

»Mehr«, keuchte sie.

»Hmmm«, machte er und glitt mit seinen Fingern zwischen ihre Schamlippen.

Jenna sog scharf die Luft ein, so intensiv war die Empfindung. Sie fühlte, wie alle seine Sinne auf sie gerichtet waren und er seine Bewegungen ihren Reaktionen anpasste.

Wieder glitt er mit dem Finger auf und ab und wieder wurde ihre Lust ein wenig mehr geschürt. Sie drängte sich ihm entgegen, wollte, dass er mit dem Finger in sie eindrang, doch er tat ihr diesen Gefallen nicht. Stattdessen begann er, mit dem Daumen, erst vorsichtig, dann ein wenig stärker, ihre Klitoris zu umkreisen. Und plötzlich war es zu viel und ihre Lust zog sich schlagartig zurück, wie ein ängstliches Tier, dem man sich zu schnell genähert hatte.

Natürlich merkte er es sofort und hielt mit seinen Bewegungen inne.

»Es tut mir leid«, flüsterte Jenna.

Wieder machte er dieses beruhigende Geräusch ganz tief in seiner Brust. »Wie ich schon sagte, wir haben alle Zeit der Welt, und ich weiß jetzt schon viel mehr, was du magst und was nicht.«

»Ich weiß nicht, ob es klappt. Es hat noch nie geklappt.«

»Vertrau mir«, sagte er und küsste sie sanft am Hals, direkt unter ihrem Ohr.

Jenna musste lachen. »Das kitzelt.«

»Kitzelt es sexy oder lustig?«, fragte er und tat es gleich noch einmal.

Jenna seufzte. »Lustig.«

»Hmmm, gut, aber lustig brauchen wir jetzt nicht.«

Seine Finger strichen über ihren Oberschenkel und Jenna versuchte, sich zu entspannen, doch es gelang ihr nicht recht. Wieder tastete er sich langsam vor und baute ihre Lust auf die gleiche Art und Weise auf wie zuvor, doch ihre Anspannung war so groß, dass die Lust nicht wiederkam, zumindest nicht in dem gleichen Ausmaß. Sie spürte sein hartes Glied an ihrer Hüfte und auf einmal wurde ihr bewusst, wie sehr er seine Lust zurückhielt, nur damit sie kommen konnte. Dabei war es so ein hoffnungsloses Unterfangen. Sie ertrug es einfach nicht, dass er sich derart zügeln musste, nur für sie.

Zögernd erst, doch dann mutiger, griff sie nach seinem Glied, umfasste es und bewegte ihre Hand von oben nach unten. Evan stöhnte auf und passte sich ihren Bewegungen sofort an. Jenna entspannte sich. Dies war ein Gebiet, auf dem sie sich besser auskannte. Zumindest wusste sie, wie sie einem Mann Lust bereiten konnte. Das war so viel einfacher als bei ihr selbst.

Plötzlich legte Evan seine Hand über ihre und stoppte ihre Bewegung. »Nicht«, stieß er hervor.

»Aber ich will doch, dass es für dich auch schön ist«, sagte sie leise.

Er atmete tief durch. »Das ist es auch, aber jetzt bist du dran.«

Jenna schloss die Augen. »Aber was ist, wenn ich nicht kommen kann? Dann hast du wenigstens etwas davon. Und deine Lust macht mir Lust, also hilft es doch.«

Noch immer lag seine Wange an ihrer und sie konnte sein Gesicht nicht sehen, doch sie spürte, dass er nachdachte und seine Worte sorgfältig wählte.

»Jenna, du kannst dir gar nicht vorstellen, wie sehr ich dich will. Du brauchst jetzt nur dreimal deine Hand zu bewegen und ich würde schon kommen. Du bist so feucht, dass es mir schon schwerfällt, dich anzufassen und nicht zu kommen.«

Irgendetwas an seinen Worten brachte etwas in Jennas Mitte zum Prickeln. Erstaunt fühlte sie dem nach. »Sag das noch einmal.« Ihre Stimme klang heiser.

Er musste es auch gehört haben, denn er brachte seinen Mund näher an ihr Ohr. »Was genau? Dass ich es erregend finde, dass du so feucht bist?«

Das Prickeln verstärkte sich und wurde fast zu einem elektrischen Strom, der zwischen ihren Beinen zu pulsieren begann. Sie nahm seine Hand und führte sie an die Stelle, sofort glitt er mit seinen Fingern zwischen ihre Schamlippen. »Erzähl mir mehr«, flüsterte sie. »Und mach weiter.«

Er lachte leise an ihrem Ohr und das Vibrieren sandte

heiße Ströme von ihrem Ohr direkt zu der Stelle, wo seine Hand sich gerade langsam kreisend bewegte.

Jenna schloss die Augen und genoss das erregende Gefühl, das sich jetzt in ihrem gesamten Körper ausbreitete, als er sagte: »Ich kann gar nicht genug davon bekommen, dich hier anzufassen, und es macht mich so an, wenn du stöhnst und ich spüre, wie ich dir Lust bereite.«

Jenna keuchte auf und drängte sich ihm entgegen.

»Mach die Beine etwas breiter, mein Liebling«, sagte er jetzt und sie erschauderte und tat, was er von ihr wollte. »Dann kann ich endlich ganz tief mit dem Finger in dich eindringen. So tief.«

Er tat genau das und es war ein so herrliches Gefühl, dass Jenna aufkeuchte. Sie bewegte ihre Hüften rhythmisch, damit sie seinen Finger noch besser fühlen konnte. Seine Handfläche drückte gegen ihren Hügel und massierte ihren Lustpunkt derart, dass ihr Herz auf einmal viel zu schnell schlug. Sie begann zu schwitzen und alle Muskeln in ihrem Körper schienen sich anzuspannen.

»Noch tiefer?«, fragte er und Jenna konnte nur nicken. Jetzt bewegte auch er seine Hüfte und rieb sich an ihr. »Oh Gott, du bist so feucht und warm, ich will einfach nur noch in dir sein und dich nehmen.«

Jenna klammerte sich an ihn und ihr Körper hatte die Kontrolle übernommen. Immer schneller bewegte sie sich, elektrische Wellen pulsierten durch ihren Körper und auf einmal schien sie zu explodieren. Sie schrie auf, spürte, wie sie sich um seinen Finger herum rhythmisch zusammenzog und auf einmal das himmlischste Gefühl, das sie je verspürt hatte, durch ihren Körper strömte. Atemlos keuchend hielt sie sich an Evan fest und versuchte, wieder zu ihren Sinnen zurückzufinden, die sie irgendwo unterwegs verloren zu haben schien. Was war das gewesen?

Als sie langsam wieder zu sich kam und eine unglaubliche Entspannung ihren Körper schwer und warm machte, wurde ihr klar, dass sie dieses Mal die richtige Abzweigung genommen hatte. Oder besser gesagt, Evan hatte die richtige Abzweigung genommen.

Er löste seinen Finger aus ihr und schloss sie fest in die Arme. »Du bist unglaublich«, murmelte er.

Jenna musste lächeln. »Ich glaube, derjenige, der unglaublich ist, bist du.« Sie vergrub das Gesicht an seinem Hals. »Danke. Und dabei ist dieses Wort noch nicht einmal genug für das, was du für mich getan hast.«

Er löste sich von ihr und schaute sie liebevoll an. »Nein, du bist diejenige, die gefunden hat, was für dich funktioniert. Ich hatte nur die Ehre, dir genau das zu geben.«

Jenna atmete tief durch und versuchte, sich an das, was eben geschehen war, zu erinnern, doch es fiel ihr schwer. Ihre Gedanken schienen irgendwie vernebelt. »Was war es denn, was funktioniert hat? Nur damit ich das für nächstes Mal weiß.«

Seine Worte überraschten sie. »Du magst es, wenn wir dabei reden und ich dir erzähle, was mich an dir so anmacht.«

Sie fühlte, wie ihr das Blut in die Wangen schoss, doch dann begriff sie, dass es genau so war. Sie hatte die richtige Abzweigung in dem Moment genommen, als er ihr gesagt hatte, dass es ihn erregte, dass sie so feucht war.

Beschämt senkte sie den Blick. Sie hörte, wie er leise lachte, und spürte dann, wie er sie sanft auf die Stirn küsste. »Dirty Talk ist schön, wenn er dich so erregt. Das können wir gern wiederholen. Und da geht noch eine ganze Menge mehr.«

Sie hob den Blick und fragte leise: »Und was erregt dich?« Erst jetzt erinnerte sie sich daran, dass er noch gar nicht gekommen war.

»Du, Jenna. Ich muss nur an dich denken und schon bin ich erregt. Dich nackt im Arm zu halten, ist schon fast Folter.«

Vorsichtig bewegte sie ihre Hüfte. »Sollen wir dich dann erlösen?«

Er schloss die Augen und bewegte sich mit ihr. »Ist das für dich okay?«

»Okay?«, fragte sie. »Ich bestehe darauf.« Sie zögerte.

»Und ich habe gehört, dass Frauen öfter kommen können. Wer weiß, wenn du noch ein paar Dinge in mein Ohr flüsterst, komme ich vielleicht noch mal.«

Er drehte sie auf den Rücken und legte sich auf sie, dabei ließ er sie nicht eine Sekunde aus den Augen. Er winkelte ihr Bein ein wenig an und im selben Moment, da er in sie eindrang, eroberte er auch ihren Mund.

Jenna stöhnte auf und merkte sofort, wie ihre Lust erwachte. Gewollt zu werden, wirklich und ehrlich begehrt zu werden von einem Mann wie Evan, machte Lust, stellte sie fest.

Er drang tief in sie ein, zog sich zurück, stieß wieder vor, und Jenna nahm seine Bewegung auf. Sie schlang die Beine um seine Hüften und die Arme um seinen Nacken. Dann löste er seinen Mund von ihrem und legte sein Gesicht an ihre Wange. Sie hörte sein Keuchen und fühlte mit ihrem gesamten Körper, wie er sich zurückhielt.

»Du fühlst dich so gut an, dass ich kaum noch klar denken kann«, sagte er heiser. Er fasste unter sie und hob ihren Po mit einer Hand an. Auf einmal war er noch tiefer in ihr und Jenna stöhnte auf.

»Ich weiß nicht, ob ich noch reden kann«, stieß er hervor.

Plötzlich steigerte sich ihre Lust um ein Vielfaches und die elektrischen Ströme begannen wieder durch sie zu pulsieren. Nur vage nahm sie wahr, was genau ihr dieses Mal Lust machte: Sie konnte das mit diesem Mann machen, sie hatte die Kraft dazu, dass er seine Sinne verlor.

»Nicht reden«, flüsterte sie. »Nimm mich einfach.«

Sie legte eine Hand auf seine Brust, direkt auf die Tätowierung, und fühlte, wie sein Herz raste. Noch ein paar Stöße, dann bäumte er sich auf und sein gesamter Körper spannte sich an. Er stöhnte und in dem Moment, als Jenna sah, wie er kam, erreichte sie ebenfalls den Höhepunkt. Wieder hatte sie das Gefühl, sich komplett zu verlieren, doch es war anders dieses Mal, wärmer, weicher und tiefer. Vielleicht war es Evans Schwere auf ihr, als er auf einmal still auf ihr lag, aber sie hatte das Gefühl, als ob sie in Wolken gebettet wäre, als die Spannung ihren Körper verließ.

Ihr Herzschlag beruhigte sich langsam und auch seiner unter ihrer Hand wurde ruhiger.

»Es tut mir leid«, murmelte er. »Ich konnte nicht mehr reden.«

Jenna musste lächeln. »Es hat auch so geklappt.«

Er hob die Augenbrauen. »Sagte ich schon, dass du unglaublich bist?«

Er küsste sie sanft. Sie erwiderte den Kuss und zog ihn ein wenig in die Länge, doch langsam kehrte sie aus den Wolken zurück und obwohl sie immer noch unter der Decke in seinem Bett in dem kleinen, kuscheligen Cottage lagen, wurde sie sich der Realität bewusst. Und all dessen, was sie heute Morgen besprochen hatten.

Er streichelte ihr Gesicht und musterte sie ernst. »Du denkst an den Stein, nicht wahr?«

Jenna nickte. Auf einmal hatte sie einen Kloß im Hals. Ihr Blick fiel auf ihre Hand, die immer noch auf dem Muster auf seiner Brust lag, und vorsichtig fuhr sie mit den Fingern darüber. Sie wollte auf ihn warten, aber sie war sich nicht sicher, ob sie es überleben würde.

Sie hatte ihm nicht nur ihren Geist geöffnet, sondern ihm auch ihren Körper gegeben, und ihr Herz war nun, nachdem sie sich so nahe gewesen waren, endgültig verloren. Und genau deswegen fühlte sie, dass er gehen musste. Es war, als könnte sie dieses Gefühl mit Händen greifen. Sie wusste, dass er nicht hierbleiben konnte. Vielleicht für eine Zeit, aber nicht für immer.

»Es wird Zeit, dass du gehst«, sagte sie und ihre Worte verursachten ihr einen solchen Schmerz, dass ihr fast übel wurde.

Sein Gesicht verdunkelte sich. »Ich weiß nicht, ob ich das gerade kann.«

Sie lächelte traurig. »Du musst aber. Das bist du deiner Familie schuldig.«

Er senkte den Kopf und sie fühlte, dass es in ihm arbeitete. »Ich verspreche dir, dass ich wiederkomme.«

Jenna schluckte. »Das kannst du nicht.«

Er biss die Zähne zusammen und nickte. »Doch, zumindest fürs Erste. Ich werde nur kurz gehen und schauen, ob es geht. Dann haben wir Zeit und können reden.«

Sie presste die Lippen zusammen. »Aber dann wirst du gehen und ich werde nie wissen, ob du wiederkommst.«

»Ich werde wiederkommen.«

Jenna wandte den Kopf ab. Auf einmal wurde ihr die Nähe zu viel.

»Jenna, schau mich an«, bat er.

Sie wandte sich ihm wieder zu und es tat so weh.

»Ich werde alles tun, um wiederzukommen.« Er zögerte. »Ich bin mir nicht sicher, ob ich ohne dich leben kann.«

Ich auch nicht, wollte sie sagen, doch sie brachte die Worte nicht hervor. Es würde alles nur noch schwerer machen und vielleicht war es das Beste, wenn sie ihr Herz zumindest ein klein wenig verschloss. Es würde alles leichter machen, für sie und für ihn auch. Denn sie konnte und wollte nicht diejenige sein, die ihn hier zurückhielt. Sie wusste, dass er ihr irgendwann Vorwürfe machen würde. Und wenn nicht er, dann sie sich selbst.

Er musste die Veränderung gespürt haben, denn er nahm ihr Gesicht in beide Hände. »Ich erwarte nicht das Gleiche von dir. Das könnte ich nicht, denn du sollst frei sein in deiner Entscheidung. Aber du sollst wissen, dass ich wiederkomme, und dann werde ich dich suchen, wo auch immer du bist. Und ich werde jeden Tag dafür beten, dass du mich dann immer noch willst.«

Jenna nickte einfach nur, biss sich aber auf die Lippe, um nicht all das zu sagen, was sie ihm am liebsten mitgegeben hätte.

»Es war schön heute und ich werde es nie vergessen«, sagte sie und strich ihm über das Gesicht. Sie hörte selbst, dass ihre Worte hohl klangen und nicht mehr echt. »Aber wir sollten jetzt zum Stein gehen. Und ich muss mit den anderen sprechen.«

Er antwortete nicht, sondern betrachtete sie nur. Sein Gesicht war unlesbar geworden. Schließlich nickte er und setzte sich auf. Sofort vermisste Jenna seinen Körper auf dem ihren, doch sie wusste, dass es sein musste.

Schweigend stand er auf und hob ihr Sommerkleid auf. »Es ist immer noch nass«, sagte er und auch sein Tonfall hatte sich verändert. »Möchtest du ein T-Shirt von mir? Oder einen Kapuzenpulli?«

Jenna nickte.

Als Evan das Kleid über die Lehne des Sessels legte, klirrte etwas. Eine Kette war aus der Tasche gefallen. Evan hob sie auf und Jenna sah, wie seine Augen sich weiteten. Er starrte das Amulett an und bewegte es vorsichtig in den Fingern hin und her. Ihre Brust wurde eng, als sie verstand, was das bedeutete. »Du kannst es auch fühlen«, sagte sie.

Er schluckte und nickte langsam. Noch immer starrte er auf das Schmuckstück in seiner Hand. »Ich kenne das Gefühl. Es ist das gleiche wie in dem Moment, in dem wir um die Felsen herumgehen.«

Jenna nickte. »Gut, dann scheint dieses Tor für dich ja doch zu funktionieren.«

Sie versuchte, es möglichst neutral zu sagen, doch in ihrem Inneren tobte ein Sturm.

»Jenna«, sagte er leise. »Ich muss es probieren.«

Sie nickte wieder. »Ich weiß.« Dann riss sie den Blick von ihm los und erhob sich. Sie griff nach ihrem BH und der Unterhose sowie dem T-Shirt, das er ihr zuvor gegeben hatte, und schlüpfte hinein. Es reichte ihr tatsächlich bis zu den Knien. Die meisten ihrer Sommerkleider waren kürzer.

Evan, der für einen Moment unschlüssig neben ihr gestanden hatte, zog sich ebenfalls ein trockenes Leinenhemd an und legte seinen Kilt und sein Plaid an. Dann reichte er ihr einen Kapuzenpullover.

Sie sprachen nicht mehr und Jenna war darüber traurig

und froh zugleich. Noch nie hatte ein Mann sie so sehr aufgewühlt, wie Evan es tat. Aber sie hatte auch noch nie einen Mann getroffen, der durch die Zeit reisen konnte. Und, so musste sie sich eingestehen, sie hatte noch nie einen Mann getroffen, den sie wirklich geliebt hatte. Dieser Gedanke schmerzte sie derart, dass sie sich für einen Moment zusammenkrümmte, bis der Schmerz nachließ. Sie würde das hier überleben. Irgendwie.

Als sie sich fertig angezogen hatte, sah sie, wie Evan das Feuer sorgfältig löschte. Aus irgendeinem Grund machte es ihr Herz schwer, denn er bereitete die Hütte darauf vor, dass er länger weg war. Weil sie nicht wusste, was sie sonst tun sollte, wandte sie sich um und machte mit wenigen Handgriffen das Bett. Fast kam sie sich vor, als hätte sie eine Affäre gehabt und sie würden die Spuren verwischen. Tränen traten ihr in die Augen.

Sie nahm ihr Kleid, schlüpfte in ihre Schuhe und sah, wie Evan sein Schwert in die Scheide am Gürtel steckte. Auf einmal war er wieder der Highlander, der nicht in dieses Jahrhundert gehörte, und ihr so fremd, dass sie nicht glauben konnte, dass sie mit diesem Mann eben noch das Bett geteilt hatte. Doch als er den Kopf hob und sich ihre Blicke trafen, war er wieder ihr Evan und fast wäre sie zu ihm gegangen und hätte ihn in die Arme genommen. Aber dann wurde ihr schmerzlich bewusst, dass sie ihn vielleicht nie wiedersehen würde. Sie hatte schon so oft in ihrem Leben Abschied genommen und war geübt darin, was passierte, wenn man so oft umgezogen war wie sie in ihrem Leben. Noch nie hatte es aber so sehr wehgetan wie jetzt.

Das einzig Gute an der Erfahrung mit dem Abschiednehmen war, dass sie wusste, wie sie sich schützen konnte und musste. Sie begann, innerlich eine Mauer zu bauen. Diese Mauer würde sie vor dem Schmerz schützen, der schon in den Schatten lauerte. Die Mauer erlaubte nicht einmal, dass sie länger darüber nachdachte, was hinter dem Abschied lag und was es bedeutete. Die Mauer radierte all die schlechten

Gefühle aus, aber auch die guten. Doch das nahm sie immer billigend in Kauf, denn sie hatte schon als Kind gelernt, dass man einen Abschied nicht versüßen konnte, man konnte ihn nicht abwenden, und wenn man ihn herauszögerte, wurde er umso schlimmer. Sie brauchte diese Mauer, mehr als jemals zuvor, denn sie ahnte, dass sie zusammenbrechen würde, wenn sie sich nicht schützte.

Innerhalb weniger Herzschläge hatte sie die Mauer hochgezogen und es tat schon nicht mehr so weh. Sie konnte wieder leichter atmen und auch wieder logischer denken.

Sie nahm das Amulett vom Tisch und dann traten sie gemeinsam aus der Tür. Noch immer hatten sie kein Wort miteinander gesprochen. Es regnete immer noch, wenn auch nicht mehr so stark.

Sorgfältig verschloss Evan die Tür und hinterlegte den Schlüssel unter einem der Steine in der Nähe. Dann nickte er ihr zu. »Ich bringe dich zum Haus. Vielleicht kann Caitrin mir noch mehr über das Tor erzählen. Und vielleicht hat sie ja auch ein Amulett für mich.«

Jenna schluckte und starrte auf die Kette in ihrer Hand. Sie wollte nicht, dass er sie zum Haus brachte. Das war ihr sicherer Hafen. Sie schüttelte den Kopf. »Nimm meines. Ich brauche es in London sowieso nicht.«

Sie fühlte, wie Evan erstarrte. »Du gehst nach London zurück?«

Jenna nickte. »Ich kann nicht hierbleiben.« Sie zögerte. »Und ich kann auch nicht auf dich warten.«

Sie sah, wie er die Augen schloss, und innerlich erhöhte sie die Mauer noch ein wenig.

»Jenna.«

Das war alles, was er sagte. Sie wusste nicht, was sie erwartet hatte. Dass er sie anflehen würde, auf ihn zu warten? Oder dass er ihr sagen würde, dass er nicht gehen wollte, wenn es so war? Doch er nickte einfach nur. Vielleicht wollte er sie ja doch gar nicht so sehr, wie er gesagt hatte. Oder war es nur die Leidenschaft gewesen, die ihn diese Worte hatte sagen lassen? Wie auch immer, seine Reaktion sorgte dafür, dass sie ihre Mauer verstärkte. Jetzt war sie noch sicherer. Eigentlich sollte sie ihm dankbar sein.

Er atmete tief durch. »Wirst du nach Hongkong gehen?«

Sie schüttelte den Kopf und starrte auf ihre schlammverschmierten Turnschuhe.

»Gut«, sagte er und seine Stimme war rau. »Dann weiß ich wenigstens, wo ich dich suchen muss, wenn ich wieder da bin. Auch wenn du nicht auf mich wartest, werde ich zumindest versuchen, dich zurückzugewinnen, wenn ich wiederkomme. Ich bete darum, dass es so bald ist, dass dich noch nicht jemand anders gefunden hat.«

Jenna wusste, dass nie ein anderer kommen würde, denn noch nie hatte ein Mann solche Gefühle in ihr geweckt wie Evan, aber das sagte sie nicht. Seine Worte schmerzten mehr als alles andere und Jenna wusste, dass sie ihn jetzt verlassen musste, sonst würde sie ihn anflehen, nicht zu gehen. Sie konnte ja kaum seinen Anblick ertragen. Also nickte sie nur und sagte: »Leb wohl.«

Sie streckte ihm das Amulett hin und nach kurzem Zögern nahm er es, ihre Hände berührten sich dabei nicht und dafür war sie dankbar. An seiner Reaktion konnte sie sehen, dass er fühlen konnte, was immer das Amulett ausstrahlte. Das, was Lauren Angst machte und in Allison die Abenteuerlust weckte.

Auf einmal sehnte sie sich nach ihren Freundinnen.

»Ich gehe jetzt besser«, sagte sie.

Er richtete sich auf. »Kommst du noch mit zum Stein?«

Jenna schlang die Arme um den Oberkörper. Um ihm dann nachzuwinken, als wenn er in ein Flugzeug oder einen Zug steigen würde? Nein danke. Sie schüttelte den Kopf. »Ich kann nicht. Ich muss nach London.«

Es arbeitete in seinem Gesicht und sie sah den Schmerz, doch verschloss ihr Herz.

»Ich kann dich nicht bitten, zu bleiben, Jenna. Und auch nicht, auf mich zu warten. Ich bitte dich nur, zu verstehen, dass ich gehen muss. Wenn ich eine andere Wahl hätte, würde ich es tun.« Er klang gequält.

Sie nickte, wusste aber nicht, was sie dazu sagen sollte. Also hob sie die Schultern und wollte sich gerade umdrehen, als Evan versicherte: »Ich gehe nur kurz und melde mich, wenn ich wieder da bin.«

Jenna konnte nicht antworten, denn sie wusste nicht, was. Also drehte sie sich um und rannte in Richtung des Hauses zurück, seinen Blick in ihrem Rücken.

Sie rannte den gesamten Weg, bis sie zu der Weggabelung kam, an der der Pfad zum Stein abzweigte. Jenna biss die Zähne zusammen, um nicht zu schluchzen. Dann lief sie weiter, über die Brücke und die Rasenfläche, bis sie zu einer kleinen Laube kam, die sich in den Büschen versteckte. Dort ließ sie sich auf eine der steinernen Bänke sinken. Sie konnte nicht mit den anderen sprechen. Noch nicht.

Sie holte Caitrins Amulett aus der Tasche und legte es vor sich auf den Tisch. Wie hatte ihre Welt in diesen fünf Tagen nur so aus den Fugen geraten können? Und schuld war nur dieses Amulett. Dabei glaubte sie doch nicht einmal daran.

Jenna nahm es in die Hand, so als wollte sie sich selbst beweisen, dass es einfach nur ein Schmuckstück war und sonst nichts weiter. Es war kalt und leblos. So wie ihr Herz hinter der Mauer.

Sie legte die Stirn auf die Arme und atmete tief durch. Warum tat es nur so weh?

Plötzlich bemerkte sie, dass etwas sich verändert hatte. Sie richtete sich auf und schaute sich um. Die Luft erschien ihr dünner, der Regen hatte aufgehört und sie hörte keinen Laut. Wie an dem Morgen, als Caitrin wiedergekommen war. Ein Schauder lief ihr über den Rücken, so unwirklich war es.

Und auf einmal wusste sie, was passiert war. Evan war fort.

Ihre Finger schlossen sich um das Amulett, sie kämpfte die Panik nieder und versuchte, sich hinter ihre Mauer zurückzuziehen. Sie musste weg von hier, sonst würde sie sterben.

Auf einmal spürte sie, dass ihre Hand warm wurde. Sie

öffnete sie und sah, dass sie immer noch Caitrins Amulett in ihrer Faust verborgen gehalten hatte. Aber es schien auf einmal zu glühen, zumindest wurde es warm und es erschien Jenna, als würde ihre Haut dort, wo sie das Amulett berührte, kribbeln.

Die Härchen in ihrem Nacken stellten sich auf und schnell stopfte sie das Amulett in die Tasche des Pullis. Dann rannte sie zum Haus zurück. Sie musste fort.

19

»Wie siehst du denn aus?«, fragte Lauren und zog Jenna ins Haus. Ihr Blick wanderte über den Kapuzenpulli und das T-Shirt, das darunter hervorschaute. Auch die anderen beiden schauten sie besorgt an.

»Ich glaube, ich weiß, was passiert ist«, sagte Allison und grinste.

»Jetzt lass sie erst einmal ankommen«, wies Lauren sie an. »Caitrin, hol ein Handtuch, ich mache einen Tee.«

»Tu einen Schluck Whisky rein«, sagte Allison. »Irgendwie sieht Jenna so aus, als könnte sie es gebrauchen.«

Sie schüttelte den Kopf. »Ich muss gleich noch Auto fahren.«

»Du willst jetzt gleich los? Du siehst aus, als hättest du einen Geist gesehen«, sagte Allison. »Also, erzähl.«

Erschöpft ließ Jenna sich auf einen der Küchenstühle sinken und es war ihr egal, ob alles um sie herum nass wurde. »Vielleicht habe ich das auch«, sagte sie.

Sie bemerkte, wie die anderen einen Blick tauschten. »Erzähl endlich«, verlangte Allison erneut, doch Lauren schüttelte den Kopf.

»Erst einmal müssen wir sie warm bekommen.«

Eigentlich war ihr warm, nachdem sie wer weiß wie lange

mit Evan unter einer Decke gelegen hatte, aber innerlich war ihr so eiskalt, dass Jenna nicht protestierte.

Innerhalb weniger Minuten hatte sie sich die Haare getrocknet, zögernd ein neues Kleid angezogen und nun stand eine Tasse mit dampfendem Tee vor ihr. Das Umziehen hatte sie alle Kraft gekostet und sie wusste nicht, wie sie jetzt so viele Stunden Auto fahren sollte. Doch vorher musste sie Caitrin und den anderen berichten, was geschehen war, und das war noch viel schlimmer als die Aussicht auf die lange Autofahrt. Ihr Magen schien sich verknotet zu haben.

Erwartungsvoll saßen die anderen drei um sie herum, während Jenna ihre Hände an der Teetasse wärmte und darüber nachdachte, wie man ein solches Gespräch beginnen sollte. Doch Allison nahm ihr die Entscheidung ab.

»Wenn ich dich so anschaue, vermute ich, dass ihr euch erst ziemlich gut verstanden und dann gestritten habt.«

Jenna dachte darüber nach, dann schüttelte sie den Kopf. »Nein, gestritten haben wir nicht.«

»Aber nach einem Happy End sieht es auch nicht aus«, bemerkte ihre Freundin.

Jennas Kehle wurde eng, doch sie konnte jetzt nicht weinen, denn dann würde sie noch länger brauchen, den anderen alles zu erzählen. Außerdem brachten Tränen jetzt gar nichts. Vor allem brachten sie Evan nicht zurück.

»War es so schlimm?«, fragte Caitrin und drückte ihre Hand.

»Ich glaube kaum, dass Sex mit diesem Mann so schlimm sein kann«, sagte Allison.

»Allison!«, fuhr Lauren sie an.

»Was denn? Schaut sie euch doch an, sie leuchtet ja förmlich.«

Jenna traten Tränen in die Augen und sie senkte den Kopf. Zu ihrer Überraschung war es Allison, die ihr über den Rücken rieb. »Hey, so schlimm kann es doch gar nicht gewesen sein. Ich glaube, er mag dich wirklich.«

»Das ist ja das Problem.« Jenna seufzte. »Und vor allem ist es furchtbar kompliziert.«

»Jetzt sag nicht, dass er verheiratet ist«, sagte Allison, dann bemerkte sie, was ihr gerade herausgerutscht war, und sie blickte zu Lauren. »Sorry. Das war keine Anspielung auf deine Geschichte mit Craig.«

Lauren winkte ab.

»Er ist nicht verheiratet«, erwiderte Jenna. »Zumindest nicht dass ich wüsste.«

Das fehlte noch. Am besten noch in der anderen Zeit.

Allison seufzte. »Komm schon, Jenna. Ich sterbe gleich, wenn du uns nicht die ganze Geschichte erzählst. Was stimmt nicht mit ihm?«

Jenna ignorierte, dass Lauren Allison unter dem Tisch trat und Caitrin ihr einen tadelnden Blick zuwarf. Sie atmete tief durch und sagte: »Ich weiß ehrlich gesagt nicht, wo ich anfangen soll, deswegen das Wichtigste zuerst: Er kann auch reisen und ist jetzt fort.«

Die anderen drei waren erstarrt und wie immer fing Allison sich als Erste. Sie pfiff durch die Zähne. »Und ich hatte gedacht, ihr hattet nur richtig schlechten Sex. Aber das ist ja mal eine ganz andere Neuigkeit.«

Jenna ignorierte sie und richtete ihren Blick auf Caitrin, die langsam den Kopf schüttelte. »Männer können nicht reisen.«

»Doch«, sagte Jenna. »Er schon.«

»Woher willst du das wissen?«, fragte Allison.

Sie atmete tief durch. »Er trägt das Zeichen als Tätowierung.« Sie berührte ihren Brustkorb direkt über ihrem Herzen. »Hier.«

Caitrin schüttelte immer noch den Kopf. »Das kann nicht sein«, sagte sie.

»Ich weiß, dass es schwer ist, das zu glauben.« Ihr ging es ja nicht anders. »Er sagt, dass er dort geboren wurde, und zwar 1711, aber in unserer Zeit in Amerika aufgewachsen ist. Seine Mutter ist aus dieser Zeit und ist kurz nach der Geburt von ihm und seiner Schwester hierher zurückgekehrt. Vielleicht geht es deswegen bei ihm.«

Es klang so aberwitzig, diese Dinge zu sagen, doch sie fühlte, dass es die Wahrheit war. Evan hatte sie nicht angelogen.

Noch immer starrte Caitrin sie an. Sie war blass geworden.

»Das heißt, er kannte den Stein schon? Er wusste von Anfang an, dass er das Tor ist?«, fragte Allison.

Jenna atmete tief durch und fragte sich, ob Caitrin für die nächste Enthüllung bereit war. Langsam schüttelte sie den Kopf und ließ dabei ihre Freundin nicht aus den Augen. »Es gab noch ein anderes Tor und das haben sie immer benutzt, wenn sie gereist sind. Er ist als Kind genauso wie du immer wieder zurückgegangen und hatte quasi zwei Leben.«

Caitrin blinzelte und setzte sich auf. »Es gab noch ein anderes Tor?«

Jenna nickte.

»Wo?«

»In Amerika. Aber er sagt, es sieht anders aus. Es war eine Felsformation, und um zu reisen, musste man in dem Muster wie auf dem Amulett um die Felsen herumgehen. Deswegen hat er den Stein nicht als Tor erkannt, sondern immer eine Felsformation gesucht.«

Caitrin ließ sich auf ihrem Stuhl zurücksinken und starrte vor sich hin. Jenna wollte ihr die Zeit lassen, diese Informationen zu verarbeiten, und trank vorsichtig einen Schluck Tee.

Doch Allison dachte wie immer schneller als die anderen und hörte genauer hin. »Du sagst immer, dass es ein Tor gab und nicht gibt«, hakte sie nach. »Warum?«

Jenna warf Caitrin einen Blick zu und fragte sich, ob sie zuhörte. »Es wurde überbaut und er findet es nicht mehr. Aber er wusste, dass es das Tor hier gibt. Seine Mutter hat es damals benutzt, als sie das erste Mal gegangen ist.«

»Deswegen hat er die Burg gepachtet«, stellte Allison fest.

Jenna nickte. »Er war auf der Suche nach dem Tor.«

Allison lehnte sich zurück und verschränkte die Arme. Sie

sah zufrieden aus, als hätte sie ein Rätsel gelöst. »Deswegen hat er die Highlanderklamotten angehabt und sich so merkwürdig verhalten.«

Caitrin setzte sich wieder auf und runzelte die Stirn. »Warum hat er mich nicht nach dem Stein gefragt?«

Jenna zuckte mit den Schultern. »Er dachte, dass nur er, seine Mutter und seine Schwester reisen können. Er hat nicht damit gerechnet, dass es noch andere gibt. Er wusste auch nicht, dass es eine Torhüterin gibt. Anscheinend war es da, wo sie waren, anders.«

»Aber spätestens als er Elizabeth gesehen hat, muss ihm aufgefallen sein, dass sie vermutlich aus einer anderen Zeit kommt. Warum hat er dann nichts gesagt?«

Allison war unerbittlich, wenn sie eine Geschichte zu ergründen versuchte.

Müde zuckte Jenna mit den Schultern. »Er hat seiner Mutter geschworen, nie mit jemandem darüber zu sprechen. Außerdem wusste er nicht, ob wir ihn das Tor benutzen lassen würden. Und er musste gehen, weil er glaubt, dass seine Schwester und seine Mutter in Gefahr sind.«

Ihre Stimme zitterte bei den letzten Worten.

Lauren, die bisher geschwiegen hatte, setzte sich auf. »Und jetzt ist er dort?«

Jennas Augen füllten sich nun doch mit Tränen und sie konnte nur nicken. Eine Träne rollte über ihre Wange und tropfte auf den Tisch. »Verdammt«, murmelte sie und wischte sich ungeduldig über die Augen. »Weinen hilft jetzt nicht.«

Lauren drückte ihre Hand. »Doch, das tut es. Schließlich ist der Mann, in den du dich verliebt hast, fort.«

Ihre Worte trafen Jenna mit voller Wucht und sie bemühte sich verzweifelt, wieder hinter ihre Mauer zu kriechen, doch dafür hatte sie keine Kraft mehr. »Und ich kann ihm nicht einmal folgen«, schluchzte sie und legte das Gesicht in ihre Hände. Der Gedanke an Evan war so schmerzhaft, dass sie glaubte, ihr Herz müsste zerreißen.

»Hat er gesagt, wann er wiederkommt?«, fragte Allison.

Jenna zwang sich, zu atmen, und wischte sich die Tränen fort. »Er wollte nur kurz gehen, um zu sehen, ob es funktioniert.«

»Und? Hat es funktioniert?«, hakte Allison nach.

»Ja«, sagte sie leise.

»Warst du dabei?«

Zitternd atmete Jenna ein. »Nein.«

»Woher willst du es dann wissen? Vielleicht hat er dir nur eine Geschichte erzählt und sitzt jetzt oben auf der Burg. Männer können nicht reisen, das hat Caitrin selbst gesagt. Und wenn sich jemand auskennt, dann wohl sie.«

Jenna wusste, dass Allison es nicht böse meinte, sondern es tatsächlich ihre Art war, zu trösten. Sie versuchte immer, die Löcher in einer Geschichte zu finden. Bevor sie jedoch antworten konnte, hob Caitrin die Hand. »Sie weiß es, weil man es fühlen kann.« Sie warf Jenna einen kurzen Blick zu und nickte. »Außerdem glaube ich seine Geschichte. Es passt alles zusammen.«

»Wie meinst du das?«, fragte Allison.

»Ich kann es nicht genau beschreiben, aber als wir Elizabeth zusammen versorgt haben, wusste er Dinge und hat sich auf eine Art und Weise verhalten, die mich gewundert hat. Von seiner Tracht ganz zu schweigen. Sie war so echt, dass ich mich gefragt habe, wo in den USA man sich so etwas machen lassen kann. Und vor allem hat er wirklich für den Stein gekämpft. All das passte nicht zusammen. Bis jetzt.« Sie zuckte mit den Schultern. »Auch wenn ich kaum glauben kann, dass Männer reisen können, denke ich, dass er die Wahrheit sagt. Es gibt so vieles, was wir noch nicht über die Reisen wissen.«

Lauren drückte Jennas Hand wieder. »Meinst du, er ist schon wieder da?«

Sie dachte an Evans Worte, dass er sich melden würde, sobald er zurück war. Sie traute sich nicht, auf ihr Handy zu schauen, denn sie wusste, dass sie dort keine Nachricht finden würde, und sie wollte die Enttäuschung nicht fühlen.

Es war Caitrin, die ihre Gedanken aussprach. »Ich glaube,

Jenna hätte es gefühlt, wenn er wieder hier wäre.«

Eine Weile war es still, nur das Ticken der Küchenuhr war zu hören. Jenna bemühte sich, nicht daran zu denken, wo Evan jetzt gerade war und was er erlebte. Doch es fiel ihr schwer. Rastlos bewegte sie die Beine. Das Gefühl, hier nicht bleiben zu können, wurde immer stärker.

»Und was jetzt?«, fragte Lauren schließlich.

Allison zog eine Grimasse. »Also, ein Gutes hat die Sache ja. Wir müssen uns zumindest keine Gedanken mehr darüber machen, ob er dich den Stein zum Reisen benutzen lässt, Caitrin, und wir müssen auch nicht mehr planen, einen Diebstahl zu begehen. Das sollte dir doch eigentlich gefallen, Lauren.«

»Ich bin gerade nicht wichtig, es geht um Jenna«, sagte diese.

Caitrin nickte und ließ Jenna nicht aus den Augen, als sie sagte: »Willst du bleiben, bis er wieder hier ist? Du weißt, dass du so lange hier wohnen kannst, wie du möchtest.«

Jenna schluckte hart, dann schüttelte sie den Kopf. »Selbst wenn er wiederkommt, ist es nur für eine kurze Zeit. Dann wird er wieder gehen und vermutlich nach Amerika reisen, weil dort seine Familie ist. Keiner weiß, wie lange er dann fort sein wird und ob er überhaupt jemals wiederkommt.« Sie stockte. »Das kann ich nicht ertragen. Ich kann nicht auf ihn warten, wenn ich nicht weiß, ob er jemals wiederkommt. Es ist besser, wenn ich ihn jetzt vergesse, dann tut es nachher nicht so weh.«

Schweigen breitete sich aus und Jenna spürte, wie jede ihrer drei Freundinnen überlegte, was sie sagen sollte. In Laurens Miene sah sie Mitgefühl, in Caitrins Verständnis und in Allisons Entschlossenheit. Bevor eine von ihnen etwas sagen konnte, erhob Jenna sich. »Es ist das Beste, wenn ich jetzt fahre. Außerdem muss ich morgen wieder im Büro sein.«

Erneut tauschten ihre Freundinnen einen Blick. Allison erhob sich ebenfalls. »Das ist nicht dein Ernst, dass du jetzt arbeiten willst.«

»Die Arbeit wird mich ablenken«, sagte Jenna und hoffte, dass es so sein würde. So langsam schaffte sie es wieder hinter die Mauer.

Lauren erhob sich ebenfalls. »Glaubst du, es ist gut, wenn du in diesem Zustand Auto fährst? Willst du nicht wenigstens bis morgen bleiben? Ich habe Angst, dass du einen Unfall baust, wenn du so müde eine so lange Strecke fährst.«

Jenna presste die Lippen zusammen und schüttelte den Kopf. »Ich kann nicht bleiben. Außerdem bin ich es gewohnt, Nächte durchzuarbeiten. Das kriege ich schon hin. Schließlich gibt es Kaffee.«

Sie versuchte, zu lächeln, aber es misslang ihr.

Caitrin schüttelte den Kopf. »Lauren hat recht, du solltest nicht Auto fahren.« Sie hob die Hand, als Jenna etwas einwenden wollte. »Aber ich kann auch verstehen, dass du nicht hierbleiben willst. Ich würde anbieten, dich zu fahren, denn ich habe durchaus noch ein paar Fragen, aber ich kann nicht weg. Schließlich ist Elizabeth noch oben. Und Lauren schläft auch fast ein und ich brauche ihre Hilfe, um Elizabeth zu versorgen und den Stein im Auge zu behalten. Wie wäre es, wenn Allison dich zum Flughafen bringt?«

Bevor Jenna abwehren konnte, nickte ihre Freundin. »So machen wir es. Und vielleicht kann ich dich auf dem Weg zur Vernunft bringen und dir klarmachen, dass Arbeit nicht immer die bessere Wahl ist.«

Es dauerte nur einen kurzen Moment, bis Jenna nachgab. Ihre Freundinnen hatten recht und sie war dankbar dafür, dass sie so gut auf sie aufpassten.

Allison betrachtete sie stirnrunzelnd. »Und erzählst du mir dann vielleicht auch, was sonst noch passiert ist?« Ihr Blick wanderte zu dem Kapuzenpulli, der über der Sofalehne lag.

Jenna schüttelte den Kopf. »Ich kann nicht.« Wenn sie jetzt darüber sprach, würde sie nie wieder aufhören, zu weinen.

Allison nickte und umarmte sie kurz. »Es wird leichter werden, glaub mir.«

Es dauerte nicht lange und sie saßen im Auto. Caitrin hatte ihr Gepäck verladen und Lauren hatte ihr etwas zu essen und eine Thermoskanne mit Kaffee eingepackt. Jenna drückte ihre beiden Freundinnen fest, brachte aber kein Wort hervor, denn nach diesen Ereignissen gab es nichts mehr zu sagen. Und Lauren und Caitrin verstanden auch so.

Jenna setzte sich auf den Beifahrersitz und Allison grinste sie an. »Du hättest den Tee ruhig mit Whisky nehmen können.«

Sie schnallte sich an und ihr Blick fiel auf ihre Hosentasche. »Verdammt«, murmelte sie. »Noch nicht losfahren.«

Allison stoppte den Wagen und Jenna sprang raus, lief an Caitrin und Lauren vorbei ins Haus und zum Sofa. Es dauerte einen Moment, bis sie das Amulett in der Tasche des Pullis gefunden hatte. Noch immer war es warm und ihre Finger kribbelten, als sie es anfasste.

Sie lief zur Tür, von wo Caitrin und Lauren ihr erstaunt entgegensahen. »Hier, das hätte ich fast vergessen«, sagte sie und drückte Caitrin das Amulett in die Hand. »Ich glaube, es wollte zu dir und hat deine Nähe gespürt. Es ist ganz warm.«

Es hatte ein Witz sein sollen, aber Caitrin nickte nur und legte es sich sogleich um. »Wo ist deins?«, fragte sie. »Soll ich es für dich hier verwahren, bis du wiederkommst, oder möchtest du es mitnehmen? Was auch immer gut für dich ist.«

Unerwartet schossen Jenna Tränen in die Augen, als ungebeten das Bild von ihrem Amulett in Evans Fingern vor ihrem Inneren auftauchte. »Er hat es«, sagte sie schlicht und rannte zum Auto zurück. »Fahr los«, sagte sie. »Und können wir bitte nicht mehr darüber reden?«

Allison warf ihr einen Seitenblick zu, während sie den Motor startete. »Ja und ja.« Sie zögerte und trat aufs Gaspedal. »Aber wenn du doch willst, kannst du das jederzeit tun.«

Jenna nickte, doch sie entschied sich in diesem Moment, dass sie nicht mehr über Evan sprechen wollte.

Am liebsten nie wieder. Es tat einfach zu weh. Vielleicht würden ihre Freundinnen das eines Tages verstehen.

20

Jenna tippte auf Senden und ärgerte sich im selben Moment, was für ein Feigling sie war. Sie legte das Handy mit einem Seufzen weg und versuchte, sich wieder auf das Budget-Meeting zu konzentrieren. Ihren Freundinnen per Textnachricht zu sagen, dass sie heute Abend nach Hongkong fliegen würde, war feige, aber sie konnte sie nicht anrufen, denn sie wusste, dass die anderen es nicht gut finden würden. Zumindest hatte sie hinzugefügt, dass es nur um ein Projekt ging und sie in einer Woche wieder zurück wäre. Nicht, dass die anderen dachten, sie würde schon jetzt den Job dort antreten. Das wäre wirklich schäbig gewesen.

Natürlich brummte ihr Handy nur wenige Minuten später, doch Jenna drückte den Anruf weg, ohne nachzuschauen, wer es war. Das Gleiche wiederholte sich zweimal und ihr Chef warf ihr einen warnenden Blick zu.

Jenna stellte ihr Handy leise und lehnte sich erschöpft auf ihrem Stuhl zurück. Es würde sie alle Mühe kosten, in diesem Meeting wach zu bleiben. Sie würde sich bemühen, heute Nacht im Flugzeug ein wenig zu schlafen.

Seit sie vor einer Woche aus Schottland wiedergekommen war, hatte sie kaum geschlafen. Zum einen, weil sie viel zu viel Arbeit mit dem Hongkong-Projekt hatte – eine Nacht hatte sie sogar komplett im Büro verbracht –, und zum anderen, weil sie, immer wenn sie die Augen schloss, Evan vor sich sah. Und noch schlimmer: Sie fühlte seine Hände auf ihrer Haut. Es schmerzte so sehr, ihn zu sehen und zu fühlen. Manchmal lächelte er, dann war er konzentriert und am schlimmsten war es, wenn er den Kopf beugte, um sie zu küssen. Es tat so weh, als würde jemand ihr in den Bauch boxen.

Und sie konnte diesen Schmerz nicht einmal mit ihren Freundinnen teilen und auf diese Weise verarbeiten. Sie fürchtete, dass die anderen ihr erzählen würden, dass Evan wieder aufgetaucht war. Bisher hatte er sich nicht bei ihr gemeldet und das konnte nur bedeuten, dass er entweder noch nicht wieder da war und sein Versprechen, nur kurz zu gehen, nicht gehalten hatte oder dass er sich entschieden hatte, nichts mehr mit ihr zu tun haben zu wollen, weil sie nicht auf ihn gewartet hatte. Aber hatte er nicht gesagt, dass er sie suchen würde, wenn er wieder da war? Warum meldete er sich dann nicht?

Und wieder begannen ihre Gedanken, sich im Kreis zu drehen.

Sie schreckte auf, als sich die Tür des Besprechungszimmers öffnete und der junge Mann, der am Empfang ihrer Abteilung arbeitete, den Kopf reinstreckte. Er suchte den Raum ab, bis er Jenna fand. »Ein Gespräch für Sie, Miss Campbell.«

Jenna setzte sich auf und starrte ihn fassungslos an. So etwas hatte sie noch nie erlebt. Und deswegen konnte es nur Allison sein.

Mehrere der anwesenden Männer räusperten sich und sie hörte einen sagen: »Vermutlich das Spa, das einen Termin umlegen muss.«

Ein anderer lachte und sagte: »Oder das Schuhgeschäft.«

Jenna ballte die Hände in ihrem Schoß zu Fäusten. »Nehmen Sie die Nummer auf. Ich rufe zurück«, erklärte sie dem jungen Mann.

»Wollen Sie denn nicht wissen, wer es ist? Die Dame sagte,

dass ich Ihnen sagen soll –«, setzte er an, doch Jenna unterbrach ihn hastig.

»Ich bin in einem wichtigen Meeting, sehen Sie das nicht? Ich rufe später zurück. Danke.«

Mit so viel Würde, wie sie aufbringen konnte, drehte sie sich wieder zu dem Whiteboard, auf dem die Präsentation mit den aktuellen Zahlen gezeigt wurde. Ihre Wangen brannten und sie konnte hören und beinahe fühlen, wie die Männer sich über sie lustig machten.

»Wenn du etwas Wichtigeres zu tun hast, Jenna, können wir das Meeting kurz unterbrechen«, sagte ihr Chef mit so viel Ironie in der Stimme, dass Jenna glaubte, sie müsste sterben. Sie schaffte es gerade noch, den Kopf zu schütteln.

Den Rest des Meetings bemühte sie sich zwar, zuzuhören, aber innerlich kochte sie vor Wut und bekam nicht viel davon mit, aus welchem Topf welches Geld umgeschichtet wurde, damit man die ungeplanten Reparaturen an der Anlage zahlen konnte. Wie konnte Allison es wagen? Oder war etwas passiert? Aber nein, es konnte nur mit ihrer Nachricht wegen Hongkong zu tun haben.

Als sie eine Stunde später den Raum als Letzte verlassen wollte, wartete ihr Chef an der Tür auf sie. »Was war denn das heute?«, fragte er sie.

»Es tut mir leid, James«, erwiderte Jenna. »Es wird nicht wieder vorkommen.«

»Da ich in all deine Projekte eingebunden bin, nehme ich an, dass das gerade privat war, oder?«

Sie zuckte mit den Schultern. »Ich vermute es, aber ich weiß auch nicht, worum es geht. Es wird nicht wieder vorkommen.«

»Das will ich hoffen. Und auch, dass deine Performance insgesamt besser wird. Jenna, Mädchen, ich habe viel riskiert, als ich dich für den Job in Hongkong vorgeschlagen habe. Bei dem Projekt steht viel auf dem Spiel und du hast mir immer versichert, dass du das schaffst. Ich möchte nicht erleben, dass du die Firma enttäuschst. Es steht auch für mich zu viel auf dem Spiel.«

Jenna spürte, dass ihre Wangen schon wieder heiß wurden, und sie ärgerte sich darüber, denn es war eine Reaktion, die ihr in dieser Männerwelt zu Recht als Schwäche ausgelegt wurde. Sie hatte hart für all das gekämpft, was sie erreicht hatte, und sie war James dankbar dafür, dass er sich so für sie eingesetzt hatte, obwohl sie eine Frau war. Er hätte es mit jedem männlichen Kandidaten einfacher gehabt. Und noch nie hatte sie eine so deutliche Ansage von ihm bekommen.

»Ich habe alles im Griff«, sagte sie. »Und es wird nicht wieder vorkommen.«

Sein Blick wurde weicher. »Ist alles in Ordnung? Mit deiner Familie, meine ich?«

Jenna wusste, dass er ihre Eltern als ihre Familie bezeichnete, obwohl er nichts über sie wusste, doch unwillkürlich musste sie an Lauren, Allison und Caitrin denken. Denn eigentlich waren diese drei ihre Familie. »Ich hoffe es«, antwortete sie.

»Du fliegst aber trotzdem nach Hongkong, oder?«

Ihre Kehle schnürte sich zu und sie brachte nur ein Nicken zustande.

»Gut«, sagte er und klopfte ihr auf die Schulter. »Dann sehen wir uns morgen früh in der Videokonferenz. Sag Bescheid, wenn sie dir zu sehr auf der Nase herumtanzen. Und schick mir die Präsentation, ja? Ansonsten: Guten Flug.«

Er tippte sich an eine imaginäre Mütze und wandte sich ab.

Zum ersten Mal in ihrer Karriere dachte Jenna darüber nach, ob sie so tun sollte, als ob sie krank wäre. Sie wollte nicht nach Hongkong fliegen, auch wenn sie sich in den langen Nächten, in denen sie an fast nichts anderes als an Evan denken konnte, fragte, ob es vielleicht das Beste wäre, wenn sie die halbe Welt zwischen sich bringen konnte. Doch dann ließ sie den Kopf sinken. Wie sollte sie ihn vergessen, wenn nicht einmal zweihundertfünfzig Jahre zwischen ihnen ausreichten, um ihn zu vergessen? Hier in diesem Büro mit dem Neonlicht, ihren schicken Klamotten und High Heels, mit dem Klappern der Tastaturen ihrer Kolleginnen, dem Geruch nach schlechtem Kaffee und dem Klingeln der Telefone erschien es ihr so unwirklich, dass sie vor nicht einmal zehn Tagen in den schottischen Highlands Abschied von einem Mann genommen hatte, der in einem anderen Jahrhundert geboren war. Vielleicht hatte sie all das auch nur geträumt. Manchmal wünschte sie, dass es so wäre. Doch die Nachrichten ihrer Freundinnen und ihre verpassten Anrufe machten ihr immer wieder bewusst, dass es diese Welt dort oben in Schottland wirklich gab.

Sie schaute auf ihr Handy, um nach der Zeit zu sehen, und bemerkte über zwanzig entgangene Anrufe. Sie biss die Zähne zusammen. Vermutlich war es am besten, wenn sie jetzt gleich den Anruferzettel von dem eifrigen jungen Mann am Empfang entgegennahm. Danach würde sie ihre Unterlagen für das Projekt richten und ein Briefing fertig machen, bevor sie um 18 Uhr das Büro verließ, um den Flieger nach Hongkong heute Abend zu nehmen. Sie konnte die anderen vom Flughafen zurückrufen.

Als sie in die Lobby trat, lächelte der junge Mann ihr entgegen und Jenna fiel auf, dass sie nicht einmal seinen Namen wusste, obwohl er schon seit mehreren Jahren hier arbeitete.

Er wollte gerade etwas sagen, als sie eine Stimme hinter sich hörte. »Eine Textnachricht, Jenna? Das ist nicht dein Ernst, oder?«

Sie fuhr herum und fand sich Allison gegenüber, die die Hände in die Hüften gestemmt hatte. Ihre blauen Augen blitzten. Neben ihr stand Caitrin und betrachtete Jenna mit hochgezogenen Augenbrauen.

»Wo kommt ihr denn her?«

Für einen Moment fragte Jenna sich unsinnigerweise, ob das mit den Zeitreisen auch in derselben Zeit funktionierte, denn innerhalb von etwas über eine Stunde konnten die beiden schlecht aus Schottland angereist sein.

»Du fliegst nach Hongkong und rufst uns nicht einmal an?« Allison schüttelte missbilligend den Kopf. »Und warum kommst du eigentlich erst jetzt? Hast du unsere Anrufe nicht gesehen? Gary hat dir doch Bescheid gesagt, dass wir da sind.« Sie wedelte in Richtung des jungen Mannes.

Jenna warf ihm einen Blick zu. »Er hat nur gesagt, dass du am Telefon bist.«

Gary schüttelte den Kopf. »Es tut mir leid, da habe ich mich falsch ausgedrückt. Ich meinte ein persönliches Gespräch für Sie.«

Jenna war froh, dass er nicht gesagt hatte, dass sie Besucher in der Lobby hatte. Das hatte ihr ein paar Peinlichkeiten erspart.

Sie wandte sich wieder an Allison. »Wie seid ihr so schnell hierhergekommen?« Sie schaute von einer zur anderen. »Ich habe die Nachricht doch erst vor einer Stunde geschickt.«

Caitrin nickte zu Allison. »Sag du ihr, warum wir uns schon heute Morgen auf den Weg gemacht haben, um ihr zu sagen, dass sie nicht nach Hongkong fliegen soll.« An Jenna gewandt fügte sie hinzu. »Genau das haben wir nämlich vor, also überleg dir schon einmal, was du antwortest.« Dann stupste sie Allison an. »Jetzt sag endlich. Wenn du schon investigativ unterwegs bist, hat sie auch ein Recht, das zu erfahren. Du weißt doch, es gibt keine Geheimnisse zwischen uns.«

Alles an Caitrin drückte Missbilligung aus.

Zu Jennas Überraschung wurde Allison tatsächlich ein wenig rot. »Sie erzählt uns doch auch nicht alles«, sagte sie bockig. »Und wenn ich dich daran erinnern darf, hast du uns jahrelang verschwiegen, dass –«

Jenna schüttelte den Kopf und deutete verstohlen auf Gary, der zwar vorgab, beschäftigt zu sein, aber genau zuhörte. Allison nickte, dass sie verstanden hatte.

»Und jetzt sag schon, woher wusstest du, dass ich nach Hongkong fliege?«

Allison straffte die Schultern. »Du hast, seit wir fünfzehn waren, dasselbe E-Mail-Passwort und wir haben uns Sorgen gemacht, als du dich nicht mehr gemeldet hast, nach allem, was passiert ist.«

Sie sagte es in einem Ton, als wäre es eine ausreichende Erklärung.

»Du hast in meine E-Mails geschaut?«, fragte Jenna fassungslos.

»Ja, muss ich ja, wenn ich dich davor bewahren muss, den schlimmsten Fehler deines Lebens zu machen. Und wenn du dir nun einmal selbst deinen Reiseplan schickst und dann noch einen neuen Koffer bestellst, der als Handgepäck durchgeht, ist ja klar, was los ist. Wir können schlecht zulassen, dass du dich einfach aus dem Staub machst. Nicht nach allem, was passiert ist.«

»Allison«, warnte Caitrin sie.

Jenna war fassungslos, doch noch viel mehr als über die Tatsache, dass Allison ihre E-Mails las, war sie schockiert darüber, dass sie und Caitrin hier aufgetaucht waren, um sie von dieser Reise abzuhalten. Sie wusste, dass sie fahren musste, denn sie war es ihrem Chef, dem Unternehmen und auch sich selbst schuldig, doch sie wusste auch, dass sie ihren Freundinnen nur schwer widerstehen konnte.

»Ihr hättet nicht kommen brauchen«, sagte sie. »Ich fliege nur für eine Dienstreise hin und bin Ende nächster Woche wieder da.«

»Du läufst weg«, stellte Allison fest.

Jenna schüttelte den Kopf. »Nein, ich muss arbeiten. Und ihr hättet euch nicht die Mühe machen müssen, hierherzukommen.«

»Aber du hast dich überhaupt nicht gemeldet, seit du weggefahren bist.«

»Natürlich habe ich das.«

»Mit einer Textnachrichten hat man sich nicht wirklich gemeldet.«

Allison funkelte sie böse an.

»Wir haben uns Sorgen gemacht«, meldete Caitrin sich zu Wort. »Nach allem ...« Sie machte eine vage Handbewegung, die all das einschloss, was sich in den Tagen in Schottland zugetragen hatte.

»Mir geht es gut«, sagte Jenna und schaute unbehaglich zu Gary. Sie konnte ihn nicht einschätzen, aber vermutlich würde der Inhalt ihres Gesprächs sehr schnell die Runde machen, und das war etwas, was sie im Moment überhaupt nicht gebrauchen konnte. Jenna traf sich mit ihren Freundinnen in der Lobby und sie stritten sich und redeten darüber, wie es Jenna ging. Gary hatte schon viel zu viel gehört.

Sie hatte zwei Möglichkeiten: Entweder sie ging mit den beiden woanders hin oder sie schickte sie wieder nach Hause. Doch sie kannte ihre Freundinnen gut genug, um zu wissen, dass diese sich nicht einfach wegschicken lassen würden.

»Ihr braucht euch keine Sorgen zu machen. Es ist nett, dass ihr gekommen seid, aber ich muss bald los zum Flughafen. Vielleicht sollten wir telefonieren, wenn ich in Hongkong bin.«

»Nein«, sagte Allison. »Wir reden jetzt. Außerdem muss Caitrin dir was erzählen. Es ist wichtig. Sonst wären wir wohl kaum zehn Stunden gefahren.«

Jenna spürte ein unbehagliches Prickeln im Nacken. Sie ahnte, worum, oder besser um wen, es ging. Eigentlich wollte sie nicht darüber sprechen. »Dann lasst uns woanders hingehen«, sagte sie trotzdem.

»Gibt es hier irgendwo ein Café?«, fragte Caitrin und schaute sich um.

Jenna schüttelte den Kopf. »Das nächste ist zwei Blocks entfernt und ich kann hier nicht weg.« Sie seufzte und wandte sich an Gary. »Ich brauche einen kleinen Meetingraum.«

»Gern«, sagte er. »Für wann?«

»Jetzt gleich.«

Er tippte etwas auf der Tastatur seines Computers und

nickte ihr dann zu. »Die 712 ist für Sie reserviert.«

Jenna zögerte. Dieser Raum lag direkt neben dem Büro ihres Chefs und er hatte nur einen Milchglasstreifen in der Mitte, über den man drüberschauen konnte. »Können wir einen auf der anderen Seite des Gebäudes bekommen? Und zwar einen, in den man nicht von außen reinschauen kann?«

Gary wies ihr einen neuen Raum zu und Jenna führte ihre Freundinnen durch einen Gang, vorbei an mehreren Einzelbüros, deren Türen zum Glück geschlossen waren.

In dem Meetingraum setzten sich die beiden und Jenna stellte fest, dass sie zwar überhaupt nicht hierher passten, was ihre Frisuren und ihre Kleidung anging, aber beide Frauen füllten den großen Besprechungsraum mit einer solchen Präsenz, die so manchen CEO in den Schatten stellte. Und Jenna stellte fest, dass sie die beiden sehr vermisst hatte.

»Wo ist Lauren?«, fragte sie und stellte Getränke und drei Gläser von einem Servierwagen auf den Tisch.

»Sie wollte am liebsten auch mitkommen, weil sie fürchtete, dass wir zu ruppig mit dir umgehen, aber eine musste bei Elizabeth und dem Stein bleiben«, erklärte Caitrin. »Und da Lauren diese Aufgaben sowieso bald übernehmen muss und ich unbedingt mit dir reden wollte und es Allison nicht allein überlassen konnte«, sie zog eine Augenbraue hoch und bedachte ihre Freundin mit einem tadelnden Blick, »sind wir beide gefahren. Außerdem kennt Allison sich in London am besten aus.«

»Und ich komme überall rein«, erklärte die mit einem Grinsen. »Aber Gary war schon eine harte Nummer.«

Jenna atmete tief durch. »Worüber wolltet ihr sprechen? Wenn es um Hongkong geht, hättet ihr euch den Weg sparen können.«

Allison und Caitrin tauschten einen Blick und Jenna wusste sofort, dass es nicht um Hongkong ging. Schnell sagte sie: »Und wenn es um ihn geht, ebenfalls. Da gibt es nichts mehr zu besprechen.«

»Vielleicht ja doch«, widersprach Caitrin und ihre Stimme

klang sanft. Eindringlich schaute sie Jenna an.

Allison erklärte: »Evan ist nicht wieder aufgetaucht, wenn es dich interessiert. Aber wir waren an seinem Cottage und haben auf der Burg nach ihm gesucht. Niemand hat ihn gesehen und es scheint, als wäre er vom Erdboden verschwunden. Es stimmt also tatsächlich, was er dir erzählt hat.«

Allein dass sie seinen Namen ausgesprochen und das Cottage und Dundarg erwähnt hatte, beschleunigte Jennas Herzschlag und schnürte ihr den Hals zu. Doch sie hatte sich geschworen, dass sie nicht mehr seinetwegen weinen würde. Die Mauer musste stehen bleiben. Er war es gewesen, der gegangen war, nicht sie.

Sie bemühte sich, zu nicken, sagen konnte sie nichts.

»Das wusstest du sicherlich schon«, sagte Caitrin und beugte sich vor. »Ich bin immer noch der Meinung, dass du es gefühlt hättest, wenn er wieder hier wäre.«

Jenna schüttelte den Kopf. »Sicher nicht, schließlich bin ich in London und er ist weit weg«, versuchte sie so nüchtern wie möglich zu sagen.

Caitrin zuckte mit den Schultern. »Vielleicht. Vielleicht aber auch nicht. Wir wissen noch sehr wenig über das Reisen, vor allem wenn Männer involviert sind.« Sie biss sich auf die Unterlippe. »Aber es gibt da etwas, was mir aufgefallen ist und worüber wir sprechen müssen.«

»Ich glaube nicht, dass wir darüber sprechen müssen«, sagte Jenna. »Es ist vorbei.«

Es kostete sie unglaublich viel Kraft, die Mauer, die ihre Gefühle zurückhielt, aufrechtzuerhalten. Langsam bröckelte sie, doch sie würde verdammt sein, wenn sie hier im Büro weinte.

»Jetzt hör ihr doch erst einmal zu, bevor du ein Urteil fällst«, sagte Allison.

Als Jenna Luft holte, wedelte ihre Freundin mit der Hand. »Jaja, ich weiß, dass ich sonst immer diejenige bin, der ihr das sagt. Aber es stimmt doch. Hör erst einmal zu, es ist nämlich ziemlich wichtig.«

Caitrin nickte und beugte sich vor. »Als du mir beim Abschied mein Amulett gegeben hast, sagtest du mir, dass es warm ist. Das stimmte aber nicht. Es war eiskalt, weil es in dem nassen Kapuzenpullover war.«

»Es war warm«, widersprach Jenna. »Vorher in der Laube auch schon.«

Auf Caitrins Gesicht breitete sich ein Lächeln aus. »Das ist gut, Jenna.«

Auch Allison grinste und lehnte sich mit verschränkten Armen zurück.

»Warum soll das gut sein?«

»Weil es bedeuten könnte, dass du und Evan eine Verbindung über das Amulett habt. Er hat deins und du hast ihn darüber gespürt. Ich habe erst ein Mal davon gehört, aber bei dem Paar war es definitiv so. Sie war aus unserer Zeit, ist dorthin gegangen, hat sich unsterblich verliebt und er sich in sie. Dann hat sie ihm von den Reisen erzählt, er hat ihr geglaubt, und jedes Mal, wenn sie hier war, konnten sie über ein Amulett, das sie bei ihm gelassen hatte, in Kontakt bleiben und wussten, ob es dem anderen gut geht oder nicht.«

Am liebsten hätte Jenna sich die Ohren zugehalten. Sie schüttelte den Kopf. »Hör auf«, sagte sie. »Bei uns ist das nicht so.«

Sonst hätte er doch gefühlt, dass ich nicht will, dass er geht, dachte sie.

»Und es ist auch nicht mehr wichtig«, setzte sie bockig hinzu.

»Nein«, sagte Caitrin. »Es ist sogar sehr wichtig, dass du das hörst, denn es gibt noch etwas anderes.«

Sie holte Luft, aber Jenna erhob sich. »Es ist vorbei, Caitrin. Er ist zurückgegangen und nicht wiedergekommen. Anscheinend bin ich nicht wichtig genug, als dass er für mich hierbleibt. Und wie auch? Wir kennen uns ja kaum. Da kann ich schlecht von ihm erwarten, dass er meinetwegen hierbleibt, wenn seine Mutter und seine Schwester vielleicht seine Hilfe brauchen. Und nach dieser kurzen Zeit kann man wohl kaum von einer echten Verbindung sprechen, sodass ich ihn über die Zeit fühlen kann. Das ist doch albern.«

Mit aller Macht ignorierte sie diese kleine Stimme, die ihr sagte, dass sie sehr wohl eine tiefe Verbindung hatten. Als ihre Hand auf seiner Tätowierung gelegen hatte und auch als sie einander geliebt hatten. Doch sie ignorierte die Stimme, schob ihren Stuhl an den Tisch und ging zur Tür. »Es ist besser, wenn ihr jetzt geht.«

Caitrin war ebenfalls aufgestanden. »Jenna, er ist möglicherweise in Gefahr. Und deswegen braucht er deine Hilfe.«

Ein Schauer lief ihr über den Rücken, doch sie weigerte sich, die Worte an sich heranzulassen. »Ich glaube, er kommt allein zurecht. Was kann ich denn schon ausrichten? Ich kann ja noch nicht einmal reisen.«

Allison sprang auf. »Verdammt, Jenna, jetzt hör auf, die Beleidigte zu spielen. Ja, vielleicht hat er deine Gefühle verletzt, als er einfach gegangen ist, aber soweit ich weiß, wollte er gleich wiederkommen. Da er das nicht getan hat, können wir davon ausgehen, dass etwas schiefgelaufen ist. Und Caitrin weiß vermutlich auch, was. Aber du willst es dir noch nicht einmal anhören. Bedeutet er dir denn gar nichts?«

Mit jedem Satz war sie ein Stück weiter auf Jenna zugekommen und stand nun direkt vor ihr. Allisons Worte waren allesamt Pfeile gewesen, die direkt in ihr Herz getroffen hatten. Die Mauer hielt nicht mehr.

Für einen Moment war es still, dann atmete Jenna mit einem Schluchzen ein, das sie selbst überraschte.

Allisons Gesicht wurde weicher. »Siehst du, wusste ich es doch«, sagte sie zufrieden.

»Setzt euch wieder«, sagte Caitrin. »So lässt es sich besser reden.«

Folgsam setzte Jenna sich, doch sie wollte nicht hören, dass Evan in Gefahr war. Wenn sie sich einredete, dass es ihm wunderbar ging und er schöne Abenteuer erlebte, war es viel besser, als wenn sie an die schlimmen Wunden dachte, die Elizabeth sich zugezogen hatte. Außerdem konnte sie dann besser wütend auf ihn sein, weil er sie allein gelassen hatte.

Caitrin schien zu spüren, wie es Jenna ging, denn sie nahm ihre Hände. »Ich versuche, dir das so schonend wie möglich zu erklären, aber es könnte sein, dass es nicht leicht für dich wird.«

Jenna erschauderte, doch auch Allison legte ihre Hand auf ihre. »Wir sind da. Das schaffen wir gemeinsam.«

Caitrin atmete tief durch. »Ich bin fest davon überzeugt, dass du und Evan eine so tiefe Verbindung miteinander habt wie das andere Paar, von dem ich gerade erzählt habe. Ich weiß nicht, warum es so ist, aber Fakt ist, dass du über das Amulett fühlen kannst, wie es ihm geht. Und andersherum vermutlich genauso. Das ist gut, denn es könnte sein, dass wir es brauchen, um herauszufinden, ob ihm etwas geschehen ist.«

Alles in Jenna versteifte sich. »Was sollte ihm passiert sein?«

Caitrin seufzte. »Wir fanden es merkwürdig, dass er nicht wiedergekommen ist, obwohl er es gesagt hat. Deswegen haben wir ein bisschen recherchiert und herausgefunden, dass Evan fünfunddreißig Jahre alt ist.«

»Woher wisst ihr das?«, fragte Jenna. Nicht einmal sie hatte das gewusst.

Allison verdrehte die Augen. »Ich habe im Cottage seinen Führerschein gefunden. Da steht es drauf.«

»Du bist ins Cottage eingebrochen?«

»Es war nicht verschlossen.«

»Allison!«

Sie setzte eine störrische Miene auf. »Sei froh, dass ich es getan habe, denn so haben wir herausgefunden, dass er vermutlich ins Jahr 1746 zurückgereist ist.«

»Das hätte ich dir auch so sagen können«, erklärte Jenna ihr. Sie erinnerte sich an den Moment, als Evan es ihr gesagt hatte. Sie war eingehüllt gewesen in sein Plaid und hatte seine Nähe gespürt.

Sie schob den Gedanken von sich.

Allison zog eine Augenbraue hoch. »Du hast dich aber nicht gemeldet und wolltest über das Thema nicht mehr sprechen, daher konnten wir dich nicht fragen.«

Jenna atmete tief durch. »Und warum sollte ich froh sein, dass ihr das herausgefunden habt?«

Caitrin drückte ihre Hand. »Weil das Jahr 1746 ein Problem ist. Wenn er dort gelandet ist, und dann noch auf der Burg, ist es ihm vermutlich übel ergangen.«

»Warum?«, fragte Jenna tonlos.

Nach kurzem Zögern sagte Caitrin: »Nach der Schlacht von Culloden haben die Engländer Dundarg übernommen. Sie haben die Torhüterin getötet, bevor sie den Stein in Sicherheit bringen oder jemand anderem übergeben konnte, obwohl sie vermutlich keine Ahnung hatten, wer sie war. Der Stein war vermutlich damals in der Burg und wir konnten ihn drei Jahre lang nicht nutzen. Es gibt eine Warnung in den Büchern, dass niemand reisen sollte, wenn er in diesen Jahren rauskommt.«

Es war Jenna, als hätte jemand sie mit einer eiskalten Hand im Nacken gepackt. Jeder Schotte wusste, was damals in Culloden passiert war und wie die Engländer ihren Hass an den Schotten in den Jahren danach ausgelebt hatten. Sie hatten sie unterdrückt und geknebelt. Es war den Männern untersagt gewesen, Tartan zu tragen, Dudelsack zu spielen oder Schwerter zu besitzen. Nicht wenige hatten für Verstöße mit ihrem Leben bezahlt.

»Von alldem wusste Evan nichts«, sagte Caitrin. »Und er ist vermutlich den Engländern ins offene Messer gelaufen.«

Jenna zwang sich, zu atmen. »Aber vielleicht auch nicht«, flüsterte sie und betete, dass es so war.

Ihre beiden Freundinnen wechselten wieder einen Blick und auf einmal war Jenna so wütend, dass sie den beiden ihre Hand entzog. Immer diese Andeutungen. Das machte ihr Angst. »Jetzt sagt schon! Was noch?«

Sie schrie es fast und es war ihr egal, ob irgendjemand sie hören konnte.

Verständnis flackerte in Caitrins Augen auf. »Elizabeth ist

vor ein paar Tagen aufgewacht und ich habe ihr von Evan erzählt, weil sie wissen wollte, wer er ist. Sie kommt aus dem Jahr 1758 und hat uns eine Geschichte erzählt, die vor allem der Grund ist, warum wir hier sind.« Sie griff wieder nach Jennas Hand und sie ließ es geschehen. »Sie sagte, dass es eine Geschichte von einem Selkie gibt, der aufgetaucht ist, kurz nachdem die Engländer die Burg besetzt hatten. Das muss ungefähr im Jahr 1746 gewesen sein.«

Jenna schaffte es kaum noch, zu atmen. Ein Selkie war ein Fabelwesen, ein Seehund, der die Gestalt eines Mannes annehmen konnte und an Land kam, um sich eine Frau zu suchen. Dieser Mann hatte schwarze Haare und war wunderschön, sodass sich alle Frauen zu ihm hingezogen fühlten. Er war charmant und hatte ein gewinnendes Wesen. Alles Attribute, die auf Evan passten. Natürlich wusste sie, dass er kein Selkie war, aber es beschrieb ihn trotzdem gut.

»Weiter«, sagte sie leise.

»Die Geschichte sagt, dass dieser Selkie lange nicht an Land gewesen war, denn er trug die Tracht eines Highlanders mit Plaid und sogar ein Schwert – alles, was nicht erlaubt war und was sich sonst niemand getraut hätte – und er sprach merkwürdig. Das fiel natürlich auch den Engländern auf und sie nahmen ihn mit. Er wurde nie wieder gesehen.«

Sie hob die Hand, als Jenna etwas sagen wollte.

»Warte. Es heißt, dass die Engländer ihn in der Burg gefangen gehalten haben und auch merkten, dass etwas an ihm anders war. Sie haben ihn nicht umgebracht, wie sie es mit so vielen anderen getan haben. Das hätten die Dorfbewohner mitbekommen, denn die Hinrichtungen waren öffentlich, zur Abschreckung. Die Geschichte sagt, die Engländer hätten ihn verhört und dann wäre er eines Tages einfach verschwunden und zurück ins Meer gegangen. Doch seine Geschichte wurde sich weitererzählt.«

Jenna spürte, wie Tränen ihr über die Wangen liefen, doch sie war wie erstarrt. Das konnte nur Evan sein.

»Und was ist, wenn er tot ist?«, flüsterte sie.

Caitrin schüttelte den Kopf. »Das glaube ich nicht. Wäre er in den Händen der Engländer gestorben, hätten sie es den Dorfbewohnern kundgetan. Aber er ist einfach verschwunden. Und da wir ja wissen, dass Evan kein Selkie ist und nicht ins Meer zurückgegangen ist, kann das nur eins bedeuten.«

Jenna konnte nicht mehr klar denken. »Und was?«

Allison lächelte. »Na, dass er wieder zurückgekehrt ist. Hierher zu uns.«

»Aber er ist noch nicht wieder da«, presste Jenna hervor. »Das habt ihr selbst gesagt.«

Das alles ergab für sie keinen Sinn.

»Eben, da kommst du ins Spiel«, sagte Allison. »Vielleicht bist du diejenige, die ihn zurückgeholt hat.«

»Und wie?«, fragte Jenna. »Wie soll ich das machen? Ich kann ja nicht einfach da hinfahren.«

Caitrin seufzte. »Wie, wissen wir auch noch nicht, aber es ist sehr wahrscheinlich, dass er zurückkommt. Doch dafür brauchen wir deine Hilfe. Bitte, Jenna, flieg nicht nach Hongkong. Das hier ist wichtiger. Evan braucht dich.«

Jenna starrte auf die Tischplatte. Was für eine wirre Geschichte. Schließlich schüttelte sie den Kopf. »Das wisst ihr nicht. Vermutlich kommt er einfach so zurück. Vielleicht ist er schon auf dem Weg nach Amerika. Oder es war irgendein anderer Mann. Vielleicht gibt es ja doch Selkies.« Sie straffte die Schultern. »Ich setze nicht meine Karriere dafür aufs Spiel, dass ich neben einem Stein auf ihn warte.«

»Jenna, bitte«, sagte Caitrin leise. »Ich glaube wirklich, dass er dich braucht.«

Gerade als sie antworten wollte, wurde die Tür aufgerissen und James streckte den Kopf herein. Hastig machte Jenna ihre Hand los. Sie hoffte, dass man ihre Tränen nicht allzu deutlich sah.

»Hier bist du«, sagte ihr Chef und schaute von Caitrin zu Allison, dann wieder zu Jenna. »Ich brauche unbedingt die Präsentation für morgen. Ist die schon fertig?«

Jenna stand auf und schüttelte den Kopf. »Gleich.«

James hob die Augenbrauen. »Ich will nicht stören, wenn es wichtig ist.«

Doch sein Ton drückte aus, dass er ein Meeting mit zwei Frauen, von denen eine einen bodenlangen roten Rock trug und die andere ein trägerloses Top, das eine Tätowierung freigab, nicht sonderlich wichtig fand.

»Ich bin hier sowieso fertig«, erwiderte Jenna und ging zur Tür. »Ich werde die beiden nur noch rausbegleiten.«

»Jenna«, sagte Caitrin und sie klang hilflos.

»Wir waren fertig«, sagte sie und schaute ihre Freundinnen scharf an. Wenn sie jetzt weiter mit ihr diskutierten, würde James Fragen stellen, die sie nicht beantworten konnte. »Ich melde mich, wenn ich aus Hongkong zurück bin.«

»Das kannst du nicht machen«, sagte Allison und stand auf. »Jenna, er –«

Sie schüttelte den Kopf. »Ihr geht jetzt besser. Ich melde mich.«

James zog die buschigen Augenbrauen zusammen. »Gibt es Probleme?«

»Nein«, sagte Jenna und durchbohrte Allison mit ihrem Blick.

Es war Caitrin, die Allison am Arm nahm. »Komm. Wir finden allein raus, danke.«

Und dann waren sie fort. Jenna starrte ihnen hinterher, wie sie den Gang entlanggingen.

James klopfte ihr auf die Schulter. »Schick mir die Präsentation. Ich will nachher das Spiel anschauen.«

Wie betäubt ging Jenna zu ihrem Büro und ließ sich auf den Stuhl sinken. Sie versuchte, den Computer zu entsperren, aber brauchte drei Anläufe. Immer wieder hörte sie Caitrins Worte in ihrem Kopf.

Es dauerte eine Weile, bis sie die richtige Präsentation gefunden hatte, dann starrte sie auf die Zahlen und nichts ergab einen Sinn. Die einzige Zahl, an die sie gerade denken konnte, war 1746.

Ein Klopfen an der Tür riss sie aus ihrer Starre. »Ja,

bitte?«

Es war Gary, der den Kopf zur Tür hereinstreckte. »Eine der Damen hat das hier im Besprechungszimmer vergessen. Soll ich es am Empfang hinterlegen oder haben Sie eine Möglichkeit, es ihr zukommen zu lassen?«

Er hielt etwas Silbernes in der Hand und als Jenna es erkannte, stockte ihr der Atem. Es war Caitrins Kette. Sie starrte das Schmuckstück an und ihr Herz klopfte zum Zerspringen. Es dauerte einen Moment, bis sie merkte, dass Gary etwas gesagt hatte.

»Wo soll ich es hintun?«

Jenna deutete auf den Tisch vor sich. »Hier.«

Gary ließ das Schmuckstück auf den Tisch gleiten. »Sehr hübsch«, sagte er. »Schottisch, oder?«

Jenna nickte und Gary schloss die Tür hinter sich.

Warum hatte Caitrin die Kette dagelassen? Jenna wusste mit Sicherheit, dass ihre Freundin sie bewusst abgenommen hatte. Das passierte ihr nicht aus Zufall oder Nachlässigkeit, dafür war die Kette zu wichtig. Caitrin hatte gewollt, dass Jenna sie fand.

Sie wandte den Blick ab und schaute wieder auf die Präsentation, doch die Kette schien sie wie magisch anzuziehen. Wenn Caitrin und Allison recht hatten, konnte sie über das Amulett eine Verbindung zu Evan aufbauen, obwohl er so unendlich weit fort war. Was, wenn sie tatsächlich fühlen konnte, wie es ihm ging? Aber es war so absurd. Es konnte nicht sein.

Sie schüttelte den Kopf und atmete tief durch.

Und was, wenn doch? Sie starrte das Schmuckstück an, als könnte es ihr eine Antwort darauf geben. Doch das tat es natürlich nicht, es schwieg.

Endlich streckte sie die Hand aus. Je näher sie dem Amulett kam, desto mehr kribbelten ihre Finger. Oder bildete sie sich das nur ein? Das war doch Blödsinn.

Entschlossen, sich zu beweisen, dass da nichts war, griff sie nach der Kette und zuckte zurück. Sie war nicht nur warm, sondern Jenna war, als hätte sie einen Stromschlag bekommen.

Ihr Atem beschleunigte sich. Was war das? Ob sie sich das nur eingebildet hatte, weil die anderen ihr all diese Dinge erzählt hatten?

Doch irgendwie wusste sie, dass es anders war. Sie hatte die gleiche Wärme schon damals in der Laube gespürt, damals, als Evan gegangen war.

Sie musste all ihren Mut zusammennehmen, um das Amulett erneut in die Hand zu nehmen. Wieder war es, als hätte sie einen Schlag bekommen, doch dieses Mal biss sie die Zähne zusammen und hielt es aus. Dann war der Moment vorbei und ein Kribbeln breitete sich in ihrer Hand aus, das sogar ganz angenehm war. Das Metall war warm, als hätte es in der Sonne gelegen, doch im Raum war es kühl, denn die Klimaanlage lief in dem Bürogebäude.

Jenna schloss die Augen und spürte dem Gefühl nach, das von dem Amulett ausging. Wie in ihren Träumen stiegen Bilder von Evan vor ihrem inneren Auge auf und ihr Herzschlag beschleunigte sich, so sehr sehnte sie sich plötzlich nach ihm. Doch diese Bilder kannte sie schon, denn sie kamen auch, wenn sie nicht das Amulett hielt.

Auf einmal jedoch tauchte zwischen den Bildern etwas Dunkles auf, als ob sich eine Wolke davorgeschoben hätte. Jennas Magen krampfte sich zusammen und es war, als hätte jemand ihren Kopf in ein dunkles Tuch gehüllt. Sie versuchte, die Gefühle zu benennen, obwohl es nicht leicht war. Angst war da, Verzweiflung und auch Schmerz.

Sie schloss die Hand um das Amulett und die Kanten bohrten sich tief in ihre Haut, doch dieser Schmerz war nichts gegen den, den sie in ihrer Seele fühlte. Sie keuchte auf und hätte fast das Amulett fallen gelassen. Es war Evans Schmerz, das wusste sie genau. Er war weit weg, doch sie konnte ihn so deutlich fühlen, als würde er ihr selbst zugefügt.

Das Telefon riss sie aus ihrer Trance und sie schlug die Augen auf. Die Gefühle verblassten ein wenig und es fiel ihr leichter, zu atmen. Sie legte das Amulett auf den Tisch und sofort fühlte sie sich wieder normal und nur ein Nachhall der Empfindungen lag noch auf ihrer Seele. So als wäre sie aus einem bösen Traum erwacht.

Das Telefon klingelte noch immer. Sie warf einen Blick auf das Display. James. Sie entschied sich, nicht ranzugehen, denn sie wusste, was er wollte. Doch an die Präsentation konnte sie jetzt nicht denken und auch nicht an Hongkong oder irgendetwas anderes, das mit der Arbeit zu tun hatte.

Sie starrte das Amulett an. Caitrin hatte recht gehabt, sie konnte Evan durch die Zeit hindurch fühlen. Und er war in großer Not.

Das Telefon hörte auf, zu klingeln, und Jenna wusste, dass James gleich nach ihr suchen würde. Sie musste fort von hier.

In Windeseile packte sie ihre Sachen, ließ ihren Laptop aber da, nahm ihren Koffer, den sie schon für Hongkong gepackt hatte, und als Allerletztes griff sie nach dem Amulett. Es brannte wieder in ihrer Hand, stärker dieses Mal, und deswegen ließ sie es sofort in ihre Tasche gleiten.

Sie rannte beinahe auf den Flur hinaus und war noch keine zehn Meter weit gekommen, als sie mit jemandem zusammenprallte. Am Geruch konnte sie erkennen, dass es James war, bevor sie den Blick hob.

»Wo willst du hin?«, fragte er und beäugte ihren Koffer. »Der Hongkong-Flieger geht doch erst spät.«

Jenna starrte ihn an und wusste, dass ihre Karriere auf dem Spiel stand. »Mir geht es nicht gut«, sagte sie. »Ich kann nicht nach Hongkong.«

James starrte sie an, dann zog er eine Grimasse. »Oh Scheiße, du bist schwanger.«

Jenna öffnete den Mund und schloss ihn wieder. »Es geht mir nicht gut«, wiederholte sie, da sie nicht lügen wollte.

»Mist, ich hätte es kommen sehen müssen. Alle haben mich gewarnt, aber ich habe ihnen erklärt, dass uns das mit dir nicht passiert. Verdammt.«

Er fuhr sich durch die Haare, die danach wild zu Berge

standen.

Jenna dachte kurz darüber nach, ob sie das Missverständnis aufklären sollte, doch dann entschied sie sich dagegen. Gerade konnte sie nicht klar denken und wenn dieses Missverständnis bedeutete, dass sie heute Abend nicht fliegen musste und vielleicht sogar nach Schottland fahren konnte, würde sie es ausnutzen.

»Ich brauche ein paar Tage frei«, sagte sie.

James runzelte die Stirn. »So plötzlich?« Dann riss er die Augen auf. »Willst du es etwa wegmachen lassen?«

Auf einmal stieg Wut in Jenna auf. Sie richtete sich zu ihrer vollen Größe auf, die in High Heels beträchtlich war, und schaute James fest an. »Ich wüsste nicht, was dich das angeht, aber ich würde es begrüßen, wenn du nicht so frauenfeindlich sprechen würdest.«

»Aber ich wollte doch nur –«, setzte er an, schwieg jedoch dann, denn sie wussten beide, dass Jenna recht hatte.

»Ich bin in ein paar Tagen wieder da und dann sprechen wir darüber, wie es für mich in dieser Firma weitergeht«, sagte Jenna. Sie hob das Kinn und sagte: »Die Präsentation ist auf meinem Rechner. Allerdings wird das Meeting vermutlich morgen nicht stattfinden, wenn ich nicht in Hongkong bin. Und das werde ich sicher nicht sein.« Sie nickte ihm zu. »Auf Wiedersehen, James.«

Sie zwang sich, ruhigen Schrittes den Flur entlangzugehen. Als die Aufzugtüren sich mit dem vertrauten Klingelton hinter ihr geschlossen hatten, atmete sie tief durch und holte ihr Handy aus der Tasche. Im Grunde war es Diebstahl, dass sie es mitgenommen hatte, aber es war ihre einzige Verbindung zu ihren Freundinnen und zu Evans Handy, da sie ihr privates Gerät eigentlich nie benutzte. Denn bisher hatte sie im Grunde auch kein Privatleben besessen. Sie würde das Diensthandy demnächst zurückschicken.

Mit zitternden Fingern wählte sie Caitrins Nummer, da sie wusste, dass Allison fahren würde. Nach nur einem Klingeln nahm ihre Freundin ab. »Jenna?«, fragte sie und im Hintergrund hörte sie Allison rufen: »Wusste ich es doch!«

»Ich komme nach Schottland«, sagte Jenna.

»Ich weiß«, antwortete Caitrin sanft.

Auf einmal hörte Jenna Allisons Stimme: »Wie gut, dass wir noch auf dem Parkplatz stehen und einen Platz auf der Rückbank frei haben. Uns war so, dass du verstehen würdest, was wir dir sagen wollten. Hast du Caitrins Kette?«

Jenna musste unter Tränen lächeln. »Ja, habe ich.«

»Dann schwing deinen hübschen Hintern hier runter und wir können los.«

Es war das Beste, was Jenna an diesem Tag gehört hatte.

21

Die anderen drei holten sie ein, als Jenna gerade den Bach überqueren wollte. Überrascht wandte sie sich um, als sie die Schritte hinter sich hörte. »Was macht ihr denn hier?«, fragte sie, obwohl die Frage überflüssig war.

»Hast du wirklich geglaubt, dass wir dich allein zum Stein gehen lassen?«, erwiderte Allison und band sich die dunklen Haare in einen Pferdeschwanz.

»Ich wusste nicht, dass ihr so schon so früh auf seid, schließlich bist du gestern ziemlich lange Auto gefahren.«

Allison winkte ab. »Ich bin zwar müde, aber da wir uns gedacht haben, dass du im Morgengrauen zum Stein gehen wirst, haben wir uns den Wecker gestellt.« Sie grinste und ihre blauen Augen funkelten.

Lauren nickte nachdrücklich. Sie war vermutlich die, die von allen am meisten geschlafen hatte. Jenna hingegen hatte nicht ein Auge zugetan.

»Außerdem«, sagte Caitrin und trat vor, »brauchst du das hier.«

Sie hielt Jenna ein Amulett hin. Sie erkannte sofort, dass es ein neues war und nicht das von Caitrin. »Danke«, sagte sie leise, doch sie zögerte, es zu nehmen, denn sie erinnerte sich an all die Gefühle, die das Amulett in London in ihr ausgelöst hatte. Wie würde es erst sein, wenn sie in der Nähe des Steins war?

Caitrin bemerkte ihr Zögern. »Ich gebe es dir am Stein. Kommt.«

Sie ging voran und die anderen folgten ihr. Auf dem Weg sprachen sie kein Wort, doch Jenna war sich der tröstlichen Präsenz ihrer Freundinnen allzu bewusst.

Als Jenna den Stein erblickte, schlug ihr Herz auf einmal schneller. Niemals hätte sie gedacht, dass ein einfacher Fels so etwas in ihr auslösen konnte.

Das Gras um den Stein herum war noch feucht vom Morgentau und glitzerte in der aufgehenden Sonne. Caitrin trat zum Stein und wandte sich dann zu Jenna um. »Ich weiß nicht, was passieren wird, aber ich wünsche mir, dass Evan so schnell es geht wiederkommt.« Sie lächelte. »Es hilft immer, wenn man seine Absichten laut ausspricht, finde ich.«

Jenna spürte, wie Tränen in ihr aufstiegen, doch sie schluckte sie runter. »Was soll ich tun?«, fragte sie.

Caitrin hob die Schultern. »Ehrlich gesagt weiß ich es nicht. Nimm erst einmal das Amulett in die Hand und baue eine Verbindung zu ihm auf, so wie du es in London getan hast.« Jenna hatte ihr während der Autofahrt alles erzählt. »Dann werden wir weitersehen. Vermutlich wird er nicht erscheinen, wenn wir hier sind, aber fürs Erste ist es gut, eine Verbindung herzustellen, und das geht direkt am Stein am besten.«

Sie streckte Jenna das Amulett auf der flachen Hand hin. Es funkelte in der Morgensonne und sah so harmlos aus. Jenna wollte danach greifen, aber ihre Finger zitterten so sehr, dass sie es nicht konnte. Sie fürchtete sich davor, diese Gefühle zu empfinden. Ungeduldig wischte sie die Hände an ihrem Sommerkleid ab.

»Wenn du dich unwohl fühlst und wir etwas tun können, sag Bescheid«, erklärte Caitrin. »Deswegen sind wir hier. Wir halten dich, was immer auch passiert.« Sie zögerte und atmete tief durch. »Wenn du das Gefühl hast, dass irgendetwas beginnt, an dir zu ziehen, und du ohnmächtig wirst, lass das Amulett fallen.«

Es dauerte einen Moment, bis Jenna begriff, was Caitrin gesagt hatte. »Glaubst du, dass ich reisen kann?«

Ihre Freundin zog eine Grimasse. »Ich weiß es nicht, denn in so einer Situation war ich noch nie. Aber erinnerst du dich an unsere Theorie, dass die meisten reisen können, weil sie geliebte Menschen in der anderen Zeit haben, die auf sie warten? Meistens sind es Liebesbeziehungen und da ihr diese starke Verbindung habt und Evan in der anderen Zeit geboren wurde, könnte es sein, dass du jetzt reisen kannst. Aber sicher weiß ich das nicht.«

Ein Schauer lief Jenna über den Rücken und sie starrte auf das Amulett.

Caitrin schloss die Finger um das Schmuckstück und senkte die Hand. »Jenna, schau mich an.«

Sie hob den Kopf. Caitrins Gesicht war ernst. »Was auch immer geschieht, du darfst nicht dahin. Es ist viel zu gefährlich, wenn du im Jahr 1746 rauskommst. Es könnte dich dein Leben kosten, denn du hast keine Möglichkeit, an den Stein zu kommen. Ich kann nicht zulassen, dass du gehst. Wir werden eine andere Möglichkeit finden, um Evan zurückzubekommen. Wenn die Geschichte stimmt, wird er von allein reisen können.«

Jennas Atem ging schneller, als sie daran dachte, was geschehen könnte. Aber sie hörte auch Evans Stimme: »Hab Vertrauen.« Sie nickte.

»Versprich mir, dass du diesem Sog widerstehst«, forderte Caitrin.

Jenna nickte wieder. »Ich habe dich gehört. Ich will nicht reisen.«

Und das war die Wahrheit, denn es machte ihr mehr Angst als alles andere.

Caitrin atmete tief durch und wechselte einen Blick mit Lauren und Allison, die hinter Jenna standen. Dann hob sie die Hand erneut und hielt Jenna das Amulett hin. Es dauerte einen kleinen Moment, bis sie sich überwinden konnte, danach zu greifen. Der elektrische Schlag war so stark, dass sie zusammenzuckte, doch sie schloss die Finger fest um das Amulett. Wieder strahlte es diese Wärme aus, doch einen Sog fühlte sie nicht und auch keine nahende Ohnmacht. Alles, was sie hörte, war ihr eigener Herzschlag, doch sonst war da nichts. Sie hatte alles Mögliche erwartet, aber nicht diese Leere. Da war gar nichts.

Sie runzelte die Stirn und hielt das Amulett fester.

»Was ist?«, fragte Allison.

Jenna hob die Schultern. »Es ist warm und meine Hand kribbelt, aber sonst spüre ich nichts. Gestern war das anders.«

»Lass ihm Zeit«, sagte Caitrin. »Wenn er dich gestern von so weit entfernt gefühlt hat, wird er es hier auch bald merken.«

Ihre Worte verursachten Jenna eine Gänsehaut. Sie starrte auf das Amulett und schloss die Finger darum. Dieses Mal war es nicht unangenehm, sondern eher so, als hätte sie ein Lebewesen in der Hand.

Nachdem sie eine Weile gestanden hatten, fragte Lauren: »Immer noch nichts?«

Jenna schüttelte den Kopf, dann fiel ihr ein, wie ungern Lauren in der Nähe des Steins war. »Fühlt ihr etwas?«

Alle drei nickten und Lauren schlang die Arme um die Schultern. »Ich bin froh, dass ich kein Amulett trage. Ich glaube, ich würde das nicht aushalten.«

»Wenn es zu schlimm ist, kannst du auch gehen«, bot Jenna an.

Sofort schüttelte Lauren den Kopf. »Wir lassen dich nicht allein.«

Sie tauschten ein Lächeln und wieder einmal war Jenna dankbar dafür, dass diese Frauen in ihrem Leben waren.

Allison verschränkte die Arme. »Wenn wir jetzt sowieso warten müssen, habe ich eine Frage an dich, Caitrin.« Sie schaute hinüber zu Lauren. »Wenn ich jetzt dieses Ziehen, wie du es nennst, spüre, bedeutet es, dass es jemanden in einer anderen Zeit gibt, der auf mich wartet?«

Caitrin hob die Schultern. »Vielleicht. Aber wir wissen es nicht sicher. Wie gesagt, es gibt so vieles, was noch unklar ist. Und bevor du weiterfragst, Allison: Die meisten Frauen, die gehen, verlieben sich früher oder später. Und wenn ich es mit all den Paaren vergleiche, die wir auf den unzähligen Hochzeiten in den vergangenen Jahren erlebt haben, habe ich das Gefühl, als ob diese Liebe eine ganz andere ist. Sie scheint machtvoller zu sein.«

Es war Lauren, die fragte: »Wie meinst du das?«

Caitrin verschränkte die Arme. »Ich kann es nicht erklären, aber von den Frauen geht oft ein Leuchten aus. Sie sind sich so sicher. Es geht ihnen nicht darum, ob er gut im Bett ist oder welche Position er in der Firma hat und welchen Urlaub sie sich leisten können. All das ist nicht wichtig, sondern es ist ein so starkes Band zwischen den beiden, dass sie nicht ohneeinander können. Sie ergänzen sich und sind eine Einheit, sodass viele dieser Frauen all das hier aufgeben, um dort mit ihm zusammen zu sein. Dabei können sie oft nicht einmal erklären, wie diese tiefe Liebe entstanden ist, aber alle sagen, es ist anders als alles, was sie je hier erlebt haben. Und wenn sie einmal diese Liebe gespürt haben, können sie ohne diese nicht mehr leben und nehmen all diese Gefahren auf sich, die andere Zeiten mit sich bringen.« Sie lächelte traurig. »Was glaubt ihr, warum ich seit sieben Jahren mit keinem Mann mehr zusammen war und warum ich ernsthaft überlege, euch und mein Leben hier hinter mir zu lassen, um mit einem Schiff Ende des 18. Jahrhunderts nach Amerika zu segeln?« In ihren Augen standen Tränen. »Ich kann nicht anders, weil diese Liebe zu ihm so stark ist.«

Jenna hatte ihr atemlos zugehört und noch vor zwei Wochen hätte sie Caitrins Worte als sentimentalen Unsinn abgetan, aber jetzt wusste sie genau, wovon ihre Freundin sprach. Es war genau das, was sie für Evan fühlte. Etwas verband sie beide, auch wenn sie keine Ahnung hatte, was es war.

Sie schloss die Hand fester um das Amulett und hörte

noch, wie Allison etwas antwortete, doch dann hatte sie auf einmal nur noch Bilder von Evan vor ihrem inneren Auge. Aber dieses Mal war nichts Schönes dabei. Alles, was sie sehen konnte, war sein schmerzverzerrtes Gesicht und wie sein Körper sich anspannte. Alles drum herum war dunkel. Eine Eiseskälte erfüllte ihren eigenen Körper und sie keuchte auf.

Sofort war Caitrin an ihrer Seite. »Jenna?«

»Er ist da«, presste sie hervor, unschlüssig, ob sie das Amulett loslassen sollte, um diese peinigenden Gefühle loszuwerden, oder ob sie es aushalten musste.

»Siehst du etwas?«

Jenna nickte.

»Sag es mir.« Caitrin hatte beide Hände auf Jennas Oberarme gelegt. »Schau mich an und erzähle es mir. Du bist hier, nicht da.«

»Es ist dunkel. Er hat Schmerzen und Angst.« Sie schluchzte auf. »Er hat solche Schmerzen, Caitrin. Was soll ich tun?«

»Ganz ruhig«, sagte ihre Freundin und rieb mit den Händen über ihre Oberarme.

»Soll ich das Amulett loslassen?«

Sie wünschte sich so, dass Caitrin ihr genau dazu riet, doch ihre Freundin schüttelte den Kopf. »Bleib bei ihm, er braucht dich.«

»Es tut so weh«, jammerte Jenna und krümmte sich. Hinter sich fühlte sie Lauren und Allison, die ihr jeweils eine Hand auf den Rücken legten.

»Fühlst du einen Sog?«, fragte Caitrin.

Jenna schüttelte den Kopf. Alles, was sie fühlte, waren sein Schmerz und diese Verzweiflung.

»Dann bleib bei ihm.«

»Aber was soll ich tun?«

Caitrin zog sie an den Oberarmen wieder ein wenig nach oben. »Wenn du ihn fühlen kannst, kann er dich ebenfalls fühlen. Wenn du mit seinem Schmerz mitleidest, wird es vermutlich schlimmer für ihn. Denk an schöne Dinge, bring dich und ihn zur Ruhe, schicke ihm Kraft.«

Jenna hatte keine Ahnung, wo sie die hernehmen sollte. »Ich kann nicht«, schluchzte sie.

»Wir sind da«, sagte Allison. »Nimm unsere Kraft.«

»Wie denn?«, fragte Jenna, während sie gleichzeitig eine neue Welle des Schmerzes abwenden musste. Jetzt war auch noch Ekel dabei. Sie musste sich zwingen, das Amulett festzuhalten.

Für einen Moment war es still, dann fragte Allison: »Hast du nicht einmal Yoga gemacht?«

Jenna nickte, hatte aber keine Ahnung, wie ihr das helfen sollte. Sie konnte schlecht hier Turnübungen machen.

Lauren sage leise: »Atme erst einmal. Denke an die Übung zum Schluss, das Shavasana, wo man auf dem Boden liegt, alles loslässt und einfach nur ist.« Sie holte tief Luft und atmete wieder aus. »Atme mit mir.«

Es dauerte einen Moment, bis Jenna in der Lage war, genauso zu atmen wie Lauren, und die ersten Atemzüge waren mehr ein Schluchzen und taten regelrecht weh. Doch nach kurzer Zeit füllte sich ihr Körper mit der frischen Morgenluft und sie fühlte, wie sich ihre Körpermitte ein bisschen entspannte. Der Schmerz in ihr zog sich ein wenig zurück.

»Gut«, murmelte Lauren. »Immer weiter atmen.«

»Öffne die Augen«, sagte Caitrin nun. »Wenn du in der Dunkelheit bleibst, wird es schlimmer. Nimm den Morgen wahr. Hörst du die Vögel? Siehst du die Sonne? Nimm das alles in dich auf.«

Ihre Stimme versetzte Jenna beinahe in Trance und sie tat, was Caitrin sagte. Der goldene Morgen legte sich wie Balsam auf ihre geschundene Seele und sie fühlte, wie noch mehr Kraft zurückkam. Und irgendwie spürte sie, dass auch Evan sich entspannte und zur Ruhe kam.

Allison trat vor sie und als ob sie es eingeübt hätten, ging Caitrin zur Seite, jedoch ließ sie Jenna nicht eine Sekunde los.

»Schau mich an«, sagte Allison. Sie nahm Jennas freie

Hand und legte diese auf ihren Brustkorb, direkt über ihrem Herzen. Dort, wo bei Evan die Tätowierung war und wo sie mit ihrer Hand und ihrem Herz zur Ruhe gekommen war. Wie Evan damals auch bedeckte Allison Jennas Hand mit der ihren und legte ihre andere freie Hand auf Jennas Herz. »Fühlst du es? Wir sind starke Frauen. Du schaffst das. Wir sind bei dir.«

Ehrfürchtig fühlte Jenna das ebenmäßige und kraftvolle Schlagen von Allisons Herz. Es war, als würde ihre Energie, von der sie so viel hatte, direkt in Jennas Körper strömen.

Evans Schatten zogen sich ein wenig zurück und sie fühlte, wie sein Körper sich mit Kraft füllte, auch wenn der Schmerz immer noch da war. Doch er war nicht mehr so dominant und alles beherrschend.

»Es klappt«, flüsterte sie.

»Siehst du«, sagte Caitrin, »ihr habt diese starke Verbindung und du kannst ihm genauso gute Gefühle schicken, wie er dir seine schlechten mitteilt. Er braucht dich, Jenna. Es ist gut, dass du da bist.«

Jenna wusste nicht, wie lange sie so dagestanden und Kraft gesammelt hatten, aber die Sonne war ein gutes Stück weitergewandert, als Evans Bild vor ihren Augen langsam verblasste. Schließlich lag das Amulett warm in ihrer kribbelnden Hand.

Jenna runzelte die Stirn. »Er ist weg«, sagte sie besorgt und drückte das Amulett fester.

Caitrin schüttelte den Kopf. »Vielleicht ist er eingeschlafen und deswegen ist die Verbindung abgebrochen. Hast du noch etwas Schlimmes gefühlt, bevor er gegangen ist?«

Jenna schüttelte den Kopf.

Die anderen atmeten tief durch und nach und nach ließen sie Jenna los, doch sie blieben in ihrer Nähe.

»Meine Güte, war das anstrengend«, sagte Allison. »Das ist ja schlimmer als Frühsport. Meinst du, wir könnten etwas essen gehen?«

Doch Jenna konnte nicht an Essen denken, obwohl sie erschöpft war. »Was passiert denn jetzt?«, fragte sie. »Was soll ich tun?«

Unschlüssig hob Caitrin die Schultern. »Ich weiß es nicht. Wichtig ist, dass er weiß, dass du da bist und dass du seinen Schmerz gelindert hast. Alles andere wird sich finden.«

»Und wie?«, fragte Jenna und schon wieder stieg Verzweiflung in ihr auf.

Lauren griff nach ihrer Hand. »Hab keine Angst. Es wird bestimmt alles gut.«

Caitrin dachte nach. »Am besten wäre es, wenn du hier wartest, bis er wiederkommt. Vielleicht wissen wir dann, was zu tun ist. Wie ich schon sagte, so etwas habe ich auch noch nie erlebt.« Sie lächelte. »Aber es war wunderbar, zu sehen, wie du die Kraft hier eingesammelt und zu ihm geschickt hast. Ich wusste nicht, dass das möglich ist.« Sie legte Jenna eine Hand auf den Arm. »Aber nachdem ich dein Gesicht gesehen habe, als du seinen Schmerz gefühlt hast, bin ich sehr froh, dass du anscheinend nicht dahin reisen kannst.«

Jenna nickte langsam und hielt das Amulett fester. »Wartet ihr mit mir?«

»Natürlich«, sagte Caitrin. »Ich fürchte nur, dass jemand nach Elizabeth schauen muss. Und vielleicht wäre es wirklich gut, wenn wir etwas essen. Wie wäre es, wenn immer mindestens eine von uns hierbleibt und wir holen dir etwas zu essen?«

Und genau so machten sie es. Lauren schaffte das Essen heran und, umsichtig wie sie war, eine Decke, auf der sie sitzen konnten. Caitrin kümmerte sich um Elizabeth und Allison war die meiste Zeit bei Jenna, denn sie hatte sonst nichts zu tun. Sie hatte nicht einmal ihr Handy dabei.

Obwohl sie eigentlich keinen Hunger gehabt hatte, aß Jenna zwei Stücke Kuchen und ein Sandwich. Sie fühlte, dass sie die Kraft brauchen würde. Dabei ließ sie das Amulett nicht einen Moment lang los.

Es war bereits mitten am Nachmittag, als Jenna Evan auf einmal wieder fühlen konnte. Es war, als würde er sich langsam nähern. Dieses Mal fühlte sie jedoch Ruhe von ihm ausgehen und Zuversicht. Da war immer noch der Schmerz, aber er war nicht mehr so präsent.

Jenna wandte sich zu Allison um, die neben ihr auf der Decke lag, doch sie war eingeschlafen. Kein Wunder, nach der Nacht. Jenna dachte kurz darüber nach, sie aufzuwecken, doch sie brauchte gerade keine Hilfe dabei, Evan Kraft zu schicken. Es schien ihr sogar schöner, allein mit ihm zu sein.

Sie sammelte ihre Gedanken und schickte all die Zuversicht, die sie aufbringen konnte, in das Amulett. Es war, als würde dieses Gefühl in Wellen zu ihr zurückkommen, und Jenna musste lächeln. Sie wusste genau, dass er sie fühlen konnte. Eine Weile spürte sie dem nach, dann begann sich ein anderes Gefühl in ihr zu sammeln und sie wusste nicht, ob es von ihm ausging oder von ihr, aber sie wusste eindeutig, was es war. Das, was zwischen ihnen durch die Zeit hin und her lief, war Liebe. Eine tiefe und bedingungslose Liebe. Das, was sie auch im Cottage gefühlt hatte, bevor sie vor lauter Angst ihr Herz verschlossen hatte.

Einen Impuls folgend legte Jenna das Amulett auf ihr Herz und bedeckte es mit der Hand. Sie schloss die Augen und atmete tief und gleichmäßig ein. Ihr war, als würden sich die Sonnenstrahlen in ihr sammeln und durch ihren gesamten Körper zu ihrem Herzen fließen. Von dort schossen sie in das Amulett und hinüber zu Evan.

Es war so machtvoll, dass Jenna alles um sich herum vergaß. Nichts spielte mehr eine Rolle, weder Raum noch Zeit. Alles, was zählte, war die Liebe, die sie zu Evan schickte. Und er spiegelte sie, denn das warme Gefühl kam tausendfach zu ihr zurück.

Etwas tropfte auf Jennas Arm und es dauerte einen Moment, bis sie begriff, dass sie Tränen der Rührung weinte. Doch auch diese Rührung ließ sie in ihr Herz fließen, diese unsagbare Zärtlichkeit für den Mann, mit dem sie kommunizierte, ohne zu sprechen. Er war so präsent für sie, als läge er neben ihr und sie würden sich halten und in die Augen schauen. All das brauchte sie nicht, solange sie ihn nur spüren konnte.

Noch nie hatte sie sich so lebendig gefühlt. Noch nie hatte

sie ihr Herz so weit geöffnet. Das hier war alles, was sie brauchte.

Der Schmerz schnitt so jäh und unerwartet in sie, dass sie aufkeuchte. Er traf sie mitten ins Herz und sie zog sich getroffen zurück, bis sie begriff, dass nichts in ihrer Umgebung ihr diesen Schmerz zugefügt hatte, sondern dass es von Evan kam. Entsetzen ergriff sie.

Sie wappnete sich und fühlte wieder hin. Die Schatten hatten sich zusammengezogen und sie spürte, dass er verwundet war. Furcht schnürte ihr die Kehle zu, als sie versuchte, ihn zu erreichen. Doch er antwortete nicht und sie konnte nur die Verzweiflung spüren, die er empfand. All das Licht, das sie noch vor wenigen Augenblicken erfüllt hatte, war fort.

Ein zweiter heftiger Schmerz pulsierte durch sie hindurch und Jenna biss die Zähne zusammen, um nicht aufzuschreien.

Und dann war es im nächsten Moment vollkommen still und Jenna fühlte gar nichts mehr. Keuchend öffnete sie die Augen und starrte auf das Amulett in ihrer Hand. Es war warm und kribbelte, aber der rasende Schmerz, den sie noch Augenblicke zuvor gefühlt hatte, war fort. Und obwohl sie erleichtert hätte sein müssen, war sie so verzweifelt wie noch nie zuvor in ihrem Leben.

Irgendetwas war Evan passiert und er brauchte ihre Hilfe.

Sie wollte Allison wecken, als ihr Blick auf den Stein fiel. Was war, wenn sie doch reisen konnte? Was war, wenn sie Evan zu Hilfe kommen und ihn von diesem Schmerz erlösen konnte?

Vorsichtig erhob sie sich und trat auf den Stein zu. Sie legte eine Hand darauf und ein beklemmendes Gefühl breitete sich in ihr aus, das ihr beinahe die Kehle zuschnürte. Sie erinnerte sich daran, dass Lauren sich oft die Hand an den Hals legte, wenn sie beim Stein war. Vielleicht war es genau das Gefühl, das sie abzuwehren versuchte. Und jetzt fühlte sie es auch. Etwas war anders geworden. Hoffnung stieg in ihr auf, dass sie reisen konnte.

Sie trat um den Stein herum und vergewisserte sich, dass Allison immer noch schlief. Dann beugte sie sich hinunter und starrte auf das verschlungene Muster, das in den Stein eingemeißelt war.

Die Beklemmung wurde stärker, je näher sie dem Zeichen kam. Auf einmal hatte Jenna keine Zweifel mehr, dass sie es auch konnte. Und sie wusste, dass sie es tun musste. Der Schmerz, den Evan gefühlt hatte, war so präsent. Sie konnte ihn nicht allein lassen. Nicht, wenn sie ihn so sehr liebte.

Mit zitternden Fingern hob sie das Amulett und auf einmal strömte Panik durch sie. Jenna atmete tief durch und versuchte, das Kribbeln in ihren Fingern zu vertreiben. Sie schloss die Augen und langsam zog sich die Ohnmacht zurück. Doch dann fiel ihr ein, dass Caitrin gesagt hatte, dass das Gefühl einer Ohnmacht glich. Dann war sie also auf dem richtigen Weg.

Sie holte tief Luft, und ohne weiter darüber nachzudenken, presste sie das Amulett auf die Einkerbung und ließ sich in die Ohnmacht fallen. Ein Prickeln breitete sich in ihr aus und etwas zerrte an ihr, schien sie aufzulösen und in einen Abgrund zu ziehen. Jenna verlor die Orientierung, zwang sich aber, das Amulett an den Stein zu pressen.

Doch im nächsten Moment hörte sie einen Schrei und etwas prallte hart gegen sie. Sie taumelte rückwärts und schlug mit dem Kopf auf dem Boden auf. Sie bekam keine Luft mehr, doch das Kribbeln zog sich zurück und ebenso der Sog.

Es dauerte einen Moment, bis sie die feuchte Kühle des Bodens unter ihrem Rücken fühlte. Etwas lag schwer auf ihr und drückte sie zu Boden. An dem Atmen hörte sie, dass es ein Mensch war. Doch wer? Und vor allem, wo war sie? Sollte sie tatsächlich im 18. Jahrhundert angekommen sein?

Langsam öffnete sie die Augen, doch sie sah nur die Sonne und einen blauen Himmel über sich.

»Oh Gott, du lebst«, stieß eine Stimme hervor, die ihr bekannt vorkam. Und dann: »Sag mal, hast du sie nicht mehr alle? Caitrin hat dir verboten, das zu tun.«

Allison, erkannte Jenna und begriff, dass es nicht geklappt hatte. Sie war noch immer hier.

Sie stöhnte und versuchte, sich aufzusetzen.

Allison rollte von ihr herunter und hockte sich neben ihr ins Gras. »Du spinnst ja wohl«, schimpfte sie. »Du hast mir einen Riesenschreck eingejagt.«

Jenna setzte sich auf. »Er ist in Gefahr, Allison.«

»Na und? Caitrin hat gesagt, dass es zu gefährlich ist, und dann hörst du gefälligst auf sie.«

Jenna rieb sich den Kopf und starrte auf den Stein. Es hätte geklappt, das wusste sie. Aber obwohl Allison eine Rebellin war und für sie keine Regeln galten, würde sie Jenna nicht gehen lassen.

»Es hat sowieso nicht geklappt«, sagte sie.

Allison zog eine Augenbraue hoch. »Lüg nicht. Du hast dich vor meinen Augen quasi aufgelöst. Natürlich klappt es.«

Jenna zog es vor, zu schweigen.

Nur wenige Augenblicke später stürzten Lauren und Caitrin auf die Lichtung. »Was ist passiert?«, rief Caitrin und schaute Allison an.

Die rappelte sich auf. »Jenna hat versucht, zu Evan zu kommen. Und es scheint so, als ob sie doch reisen kann. Ich konnte sie gerade noch mit einem Hechtsprung davon abhalten. Ein paar Sekunden später und sie wäre fort gewesen.«

Caitrin wurde blass. »Das kann doch nicht wahr sein. Du hast mir versprochen, nicht zu gehen!«

Jenna dachte an den Moment an diesem Morgen, als Caitrin versucht hatte, ihr das Versprechen abzunehmen. Sie verzichtete darauf, ihre Freundin darauf hinzuweisen, dass sie nichts dergleichen versprochen hatte, sondern lediglich gesagt hatte, dass sie Caitrin gehört hatte. Doch sie wusste, dass sie sich nicht auflehnen durfte, sonst würde der Plan, der sich gerade in ihrem Kopf bildete, nicht funktionieren.

»Es tut mir leid«, sagte sie leise. »Ich weiß nicht, was in mich gefahren ist. Evan hatte wieder solche Schmerzen und ich wollte ihm einfach nur helfen.«

Caitrin trat auf sie zu. »Du hilfst ihm nicht, wenn du dich selbst in Gefahr begibst.« Sie hielt die Hand auf. »Gib mir das Amulett«, forderte sie.

Jenna erschrak und versteckte ihre Hand hinter dem Rücken. »Warum?«

»Weil ich die Torhüterin bin und nicht zulassen kann, dass du reist. Und da das Amulett dein Ticket in die Lebensgefahr ist, werde ich es dir abnehmen. Du darfst es nur benutzen, um Evan zu fühlen, und nur noch, wenn ich dabei bin.« Sie warf Allison einen Blick zu. »Denn anscheinend kann ich mich nicht darauf verlassen, dass andere gut genug auf dich achtgeben.«

Allison verdrehte die Augen. »Es ist doch alles gut gegangen.«

»Ja, aber fast wäre sie nicht mehr hier gewesen. Was hast du dir nur dabei gedacht, einzuschlafen?«

Allison wollte etwas erwidern und Jenna spielte kurz mit dem Gedanken, den unachtsamen Moment der anderen zu nutzen und zum Stein zu laufen, um das Amulett auf die Einkerbung zu pressen. Doch dann verwarf sie den Gedanken, denn anscheinend dauerte es zu lange, bis sie weg war. Und sobald das Amulett den Kontakt zum Stein verloren hatte, ging es nicht mehr.

Sie wusste auch, dass Caitrin nicht nachgeben würde, bis sie das Amulett hatte. Doch es würde sie nicht davon abhalten, zu reisen. Dann würde sie das Amulett eben heute Nacht stehlen müssen. Vielleicht war es sowieso gut, wenn sie sich noch etwas vorbereiten konnte. Sie betete nur, dass sie nicht zu spät zu Evan kam.

Mit einem Seufzen hielt sie Caitrin die Kette hin. Diese nahm sie und ließ sie in ihre Tasche gleiten. »Es tut mir leid, Jenna, aber ich bin hier die Torhüterin und für die Sicherheit der Frauen verantwortlich. Ich kann dich nicht gehen lassen.«

Jenna nickte. »Ich verstehe.«

Caitrin betrachtete sie aus schmalen Augen, als würde sie ihr dieses zu schnelle Nachgeben nicht abnehmen. Doch dann fragte sie sanft: »Was ist denn passiert?«

Jenna berichtete in wenigen Worten, dass sie wieder Verbindung aufgenommen hatte, ließ den Teil, in dem sie ihn so intensiv gefühlt hatte wie noch nie etwas in ihrem Leben, aber aus und erzählte stattdessen von dem Schmerz, der sie beide überrascht hatte.

»Was ist da passiert?«, fragte Caitrin. »Kam es von innen oder von außen? Fühlst du einen Unterschied?«

Jenna dachte nach. »Von außen«, sagte sie schließlich und war sich sicher. Irgendjemand hatte ihm etwas angetan. Und zwar in einem Moment, in dem er sehr verwundbar war. Er hatte nicht damit gerechnet.

Caitrin nahm Jenna fest in die Arme. »Es wird alles gut. Er wird sich befreien können. Schicke ihm weiterhin deine Kraft, das wird ihm helfen.«

Jenna nickte und drückte ihre Freundin fest an sich. Vielleicht war es das letzte Mal, dass sie das tat. Dann trat sie zurück. »Lass uns zum Haus gehen.«

Und in Gedanken fügte sie hinzu: Ich muss mich vorbereiten.

22

Auf Zehenspitzen schlich Jenna in das Zimmer, in dem Elizabeth schlief, und trat an den Schrank. Erinnerungen an die Nacht, als Evan und Caitrin die Zeitreisende in diesem Zimmer versorgt hatten, stürzten auf sie ein. Es schien eine Ewigkeit her zu sein.

Sie warf einen Blick auf das Bett, doch Elizabeth atmete gleichmäßig. So leise wie möglich zog Jenna den Schrank auf und blickte im Schein des Mondlichts auf die Fülle der Kleider vor ihr. Jeder Kostümbildner hätte vermutlich seine wahre Freude gehabt, aber Jenna wusste nicht, wo sie anfangen sollte.

Sie zog ein grünes Kleid heraus, doch das war zu kurz. Dann griff sie nach einem hellbraunen, aber der Wollstoff erschien ihr zu dick. Sie hielt es sich an und wollte es gerade zurückhängen, als sie eine Stimme vom Bett hörte: »Du musst ein dunkelgraues nehmen.«

Jenna erstarrte und drehte sich langsam um. Elizabeth hatte sich aufgesetzt, ihre langen dunklen Haare umrahmten das blasse Gesicht. »Du bist wach«, stellte sie überflüssigerweise fest.

Elizabeth lächelte. »Ja, und ich bin froh darüber.«

Jenna atmete tief durch. »Bitte verrate mich nicht.«

Elizabeth setzte sich so, dass sie den Rücken anlehnen konnte, unter der Decke wölbte sich ihr Babybauch. Sie schüttelte den Kopf. »Sicher nicht. Ich habe auf dich gewartet. Diesen Moment lasse ich mir nicht einmal von Caitrin verderben.«

Verwirrt blinzelte Jenna. »Du hast auf mich gewartet?«

Elizabeth nickte. »Du bist diejenige, die zum Selkie reisen will, nicht wahr?«

»Woher weißt du davon?« Jennas Hände begannen zu zittern.

»Komm her, dann können wir uns besser unterhalten«, sagte Elizabeth. »Ich darf immer noch nicht aufstehen. Caitrin ist da sehr strikt.«

Jenna zog eine Grimasse und setzte sich vorsichtig auf das Bett. In den Händen hielt sie immer noch das Kleid. »Caitrin will mich nicht reisen lassen«, sagte sie.

»Ich weiß, aber du darfst nicht auf sie hören. Du musst gehen.«

»Woher willst du das wissen?«

Geheimnisvoll lächelte Elizabeth und sagte mit einem Seufzen: »Ich habe mich schon so lange auf diesen Moment gefreut. Allerdings hatte ich nicht damit gerechnet, dass ich mit einer Stichwunde hier im Bett liegen würde, zu schwach, um dich zum Stein zu bringen. In meinen Gedanken hat es immer anders ausgesehen.«

Jenna lief ein Schauer über den Rücken und kurz fragte sie sich, ob Elizabeth vielleicht verrückt war. Doch die schien ihr Unbehagen gespürt zu haben und griff nach ihrer Hand.

»Ich weiß, wie du dich fühlst. Das alles ist so furchtbar verwirrend, aber wenn ich es dir gleich erkläre, wirst du es verstehen. Wir schließen gerade einen Kreis, zumindest für mich. Für dich beginnt er erst und in ein paar Stunden wird er für Sorcha beginnen.«

»Wer ist das?«, fragte Jenna und versuchte, sich einen Reim auf die Worte zu machen.

»Sorcha ist ein Teil unseres Kreises und diejenige, die mir von unserem Gespräch heute erzählt hat.«

Sie drückte Jennas Hand, die sie immer noch hielt.

»Ich weiß nicht, ob ich dir folgen kann«, gestand sie. Doch etwas an Elizabeths Worten machte sie neugierig.

»Das glaube ich gern«, sagte diese mit einem Lächeln. »Es muss furchtbar verwirrend sein. Also, pass auf. Ich habe heute Nacht auf dich gewartet, weil ich wusste, dass du kommen würdest und ich dir helfen würde, in die Vergangenheit zu reisen, damit du deinen Mann finden kannst.« Sie strich mit dem Daumen über Jennas Hand. »Ich weiß, dass ich damit gegen Caitrins Wünsche verstoße, aber sie wird es später verstehen, davon gehe ich aus.«

Jenna schloss die Augen und ließ Elizabeths Worte auf sich wirken. Ja, Evan war ihr Mann und es fühlte sich so richtig an wie noch nie etwas zuvor in ihrem Leben.

»Woher wusstest du, dass wir heute Nacht sprechen würden?«

Elizabeth atmete tief durch. »In wenigen Stunden wirst du im Jahr 1746 sein.«

Jennas Nackenhaare stellten sich auf. Es war wie eine Prophezeiung.

»Dort wirst du auf Sorcha treffen, die in diesem Moment noch nichts von dir weiß. Sie wird dir helfen, den Selkie zu finden, und dann wird sie dir erklären, wo du den Stein findest.«

»Woher weißt du das?« Jennas Stimme war nur ein Flüstern.

»Weil Sorcha mir zehn Jahre später davon erzählen wird. Also für sie ist es zehn Jahre später in ihrem Leben, für mich hingegen ist es schon Vergangenheit, denn das war vor zwei Jahren. Ich war damals gerade dort angekommen und es war das Jahr 1756, also zehn Jahre nachdem du dorthin gereist bist. Sorcha hat mir erklärt, dass ich irgendwann zurückgehen würde, um dich zu treffen. Sie hat mir deine Grüße ausgerichtet und deinen Dank dafür, dass ich dir geholfen habe.« Sie lächelte.

»Durch deinen Besuch dort wird Sorcha zur Torhüterin und sie ist diejenige, die den Stein hütet, als ich dort angekommen bin.« Sie zögerte. »Außerdem wäre ich ohne sie nicht mehr am Leben, denn sie war es, die mich hierher geschickt hat. Und ohne Evan hätte ich auch nicht überlebt, da ich es niemals vom Stein hierher geschafft hätte. Ich bin euch allen also etwas schuldig.«

Verwirrt starrte Jenna sie an. Sie hatte das Gefühl, zu begreifen, was Elizabeth gesagt hatte, war sich aber nicht sicher, ob sie richtiglag.

Elizabeth beugte sich ein wenig nach vorn und schaute Jenna eindringlich an. »Sorcha, du und ich, wir bilden einen Kreis durch die Zeiten, der dir hilft, deinen Mann zu finden und zu retten. Und weil ich bereits seit zwei Jahren weiß, dass ich hier sein werde, wenn du versuchst, zu gehen, kenne ich dich schon irgendwie. Ich habe mich darauf gefreut, dich kennenzulernen und dir zu helfen. Sorcha war auch nach zehn Jahren noch sehr beeindruckt von dir.«

Als Jenna langsam begriff, was Elizabeth da sagte, wurde ihr schwindelig und sie klammerte sich an der Fremden fest. »Danke«, sagte sie.

Elizabeth winkte ab. »Wir sind alle eins, da gibt es nichts zu danken. Doch bevor wir uns jetzt darin verlieren, zu versuchen, die Zeiten zu entwirren, lass uns dich lieber auf den Weg bringen. Ich schätze, dass ich noch hier bin, wenn du wiederkommst, dann können wir weitersprechen.«

Jenna räusperte sich. »Du glaubst also, dass ich Evan finden werde?«

Elizabeth nickte. »Ich weiß es sogar, denn Sorcha wird dich zu ihm führen und euch dann zum Stein bringen. Sie hat aufgepasst, dass ihr sicher davonkommt.«

»Und Evan ist noch am Leben?« Jennas Stimme zitterte, als sie das sagte.

Elizabeth drückte ihre Hände. »Natürlich ist er das, sonst würdest du nicht reisen können. Alles wird gut, auch wenn es sich jetzt vielleicht nicht so anfühlt.«

Ein schmerzhafter Ausdruck erschien auf ihrem Gesicht,

doch sie atmete tief durch und dann war er wieder verschwunden.

»Wie wirst du mir helfen?«, fragte Jenna und spürte zum ersten Mal seit Tagen Hoffnung in sich aufsteigen.

Elizabeth zog die Augenbrauen hoch. »Erst einmal bei der Wahl des Kleides. Du brauchst etwas Graues.«

»Warum Grau?«

»Weil Sorcha gesagt hat, dass du das getragen hast, und es war gut, um dich in den Schatten zu verbergen.«

Es erschien Jenna beinahe surreal. Aber was war in den vergangenen Tagen schon normal gewesen?

»Dann werde ich dir mein Amulett geben, weil der Selkie deins hat und Caitrin dir das andere abgenommen hat. Und dann bat Sorcha mich noch, dir ein paar Dinge auszurichten.«

Sie atmete tief durch und Jenna sah, wie sie sich an das Gespräch mit der anderen Frau, die sie noch nicht kannte, aber bald kennenlernen würde, erinnerte.

»Erstens: Du sollst dich nicht davon abschrecken lassen, dass sie dich am Anfang für ein Fabelwesen hält. Das mit dem Holzscheit tut ihr leid, aber es ist ja nichts passiert.«

Jenna runzelte die Stirn und Elizabeth zuckte die Schultern. »Du wirst es bald erfahren. Zweitens: Erinnere sie daran, dass sie als Kind einmal Bridget an der Quelle überrascht hat, als diese merkwürdige Frau bei ihr war. Dort ist der Stein.«

Am liebsten hätte Jenna sich alles aufgeschrieben, doch sie wusste, dass das nicht ging.

»Drittens soll ich dich fragen, ob du den Gang kennst, der aus dem Westturm führt.«

Nach kurzem Nachdenken nickte sie. Es war der Gang, den Evan ihr gezeigt hatte, als Caitrin und Allison sie fast beim Küssen erwischt hätten. Die Erinnerung ließ ihren Bauch kribbeln.

»Und viertens sollst du daran denken, etwas von der weißen Stärkung für den Selkie mitzubringen und etwas, um die Blutung zu stoppen.«

Jenna fröstelte. »Welche Blutung?«

»Das hat sie mir nicht gesagt.«

Evan war bestimmt verletzt. Jenna biss die Zähne zusammen.

Elizabeth strich sanft über ihre Hände. »Denk daran, es geht alles gut aus. Sorcha wusste das schon und sie hat es mir gesagt. Du brauchst dir keine Sorgen zu machen.«

Jenna zwang sich zur Ruhe und dazu, Elizabeth zu glauben. »Und was für ein weißes Zeug meint sie?«

»Ich habe lange darüber nachgedacht und ich hoffe, dass sie Zucker meint und keine Drogen.«

Entsetzt schüttelte Jenna den Kopf. Sie kannte zwar genug Leute aus ihrem Konzern, die sich gern mit diesem oder jenem Pülverchen auf die Sprünge halfen, aber sie hatte das nie genommen. Außer Alkohol oder Kaffee verzichtete sie auf so etwas.

Plötzlich hatte sie eine Idee. »Könnte es Traubenzucker sein?«

Elizabeth nickte. »Das könnte sein. Also gut, dann haben wir jetzt alles. Du musst nur noch das graue Kleid suchen.«

Jenna ging an den Schrank und schaltete bei ihrem Handy die Taschenlampenfunktion ein. Für einen Moment starrte sie auf das weiße Licht und dachte daran, wie sie Evan ihr Handy in den Turm runtergeworfen hatte. Doch dann riss sie sich von den Erinnerungen los. Suchend fuhr sie über die vielen Kleider und blieb schließlich an einem recht unscheinbaren grauen Wollkleid hängen, das ungefähr ihre Größe hatte. Ihre Finger begannen zu kribbeln, als sie es herausholte. Es war das richtige.

»Zieh es an«, sagte Elizabeth, doch Jenna schüttelte den Kopf.

»Noch nicht. Wenn Caitrin mich erwischt, weiß sie sofort, was los ist.«

Elizabeth griff an ihren Hals und löste ihre Kette. »Hier«, sagte sie und streckte sie Jenna hin. »Ich hoffe, dass du sie mir bald wiederbringst. Möge sie dir das Glück bringen, das sie auch mir gebracht hat.«

Jenna schaute auf ihre Verbände. Elizabeth folgte ihrem Blick und lächelte. »Vielleicht sieht es nicht so aus, aber ich habe mein Glück gefunden.« Sie legte eine Hand auf ihren Bauch, wo das Kind heranwuchs. »Und du wirst es auch. Glaube mir.«

Vorsichtig nahm Jenna die Kette entgegen und bemühte sich, nicht das Amulett zu berühren. »Wie kann ich dir danken, Elizabeth?«

Diese schaute sie aus warmen Augen an. »Das hast du schon, auch wenn du es noch nicht weißt. Und sag Sorcha, dass ich ihr schon jetzt dankbar dafür bin, dass sie das Kleid für mich bereitgehalten hat. Sie wird damit nichts anzufangen wissen, aber es ist wichtig, dass du ihr das sagst.«

Jenna zögerte, dann beugte sie sich nach unten und nahm Elizabeth fest in die Arme. »Ich bin dir so dankbar«, flüsterte sie.

»Wir sind alle eins, Jenna«, sagte Elizabeth leise in ihr Haar. »Wir sind immer füreinander da.« Sie drückte Jenna fest an sich. »Caitrin hat mir von deinem Schwur erzählt. Ich will ihn auch sagen, wenn ich wieder gehe.« Jenna konnte fühlen, wie sie lächelte. »Aber dafür brauche ich meine Kette. Daher wäre es gut, wenn du jetzt gehst und so schnell wie möglich zurückkommst. Ich möchte nämlich nach Hause.«

»Ich verspreche es«, sagte Jenna und schlüpfte aus dem Zimmer. In ihrer Hand brannte das Amulett. Es war Zeit, zu gehen.

23

Jenna war dankbar für das Mondlicht, als sie vor dem Stein kniete. Das beklemmende Gefühl war wieder in ihr aufgestiegen, je näher sie ihm gekommen war.

Sie kontrollierte noch einmal ihre Umhängetasche. Sie hatte Verbandszeug eingepackt, Traubenzucker, einen Energydrink, den sie in ihrem Koffer gefunden hatte, ein Messer, ein Feuerzeug und ein wenig Werkzeug.

Niemand hatte sie erwischt, als sie aus dem Haus geschlüpft war. Auf einmal wünschte sie sich jedoch, dass irgendjemand in ihrer Nähe wäre. Nur für den Fall, dass etwas schiefging.

Noch einmal schloss sie die Hand fest um das Amulett, um Evan zu spüren und ihm Zuversicht zu schicken, doch da war nur diese Leere. Aber Elizabeths Amulett lag genauso warm in ihrer Hand wie das von Caitrin heute Morgen, was wohl bedeutete, dass die Verbindung noch da war, nur Evan gerade nicht erreichbar.

Jenna redete sich Mut zu und versuchte, sich zu sagen, dass sie schon viel schwierigere Dinge zustande gebracht hatte, aber wenn sie ehrlich war, stimmte das nicht. Denn nichts ließ sich mit dem vergleichen, was sie vorhatte. Keine Präsentation vor dem Vorstand, kein Uniabschluss und auch nicht der Beinahe-Absturz, den sie mal auf einem Flug erlebt hatte.

Sie seufzte und bevor sie es sich anders überlegen konnte, drückte sie das Amulett in die Einkerbung. Der Schwindel erfasste sie sofort und jetzt spürte sie auch den Sog, von dem Caitrin gesprochen hatte. Das Gefühl nahm ihr beinahe die Luft zum Atmen. Dann begann die Lichtung, sich zu drehen.

Im allerletzten Moment, bevor ihr schwarz vor Augen wurde, erinnerte Jenna sich daran, dass Caitrin gesagt hatte, dass es helfen würde, wenn man seine Absichten laut aussprach.

»Ich will zu Sorcha«, stieß sie hervor. Dann verlor sie das Bewusstsein.

Als sie wieder etwas wahrnahm, fühlte sie kalten Boden unter sich. Für einen Moment lag sie still und versuchte herauszufinden, wo sie war und ob jemand in ihrer Nähe war. Mit einem leisen Stöhnen, das sie nicht unterdrücken konnte, denn ihr Kopf schmerzte ziemlich, rappelte sie sich auf und schaute sich um. Das war definitiv nicht die Lichtung. Aber es war auch nicht die Burg.

Sie war in einer kleinen Hütte. Ein Feuer brannte im Kamin, die Tür stand offen und draußen war es dunkel. Der Boden war mit Reisig bedeckt, in der Ecke stand ein schmales Bett und es roch so anders. Nach Tieren und Kräutern.

Mühsam erhob Jenna sich und musste sich an der Wand abstützen, da ihr sofort schwindelig wurde. Erleichtert bemerkte sie, dass sie immer noch ihren Beutel umklammert hielt, der die Reise anscheinend unbeschadet überstanden hatte.

In diesem Moment kam eine junge Frau in den Raum. Sie hatte einen Stapel Holzscheite auf dem Arm. Als sie Jenna entdeckte, schlug sie ein Kreuzzeichen.

»Sorcha?«, fragte Jenna.

Die Augen der jungen Frau weiteten sich. »Gott hilf«, flüsterte sie auf Gälisch.

Daran hatte Jenna gar nicht gedacht. Sie musste Gälisch

sprechen. Das hatte sie seit einer Ewigkeit nicht mehr getan. Sie musste sich sehr konzentrieren, dass ihr die richtigen Worte einfielen. Mit den Kopfschmerzen von der Reise war das gar nicht so einfach. »Bist du Sorcha?«, fragte sie.

»Geh weg«, schrie die andere und nahm ein Holzscheit von dem Stapel.

Jenna hob die Hände und erinnerte sich daran, was Elizabeth ihr erzählt hatte. »Ich tue dir nichts und ich bin kein Fabelwesen. Ich werde alles erklären.«

Sorcha machte einen Schritt rückwärts und stieß mit dem Rücken an die Wand der Hütte. »Verschwinde«, sagte sie.

Jenna schüttelte den Kopf. »Ich brauche deine Hilfe. Und ich weiß, dass du mir helfen wirst.«

»Du kannst mich nicht verzaubern«, sagte Sorcha mit fester Stimme, doch ihr schneller Atem zeigte, wie angespannt sie war.

»Das will ich auch gar nicht. Aber du musst mir helfen. Ich bin auf der Suche nach …« Jenna zögerte. »Ich suche den Selkie.«

Sorcha begann zu zittern und dann, ohne Vorwarnung, warf sie das Scheit nach Jenna. Sie konnte sich nicht schnell genug ducken und es traf sie an der Hand. »Autsch«, rief sie und rieb sich die schmerzende Stelle. Fast musste sie lächeln, denn es war das, wofür Sorcha sich später bei ihr über Elizabeth entschuldigt hatte. Doch wie sollte sie ihr das erklären?

Sie hielt Sorcha die verletzte Hand hin. »Schau, ich bin kein Fabelwesen, sondern aus Fleisch und Blut, wie du. Wenn ich ein Geist wäre, würde ich nicht bluten, oder?«

Sorcha nickte und starrte auf die Wunde. »Was willst du?«

Jenna seufzte. »Ich brauche deine Hilfe und ich weiß, dass du sie mir geben wirst.«

»Ach ja?«, fragte Sorcha und nahm noch ein Scheit von ihrem Haufen.

Jenna versuchte, sich daran zu erinnern, ob Elizabeth von einem Scheit gesprochen hatte oder von mehreren. Egal, nächstes Mal würde sie sich ducken.

»Ich soll dich daran erinnern, dass du als Kind einmal Bridget an der Quelle überrascht hast, mit einer Frau, die so sonderbar war. Erinnerst du dich daran?«

Das Holzscheit in ihrer Hand begann zu zittern. »Woher weißt du davon?«

Jenna konnte sich denken, wie unheimlich diese Begegnung für Sorcha sein musste. Anscheinend lebte sie allein hier und auf einmal war eine fremde Frau in ihrem Haus.

Sie atmete tief durch. »Weil Bridget die Torhüterin des Steins war und die Frau aus einer anderen Zeit kam. Bridget hat den Frauen geholfen, die durch den Stein kamen.« Zitternd holte sie das Amulett hervor. »Kennst du das? Kennst du dieses Zeichen? Es ist auf dem Stein.«

Erkennen zeigte sich auf Sorchas Gesicht und sie ließ das Holzscheit sinken. »Kanntest du Bridget?«

Jenna schüttelte den Kopf. »Aber ich bin eine von denen, die durch den Stein gekommen sind. Und deswegen brauche ich deine Hilfe.«

Sie zögerte. Sollte sie Sorcha sagen, dass sie die Torhüterin werden würde? Sie entschied sich dagegen, zumindest für den Moment.

»Woher kommst du?«, fragte Sorcha und legte nun den Stapel mit den Scheiten ab.

»Aus der Zukunft, und dort habe ich schon von dir gehört.«

Jenna fühlte sich irgendwie dämlich, das zu sagen.

»Du sprichst merkwürdig«, bemerkte Sorcha.

Sie zuckte mit den Schultern. »Weil ich nicht von hier bin.«

Sorcha kaute auf der Unterlippe und betrachtete Jenna von oben bis unten. »Du hast gesagt, du bist wegen des Selkies hier?«

Auf einmal fiel es Jenna schwer, zu atmen. »Ja. Ist er noch hier?«

Eine steile Furche bildete sich auf ihrer Stirn. »Ich denke schon. Die Engländer haben ihn mit hoch zur Burg genommen und soweit ich weiß, ist er noch da oben.«

»Wann war das?«, fragte Jenna atemlos.

»Beim letzten Neumond ist er gekommen. Die Selkies kommen doch immer bei Neumond.«

Sie sagte es, als müsste es jeder wissen. Jenna nickte. »Wie komme ich dahin?«, fragte sie.

Sorcha hob die Augenbrauen. »Du kannst nicht einfach in die Burg gehen. Die Sassenachs werden dich umbringen.«

Jenna biss sich auf die Zunge. »Ich weiß, dass du einen Weg in die Burg kennst.«

Sorcha erstarrte, dann nickte sie. »Aye, vielleicht.«

»Ich soll dir sagen, dass du mich dadurch reinbringen sollst und dann finden wir ihn im Nordturm.«

Sorcha runzelte die Stirn. »Wer hat dir das gesagt?«

Du, hätte Jenna am liebsten gesagt, doch die Situation war so absurd, dass sie beinahe lachen musste. Sie konnte nur hoffen, dass die andere Frau ihr vertrauen würde. So wie sie Elizabeth hatte vertrauen müssen. Doch bisher hatte sich alles genau so ergeben, wie sie es ihr vorhergesagt hatte.

»Das ist sehr kompliziert«, sagte Jenna. »Ich muss dich bitten, mir zu vertrauen.«

Sorcha betrachtete sie eine Weile, dann zuckte sie zu Jennas Überraschung mit den Schultern. »Also gut.«

Jenna starrte sie an. »Einfach so?«

Die junge Frau nickte und schloss die Tür. »Du wusstest von meiner Begegnung mit Bridget und ich habe niemals jemandem davon erzählt. Bridget sagte mir, dass es eine verantwortungsvolle Aufgabe ist, die sie da erledigt, und dass es die Frau, die ich gesehen hatte, in Gefahr bringen könnte, wenn ich jemandem davon erzähle.«

Sie schwieg und legte ein Holzscheit ins Feuer. Sofort leckten die Flammen an dem Holz.

»Bridget war eine gute Frau und obwohl viele Leute sie für eine Hexe hielten, wusste ich, dass sie das nicht war.« Sie lächelte. »Alle halten mich für eine Hexe und du hast keine Angst vor mir, deswegen nehme ich an, dass du eine mächtigere Hexe bist als ich.«

Jenna schüttelte den Kopf. »Ich bin keine Hexe.«

Es hatte etwas Beunruhigendes, mit einer anderen Frau über Hexerei zu sprechen, wenn man gerade durch die Zeit gereist war und dabei in ein Feuer starrte. Jenna versuchte, sich daran zu erinnern, ob zu dieser Zeit in Schottland noch Frauen als Hexen verbrannt worden waren. Ein Schauer lief ihr über den Rücken, obwohl es in der Hütte warm war.

Sorcha betrachtete sie nachdenklich. »Wenn du keine Hexe bist, warum bist du dann mit dem Selkie im Bunde?«

»Er ist kein Selkie.«

»Was ist er dann?«

»Ein ganz normaler Mann«, sagte Jenna, doch sie wusste selbst, dass es nicht stimmte. Nichts an Evan war normal. »Er ist einer von denen, die aus der Zukunft kommen«, erklärte sie. »Deswegen ist er anders. Und jetzt braucht er meine Hilfe. Ich bin gekommen, um ihn heimzuholen.«

»In sein Unterwasserreich?«, fragte Sorcha interessiert und schöpfte etwas aus dem Kessel, der über dem Feuer hing, in eine Schale.

Jenna seufzte. »Nein, aber wenn es dir leichter fällt, das zu glauben, dann vielleicht ja.«

Auf einmal grinste Sorcha. »Es ist mir gleich, woher er kommt. Er ist nicht von hier. Das ist alles, was ich weiß. Nimm ihn ruhig wieder mit. Das ist besser für ihn. Die Sassenachs werden ihn umbringen.«

Jenna begann zu zittern. »Was weißt du darüber?«

Sorcha schüttelte den Kopf und reichte Jenna die Schale. »Nichts, aber sie bringen irgendwann uns alle um. Sie finden immer einen Grund und er hat ihnen leider schon zu viele geliefert.«

Jenna roch an der Suppe, während Sorcha ihr einen Löffel reichte. Sie roch köstlich. Vorsichtig probierte sie einen. Und sie schmeckte auch gut.

Ihr fiel auf, dass sie seit dem Kuchen und dem Sandwich nichts mehr gegessen hatte. Wie skurril, dass sie das letzte Mal in einem anderen Jahrhundert gegessen hatte und dann noch etwas, was sicherlich noch gar nicht erfunden war.

Hungrig begann sie zu löffeln. »Danke«, sagte sie.

Sorcha nickte gedankenverloren. »Du sagst, dass ich dich durch den Westturm hineinbringen werde?«

»Ich glaube schon.«

»Gut, dann soll es so sein. Wann willst du es tun?«

Jenna stellte die Schale ab. »So bald wie möglich.«

»Oh.« Sorcha richtete sich auf. »Mitten in der Nacht?«

Jenna nickte. »Ich kann nicht lange wegbleiben.«

Auch das klang so, als würde sie einen Kurztrip planen und nicht durch die Jahrhunderte reisen.

»Außerdem glaube ich, dass er Schmerzen hat und ich ihm bald helfen muss.«

»Woher weißt du das?«

»Ich habe es gefühlt.«

Sorcha schien das als Antwort zu reichen. Sie erhob sich, nahm eine graue Haube von einem Haken und legte sie auf ihre hellen, fast weiß schimmernden Haare. Als sie Jennas fragenden Blick sah, erklärte sie: »Damit sie mich nicht sehen.«

»Brauche ich auch so etwas?«, fragte Jenna.

Sorcha schüttelte den Kopf. »Deine Haare sieht man im Dunkeln nicht, aber meine leuchten selbst beim Halbmond, als hätte ich eine Fackel in der Hand. Deswegen nehme ich die Haube, wenn ich in die Burg gehe.«

Überrascht schaute Jenna sie an. »Du gehst öfter dorthin?«

Sorcha lächelte geheimnisvoll. »Nicht alle Engländer sind schlecht.«

Jenna dachte an ihre Zeit und an die Spannungen zwischen verschiedenen Nationen und Volksgruppen. Sie schüttelte den Kopf. »Nein, das sind sie nicht.«

Sie folgte Sorcha in die Nacht hinaus und fragte sich, wie spät es wohl war. Nach dem Feuerschein in der Hütte war die Nacht dunkel und Jenna sah die Hand vor Augen nicht. Es gab keine Lichtquellen außer dem Mond.

Jenna richtete die Augen gen Himmel und hielt den Atem

an. Da waren Tausende von Sternen. So viele sah man in ihrer Zeit nicht. Schon gar nicht in London, wo nicht nur zu viele Lichter der Stadt den Himmel erhellten, sondern auch der Smog die Sicht behinderte. Auf einmal wünschte sie sich, Edinburgh oder London in dieser Zeit einmal zu sehen. Wie es dort wohl war? Vielleicht war das mit den Zeitreisen doch ganz praktisch.

Sorcha war vorausgegangen und die Dunkelheit hatte sie beinahe verschluckt. Jenna beeilte sich, hinterherzukommen, doch sie stolperte und fiel beinahe hin. Verdammt, das würde nicht einfach werden.

Eine Weile liefen sie einen Weg entlang und Jenna konnte überhaupt nicht einordnen, wo sie waren. Sie meinte, eine Hütte zu sehen, und einmal hörte sie einen Bach plätschern. Irgendwo muhten Kühe, aber wirklich etwas erkennen konnte sie nicht.

Manchmal blieb Sorcha stehen und wartete auf sie. Wenn Jenna aufgeschlossen hatte, ging sie schweigend weiter. Als sie fragen wollte, wie weit es noch zur Burg war, packte Sorcha sie am Arm und schüttelte den Kopf. Jenna verstand und blieb stumm.

Im nächsten Moment wusste sie auch, warum. Vor ihnen ragten die Burgmauern auf. Sie mussten sich an deren Fuße befinden. Jenna legte den Kopf in den Nacken und schaute nach oben. Sie sah anders aus. Befestigter, vollständiger. Und war dort oben eine Fackel?

Sorcha riss sie in den Schatten der Büsche und schaute sie mit gerunzelter Stirn an. Mittlerweile hatten sich Jennas Augen an die Dunkelheit gewöhnt, sodass sie diese Details sehen konnte.

Ihre Begleiterin beugte sich dicht an ihr Ohr und wisperte so leise, dass Jenna sie kaum verstehen konnte: »Halte den Kopf unten, damit die Haare das Gesicht verbergen. Es ist zu hell, sie würden dich sofort sehen.«

Jenna nickte und zupfte ein paar Strähnen aus ihrem Zopf, damit sie ihr über die Wangen fielen. Sorcha zog sie weiter.

Nach nur ein paar Schritten waren sie an einer kleinen Tür angekommen. Sie war verschlossen, doch Sorcha zog einen Stein aus der Wand. Das kratzende Geräusch erschien unendlich laut in der Stille der Nacht. Sie fasste hinein und löste den Riegel, der innen an der Tür war. Nachdem sie den Stein zurückgeschoben hatte, öffnete sie die Tür und ging vor. Hinter Jenna schloss sie sie wieder.

So einfach war es also, in eine Burg einzubrechen, dachte Jenna.

Im Inneren war es vollkommen dunkel. Es gab keine Fackel, die den Weg erhellte. Am liebsten hätte Jenna das Feuerzeug angezündet, das sie mitgebracht hatte, doch sie traute sich nicht.

Sorcha hingegen schien den Weg auswendig zu kennen, denn sie nahm Jennas Hand und zog sie mit sich. Sie kamen an eine Treppe und vorsichtig stiegen sie hinauf. Einmal stieß Jenna sich schmerzhaft den Kopf, doch sie gab keinen Laut von sich. Sorcha war ein gutes Stück kleiner als sie und deswegen ging sie von nun an mit eingezogenem Kopf.

Endlich blieb Sorcha stehen. Es dauerte einen Moment, bis Jenna begriff, dass sie lauschte. Von irgendwoher waren Stimmen zu vernehmen. Zwei Männer unterhielten sich. Aber es war ein ruhiges Gespräch, nichts deutete darauf hin, dass sie alarmiert waren. Vielleicht die Nachtwachen.

Sorcha wartete einen Moment, dann zog sie Jenna weiter. Sie gingen einen Gang entlang, durch eine Tür und dann wieder eine Treppe nach unten. Sie gelangten in einen Korridor, der von einer einsamen Fackel erhellt wurde. Sorcha zögerte, dann zog sie Jenna weiter. Doch nach nur wenigen Schritten blieb sie stehen. Alles an ihr versteifte sich. Auch Jenna hatte es gemerkt. Sie waren nicht allein in dem Gang.

Sorcha wollte gerade zurückgehen, als ein Mann aus den Schatten kam. Ihre Begleiterin stieß Jenna mit solcher Wucht in einen unbeleuchteten Seitengang, dass sie hinfiel. Sie landete in einer Pfütze und auf etwas Weichem und es fiel ihr schwer, einen Schreckensschrei zu unterdrücken. Doch Sorcha hatte das getan, um sie zu schützen, das war ihr sofort klar. Sie durfte sich nicht verraten, sondern musste sich ruhig verhalten.

»Ja wen haben wir denn da?«, hörte sie eine Männerstimme.

Jenna richtete sich auf, um ihn sehen zu können. Er trug einen roten Soldatenrock und einen Degen und hatte Sorcha an die Wand gedrängt. Sie waren außerhalb des Lichtscheins der Fackel. Er hatte beide Arme an der Wand rechts und links von Sorcha aufgestützt, sodass sie nicht entkommen konnte.

»Jetzt schau mich schon an, Kleines. Ich will doch sehen, welche der kleinen Schlampen du bist.«

Sorcha hielt den Kopf gesenkt. Jenna erkannte, dass sie Angst hatte, ihm ihr Gesicht zu zeigen. Noch verdeckte die Haube ihre Züge.

»Komm schon, Mädchen. Oder verstehst du etwa kein Englisch? Aber die Sprache der Liebe verstehst du doch sicher, nicht wahr?«

Sorcha wimmerte auf und wandte den Kopf ab, als er ihr Kinn packte und sie zu sich herumdrehte. »Keine Sorge, küssen werde ich dich nicht. Aber wir können etwas anderes machen.« Er packte sie zwischen den Beinen und Sorcha schrie auf. »Besser?«, fragte er. »Das war es doch, was du wolltest, oder? Warum sonst schleicht sich ein Mädchen des Nachts in eine Burg voll englischer Soldaten? Ihr Schottinnen seid solche kleinen Huren.«

Jenna rappelte sich auf und beobachtete hilflos, wie der Soldat Sorcha an die Wand presste. Ihr wurde bewusst, dass sie Zeugin einer Vergewaltigung werden würde, wenn sie nichts tat. Und es war auch noch ihre Schuld, denn Sorcha wäre nicht hier, wenn sie nicht gewesen wäre.

Als ihre Verbündete wieder aufschrie, sprang Jenna nach vorn, ohne nachzudenken. Für einen Moment dachte sie daran, dem Soldaten seinen Degen abzunehmen, aber da sie hinter ihm stand, hätte sie vermutlich keine Chance. Also entschied sie sich für die beste Variante, die ihr einfiel und die sie in einem Seminar für Selbstverteidigung gelernt hatte, das sie besucht hatte, als sie nach London gezogen war.

Sie holte aus und trat ihm von hinten so heftig zwischen die Beine, dass er mit einem erstaunten Stöhnen zu Boden ging. Sie setzte nach und trat ihm in die Nieren und er schrie erneut auf. Doch sie ahnte, dass er kampferprobt war und vermutlich schneller auf die Beine kommen würde, als ihr lieb war.

In ihrer Verzweiflung griff sie nach der Fackel und zerrte sie aus der Halterung. Der Mann packte sie am Knöchel und zog daran, um sie zu Fall zu bringen. Doch dann bekam Jenna die Fackel zu fassen und hielt sie dem Mann vors Gesicht. »Stopp«, sagte sie scharf. »Oder die landet in deinen Augen.«

Der Mann wich zurück und starrte sie vom Boden aus an. Jenna stellte einen Fuß auf seine Brust und hielt die Fackel weiterhin vor sein Gesicht.

»Und jetzt?«, fragte Sorcha auf Gälisch.

Jenna dachte fieberhaft nach. »Er darf niemanden alarmieren.«

»Wer bist du?«, keuchte der Mann und starrte sie immer noch an.

»Dein schlimmster Albtraum«, fuhr Jenna ihn an, als ihr klar wurde, dass dieser Mann womöglich auch Evan misshandelt hatte. Wenn er eine Frau vergewaltigen würde, was tat er dann wohl mit einem Gefangenen. »Und jetzt halt die Klappe.«

Sorcha schaute sie mit hochgezogenen Augenbrauen an.

Jennas Blick fiel auf ihren Beutel, der neben dem Mann am Boden lag. »Schnell«, wies sie Sorcha an. »Nimm das Verbandszeug aus der Tasche und fessele ihn.«

Sorcha tat, was Jenna gesagt hatte, beäugte die Verbände und Pflaster aber argwöhnisch. Eine Mullbinde in einer Plastikverpackung ließ sie erst fallen und strich dann verwirrt über den Kunststoff.

Jenna seufzte. »Komm her. Halte die Fackel. Ich mache das.«

Sorcha und sie tauschten Plätze und wie Jenna vorher auch stellte sie ihren Fuß auf die Brust des Soldaten. Sie trat deutlich fester zu und der Mann bewegte sich unbehaglich. Sofort versengte die Fackel fast seine Nasenhaare. Jenna konnte ein Lächeln nicht unterdrücken.

Dann hatte sie die Mullbinde geöffnet. Sie wickelte einen Teil ab, schnitt sie mit dem Messer durch, packte die Hand des Mannes und drehte ihn auf den Bauch. Dann band sie ihm die Hände zusammen.

»Was soll das, du Hexe?«, fluchte er.

Jenna antwortete nicht, sondern riss ein Stück Klebestreifen ab und drückte es auf seinen Mund. Der Mann riss die Augen auf und es sah aus, als wollte er etwas sagen. »Keine Fragen«, sagte Jenna. Dann fesselte sie ihm die Füße mit dem zweiten Stück Mullbinde. »Da hinten in dem Gang ist er besser aufgehoben«, sagte sie zu Sorcha und nachdem diese die Fackel wieder in die Halterung gesteckt hatte, schleppten die beiden Frauen den strampelnden Soldaten in den dunklen Gang. Mit einer gewissen Befriedigung hörte Jenna ein schmatzendes Geräusch, als sie seinen Oberkörper ablegte. Wenn alles gut ging, würde es eine Weile dauern, bis ihn jemand fand.

Schnell packte sie ihre Sachen wieder ein und nickte Sorcha zu. »Ist es noch weit?«

Diese schaute sie mit großen Augen an und schüttelte den Kopf. Es dämmerte Jenna, dass dies die Szene war, die Sorcha dermaßen beeindruckt hatte, dass sie Elizabeth in zehn Jahren davon erzählen würde.

Langsam gingen sie weiter, doch dieses Mal hielten sie sich in den Schatten. Sie stiegen noch eine Treppe nach unten und es wurde immer feuchter und der Geruch widerlicher.

Jenna wurde bewusst, dass dies der Turm war, in den Evan gefallen war, als sie ihn gerettet hatte. Oder aus dem sie ihn retten würde? Wie surreal.

Als sie in einen dunklen Gang kamen, atmete Sorcha durch. »Hier muss es sein.«

Jenna erschauderte. Hier hielten sie Evan gefangen?

»Ich kann nichts sehen.«

»Kannst du ihn fühlen?«

Jenna atmete tief durch und bereute es sofort. Es roch nach Schimmel und anderen Dingen, die sie nicht benennen konnte, aber auf jeden Fall verrottet. Sie versuchte, sich zu konzentrieren, und legte die Hand ans Amulett, doch sie fühlte nichts. Es war nicht einmal warm. Was, wenn er nicht hier war?

»Hab Vertrauen«, sagte Evans Stimme in ihrem Kopf.

»Ich kann nichts sehen«, wiederholte sie leise.

»Ich auch nicht. Aber ich höre, dass hier eine Tür ist.«

Jenna konnte nichts dergleichen hören. Doch auf einmal vernahm sie etwas anderes. Ein Klirren und dann ein Stöhnen. Sie wusste mit solcher Sicherheit, dass es Evan war, dass sie beinahe aufschrie.

»Woher kam das?«, fragte Sorcha. Doch Jenna wusste es nicht.

Orientierungslos wandte sie sich erst nach links, dann nachts rechts, aber da sie nicht einmal die Hand vor Augen sehen konnte, brachte das nichts. Sie brauchte Licht!

Eigentlich hatte sie sich geschworen, dass sie die Sachen aus der Zukunft nur im Notfall benutzen würde, aber das hier war definitiv ein Notfall.

Mit zitternden Fingern griff sie in den Beutel und tastete nach dem Feuerzeug. Die Plastikverpackung der Mullbinde raschelte und dann ertasteten ihre Finger endlich das harte Plastik. Sie holte das Feuerzeug raus und drückte auf den Knopf. Es knackte, sonst passierte nichts. Oh Gott, hoffentlich hatte es die Reise durch die Zeit überstanden. Sie drückte noch einmal und das Feuer flammte auf.

Sorcha sog erschrocken die Luft ein, doch Jenna hatte keine Zeit, sich darum zu kümmern. Sie leuchtete um sich herum und entdeckte an der Wand eine Fackel. Daneben war tatsächlich eine Tür.

Jenna hielt das Feuerzeug an die Fackel und im nächsten Moment züngelten die Flammen über deren Kopf. Jenna nahm sie aus der Halterung und leuchtete den Gang entlang.

Nur drei Türen gingen von ihm ab. Alle waren mit schweren Riegeln verschlossen, aber zumindest nicht mit Schlössern.

Sorcha deutete auf die mittlere Tür und nickte. »Es kam von da.«

Jenna schloss kurz die Augen, dann schob sie den ersten Riegel zurück, dann den zweiten und schließlich den kleinen ganz oben. Sie waren zum Glück alle leichtgängig.

Die Tür schwang nach innen auf, doch sie ließ sich nur einen kleinen Spalt öffnen, dann stieß sie gegen etwas. Jenna leuchtete auf den Boden und keuchte auf, als sie nackte Beine erkannte. Und ein Stück von einem Stoff, der früher sicherlich einmal rot gewesen war, aber jetzt verkrustet war von Dreck.

»Evan«, rief sie und zwängte sich durch den Spalt. Dass die Fackel dabei fast ihre Haare versengte, merkte sie erst, als Sorcha sie ihr abnahm.

Jenna stieg über Evans Beine und griff nach der Fackel, die ihre Begleiterin ihr reichte. Mit einem Gefühl von Übelkeit leuchtete sie auf den Mann, der am Boden lag.

Sein wunderschönes Gesicht war bleich, ein Auge zugeschwollen und seine Lippe aufgeplatzt. Seine Haare waren nass und sein Hemd zerrissen und dreckig. Er bewegte sich nicht.

»Evan«, keuchte sie und sank neben ihm auf die Knie.

Sorcha, die nach ihr in die Zelle geschlüpft war, sank ebenfalls auf die Knie. »Sie haben ihn übel zugerichtet«, sagte sie leise. »Er kann kein Selkie sein. Die sind unverwundbar.«

Auf einmal stöhnte Evan und versuchte, die Augen zu öffnen.

»Evan«, flüsterte Jenna und beugte sich zu ihm. »Ich bin hier.«

Sie legte ihre Wange an die seine und nun konnte sie fühlen, dass er immer noch Wärme in sich trug, auch wenn er nicht so aussah.

»Oh Gott, was haben sie mit dir gemacht?«

Sie tastete nach seiner Hand und spürte mit kaltem Grauen, dass sie in Handschellen steckten.

Ein Zittern durchlief ihn, als sie seine Hände drückte. »Jenna?« Seine Stimme war heiser und schleppend.

»Ich bin hier«, sagte sie leise. »Ich hole dich hier raus.«

Jetzt öffnete er die Augen und schaute sie an. »Geträumt«, murmelte er.

»Du träumst nicht. Ich bin hier.«

Und jetzt musste sie handeln.

Sie griff nach dem Beutel und holte den Traubenzucker und den Energydrink raus. »Hier, iss das und trink davon.«

»Was?«, nuschelte er.

»Traubenzucker und etwas, was dich auf die Beine bringt.«

Zumindest hoffte sie das. Auf die Schnelle hatte sie nichts anderes finden können.

Er öffnete den Mund leicht und sie ließ ein Stück Traubenzucker hineingleiten. Dann öffnete sie die Flasche, es zischte, als Kohlensäure entwich, und Sorcha ging einen Schritt zurück. Jenna goss vorsichtig etwas von der Flüssigkeit in Evans Mund und er zog eine Grimasse, doch schluckte folgsam. Dann begann er langsam, den Traubenzucker zu kauen.

Jenna betrachtete ihn und überlegte, ob sie es sich nur einbildete, dass er schon wieder ein bisschen Farbe bekam. Am liebsten hätte sie ihn in den Arm genommen, gewiegt und ihm versichert, dass alles gut werden würde.

Er bewegte sich und es klirrte wieder. Stimmt, sie musste ihm die Fesseln abnehmen. Doch einen Schlüssel gab es dafür vermutlich nicht.

Sie griff nach ihrer Tasche, in der noch das Werkzeug war. Sie wusste nicht, warum sie es mitgenommen hatte, aber irgendwie war es ihr wichtig gewesen. Sie hoffte nur, dass es ihr tatsächlich helfen würde.

»Gib ihm davon noch ein bisschen«, wies sie Sorcha an und hielt ihr die Flasche hin. Die zögerte einen Moment und griff dann beherzt zu, so als befände sich ein Geist in der Flasche. »Nicht zu viel, nur kleine Schlucke.«

»Ich weiß, wie man Kranke heilt«, sagte Sorcha ein wenig indigniert.

Jenna nickte und wandte sich den Fesseln zu. Es waren schwere, aus Eisen gefertigte Handschellen. Sie schlossen sich um seine Handgelenke und waren fest miteinander verbunden, sodass er die Arme kaum bewegen konnte und in einem merkwürdigen Winkel halten musste. Mit Grauen sah sie, dass die Handschellen zusätzlich mit einer Kette an der Wand festgemacht waren. So etwas sah man sonst nur in Museen. Zumindest in ihrer Zeit.

Das Gute an diesen altertümlichen Handschellen war jedoch, dass sie die Schrauben deutlich sehen konnte. Das war etwas, womit sie arbeiten konnte.

Sie nahm einen Schraubenzieher und begann ihre Arbeit. Doch die Schraube löste sich nicht. Also griff sie nach der Zange und bearbeitete das Eisen weiter. Endlich schien sie ein bisschen lockerer zu werden.

Hinter sich hörte sie, wie Sorcha Evan immer wieder zu trinken gab und sein Atem sich langsam veränderte.

Mit aller Kraft, die sie hatte, versuchte sie, die Schraube zu drehen, und endlich bewegte sie sich. Es dauerte noch ein paar Minuten, dann hatte sie sie gelöst. Doch das war erst eine von vieren.

Jenna machte sich an die nächste und hatte diese ein wenig schneller gelöst. Ihre Hände schmerzten, weil sie die Zange so stark zusammendrücken musste. Doch das war es ihr wert.

Endlich hatte sie die zweite Schraube gelöst. Keuchend ließ sie sich zurücksinken. Wenn sie in dem Tempo weitermachte, brauchte sie die ganze Nacht. Und was war, wenn jemand sie hier erwischte? Doch daran wollte sie jetzt nicht denken.

Sie wandte sich zu Evan um. Er schaute sie ruhig an. »Wie geht es dir?«, fragte sie.

»Gut«, antwortete er. Seine Stimme war immer noch heiser, aber nicht mehr so schwach.

»Lügner«, sagte sie mit einem leichten Lächeln.

»Du bist da«, sagte er schlicht.

»Mach weiter«, drängte Sorcha. »Die andere Seite.«

»Ich bin hier noch nicht fertig«, erklärte Jenna und schaute wieder auf die Handschelle.

Sorcha blickte an ihr vorbei. »Zieh die Hand doch einfach heraus. Er ist so viel magerer als zu dem Zeitpunkt, als sie die Handschellen angelegt haben, dass es gehen müsste, wenn du es an einer Seite ein wenig auseinanderbiegst.«

Jenna starrte auf Evans Handgelenke. Sorcha hatte recht, er war wirklich mager geworden. Damals, als sie auf den Turm geklettert waren und er sie in den Armen gehalten hatte, waren seine Arme und Hände anders gewesen. Beinahe hätte sie geschluchzt, doch das half jetzt nichts.

Sie nickte. »Lass es uns versuchen. Ich halte sie auf, du ziehst an der Hand. Aber vorsichtig.«

Ungeduldig schnalzte Sorcha mit der Zunge und es erinnerte Jenna fast ein wenig an Allison. Dann bog Jenna das Eisen auf der einen Seite so weit auseinander, wie sie konnte, und Sorcha zog an der blassen Hand. Sie rutschte ohne Problem heraus.

»Oh Gott«, murmelte Evan, als er seine Hand hob und dann auf seine Brust legte. »Danke.«

»Jetzt die andere«, sagte Jenna.

Anscheinend musste sie auch hier nur zwei Schrauben lösen, doch ihre Hände taten weh und es ging langsamer voran.

Die dritte Schraube löste sich schließlich und als Jenna bei der vierten ansetzte, fühlte sie auf einmal Evans Hand auf ihrem Rücken. »Du schaffst das.«

Jenna biss die Zähne zusammen. Ihr blieb kaum etwas anderes übrig. »Iss noch mehr Traubenzucker, damit du gleich laufen kannst. Ich glaube nicht, dass ich dich zum Stein tragen kann.«

Sie hörte ihn leise lachen, ein merkwürdiger Laut in diesem dunklen Verlies. »Keine Sorge, das schaffe ich.«

Seine Stimme hörte sich schon wieder fast normal an.

Verbissen arbeitete Jenna weiter, doch die letzte Schraube

wollte nicht so wie sie. Egal, aus welchem Winkel sie es probierte, sie löste sich kaum. Außerdem brannten ihre Arme und Hände wie Feuer.

Sie setzte den Schraubenzieher an und hebelte unter die Schraube, als sie auf einmal abrutschte und das Werkzeug in ihre Hand stieß. Jenna sog scharf die Luft ein. Sie hatte genug Erfahrung mit Werkzeugen und auch ausreichend viele Unfälle damit gehabt, dass sie wusste, dass der Schraubenzieher tief in ihr Fleisch eingedrungen war. Noch schmerzte es nicht, aber das würde es gleich. Und schon quoll das Blut aus der Wunde. Innerhalb von Sekunden war es so viel, dass ihre Hand dunkelrot war.

»Scheiße«, murmelte sie.

»Was ist?«, fragte Evan alarmiert und versuchte, sich aufzusetzen.

»Nichts«, sagte Jenna und wollte wieder nach dem Schraubenzieher greifen, doch ihre Hand gehorchte ihr gerade nicht. Das Blut tropfte auf Evans Hemd und Jenna presste die Hand gegen ihr Kleid. Irgendwie musste sie die Blutung stoppen.

Auf einmal saß Evan aufrecht und griff nach ihrer Hand. Seine Finger zitterten. »Zeig her«, sagte er, doch sie hörte, dass es ihn Kraft kostete. Die würde er gleich noch brauchen.

»Es geht schon«, widersprach sie.

»Nein, das ist eine tiefe Wunde«, stellte er fest. »Wir müssen sie verbinden.«

Auch Sorcha kam auf Jennas andere Seite und zögernd hielt sie den beiden ihre Hand hin. »Die ist tief«, bemerkte ihre Verbündete. Sie überlegte. »Ich habe keine Tücher dabei, aber können wir etwas von dem benutzen, was du in deiner Tasche hast? Womit du den Sassenach gefesselt hast?«

Jenna schnitt eine Grimasse. »Das war eigentlich genau dafür da, eine Blutung zu stillen.«

Sie dachte an Elizabeths Worte. Daran, dass Sorcha Elizabeth erzählt hatte, dass sie Verbandszeug für die Blutung mitbringen sollte, und wie Jenna Angst gehabt hatte, dass Evan verletzt sein würde. Elizabeth hatte ihr nicht gesagt, dass das Verbandszeug für ihre eigene Wunde sein würde. Und vielleicht war es auch besser so, wenn sie nicht alles wüssten, was passieren würde.

Sorcha griff nach der Tasche und schüttete den Inhalt in ihren Schoß. Evan griff sofort nach dem Verbandszeug, öffnete mehrere Packungen und fragte: »Hast du Desinfektionsmittel?«

Jenna schüttelte den Kopf. Daran hatte sie nicht gedacht.

»Dann müssen wir es sofort desinfizieren, wenn wir zu Hause sind. Ich hoffe, deine Impfungen sind alle auf dem neuesten Stand.«

Jenna nickte und ihr Herz machte einen Sprung, als Evan die Worte *zu Hause* aussprach. Es klang, als wäre es nur eine kurze Autofahrt entfernt. Auf einmal wünschte sie sich nichts mehr, als schon dort zu sein.

Evan griff nach dem Energydrink und kippte ihn über die Wunde. Es entfernte ein wenig das Blut, aber sofort quoll neues nach. »Das solltest du trinken«, sagte Jenna schwach.

Doch Evan reagierte nicht. Er arbeitete konzentrierte und presste einen Verband auf die Wunde, dann begann er, einen Druckverband um ihre Hand zu legen.

»Ich mache das sehr fest, damit es die Blutung stoppt. Es kann sein, dass deine Finger taub werden. Wir werden es später lockern und richtig verbinden.«

»Zu Hause«, sagte Jenna.

Evan nickte grimmig. »Zu Hause.«

Ihre Blicke kreuzten sich und Jenna hoffte, dass sie es nach Hause schaffen würden. Damit, dass sie sich hier auch noch verletzen würde, hatte sie nicht gerechnet.

Als er fertig war, suchte Jenna nach dem Schraubenzieher. Doch Evan hielt ihre Hand fest. »Was machst du da?«

»Ich muss weitermachen.«

»Nicht mit der Hand.«

Jenna sah ein, dass es nicht möglich war, doch ihr blieb kaum eine andere Wahl.

»Lass mich das tun«, sagte Sorcha.

Dankbar schaute Jenna sie an. Es war so ein Glück, dass sie hier war. Ohne sie hätten sie das alles nicht geschafft.

»Und du legst dich wieder hin«, wies Sorcha Evan an. »Du brauchst deine Kraft noch.«

Evan tat, was sie gesagt hatte, und während ihre Verbündete an der Handschelle arbeitete, griff er nach Jennas Hand. Seine freie hielt ihre unverletzte und auf einmal schien alles möglich. Solange sie zusammen waren.

Es ging erstaunlich schnell, bis Sorcha die Schraube gelöst hatte, und Jenna bemerkte ehrfurchtsvoll, wie kräftig die junge Frau war. Kein Wunder, wenn sie in dieser Zeit allein lebte. Und sie hatte auch den Stapel Holzscheite mühelos getragen.

Als die Schraube lose war, presste Sorcha die beiden Hälften der Handschelle auseinander und Evan zog seine Hand heraus. Jenna bemerkte, dass seine Handgelenke rot und aufgescheuert waren.

»Jetzt lasst uns gehen«, sagte Sorcha. »Der Morgen dämmert bereits.«

»Woher weißt du das?«, fragte Jenna erstaunt. Es gab kein Fenster in der Zelle.

Sorcha zuckte mit den Schultern. »Das fühlt man doch.«

Sie packte alles wieder in die Tasche und schlang sie sich um die Schulter.

Gemeinsam halfen sie Evan auf die Beine. Sobald er stand, taumelte er und musste sich an Jenna festhalten, doch dann fand er seine Balance. Sie betete, dass er es bis zum Stein schaffen würde.

»Bereit?«, fragte Sorcha und als Evan und Jenna nickten, löschte sie die Fackel.

Die Dunkelheit war atemberaubend und Jenna fühlte sofort eine Beklemmung in sich aufsteigen. Auch Evan, der sich immer noch auf sie stützte, begann zu zittern und Jenna fragte sich, wie es wohl gewesen sein mochte, tagelang gefesselt in der Dunkelheit gefangen gehalten zu werden. Doch im Grunde wusste sie es, denn sie hatte seine Verzweiflung gefühlt. Und jetzt wusste sie auch, warum er all diesen Schmerz empfunden hatte.

Sorcha öffnete die Tür und griff nach Jennas Hand, dann führte sie sie langsam die Treppe nach oben. Evan hinter ihr konnte nur langsam gehen und manchmal fühlte sie, wie er sich regelrecht an ihr festklammerte und ein Stöhnen unterdrückte. Er musste schlimmer verletzt sein, als sie gedacht hatte.

Auch Jenna war ein wenig schwindelig, was vermutlich an ihrer Verletzung lag. Ihre Hand pochte wie verrückt, doch sie entschied sich, nicht darauf zu achten. Alles, was sie wollte, war, hier herauszukommen.

Als sie den Gang erreichten, wo sie den Engländer abgelegt hatten, hielt Sorcha inne. Die einsame Fackel erhellte immer noch Teile des Ganges.

Ihre Begleiterin legte den Finger auf die Lippen und deutete an, dass sie auf Zehenspitzen schleichen sollten. Jenna spürte, dass Evan hinter ihr kaum die Kraft dazu hatte, leise zu gehen, und am liebsten hätte sie ihn irgendwie unterstützt, doch das ging nicht.

Als sie an dem Seitengang vorbeikamen, wagte Jenna einen Blick zu dem Engländer. Tatsächlich lag er noch immer da.

In diesem Moment stolperte Evan und hielt sich an Jenna fest. Da sie fast das Gleichgewicht verlor, musste sie sich an der Wand abstützen, doch es war die verletzte Hand und sie keuchte auf.

Der Engländer regte sich und sie konnte seine Augen im Dunkeln leuchten sehen, als er in ihre Richtung schaute. Im nächsten Moment brüllte er hinter seinem Klebeband, schlug mit den Füßen gegen die Wand und es klirrte metallisch. Er hatte anscheinend seine Füße losbekommen.

Es war so laut, dass Jenna das Gefühl hatte, man müsste es durch die gesamte Burg hören.

Sie alle waren erstarrt stehen geblieben und dann hörte

Jenna auf einmal etwas noch viel Schlimmeres. Eine Tür, die sich öffnete, und Stimmen. Fragende Rufe.

Sorcha stieß einen leisen Fluch aus, packte Jennas Hand und rannte los. Jenna bekam gerade noch Evan zu fassen und zog ihn hinter sich her.

Mit fliegenden Röcken stolperten sie mehr die Treppe im Westturm hinunter, als dass sie liefen. Jenna stieß sich wieder den Kopf und es schmerzte höllisch, doch sie ignorierte den Schmerz.

Hinter ihnen wurden die Stimmen lauter. Evan blieb stehen, schlug keuchend eine Tür zu und schob den Riegel vor, dann humpelte er weiter und griff wieder nach Jennas Hand.

Irgendjemand hämmerte gegen die Tür und brüllte Anweisungen.

Jenna versuchte, daran zu denken, dass Sorcha Elizabeth in zehn Jahren erzählen würde, dass sie den Stein sicher erreicht hatten, und auch sie würde das hier überleben. Das war alles, woran sie denken konnte, als sie den Fuß der Treppe erreichten. Jetzt gerade fühlte es sich nicht so an, als ob sie es schaffen würden.

Mit fliegenden Fingern öffnete Sorcha den Riegel der Tür nach draußen. Oben auf der Treppe waren schon Schritte zu hören. Es musste noch einen anderen Eingang geben.

Dann war die Tür endlich auf und die kühle Morgenluft schlug ihnen entgegen. Der Himmel färbte sich orange, die Sonne würde bald aufgehen. Vögel sangen und es schien so friedlich außerhalb der Burgmauern. Doch hinter ihnen war die Hölle losgebrochen. Schwere Stiefel kamen die Treppe herunter, und es waren viele.

»Schnell«, keuchte Sorcha und rannte los. Sie bog nach rechts ab und nicht nach links, wo das Dorf lag.

Jenna packte Evans Hand und zog ihn mit sich. Er stolperte und fing sich wieder, aber sein Stöhnen sagte Jenna, dass er kaum noch Kraft hatte. Ihr Keuchen war fast ein Schluchzen und es brannte in ihrer Kehle. Sie hatte Seitenstechen, als sie immer schneller rannte und versuchte, Evan mit sich zu ziehen.

Dann waren sie auf einmal in einem Gebüsch. Doch Sorcha hielt nicht an, sondern rannte einen kaum erkennbaren Pfad entlang. Zweige schlugen Jenna ins Gesicht, aber alles, was sie denken konnte, war, dass sie Evans Hand nicht loslassen durfte.

Sorcha blieb so plötzlich stehen, dass Jenna gegen sie prallte. Vor ihnen stand ein Baum und daneben lag ein Stein. Der Stein.

»Oh Gott«, schluchzte Jenna. Er sah genauso aus wie in ihrer Zeit, nur die Umgebung war anders.

Evan zog sie vorwärts. »Komm«, keuchte er. »Sie sind bestimmt gleich da.«

Sorcha schüttelte den Kopf. »Sie werden zuerst im Dorf suchen.«

In ihrer Stimme klang etwas mit, was Jenna nicht deuten konnte. Verbitterung vielleicht.

»Was passiert jetzt?«, fragte Sorcha und schaute Jenna an. Das erinnerte sie daran, dass ihre Verbündete noch keine Ahnung von alldem hier hatte und dass sie ihr noch einiges erklären musste.

Jenna griff nach dem Amulett, das sie noch immer um den Hals trug. »Kannst du mir das abmachen?«, fragte sie.

Sorcha mühte sich mit dem Verschluss ab, doch sie konnte es nicht öffnen.

Es war Evan, der mit zitternden Fingern den Verschluss löste. »Schnell«, drängte er.

Doch Jenna wusste, dass sie Sorcha noch etwas erklären musste. Sie reichte ihr das Amulett. »Das benutzen wir zum Reisen.«

Sorcha griff danach. »Es ist warm«, bemerkte sie verwundert.

Jenna wusste, dass das Metall eben noch kalt gewesen war. »Manchmal ist es das«, bemerkte sie mit einem kleinen Lächeln.

In der Ferne erklang ein Ruf und Jenna begann zu zittern.

Sie mussten wirklich fort von hier.

»Sorcha, hör mir zu. Es gibt ein paar Dinge, die du wissen musst. Bridget war die Torhüterin dieses Steins. Doch sie ist gestorben, bevor sie jemandem diese Aufgabe übergeben konnte. Ich weiß, dass du es sein wirst. Pass gut auf den Stein auf. Hüte ihn. Wenn hier jemand auftaucht, der nicht in diese Zeit gehört, dann kümmere dich um sie«, sie zögerte und schaute zu Evan, »oder ihn. Das ist deine Aufgabe. Diese Frauen und Männer brauchen deinen Schutz. Sie alle werden dieses Zeichen kennen und einige werden sogar das Amulett tragen.«

Sorcha hörte ihr mit großen Augen zu, sie schien zu verstehen.

»In zehn Jahren wird eine Frau kommen, die Elizabeth heißt. Sie ist diejenige, die mir von dir erzählt hat und davon, dass du uns helfen wirst. Deswegen kannte ich deinen Namen. Sie wird hierher reisen und sie sagte mir, dass ich dir ausrichten soll, dass sie dankbar ist, dass du die Kleider für sie bereitgehalten hast.«

Sorcha schien alles in sich aufzusaugen. Ihre Augen begannen zu leuchten. »Dann ist das also meine Aufgabe. Die Ahnen haben mir versichert, dass meine Aufgabe mich finden wird und dass ich Geduld haben soll. Hier ist sie nun.« Sie griff nach Jennas Händen. »Danke.«

Jenna nickte. »Das ist deine Aufgabe. Ich kann dir das Amulett leider nicht hierlassen, da ich es zum Reisen brauche und Elizabeth zurückgeben muss. Aber Evan ist auch immer ohne ein Amulett gereist. Vielleicht findest du einen Weg.«

Sorcha lächelte. »Ich habe mir das Zeichen eingeprägt. Außerdem ist es auf dem Stein, nicht wahr?« Sie deutete zu dem Felsbrocken.

Jenna streckte ihr den Beutel hin. »Und nimm das hier auch. Vielleicht kannst du das eine oder andere gebrauchen.«

Wieder erklangen Rufe, dieses Mal schon näher.

Eine sorgenvolle Falte erschien auf Sorchas Stirn. »Sie durchkämmen den Wald. Geht jetzt.«

»Was ist mit dir?«, fragte Jenna.

Sorcha lächelte. »Ich kenne mich hier besser aus als sie. Die haben mich noch nie bekommen.« Sie schob Jenna in Evans Richtung. »Los.«

Einem Impuls folgend schloss Jenna Sorcha fest in die Arme. »Danke für alles.«

Evan zog Jenna hinüber zum Stein. Ihr stockte der Atem, als sie das Zeichen sah. Es war etwas weniger verwittert als in ihrer Zeit, aber sonst war es an der gleichen Stelle. Sie legte die Finger darauf und sofort spürte sie den Sog.

Sie schaute Evan an. »Wie machen wir es? Gehen wir zusammen?«

Er nickte. »Ich halte dich und du legst das Amulett auf den Stein.«

Jenna zögerte. »Und was ist, wenn ich dann nur allein gehe?«

»Dann komme ich nach.«

»Und was ist, wenn das nicht funktioniert?«

»Es wird funktionieren, selbst wenn ich nachkomme«, sagte er.

»Warum bist du dir so sicher?«

»Weil du dort bist, wo ich hinwill.«

Für einen Moment schauten sie sich in die Augen, dann nickte Evan. »Wir müssen los, wenn wir nicht wollen, dass sie uns doch noch erwischen.«

Er trat hinter sie, legte die Arme fest um sie und während sie sich mit der verletzten Hand an ihm festklammerte, legte Jenna mit zitternden Fingern das Amulett in die Einkerbung.

Alles begann sich zu drehen und die Ohnmacht hüllte sie so schnell ein, dass sie kaum noch einen Blick zu Sorcha werfen konnte, die mit gefalteten Händen neben dem Baum stand und alles beobachtete.

Jenna gab der Ohnmacht nach und ließ sich in Evans Arme fallen, dann wurde alles um sie herum schwarz.

24

Das Erste, was in Jennas Bewusstsein drang, war das Zwitschern von Vögeln. Doch dann mischten sich Stimmen darunter. Die Engländer? Sie war allerdings nicht in der Lage, die Augen zu öffnen. Ihr Kopf schmerzte fürchterlich.

Dann hörte sie, wie jemand ihren Namen rief. Mühsam schlug sie die Augen auf. Über sich sah sie ein helles Oval, umrahmt von etwas Dunklem. »Evan?«, flüsterte sie.

»Nein, Schätzchen. Allison«, sagte eine Stimme. »Und schön, dass du wieder da bist. Aber Mann, ist Caitrin böse auf dich.«

Jetzt konnte Jenna ihre Freundin schon deutlicher erkennen.

Ein anderes Oval mit vielen, vielen Haaren schob sich in ihr Sichtfeld. »Blödsinn, ich bin nicht sauer. Ich war nur besorgt.« Caitrin lächelte. »Wie geht es dir?«

Jenna atmete tief durch, obwohl ihre Lunge schmerzte. »Wo ist Evan?«, fragte sie und versuchte, sich aufzurichten.

Caitrin drückte sie nach unten. »Liegen bleiben.« Sie schaute über Jenna hinweg. »Er sieht ziemlich mitgenommen aus, aber zumindest ist er da.«

Jenna schloss kurz die Augen, dann rappelte sie sich auf.

»Bleib liegen«, sagte Caitrin wieder.

Jenna ignorierte sie und kam auf alle viere. Auf der anderen Seite des Steins sah sie Lauren am Boden knien. Neben ihr lag Evan, er bewegte sich nicht.

Jenna kämpfte einen Schwindelanfall nieder und kam auf die Beine. Caitrin schien ein Einsehen zu haben, dass Jenna sich nicht mehr hinlegen würde, und stützte sie.

Der Weg zu Evan schien endlos zu sein und Jenna betete, dass er nicht tot war. Neben ihm sank sie auf die Knie. Er hatte die Augen geschlossen und war sehr blass, doch seine Brust hob und senkte sich.

Lauren rückte zur Seite und machte Jenna Platz. Sie griff nach seiner Hand und beugte sich über ihn. Vorsichtig legte sie ihre Stirn auf seine. »Komm schon«, murmelte sie. »Nicht jetzt, nicht nach allem, was wir schon geschafft haben.«

Ihre Stirn begann zu kribbeln, wo sie seine Haut berührte. Genau wie das Amulett, als er dort und sie hier gewesen war. Jenna schloss die Augen und konzentrierte sich darauf. Dann atmete sie tief durch und sammelte alle Kraft, die sie in sich finden konnte.

Einen Augenblick später spürte sie eine Hand auf ihrem Rücken, dann noch eine und schließlich die dritte. Ihr war, als würde sie durch die Präsenz ihrer Freundinnen noch mehr Kraft tanken. Allisons Energie, Caitrins Zuversicht und Laurens Ruhe. All das ließ sie in Evan strömen.

Auf einmal zuckte seine Hand und Jenna öffnete die Augen. Seine Lider flatterten und er stöhnte. Langsam öffnete er die Augen. »Sind wir da?«, fragte er.

Jenna nickte und fühlte, wie ein Lächeln sich in ihrem gesamten Körper ausbreitete. »Wir sind zu Hause.«

»Endlich«, sagte Evan und schloss die Augen wieder. Er nahm ihre ineinander verschlungenen Hände und legte sie auf sein Herz, das stark und stetig schlug, genau auf die Tätowierung.

Jenna wusste, dass sie gemeinsam alles schaffen würden.

25

Jenna lehnte am Türrahmen und beobachtete lächelnd, wie Caitrin Notizen in ein kleines Buch schrieb. Evan saß im Bett, angelehnt an einen Berg aus Kissen, und nickte, als Caitrin etwas nachfragte.

Als hätte er ihren Blick gespürt, sah er auf. Ein Lächeln breitete sich auf seinem immer noch etwas blassen Gesicht aus. Doch der Schlaf, den er in den vergangenen zwei Tagen bekommen hatte, hatte ihm gutgetan und seine Augen funkelten schon wieder.

Caitrin wollte gerade noch etwas fragen, als Evan die Hand hob. »Ich glaube, ich muss mich ein wenig ausruhen.«

»Oh, okay«, sagte Caitrin und erhob sich widerstrebend. »Kann ich heute Abend noch mal wiederkommen?«

»Oder wie wäre es mit morgen?«, fragte Allison, die neben Jenna getreten war. »Du wirst schon noch alles erfahren, selbst wenn du ein paar Tage warten musst.«

Caitrin wies auf den Nachttisch. »Aber nimm deine Tabletten«, wies sie Evan an.

»Jawohl, Frau Doktor«, sagte er und grinste.

Caitrin wandte sich zum Gehen und Jenna nahm auf einmal den Geruch von Hühnersuppe wahr. Lauren stand mit einer dampfenden Schüssel neben ihr. »Ist er wach?«, fragte sie.

»Ja«, sagte Caitrin und winkte Lauren ins Zimmer.

Allison versperrte ihr den Weg. »Nein, ist er nicht. Er sagte gerade, dass er sich ausruhen will. Also, raus mit euch allen.«

Jenna stieß sich von der Tür ab und wollte gerade den anderen folgen, als Evan ihr zuwinkte. Caitrin sah es und hob eine Augenbraue. »Aber nicht zu lange, er braucht wirklich Ruhe.«

»Das musst du gerade sagen, du hast ihn doch seit Stunden über die Zeitreisen ausgefragt«, bemerkte Allison mit einem Kopfschütteln.

Jenna schlüpfte ins Zimmer und mit einem Zwinkern schloss Allison die Tür hinter ihr.

Mit wenigen Schritten war sie am Bett. Evan streckte die Hand aus und wollte sie neben sich ziehen, aber sie zögerte. »Ich dachte, du willst dich ausruhen«, sagte sie.

Evan zog sie neben sich und legte den Arm um sie. »Das tue ich doch. Wenn du da bist, komme ich immer zur Ruhe.«

»Du weißt genau, was ich meine.«

Sie konnte hören, dass er lächelte. »Irgendwie musste ich Caitrin loswerden. Ich mag sie jetzt wirklich viel lieber als damals, bevor du gekommen bist, aber sie kann durchaus anstrengend sein. Jede Kleinigkeit will sie wissen.«

»So ist sie eben«, erwiderte Jenna und dachte liebevoll an ihre Freundin. »Deswegen ist sie eine so gute Torhüterin.«

»Ich wollte aber lieber mit dir allein sein«, sagte Evan. Er zog sie enger an sich. »Wie geht es dir?«

»Gut«, antwortete Jenna automatisch. Doch dann dachte sie nach und schüttelte den Kopf. »Nein, es geht mir hervorragend.«

»Warum?«, fragte er.

Jenna zögerte nur kurz. Mittlerweile war es so einfach, ihm zu sagen, wie sie sich fühlte. »Weil wir beide hier sind und ich einfach nur froh bin, dass ich dich habe und zwischen uns alles gut ist.«

Sie spürte, wie er sie auf die Haare küsste, und schloss die Augen.

»Ich dachte wirklich, ich würde dich nicht wiedersehen«, sagte er leise.

»Ich auch«, erwiderte sie. »Erst als Elizabeth sagte, dass Sorcha ihr erklärt hatte, dass ich dich holen würde, hatte ich wieder Hoffnung.«

Er schwieg einen Moment. »Danke, dass du für mich da warst, als ich dort eingesperrt war.«

»Ohne Sorcha hätte ich das nie geschafft.«

Evan zog sie noch fester an sich. »Ich meinte auch davor. Es gab einen Moment, in dem ich dachte, dass ich nie wieder das Tageslicht sehen würde, und diese Verzweiflung hat mich beinahe umgebracht. Aber als ich das Amulett in der Hand hatte, habe ich auf einmal dich gespürt, und es war, als hättest du mir gesagt, dass ich Vertrauen haben soll. Dafür wollte ich dir danken.« Er atmete tief durch. »Ich weiß nicht, ob ich es überlebt hätte, wenn du in dem Moment nicht bei mir gewesen wärst.« Er lachte leise. »Von der wirklichen Rettung abgesehen. Du warst unglaublich.«

Jenna ließ die Worte durch sich rieseln. Eine wohlige Wärme breitete sich in ihr aus. »Du würdest das Gleiche für mich tun.«

»Ich würde alles für dich tun«, sagte er schlicht und Jenna wusste, dass es die Wahrheit war.

Eine Weile schwiegen sie und Jenna genoss einfach nur seine Nähe. Schließlich sagte Evan in einem etwas leichteren Ton: »Weißt du eigentlich, was ich im Verlies am meisten bedauert habe?«

Jenna wandte den Kopf und schaute ihn an. Fragend hob sie die Augenbrauen. »Was?«

Er lächelte spitzbübisch. »Zu sterben, ohne noch einmal Sex mit dir gehabt zu haben, wäre wirklich furchtbar gewesen.«

Jenna hatte mit vielem gerechnet, aber damit nicht. Sie spürte, wie ihre Wangen anfingen, zu brennen. Sie versuchte, auf seinen leichten Ton einzugehen. »Du hast an diesem furchtbaren Ort an Sex mit mir gedacht?«

Sein Finger wanderte an ihrem Schlüsselbein entlang. »Ja«, sagte er schlicht und seufzte. »Und es war sehr schön in meinen Gedanken.« Er schaute ihr wieder in die Augen. »Können wir das bald nachholen?«

»Wie bald?«, fragte Jenna atemlos.

»So bald wie möglich«, erwiderte er mit einem Grinsen.

Schockiert fragte sie: »Du willst jetzt?«

Evan grinste. »Am liebsten schon, aber ich fürchte, ich muss dich enttäuschen. Zum einen glaube ich, dass ich noch nicht der Liebhaber sein könnte, der ich gern wäre, und zum anderen möchte ich dafür wieder mit dir in meinem Cottage sein. Und ich möchte dieses Mal wirklich alle Zeit der Welt haben.« Wieder lächelte er. »Für den besten Sex aller Zeiten.«

»Findest du nicht, dass die Erwartungen jetzt ein bisschen hoch sind?«, fragte Jenna und genoss das Kribbeln in ihrem Bauch. »Und außerdem hatte ich vor Kurzem den besten Sex aller Zeiten.«

Jetzt war er es, der in gespieltem Entsetzen die Augen aufriss. »Mit wem?«

»Das weißt du genau.« Sie lehnte sich an ihn und seufzte. »Und ehrlich gesagt kann ich es kaum abwarten, auszuprobieren, ob es vielleicht noch besser wird.«

Evan hob ihre Hand zu seinen Lippen und küsste sie galant. »Findest du nicht, dass jetzt du diejenige bist, die die Latte ein wenig hochlegt?«

»Am liebsten würde ich es dir jetzt schon beweisen«, flüsterte Jenna.

Evan zog eine Grimasse, die bei seinem zerschundenen Gesicht noch komischer aussah. »Auch das mit dem Küssen muss noch ein wenig warten, fürchte ich.« Seine Lippe war immer noch aufgeplatzt und angeschwollen.

Jenna beugte sich vor, küsste ihn auf die Wange und wanderte mit ihren Lippen hoch zu seinem Ohr. »Macht nichts«, flüsterte sie. »Ich kann warten, dann wird es umso schöner.«

Sie hörte, wie er scharf die Luft einsog. Er griff in ihre Haare und sagte leise: »Ich fürchte, wenn wir weiter hierbleiben, werde ich dich heute doch noch verführen müssen.«

Jenna lachte leise. »Soll ich dich vielleicht lieber ausruhen lassen? Ich glaube, die anderen wollten heute Abend eine Runde Karten spielen. Ich könnte mich ihnen anschließen.«

Evan löste sich von ihr und knurrte: »Untersteh dich. Aber du kannst mir was zum Anziehen bringen und dann machen wir einen kleinen Spaziergang.«

Überrascht schaute Jenna ihn an. »Wohin?«

»Zur Burg.«

»Aber Caitrin sagt –«, setzte Jenna an.

Evan schüttelte den Kopf. »Caitrin sagt viel, aber ich bin auch Arzt und weiß, dass sie das sagen muss. Ich fühle mich gesund genug, dass ich mit meinem Mädchen am Arm einen Spaziergang hinauf zur Burg machen kann.«

Sie musste lächeln, denn wenn er emotional wurde, kam sein schottischer Dialekt ein klein wenig mehr raus. Und er war ein echter Schotte, auch wenn er in den USA aufgewachsen war.

Noch immer hatte er eine Hand in ihren Haaren und strich ihr sanft über den Nacken. »Tu mir den Gefallen. Ich will noch etwas mit dir besprechen und das geht dort oben besser als hier, wo ständig einer mit Tabletten, Hühnersuppe oder Fragen reinkommt.«

Jenna lächelte und schlüpfte aus dem Bett, um Evans Kleider zu holen.

Besorgt beobachtete sie, wie er sich mühsam ankleidete. Als sie ihm ihre Hilfe anbot, lehnte er jedoch ab. »Ein bisschen Würde musst du mir schon lassen«, sagte er mit einem Lächeln.

Schließlich war er bereit und sie konnte sich gar nicht an ihm sattsehen. Obwohl ihm die Highlandertracht ebenso gut stand, sah er auch in Jeans und einem T-Shirt umwerfend aus.

Tatsächlich hätte sie ihm am liebsten alles gleich wieder ausgezogen. Doch das musste warten, da hatte er recht. Ein paar Tage würde sie auch nur an Sex mit ihm denken dürfen. Den besten Sex aller Zeiten. Allein dieser Gedanke sandte ein Kribbeln durch ihren gesamten Körper.

Er hielt ihr einen Arm hin und sie ergriff ihn. Dieses Mal führte er sie und obwohl sie merkte, dass es ihn einiges an Kraft kostete, ließ sie ihn.

Sie gingen durch die Terrassentür ins Freie und Jenna wählte einen Weg durch den Garten, den man nicht vom Küchenfenster aus sehen konnte. Sie war sich sicher, dass die anderen Evan wieder ins Bett gescheucht hätten.

Die Fürsorge ihrer Freundinnen für den Mann, den sie liebte, rührte sie sehr. Seit sie gestern Morgen zurückgekommen waren, hatten sich alle liebevoll um Jenna und Evan gekümmert. Fast ein wenig zu liebevoll, denn sie hatten Jenna verboten, mit ihm in einem Zimmer zu schlafen, weil er angeblich Ruhe brauchte. Als sie sich nachts doch zu ihm geschlichen hatte, war es Lauren gewesen, die sie in ihr eigenes Bett zurückgebracht hatte.

Doch es war gut so, denn Evan brauchte jetzt Menschen, die sich um ihn kümmerten, und sie fühlte, dass es auch für ihn ein schönes Gefühl war, das mit den Zeitreisen teilen zu können. Darüber, wie es ihm bezüglich seiner Mutter und seiner Schwester ging, hatten sie noch nicht gesprochen.

Langsam gingen sie durch den Garten, überquerten den Bach, wo der Zaun noch immer nicht weitergebaut worden war, und gingen dann langsam den Berg hinauf. Dundarg thronte über ihnen und der Gedanke an ihren letzten Besuch in dem Gemäuer im 18. Jahrhundert ließ Jenna erschaudern.

Sie sprachen nicht viel und das war auch gut so, denn Evan schien all seine Kraft für den Aufstieg zu brauchen.

Als sie oben angekommen waren, führte er sie zum Cottage. Für einen kurzen Moment dachte Jenna, dass er sich das mit dem Sex anders überlegt hatte, doch dann blieb er vor der Gartenpforte stehen und wandte sich mit ihr zur Burg um.

Er schöpfte Atem, dann sagte er: »Ich wollte dich etwas fragen.«

»Was denn?«, fragte Jenna und ihr Herz stolperte ein klein wenig. Es klang so wichtig.

»Es ist so«, sagte er und atmete tief durch, »dass ich ein wenig Geld habe. Es reicht nicht, Dundarg zu kaufen, aber sicherlich, um eine Anzahlung zu machen.«

Jenna wartete, dass er weitersprach. Als er das nicht tat, sagte sie: »Das war aber keine Frage.«

Evan lächelte. »Ich weiß, ich musste nur ein wenig Mut fassen.« Er drehte sich zum Cottage um. »Ich könnte das Geld auch verwenden, um einen Anbau am Cottage zu machen, damit man dort besser wohnen kann. Im Moment ist es ja nur ein Zimmer mit diesem winzigen Bad, in dem man sich nicht einmal umziehen kann.«

Jenna musste lächeln.

Er schwieg und sie hob die Augenbrauen. »Das war immer noch keine Frage.«

Er nickte langsam. »Meine Frage ist: Was macht deiner Meinung nach mehr Sinn?«

Jenna wusste nicht so recht etwas damit anzufangen, außerdem hatte es sich wichtiger angehört, als er angefangen hatte. Also zuckte sie die Schultern. »Das kann ich schlecht beurteilen.«

Wieder nickte er und nahm ihre Hände. »Weißt du, wenn ich hier allein lebe, weil meine Frau in Hongkong ist, reicht mir ein Zimmer. Vermutlich wäre es dann besser, das Geld in der Burg anzulegen, damit wir den Stein schützen können.«

Das Wort ›Frau‹ hatte bei Jenna zu einem Moment der Atemlosigkeit geführt.

Evan räusperte sich. »Und wenn du nur am Wochenende hier bist und unter der Woche in London, sollte uns ein Raum eigentlich reichen, denn ich habe vor, die meiste Zeit mit dir im Bett zu verbringen.«

Jennas Bauch begann zu kribbeln und ihr fiel auf, dass sie

noch gar nicht darüber gesprochen hatten, wie ihre berufliche Zukunft aussah. »Oder?«, fragte sie leise.

»Wenn du dich entschließen solltest, hierherzuziehen, brauchen wir einen Anbau. Es sei denn, du möchtest bei Caitrin wohnen, was auch okay wäre, denn dann wärst du nahe genug, damit ich dich jede Nacht sehen könnte.«

»Was –«, setzte Jenna an, doch Evan unterbrach sie.

»Warte, es gibt noch eine Möglichkeit. Du könntest dich auch entschließen, hierherzuziehen, und wir machen trotzdem keinen Anbau.« Er zögerte. »Caitrin und ich haben darüber gesprochen, dass es gut wäre, zu wissen, ob es noch andere Tore gibt. Wir gehen davon aus, dass es so sein muss, denn es ist unwahrscheinlich, dass es nur eins in North Carolina gibt und eines hier. Deswegen hat sie vorgeschlagen, dass ich diese anderen Tore suchen gehe.« Er hob die Schultern ein wenig. »Ich hätte Lust dazu, denn ich werde die nächsten Jahre erst einmal nicht mehr durch dieses Tor reisen können. Noch einmal überlebe ich das nicht.«

Jennas Magen krampfte sich zusammen, als sie an das Verlies im Nordturm dachte. Aber sie fühlte auch Erleichterung, dass er bei ihr bleiben würde.

Evan riss sie aus ihren Gedanken, indem er ihre Hände drückte und sie ernst anschaute. »Aber ich würde niemals allein gehen. Ich würde mich nur auf die Suche machen, wenn du mitkommst. Also, wofür soll ich mein Geld einsetzen? Dundarg, den Anbau oder die Reise um die Welt auf der Suche nach den anderen Toren?«

Unsicherheit lag in seiner Miene und Jenna musste lächeln. »Das ist eine sehr charmante Art, mich zu fragen, ob ich bei dir einziehen will.«

Überrascht schaute Evan sie an. »Aber ich will doch gar nicht, dass du bei mir einziehst.«

»Was willst du dann?«, fragte Jenna, obwohl sie es wusste.

»Wenn es nach mir ginge, würde ich mit dir die Welt bereisen und wir würden immer wieder hierherkommen, wenn wir ein wenig Ruhe brauchen.«

Jenna musste lachen. »Glaubst du wirklich, dass wir hier Ruhe haben werden?« Sie deutete mit dem Kopf in Richtung von Caitrins Haus.

Evan grinste. »Nun ja, zumindest wäre hier unsere Basis.« Abwartend schaute er sie an.

Jenna blickte hinüber zur Burg und dachte an Evans Erfahrungen dort. Sie dachte an Sorcha und Elizabeth, an Caitrin und ihren Finlay und an all die anderen Namen, die sie in dem Buch gesehen hatte. Sie dachte an Allison, die unbedingt auch gehen wollte, und an Lauren, die die neue Torhüterin werden würde. Und sie dachte an ihren Schwur, das Tor mit zu beschützen.

Sie seufzte. »Evan, es gibt da etwas, was du wissen solltest.«

Sorge breitete sich auf seinem Gesicht aus, doch er zwang sich zur Ruhe, das konnte sie sehen. »Du willst den Job in Hongkong doch machen?«

Sie schüttelte den Kopf. »Damit bin ich durch. Und mit dem in London auch.«

Er schluckte. »Gibt es noch jemand anderen in deinem Leben?«

Jenna blinzelte verwirrt. »Nein. In deinem etwa?«

Sie dachte an Allisons Vermutung, dass Evan sich so merkwürdig verhalten hatte, weil er vielleicht verheiratet war.

Er schüttelte den Kopf. »Außer meiner Schwester und meiner Mutter gibt es niemanden. Auch wenn die beiden schon eine ganze Menge sind und als Schwägerin und Schwiegermutter sicherlich interessant werden dürften.«

Jenna runzelte die Stirn und fragte sich, ob sie die beiden jemals kennenlernen würde. Ihr wurde bewusst, dass ein anderes Tor Evan die Möglichkeit geben würde, zu seiner Familie zu reisen und ihr zu helfen. Das konnte er nicht, solange sie nur das Tor hier in Schottland kannten. Trotzdem war es auch wichtig Dundarg zu erhalten. Und deswegen musste sie es ihm sagen.

Sie drückte seine Hände. »Als Caitrin mir die Kette

gegeben hat, habe ich geschworen, dass ich dieses Tor beschützen und den Frauen immer helfen werde, zu reisen. Deswegen glaube ich, dass wir Dundarg kaufen sollten, damit es hier sicher sein wird.«

Sie konnte die Enttäuschung auf seinem Gesicht sehen, aber er nickte.

»Ich bin noch nicht fertig«, sagte Jenna leise. »Ich weiß auch, dass es wichtig ist, dass du deiner Familie hilfst, und dafür brauchst du ein anderes Tor. Deswegen solltest du diese Portale suchen gehen.« Sie biss sich auf die Lippe, um die Tränen zurückzuhalten. »Und ich könnte mir nichts Schöneres vorstellen, als dich dabei zu begleiten.«

Freude und Verwirrung wechselten sich auf seinem Gesicht ab. »Aber ich kann nicht beides tun, Jenna.«

»Wer sagt denn, dass du es allein tun musst? Zum einen habe ich auch ein wenig Geld gespart, weil ich in den vergangenen Jahren nur gearbeitet und außer für meine Wohnung, die ich nicht benutzt habe, und Hochzeitsgeschenke für Freundinnen, die eigentlich keine waren, nichts ausgegeben habe.« Sie lächelte. »Das heißt, ich kann für meine Flugtickets und Hotelzimmer auf der Reise selbst bezahlen.«

Er runzelte die Stirn. »Du willst ein eigenes Hotelzimmer? Ich dachte, wir schlafen in einem. Oder wolltest du damit bis zur Hochzeit warten?«

Es hatte vermutlich ein Witz sein sollen, doch Jennas Magen zog sich nervös zusammen. Sie musste es ihm endlich sagen.

Sie schüttelte den Kopf. »Will ich nicht. Weder ein eigenes Hotelzimmer noch warten. Aber das ist ein gutes Stichwort.«

Sie schwieg und suchte nach den richtigen Worten.

»Was?«, fragte er. »Jenna, komm schon, du bringst mich um. Und das wäre ziemlich unfair, weil ich doch vorher auf noch mindestens einmal Sex mit dir spekuliere.«

Jenna lächelte und schloss dann die Augen. »Mein Vater hatte einen ziemlich guten Job.«

Sie wusste, dass es merkwürdig klang, wenn er das Thema

Sex erwähnte und sie anfing, von ihrem Vater zu sprechen. Trotzdem musste es sein.

»Oder besser gesagt, mehrere gute Jobs. Er war CFO bei verschiedenen Firmen und ich bin Einzelkind. Meine Eltern haben sich nie viel um mich gekümmert, aber etwas, was mein Vater getan hat, ist, dass er einen Fond eingerichtet hat.« Sie seufzte. »Es ist unglaublich, aber wahr, dass er mir entweder ausgezahlt wird, wenn ich heirate oder wenn ich in Rente gehe. Mein Vater hat eine ziemlich merkwürdige konservative Meinung, was Frauen angeht. Ich glaube aber, dass wir dieses Geld gut dafür nutzen könnten, die Burg zu kaufen. Es sollte reichen.«

Mehr als das, wenn sie ehrlich war.

Für einen Moment war es still und Evan starrte sie einfach nur an.

»Sag was«, bat sie ihn.

Er blinzelte. »War das ein Heiratsantrag?«

Jenna konnte nicht antworten und ihre Gedanken drehten sich im Kreis. »Nein«, sagte sie, und dann: »Ja? Oder vielleicht?« Verzweifelt wedelte sie mit den Händen. »Ich weiß es doch auch nicht. Vielleicht ist es auch nur eine Art Geschäft.«

Evan griff nach ihren Händen und lächelte schief. »Eigentlich wollte ich dir den Heiratsantrag machen, wenn wir dort sind, wo ich aufgewachsen bin.« Er tippte sich an den Kopf. »Dort oben war schon alles durchgeplant. Aber wenn du dich schon jetzt dafür entscheiden willst, meinetwegen.« Sein Lächeln vertiefte sich. »Dir ist aber schon klar, dass du die Katze im Sack kaufst?«

Jenna starrte ihn an. »War das jetzt ein Heiratsantrag?«

Evan zog sie zu sich heran und schaute ihr in die Augen. »Ist das nicht egal? Ich weiß, dass du meine Frau bist und ich dein Mann. Daran wird sich nie etwas ändern, egal, was in irgendwelchen Papieren steht. Wenn du einen großartigen Heiratsantrag möchtest, wirst du den bekommen, und wenn du nicht auf einem Papier stehen haben willst, dass du meine Frau bist, bin ich auch damit einverstanden. Das Geld ist mir egal, aber wenn es uns hilft, all das zu tun, was wir wollen, und wir damit den Zeitreisenden helfen, soll es so sein.«

Jenna lächelte. »So soll es sein«, sagte sie leise. Dann stellte sie sich auf die Zehenspitzen und küsste ihn doch.

Im nächsten Buch geht es für Allison in die Vergangenheit. Spannend und so romantisch. Weiter hinten in diesem Buch gibt es eine Leseprobe.

Möchtest Du eine extra-lange Bonusgeschichte, in der Jenna und Evan in die USA reisen, um das andere Tor zu suchen? Dann erfahre auf der nächsten Seite, wie Du die Bonusgeschichte bekommst.

JULIAS ROMANCE CLUB

Bist Du noch nicht bereit Jenna und Evan gehen zu lassen? Dann kannst Du in diesem Bonus Epilog lesen, wie es ihnen auf ihrer Reise in die USA ergeht. Evan zeigt Jenna seine Heimat und sie machen sich auf die Suche nach dem Tor.

Du wirst automatisch für Julias Newsletter angemeldet - wenn Du nicht schon auf der Liste bist. Das ist für Dich komplett kostenlos, ich verspreche, dass ich niemals Spam sende und Du kannst Dich natürlich auch jederzeit wieder abmelden.

Tippe einfach folgenden Link in Deinen Browser ein: http://www.juliastirling.com/bedcdz1

Du kannst auch diesen QR-Code einscannen:

Auf den folgenden Seiten findest Du eine Leseprobe aus dem zweiten Buch der Serie ALLISON.

EINE REZENSION WÄRE WUNDERVOLL!

Liebe Leserin,

Vielen Dank, dass Du Jenna - der Club der Zeitreisenden 1 gelesen hast. **Wenn Dir gefallen hat, was ich schreibe, dann würde ich mich sehr über eine Rezension auf Amazon freuen.**

Warum Rezensionen so unglaublich wichtig für uns Autoren sind… Mit jeder Rezension steigt meine Sichtbarkeit im Kindle Shop auf Amazon. Je mehr Rezensionen ich habe, desto höher steige ich im Ranking und in der Sichtbarkeit. Das ist vor allem deshalb wichtig, weil mich so auch andere Leser finden können, die sonst nie etwas von mir und meinen Büchern erfahren würden.

Das heißt: Jede auch noch so kurze Rezension hilft. Sie muss nicht lang und ausgefeilt sein - aber über die freue ich mich natürlich auch. Ich verstehe auch, dass viele Leser es auf später verschieben oder es ihnen unangenehm ist. Aber es wäre wunderbar von Dir, wenn Du jetzt auf Amazon gehst, nach dem Buch suchst und eine ganz kurze Rezension abgibst.

Ich wäre Dir sehr, sehr dankbar und Du würdest mich unglaublich glücklich machen!

LESEPROBE AUS ALLISON - DER CLUB DER ZEITREISENDEN 2

»Verdammt, Allison, wenn du jetzt nicht an dieses Telefon gehst oder es komplett ausschaltest, schmeiße ich das blöde Ding vom höchsten Turm der Burg«, drohte Caitrin und knallte ihren Stift auf den Tisch.

Allison biss die Zähne zusammen und schaute auf ihr Handy. »Es ist nicht so einfach, wie du denkst«, fauchte sie ihre Freundin an.

»Und was soll daran bitte so schwierig sein?«, fragte Caitrin. »Ich dachte, du hast im Moment keine Aufträge. Wenn es ein Auftrag ist, dann geh ran und nimm ihn an. Wenn du wegmusst, ist es eben so, dann trittst du deine Zeitreise später an. Und wenn es kein Auftrag ist, kann es doch nicht so wichtig sein. Oder ist es irgendetwas Privates, von dem wir nichts wissen?«

Caitrin klang sichtlich genervt und Allison konnte es ihr nicht verübeln. Sie drehte das Handy um, sodass sie nicht mehr sah, wenn das Display aufleuchtete, weil jemand versuchte, sie zu erreichen. »So, wir können weitermachen. Wo waren wir stehen geblieben?«

Sie versuchte, eine interessierte Miene aufzusetzen, doch ihre Gedanken waren bei dem Anrufer. Dieses Mal kannte sie die Nummer und ein Schauer lief ihr über den Rücken, wenn sie daran dachte, worum es sich handeln mochte.

»Wir haben uns gerade mit den Höflichkeitsformen gegenüber einem Clan-Anführer beschäftigt«, erklärte Caitrin. »Ich habe keine Ahnung, in welcher Zeit du landest, daher ist es umso wichtiger, dass du alle kennst. Aber drehen wir die ganze Sache doch mal um.« Sie blies sich eine Haarsträhne aus dem Gesicht. »Was habe ich dir denn gerade erzählt?«

Allison überlegte, ob sie so tun sollte, als ob sie sich noch daran erinnerte, worum es ging, doch sie wusste, dass ihre Freundin viel zu intelligent war, als dass sie diese kleine Scharade nicht schnell durchschauen würde. Sie seufzte. »Also gut, ich habe nicht zugehört.«

»Ja, weil dein Handy heute Morgen schon zum zwölften Mal klingelt.«

»Du hast mitgezählt?«

Caitrin stand auf und ging zum Fenster. »Allison, so geht das nicht. Wenn du tatsächlich reisen willst, musst du vorbereitet sein. Ich kann nicht zulassen, dass du einfach so da reinstolperst. Es würde dich in zu große Gefahr bringen. Und das will ich nicht. Aber wenn du dir nicht die Zeit nimmst, diese Dinge zu lernen, kann ich dir auch nicht helfen. Und dann kann ich dich auch nicht gehen lassen. Außerdem habe ich nicht mehr viel Zeit«, sagte sie. »Jenna und Evan kommen bald wieder. Wenn sie gute Nachrichten haben, kann es sein, dass ich bald aufbrechen will. Aber mit diesem Halbwissen kann ich dich nicht hier zurücklassen. Dann kannst du halt erst irgendwann gehen. Oder du musst es dir selbst aneignen.«

Allison verschränkte die Arme. »Muss ich etwa eine Prüfung ablegen?«

Sie hatte einen Scherz machen wollen, doch Caitrin schaute sie ernst an.

»Jetzt machst du aber Witze«, sagte Allison. »Ich bin doch kein kleines Kind mehr. Ich habe in meinem Leben schon so viele Recherchereisen gemacht, dass ich glaube, das auch ganz gut hinzubekommen. Ihr könnt mich doch keine Prüfung machen lassen.«

»Du benimmst dich aber manchmal nicht wie eine Erwachsene, sondern wie ein Kind«, sagte Caitrin schnippisch.

Sie waren seit Wochen allein zu zweit und Allison wusste, dass es vor allem der Lagerkoller war, der sie fest im Griff hatte. Caitrin war es nicht gewohnt, hier mit jemand anderem zu sein. Außerdem wartete sie gespannt auf die Rückkehr von Jenna und Evan, die für sie in den USA nach einem Tor gesucht hatten.

Allison hingegen war es nicht gewohnt, so lange an einer Stelle zu sein und gefühlt nichts zu tun. Normalerweise war ihr Leben sehr viel aufregender. So langsam hatte sie das Gefühl, dass sie keine weiteren Informationen über die alte gälische Sprache, über Kleider aus dem 16. Jahrhundert oder über die Geschichte Schottlands in den Kopf kriegen konnte. Sie fand, dass sie durchaus gut vorbereitet war, und man konnte nie alles abdecken. Ein wenig Spielraum gab es immer. Als Journalistin war sie erfahren genug, dass sie den ausfüllen konnte. Sie wusste allerdings auch, dass Caitrin komplett anderer Meinung war.

»Lass uns eine Pause machen«, schlug Allison vor.

Caitrin nickte. »Ich gehe in den Garten«, sagte sie und verschwand durch die Terrassentür.

Sobald sie den Raum verlassen hatte, schaute Allison auf ihr Handy. Zwei weitere entgangene Anrufe. Es wurde dringlicher und ihr wurde schlecht. Das war ihr noch nie in ihrem Leben passiert. Es war sogar schon so weit, dass sie am liebsten überhaupt nicht mehr ans Telefon gegangen wäre. Auch das war das erste Mal in ihrem Leben. Normalerweise bedeutete jeder Anruf die Möglichkeit, eine neue Welt zu entdecken oder neue Menschen kennenzulernen.

Sie hatte ihre Mailbox mittlerweile ausgeschaltet, doch Textnachrichten konnten sie immer noch erreichen. Genau wie E-Mails. Vor Kurzem hatte sie eine der Nummern, die sie angerufen hatte, im Internet gesucht, weil sie ein sehr merkwürdiges Gefühl hatte, und tatsächlich war es eine Nummer von einem Polizeipräsidium in London gewesen. Das war gar nicht gut. Allison hatte in ihrem Berufsleben oft mit der Polizei zu tun gehabt, aber immer nur in ihrer Rolle als Journalistin, wenn sie Informationen hatte haben wollen. Doch dieses Mal war es anders. Und die Polizei wollte nicht nur Informationen von ihr, sondern die Polizei wollte *sie*.

Allison war sich relativ sicher, dass niemand wusste, wo sie war. Und so schnell würde man sie hier in der schottischen Einsamkeit auch nicht finden, denn Caitrin war sehr gut darin, die Adresse geheim zu halten. Doch Allison ahnte, dass es nur eine Frage der Zeit war, bis die Polizei sie hier fand. Und was dann? Würde man sie ins Gefängnis werfen? Und was noch viel schlimmer war: Was war, wenn nicht die Polizei sie zuerst fand, sondern er? Was, wenn er schneller war? Sie wusste, dass er mindestens einen Privatdetektiv auf sie angesetzt hatte, um herauszufinden, wo sie war. Und wenn das der Fall war, hoffte sie doch, dass die Polizei sie zuerst fand.

Auch dieses Mal war es die Nummer von Carla, ihrer Redakteurin, gewesen, die sie auf dem Display gesehen hatte. Fünf Mal hatte sie innerhalb von einer Stunde versucht, sie zu erreichen. Das konnte bedeuten, dass Carla sich wirklich Sorgen um sie machte. Sie hatten immer gut und eng zusammengearbeitet. Aber es könnte auch sein, dass die Redakteurin versuchte, sie zu erreichen, weil die Polizei sie dazu gedrängt hatte. Carla war nicht so verwegen wie Allison, deswegen war sie ja auch die Redakteurin und Allison die Reporterin. Es war gut möglich, dass sie sich dem Druck der Polizei gebeugt hatte.

Allison dachte darüber nach, ob sie Carla zurückrufen sollte. Doch dann dachte sie daran, dass man ihren Anruf eventuell zurückverfolgen würde.

Vielleicht hatte sie aber zu viele Spionagebücher gelesen, wo das immer so einfach erschien. Sie wusste nicht, ob so was überhaupt möglich war, aber sie wollte kein Risiko eingehen.

Obwohl ihr Handy in den vergangenen Wochen so oft geklingelt hatte, hatte sie sich hier in den schottischen Highlands ziemlich sicher gefühlt. In Caitrins Haus mit dem wunderschönen Garten und in der Gemeinschaft mit ihren Freundinnen. Es war wie ein wunderbarer langer Urlaub gewesen. Obwohl sie eigentlich nie Urlaub machte, glaubte sie, dass es sich so anfühlen musste. Das Beste an dieser Situation war jedoch, dass sich hier für sie eine unerwartete Fluchtmöglichkeit aufgetan hatte. Und die Einzige, die ihr noch im Weg stand, war Caitrin.

Allison erhob sich seufzend und ging in ihr Zimmer, in dem sie sich ein kleines Büro eingerichtet hatte. Nachdenklich schaute sie auf ihren Laptop. In den vergangenen Wochen hatte sie sich viel mit Verschlüsselung und IP-Adressen beschäftigt, um herauszufinden, wie sie ihre Spuren im Netz zumindest ein bisschen verwischen konnte. Doch sie wusste auch, dass, wenn die Polizei sie finden wollte, ihre IT-Leute das innerhalb weniger Minuten schaffen könnten.

Ihr Blick fiel auf die Tasche, die gepackt in einer Ecke stand. Allison hatte eine kleine Tasche ausgewählt, eine, die nicht auffiel, selbst wenn eine ihrer Freundinnen in ihr Zimmer kam. Keine von ihnen würde sie fragen, warum sie diese kleine gepackte Handtasche dort stehen hatte. Wenn ihre Freundinnen jedoch wüssten, was darin war, würden sie sich große Sorgen machen. Auch wenn sie keine Ahnung hatten, was gerade in Allisons Leben los war.

In der Tasche war alles, was sie für eine schnelle Flucht brauchte. Die meisten Dinge waren leicht zu organisieren gewesen, denn Caitrin war immer darauf vorbereitet, dass eine Frau aus der Vergangenheit durch das Tor kam und irgendetwas brauchte. Allison war sich bewusst, dass sie Caitrin damit quasi bestahl, aber sie wusste auch, dass ihre Freundin Verständnis haben würde, wenn sie diese Sachen für ihre Flucht benutzte. Zumindest, wenn sie die ganze Geschichte kannte.

Auf der einen Seite hoffte Allison, dass sie diese Tasche niemals brauchen würde, und auf der anderen Seite war es auch ein spannendes Abenteuer. Selbst wenn sie in der Tiefe ihres Herzens immer noch nicht so recht daran glaubte, dass sie tatsächlich durch die Zeit reisen konnte. Wenn sie sich ernsthaft Gedanken darüber machte, klang es einfach absurd.

Durch das Fenster sah sie Caitrin, wie sie im Garten werkelte, und Allison empfand eine tiefe Liebe für ihre Freundin und vor allem Dankbarkeit. Denn eigentlich hatte Caitrin schon nicht mehr hier sein wollen, sondern hatte sich auf die Suche nach dem Mann machen wollen, den sie liebte. Doch sie war hiergeblieben, um Allison Unterricht zu geben, damit sie sich auf die Reise in die Vergangenheit vorbereiten konnte. Sie nahm ihre Aufgabe als Torhüterin wirklich ernst und Allison vermutete, dass sie bei ihr noch viel strenger war als bei den anderen Frauen.

Trotzdem hatte Allison langsam genug von dem Unterricht. Sie freute sich, dass Jenna und ihr Freund Evan heute Nachmittag zurückkommen würden, und sie hoffte, dass sie so gute Nachrichten für Caitrin hatten, dass diese sofort nach Amerika aufbrechen würde, um dort ihren Finlay zu suchen. Denn dann war Allison frei, zu gehen, wenn sie wollte. Und so langsam gab es nichts mehr, was sie hier hielt. Zumal sich das Netz um sie immer enger schloss. Und alles, was in der Vergangenheit auf sie wartete, konnte nicht schlimmer sein, als hier im Gefängnis zu landen oder, noch schlimmer, ihm gegenübertreten zu müssen. Denn sie wusste, dass er Rache an ihr nehmen würde. Schließlich hatte sie ihn um sein Vermögen gebracht.

ZEITREISE-ROMANE VON JULIA STIRLING

Der Club der Zeitreisenden

Diese spannenden Zeitreise-Serie, die in den schottischen Highlands spielt, ist mystisch, geheimnisvoll, voller Freundschaft und Liebe zu außergewöhnlichen Männern, die nicht aus dieser Welt sind.

Verliebe Dich ebenfalls in die neue Serie *Der Club der Zeitreisenden*.

Alle Romane von *Der Club der Zeitreisenden* sind in sich abgeschlossen und in jedem Buch findet eine andere der Freundinnen, den Mann, für den sie bestimmt ist.

Begleite die Freundinnen in eine Welt voller Abenteuer, Freundschaft, Liebe und natürlich atemberaubender Highlander im schottischen Hochland.

Alle Romane sind in sich abgeschlossen und können unabhängig voneinander gelesen werden, aber das beste Leseerlebnis bekommst Du, wenn Du sie in der richtigen Reihenfolge liest.

Mittlerweile sind sechs Bücher in der Serie erschienen.

Band 1: JENNA

Band 2: ALLISON

Band 3: LAUREN

Band 4: CAITRIN

Band 5: MAIRA

Band 6: TAVIA

Band 7: LEANA

Band 8: BLAIRE

Sonderband JANET - die Geschichte von Evans Schwester
erscheint im Oktober 2023

Alle Bücher der Reihe sind erhältlich als E-Book, als Taschenbuch, als gebundene Ausgabe und als Großdruck-Ausgabe.

Jenna , Allison, Lauren und Caitrin sind als Hörbuch erhältlich.

Außerdem sind alle Bücher in Kindle Unlimited und können von Mitgliedern im Rahmen des Kindle Unlimited Programms kostenlos gelesen werden.

Infos über weitere Bücher gibt es auf Julias Website und hier kannst Du Dich auch für den Newsletter anmelden, damit Du nie eine Neuerscheinung verpasst!

www.juliastirling.com

KLEINSTADTLIEBE IN DEN SÜDSTAATEN DER USA

The Merry Men Weddingplanner Serie

Carolina Creek ist ein kleiner Ort an der Atlantikküste von North Carolina. In dieser Stadt herrscht zwar Südstaaten-Gemütlichkeit, aber es ist trotzdem immer etwas los. Vor allem in den Herzen der Protagonisten.

Die vier Crawford-Brüder und ihre Freunde haben es nicht immer leicht mit der Liebe, aber sie alle werden die Frau fürs Leben noch finden. Dabei können sie sich immer aufeinander und auf alle anderen Mitbewohner der Kleinstadt verlassen.

Während sie selbst die Liebe ihres Lebens finden, gründen die Männer aus Versehen gemeinsam ein Unternehmen, das ganz besondere Hochzeiten ausrichtet.

Alle Romane sind in sich abgeschlossen und können unabhängig voneinander gelesen werden, aber das beste Leseerlebnis bekommst Du, wenn Du sie in der richtigen Reihenfolge liest.

Folgende Bücher sind bereits erschienen:

Prequel - wie alles begann: Willkommen in Carolina Creek - dieses Buch bekommst Du kostenlos, wenn Du Dich in meinem Newsletter anmeldest

Band 1: Sehnsucht nach Carolina Creek

Band 2: Hoffnung in Carolina Creek

Band 3: Neuanfang in Carolina Creek

Band 4: Träume in Carolina Creek

Band 5: Verliebt in Carolina Creek

Band 6: Vertrauen in Carolina Creek

Alle Bücher der Reihe sind auf Amazon erhältlich als E-Book, als Taschenbuch und als Großdruck-Ausgabe.

Der erste Band ist bereits als Hörbuch erhältlich - die anderen folgen bald.

Außerdem sind alle Bände außer Willkommen in Carolina Creek in Kindle Unlimited und können von Mitgliedern im Rahmen des Kindle Unlimited Programms kostenlos gelesen werden.

Infos über weitere Bücher gibt es auf Julias Website und hier kannst Du Dich auch für den Newsletter anmelden, damit Du nie eine Neuerscheinung verpasst!

www.juliastirling.com

HISTORISCHE LIEBESROMANE VON JULIA STIRLING

Liebe am Exilhof

Wenn Du historische Liebesgeschichten magst, in denen attraktive Männer um die Liebe einer starken Frau kämpfen und in denen es um Könige, Gentlemen und Ladies, Leidenschaft und natürlich auch um die großen, wahren Gefühle geht, dann sind die Bücher aus der Reihe *Liebe am Exilhof* genau das richtige für Dich!

Sie spielen in den Jahren um 1690 in England und Frankreich am Exilhof von König James II.

Alle Romane sind in sich abgeschlossen und können unabhängig voneinander gelesen werden. Die Serie ist abgeschlossen.

Mittlerweile sind fünf Bücher in der Serie erschienen.

Band 0: *Der gestohlene Kuss* - Sophia Eastham und Thomas Hartfort

Band 1: *Die Liebe der fremden Lady* - Valentina Turrini und Jonathan Wickham

Band 2: *Die ungezähmte Baroness* - Charlotte Dalmore und Alexander Hartfort

Band 3: *Das Versprechen einer Lady* - Lilly Eastham und Nicholas Bedington

Band 4: *Der Stolz des Herzens* - Katherine Eastham und Philippe Laurent

Alle Bücher der Reihe sind erhältlich als E-Book, als Taschenbuch, als gebundene Ausgabe und als Großdruck-Ausgabe.

Die ersten drei Bände gibt es auch als E-Book Sammelband.

Infos über weitere Bücher gibt es auf Julias Website und hier kannst Du Dich auch für den Newsletter anmelden, damit Du nie eine Neuerscheinung verpasst!

www.juliastirling.com

Umschlaggestaltung, Illustration: Alfie at 99designs.com

Lektorat, Korrektorat: Martina König

Verlag: Julia Stirling, Kurpfalzstr. 156, 67435 Neustadt

ISBN: 9798554905599

www.juliastirling.com

Printed in Poland
by Amazon Fulfillment
Poland Sp. z o.o., Wrocław

33774866R00222